04/04/17

El gigante enterrado

Kazuo Ishiguro

El gigante enterrado

Traducción de Mauricio Bach

EDITORIAL ANAGRAMA
BARCELONA

Título de la edición original:
The Buried Giant
Faber & Faber
Londres, 2015

Ilustración: Pedro de Kastro

Primera edición: noviembre 2016
Segunda edición: diciembre 2016

Diseño de la colección: Julio Vivas y Estudio A

© De la traducción, Mauricio Bach, 2016

© Kazuo Ishiguro, 2015

© EDITORIAL ANAGRAMA, S. A., 2016
Pedró de la Creu, 58
08034 Barcelona

ISBN: 978-84-339-7966-7
Depósito Legal: B. 19946-2016

Printed in Spain

Reinbook serveis gràfics, sl, Passeig Sanllehy, 23
08213 Polinyà

Deborah Rogers
1938-2014

Primera parte

CAPÍTULO UNO

Podríais haber pasado un buen rato tratando de localizar esos serpenteantes caminos o tranquilos prados por los que posteriormente Inglaterra sería célebre. En lugar de eso, lo que había entonces eran millas de tierra desolada y sin cultivar; aquí y allá toscos senderos sobre escarpadas colinas o yermos páramos. La mayoría de las vías que dejaron los romanos ya estaban en aquel entonces destrozadas o en mal estado, en muchos casos devoradas por la naturaleza. Sobre los ríos y ciénagas se posaban neblinas heladas, que eran propicias a los ogros que en aquel entonces todavía poblaban esas tierras. La gente que vivía en los alrededores –uno se pregunta qué tipo de desesperación les llevó a instalarse en unos parajes tan lúgubres– es muy probable que temiese a estas criaturas, cuya jadeante respiración se oía mucho antes de que sus deformes siluetas emergiesen entre la niebla. Pero esos monstruos no provocaban asombro. La gente entonces los veía como uno más de los peligros cotidianos y en aquella época había otras muchas cosas de las que preocuparse. Cómo conseguir comida de esa tierra árida; cómo no quedarse sin leña para el fuego; cómo detener la enfermedad que podía matar a una docena de cerdos en un solo día y provocar un sarpullido verdoso en las mejillas de los niños.

En cualquier caso, los ogros no eran tan terribles, siempre

que uno no les provocase. Aunque había que dar por hecho que de vez en cuando, tal vez como consecuencia de alguna trifulca de difícil comprensión entre ellos, de pronto una de esas criaturas se adentraría erráticamente en una aldea, presa de una incontenible ira, y aunque se la recibiese a gritos y blandiendo ante ella armas, en su furia destructiva podía llegar a herir a cualquiera que no se apartase lo suficientemente rápido de su camino. O que cada cierto tiempo un ogro podía llevarse consigo a un niño y desaparecer entre la niebla. La gente de aquel entonces tenía que tomarse con filosofía estas atrocidades.

En un lugar así, al borde de una enorme ciénaga, a la sombra de escarpadas colinas, vivía una pareja de ancianos, Axl y Beatrice. Tal vez ésos no fuesen sus nombres exactos o completos, pero, para simplificar, así es como nos referiremos a ellos. Podría decir que esa pareja vivía aislada, pero en aquel entonces muy pocos vivían «aislados» en el sentido que nosotros le damos al término. Para garantizarse calor y protección, los aldeanos vivían en refugios, muchos de ellos horadados en las profundidades de la ladera de la colina, conectados unos con otros a través de pasajes subterráneos y pasadizos cubiertos. Nuestra pareja de ancianos vivía en una de esas madrigueras con ramificaciones —«edificio» sería una palabra demasiado grandilocuente—, junto a aproximadamente otros sesenta aldeanos. Si uno salía de esas madrigueras y caminaba veinte minutos por la colina, llegaba al siguiente asentamiento, que a simple vista resultaba idéntico al primero. Pero a ojos de los propios habitantes habría un montón de detalles distintivos de los que sentirse orgullosos o avergonzados.

No pretendo dar la impresión de que eso era lo único que había en la Inglaterra de aquel entonces; de que en una época en la que florecían civilizaciones esplendorosas en otras muchas partes del mundo, aquí estábamos no mucho más allá de la Edad de Hierro. Si hubieseis podido deambular a voluntad por la campiña, habríais descubierto castillos rebosantes de música, buena comida y gente en perfecta forma física, y monasterios cuyos moradores dedicaban sus vidas al conocimiento. Pero desplazarse era arduo. Incluso a lomos de un caballo fuerte, con buen tiempo, habríais podido cabalgar durante días sin vislumbrar ningún castillo o monasterio asomando entre la vegetación. Os habríais topado mayormente con comunidades como la que acabo de describir, y a menos que llevaseis encima obsequios en forma de comida o ropa, o fueseis armados hasta los dientes, nada os habría garantizado un buen recibimiento. Siento pintar semejante cuadro de nuestro país en aquella época, pero así eran las cosas.

Pero regresemos a Axl y Beatrice. Como decía, esta pareja de ancianos vivía en la zona más alejada de la red de madrigueras, donde su refugio estaba menos protegido de los elementos y apenas se beneficiaba del fuego de la Gran Sala en la que todos se congregaban por la noche. Tal vez hubo un tiempo en que habían vivido más cerca del fuego; un tiempo en que habían vivido con sus hijos. De hecho, ésta era la idea que le rondaba por la cabeza a Axl mientras permanecía tendido en el lecho durante las largas horas que precedían al amanecer con su esposa profundamente dormida a su lado, y entonces una sensación difusa de pérdida se adueñaba de su corazón, impidiéndole volver a conciliar el sueño.

Tal vez ése fue el motivo por el cual, esa mañana en concreto, Axl se había levantado del lecho y se había deslizado sigilosamente hasta el exterior de la madriguera para sentarse en el torcido banco junto a la entrada, esperando allí los primeros atisbos del alba. Era primavera, pero el viento seguía siendo helado, aun con la capa de Beatrice con la que se había envuelto al salir. Sin embargo, estaba tan absorto en sus pensamientos que para cuando se dio cuenta del frío que hacía, las estrellas ya habían desaparecido, por el horizonte se extendía un resplandor y de la penumbra emergían las primeras notas del canto de los pájaros.

Se puso lentamente de pie, lamentando haber estado a la intemperie tanto rato. Gozaba de buena salud, pero le había llevado algún tiempo sacarse de encima su última fiebre y no quería recaer. Ahora notaba la humedad en las piernas, pero mientras se daba la vuelta para volver adentro, se sentía francamente satisfecho: porque esa mañana había logrado recordar varias cosas que hacía ya tiempo que se habían desvanecido en su memoria. Además, tenía la sensación de que estaba a punto de llegar a algún tipo de decisión trascendental –una que llevaba mucho tiempo posponiendo– y sentía una exaltación interior que estaba ansioso por compartir con su esposa.

Dentro, los pasadizos de la madriguera estaban todavía completamente a oscuras, y tuvo que avanzar a tientas hasta dar con la puerta de su estancia. Muchas de las «puertas» de la madriguera eran simples arcadas que marcaban el umbral de una estancia. El carácter abierto de esta distribución no parecía incomodar a los aldeanos por la falta de privacidad, y en cambio permitía que las estancias se beneficiasen del calor que se extendía por los túneles desde la gran hoguera o las hogueras más pequeñas permitidas en la madriguera. La estancia de Axl y Beatrice, sin embargo, al estar demasiado alejada de cualquiera de los fuegos, sí tenía algo que podríamos denominar una puerta; un enorme marco de madera con pequeñas ramas, enredaderas y cardos entrelazados que quien salía o entraba tenía que apartar a un lado cada vez que cruzaba el umbral, pero que permitía mantener a raya las gélidas corrientes de aire. A Axl no le hubiera importado mucho no contar con esa puerta, pero con el tiempo se había convertido en objeto de considerable orgullo para Beatrice. A menudo, cuando él regresaba, se encontraba a su mujer sacando las plantas marchitas de la construcción y sustituyéndolas por otras recién cortadas que había reunido durante el día.

Esa mañana, Axl movió el parapeto justo lo suficiente para poder pasar, procurando hacer el menor ruido posible. Las primeras luces del alba se filtraban en la habitación a través de las pequeñas grietas de la pared exterior. Podía vislumbrar su propia mano débilmente iluminada ante él y, sobre el lecho de hierba, la silueta de Beatrice, que seguía profundamente dormida bajo las gruesas mantas.

Estuvo tentado de despertar a su esposa. Porque una parte de él le decía que si en ese momento ella estuviese despierta y hablase con él, cualquier última barrera que todavía se interpusiese entre él y su decisión finalmente se desmoronaría. Pero aún faltaba un poco para que la comunidad se levantase y diese comienzo un nuevo día de trabajo, de modo que se acomodó en la banqueta baja en la esquina de la estancia, todavía envuelto en la capa de Beatrice.

Se preguntó si esa mañana la niebla sería muy espesa y si, a medida que la oscuridad se fuese disipando, descubriría que se había ido filtrando a través de las grietas en su estancia. Pero de pronto sus pensamientos se alejaron de estos asuntos y regresaron a lo que llevaba un tiempo preocupándole. ¿Los dos habían vivido siempre así, en la periferia de la comunidad? ¿O en algún momento del pasado las cosas habían sido muy diferentes? Hacía un rato, en el exterior, habían vuelto a su mente algunos fragmentos de recuerdos: una fugaz imagen de sí mismo recorriendo el largo pasillo central de la madriguera rodeando con el brazo a uno de sus hijos, caminando un poco inclinado, no a causa de la edad como podía suceder ahora, sino simplemente porque quería evitar golpearse la cabeza con las vigas debido a la escasa luz. Probablemente el niño estaba hablando con él, acababa de contarle algo divertido y ambos se reían. Pero ahora, como hacía un rato en el exterior, no lograba que nada quedase fijado en su cabeza, y cuanto más se concentraba, más difusos parecían hacerse los recuerdos. Tal vez todo esto no fuesen más que imaginaciones de un viejo chiflado. Tal vez Dios nunca les hubiese dado hijos.

Acaso os preguntéis por qué Axl no se dirigía a los otros aldeanos para que le ayudasen a recordar su pasado, pero no era tan sencillo como pueda parecer. Porque en esta comunidad raramente se hablaba del pasado. No pretendo decir que fuese tabú. Quiero decir que en cierto modo se había diluido en una niebla tan densa como la que queda estancada sobre los pantanos. Simplemente a estos aldeanos no se les pasaba por la cabeza pensar en el pasado, ni tan siquiera en el más reciente.

Por poner un ejemplo de algo que llevaba cierto tiempo preocupando a Axl: estaba seguro de que no hacía mucho habitaba entre ellos una mujer con una larga melena pelirroja, una mujer considerada fundamental para la aldea. Cuando cualquiera se hacía una herida o enfermaba, era a esta mujer pelirroja, experta en sanar, a la que se iba a buscar. Y, sin embargo, ahora ya no había ni rastro de ella, pero nadie parecía preguntarse qué había sido de aquella mujer, ni se lamentaban de su ausencia. Cuando una mañana Axl mencionó el asunto a tres vecinos mientras trabajaban juntos rompiendo la capa de hielo que cubría un campo, su respuesta le dejó claro que no sabían de qué les hablaba. Uno de ellos incluso había hecho una pausa momentánea en el trabajo en un esfuerzo por recordar, pero había acabado negando con la cabeza.

–Tuvo que ser hace mucho tiempo –sentenció.

–Yo tampoco recuerdo en absoluto a esa mujer –le había asegurado Beatrice cuando él le sacó el tema una noche–. Axl, tal vez te la imaginaste en sueños porque te gustaría contar con alguien así, pese a que tienes una esposa que está a tu lado y que es capaz de mantener la espalda erguida mejor que tú.

Eso había sucedido en algún momento del otoño pasado y habían permanecido echados uno junto al otro en su lecho, completamente a oscuras, escuchando cómo la lluvia repiqueteaba contra su refugio.

–Es cierto que en todos estos años apenas has envejecido, princesa –le había dicho Axl–. Pero esa mujer no era un sueño y tú misma la recordarías si dedicases un momento a pensar en ella. Hace tan sólo un mes estaba ante nuestra puerta, un alma bondadosa preguntando si necesitábamos que nos trajera algo. Seguro que lo recuerdas.

–¿Pero por qué pretendía traernos algo? ¿Tenía alguna relación de parentesco con nosotros?

–Creo que no, princesa. Sólo trataba de ser amable. Seguro que lo recuerdas. Aparecía a menudo ante la puerta preguntando si teníamos frío o hambre.

–Lo que pregunto, Axl, es ¿por qué tenía esas deferencias con nosotros?

–Yo también me lo preguntaba entonces, princesa. Recuerdo haber pensado: vaya, he aquí a una mujer que se preocupa por atender a los enfermos y sin embargo nosotros dos estamos tan sanos como el resto de la comunidad. ¿Tal vez hay rumores de alguna plaga inminente y ella ha venido para examinarnos? Pero resulta que no hay ninguna plaga y esa mujer simplemente está siendo amable. Ahora que hablamos de ella, me vienen más recuerdos a la cabeza. Se quedó allí de pie y nos dijo que no nos angustiásemos cuando los niños se mofaban de nosotros. Eso fue todo. Y no volvimos a verla.

–Axl, no sólo esa mujer pelirroja es fruto de tu imaginación, sino que además resulta que es tan tonta como para preocuparse por unos cuantos niños y sus juegos.

–Eso es lo que pensé entonces, princesa. Qué daño pueden hacernos unos niños que simplemente pasan el rato por aquí cuando fuera hace un tiempo de perros. Le dije que ni se nos había pasado por la cabeza pensar en eso, pero ella insistió amablemente. Y recuerdo que entonces dijo que era una pena que hubiéramos pasado tantas noches sin una simple vela.

–Si a esa mujer le apenaba que no dispusiésemos de una vela –había dicho Beatrice–, al menos en algo tenía toda la razón. Es un insulto que se nos haya prohibido tener una vela en noches como ésta, teniendo, como tenemos, unas manos tan firmes como las de cualquiera de ellos. Mientras que hay otros que tienen velas en sus estancias pese a que cada noche se les sube la sidra a la cabeza o incluso tienen niños que corretean como salvajes. Y sin embargo nos han quitado la vela a nosotros, y ahora, Axl, apenas puedo ver tu silueta pese a que estás pegado a mí.

–No tienen ninguna voluntad de ofendernos, princesa. Simplemente es el modo en que siempre se han hecho las cosas, no hay más motivos.

–Bueno, tu mujer imaginaria no es la única que considera que es desconcertante que nos tengan que quitar la vela. Ayer, o tal vez fue anteayer, fui hasta el río y al pasar junto a las mujeres estoy segura de que les oí decir, cuando creían que ya no podía oírlas, la desgracia que era que una pareja que todavía camina perfectamente erguida como nosotros tuviera que pasar todas las noches a oscuras. De modo que esa mujer con la que has soñado no es la única que piensa de este modo.

–No es fruto de mi imaginación. Te lo repito, princesa. Hace un mes aquí todo el mundo la conocía y tenía una palabra amable para ella. ¿Cuál puede ser la causa de que todos, incluida tú, os hayáis olvidado por completo de su existencia?

Al recordar ahora, en esta mañana de primavera, la conversación, Axl se sintió casi preparado para admitir que había estado equivocado con respecto a la mujer pelirroja. Era, después de todo, un hombre de edad avanzada, propenso a las confusiones ocasionales. Sin embargo, este asunto de la mujer pelirroja era uno más de una sucesión de episodios desconcertantes. Resultaba frustrante que ahora no le vinieran a la cabeza algunos de los múltiples ejemplos, pero había muchos, de eso no había duda. Estaba, sin ir más lejos, el incidente relacionado con Marta.

Era una niña de nueve o diez años que siempre había tenido reputación de no temerle a nada. Todas esas historias que ponían los pelos de punta sobre lo que les podía suceder a los niños que se iban por ahí solos no parecían hacer mella en su afición por la aventura. De modo que la tarde en que, cuando quedaba menos de una hora de luz diurna, con la niebla avanzando y los aullidos de los lobos oyéndose por la ladera de la colina, se corrió la voz de que Marta había desaparecido, todo el mundo dejó lo que estaba haciendo, alarmado. Durante un rato, varias voces gritaron su nombre por toda la madriguera y se oyeron pasos corriendo arriba y abajo por los pasadizos mientras los aldeanos revisaban cada dormitorio, los huecos excavados como almacenes, las cavidades bajo los travesaños, cualquier escondrijo en el que una niña pudiese meterse para divertirse.

Y entonces, en plena situación de pánico, dos pastores que regresaban de su turno en las colinas entraron en la Gran Sala y empezaron a calentarse junto al fuego. Mientras lo hacían, uno de ellos comentó que el día anterior habían visto a un águila volando en círculo sobre sus cabezas, una, dos y hasta tres veces. No había duda, dijeron, de que era un águila. Sus palabras se extendieron rápidamente y al poco rato se congregó alrededor del fuego una multitud para escuchar a los pastores. Incluso Axl se apresuró para unirse a los demás, ya que la aparición de un águila en su país era desde luego una novedad. Entre los muchos poderes que se les atribuían a las águilas estaba la capacidad de ahuyentar a los lobos, y en otros lugares, se decía, los lobos habían desaparecido gracias a esas aves.

Al principio los dos pastores fueron ávidamente interrogados y les hicieron repetir la historia que contaban una y otra vez. Progresivamente se empezó a extender el escepticismo entre sus oyentes. Se habían oído historias parecidas muchas veces, señaló alguien, y siempre se había demostrado que eran infundadas. Otro de los presentes recordó que estos mismos pastores habían contado la misma historia la primavera pasada y después no se produjo ni un solo avistamiento. Los pastores negaron indignados haber contado nada de eso en el pasado y la multitud no tardó en dividirse entre los que se pusieron del lado de los pastores y los que afirmaban recordar vagamente el supuesto episodio del pasado año.

A medida que la trifulca se avivaba, Axl notó que le invadía esa familiar sensación agobiante de que algo no cuadraba y, alejándose del griterío y los empellones, salió al exterior para contemplar el cielo del anochecer y la niebla que se deslizaba a ras de suelo. Y al cabo de un rato, las piezas empezaron a encajar en su cabeza: la desaparición de Marta, el peligro, cómo no hacía mucho todo el mundo la había estado buscando. Pero estos recuerdos ya se estaban haciendo confusos, de un modo parecido a como un sueño se diluye durante los segundos posteriores al despertar, y sólo mediante un supremo acto de concentración Axl logró retener la imagen de Marta mientras las voces a sus espaldas seguían discutiendo sobre el águila. Y entonces, mientras seguía allí plantado, oyó la voz de una niña canturreando para sí misma y vio emerger a Marta de entre la niebla ante él.

—Eres muy rara, niña —le dijo Axl al verla venir brincando hacia él—. ¿No tienes miedo de la oscuridad? ¿De los lobos o de los ogros?

—Oh, sí que les tengo miedo, señor —le respondió con una sonrisa—. Pero sé cómo esconderme de ellos. Espero que mis padres no hayan preguntado por mí. La semana pasada encontré un escondrijo perfecto.

—¿Preguntado por ti? Evidentemente que han preguntado por ti. La aldea entera te busca. Escucha el alboroto que hay ahí dentro. Eso es por ti, niña.

Marta se rió y comentó:

—¡Oh, déjelo ya, señor! Ya sé que no me han echado de menos. Y oigo perfectamente que ahí dentro no están hablando a gritos sobre mí.

Cuando la niña dijo eso, Axl pensó que sin duda tenía razón: las voces que llegaban desde el interior no discutían sobre ella, sino sobre otro asunto completamente distinto. Se inclinó hacia la entrada para escuchar mejor, y al cazar al vuelo una frase suelta entre los gritos empezó a recordar la historia de los pastores y el águila. Se estaba preguntando si debería explicarle algo de eso a Marta cuando de pronto ella pasó junto a él y se deslizó hacia el interior.

La siguió, imaginando el alivio y la alegría que causaría la reaparición de la niña. Y, sinceramente, se le pasó por la cabeza que al entrar con ella le atribuirían parte del mérito de su regreso. Pero cuando los dos se asomaron a la Gran Sala, los aldeanos seguían tan enfrascados en su trifulca con los pastores que sólo unos pocos se tomaron la molestia de volver la cabeza hacia él y la niña. La madre de Marta sí se apartó de la multitud lo suficiente para decirle a su hija: «¡De modo que aquí estás! ¡No se te ocurra volver a desaparecer así! ¿Cómo tengo que decírtelo?», antes de volver a dirigir su atención a la disputa alrededor del fuego. Al verlo, Marta sonrió a Axl como diciéndole: «¿Ves lo que te decía?», y desapareció entre las sombras en busca de sus amiguitos.

La luz había empezado a aumentar significativamente en la estancia. Su habitación, como estaba en la zona periférica, tenía una ventana que daba al exterior, aunque era demasiado alta como para mirar por ella sin subirse a una banqueta. En ese momento estaba tapada con una tela, pero un temprano rayo de sol se colaba por una esquina, proyectando un haz de luz hacia donde Beatrice dormía. Axl descubrió, resaltado por ese rayo, lo que parecía un insecto merodeando alrededor de la cabeza de su esposa. De pronto se percató de que era una araña, suspendida en el aire gracias a su invisible hilo vertical, y mientras la contemplaba, la intrusa inició su suave descenso. Levantándose sin hacer ruido, Axl atravesó la pequeña estancia, barrió con la mano el aire sobre la cabeza de su mujer dormida y atrapó a la araña en la palma. Permaneció unos instantes allí de pie, contemplando a Beatrice. Había en su rostro dormido una placidez que últimamente era difícil de ver cuando estaba despierta, y la repentina ráfaga de felicidad que esa imagen le trajo le cogió por sorpresa. Supo entonces que la decisión estaba tomada y sintió de nuevo el impulso de despertarla para contarle las novedades. Pero le frenó lo egoísta que resultaba una decisión así, y, además, ¿cómo podía estar tan seguro de la reacción de ella? Al final decidió regresar sigilosamente a la banqueta y, mientras se volvía a sentar, se acordó de la araña y abrió lentamente la mano.

Cuando un rato antes había estado sentado fuera en el banco, esperando los primeros rayos del sol, había intentado recordar cuándo hablaron por primera vez de la idea del viaje Beatrice y él. En ese momento pensó que fue durante una conversación que mantuvieron una noche en esta misma estancia, pero ahora, mientras contemplaba cómo la araña correteaba por el canto de su mano y se escabullía por el suelo de tierra, de repente tuvo claro que la primera vez que mencionaron el asunto fue ese día en que aquella desconocida vestida con oscuros harapos había pasado por la aldea.

La mañana había sido plomiza –¿el pasado noviembre, tanto tiempo atrás?– y Axl había estado siguiendo el curso del río por un sendero sobre el que colgaban las ramas de los sauces. Regresaba apresuradamente a la madriguera desde los campos, tal vez para recoger alguna herramienta o recibir nuevas instrucciones del capataz. En cualquier caso, se detuvo al oír unas voces tras los arbustos que tenía a su derecha. Lo primero que pensó era que se trataba de ogros y buscó a su alrededor una piedra o un palo. Pero enseguida se percató de que las voces –todas femeninas–, aunque enojadas y alteradas, no transmitían la sensación de pánico que acompañaba los ataques de los ogros. De todos modos, se abrió camino con determinación a través de una maraña de arbustos de enebro y se plantó dando un traspié en un claro en el que vio a cinco mujeres –no en su primera juventud, pero todavía en edad fértil– que permanecían de pie muy juntas. Le daban la espalda y siguieron gritándole a algo que había a lo lejos. Él logró acercarse mucho a ellas antes de que una se sobresaltase al percatarse de su presencia, pero entonces las demás se volvieron y lo miraron casi con insolencia.

–Bueno, bueno –dijo una de ellas–. Tal vez sea una casualidad o tal vez sea algo más. Pero aquí está el marido y con suerte la hará entrar en razón.

La mujer que lo había descubierto comentó:

–Le hemos dicho a vuestra esposa que no fuera, pero no nos ha hecho caso. Se ha empeñado en llevarle comida a la forastera, pese a que parece un demonio o algún tipo de elfo disfrazado.

–¿Corre peligro mi esposa? Señoras, por favor, aclárenmelo.

–Esa desconocida lleva toda la mañana merodeando a nuestro alrededor –explicó otra–. Con la melena cayéndole por la espalda y ataviada con una andrajosa capa negra. Ha dicho que era sajona, pero no va vestida como ningún sajón con el que nos hayamos cruzado. Ha intentado acercarse sigilosamente a nosotras en la ribera del río mientras hacíamos la colada, pero la hemos descubierto a tiempo y la hemos ahuyentado. Sin embargo, ella no ha dejado de merodear, actuando como si estuviese desconsolada por algo, y en otros momentos pidiéndonos comida. Nos ha parecido que todo el rato dirigía sus hechizos directamente sobre vuestra esposa, señor, porque a lo largo de la mañana ya hemos tenido que agarrar a Beatrice por los brazos para retenerla, por lo decidida que se mostraba a acercarse a ese demonio. Y ahora nos ha apartado a todas y se ha ido directa hacia el viejo espino, donde ese demonio estaba sentada esperándola. Hemos intentado impedirlo por todos los medios, señor, pero los poderes de ese demonio deben haber penetrado en ella, porque ha desplegado una fuerza sobrenatural para una mujer tan frágil y anciana como vuestra esposa.

–El viejo espino…

–Se ha marchado hace un momento, señor. Pero sin duda esa mujer es un demonio, y si la seguís tened cuidado de no tropezar o pincharos con un cardo envenenado que os produzca una herida de esas que no se curan nunca.

Axl se esforzó por ocultar la irritación que le provocaban esas mujeres y dijo con tono amable:

–Os estoy muy agradecido, señoras. Iré a comprobar qué le sucede a mi esposa. Disculpadme.

Para nuestros aldeanos, el «viejo espino» se refería tanto a un paraje como al propio espino que crecía aparentemente justo sobre la roca al borde del promontorio, a poca distancia de la madriguera. Los días soleados, si no hacía demasiado viento, era un lugar agradable para pasar el rato. Desde allí se tenía una panorámica estupenda de la ladera que descendía hasta el agua, del meandro que trazaba el río y de los pantanos que se extendían más allá.

Los domingos los niños solían jugar alrededor de las nudosas raíces y en ocasiones se atrevían a saltar desde el borde del promontorio, lo que de hecho no representaba más que una pequeña caída que no podía causar daño a ningún niño, como mucho hacerle rodar como un barril por la pendiente cubierta de hierba.

Pero en una mañana como ésa, en la que los adultos y también los niños tenían muchas tareas por delante, el lugar probablemente estaría desierto, y a Axl, que ascendía por la pendiente entre la niebla, no le sorprendió ver que las dos mujeres estaban solas, sus cuerpos apenas siluetas recortadas contra el cielo blanquinoso. En efecto, la desconocida, sentada con la espalda apoyada en la roca, vestía de un modo peculiar. Desde la distancia, al menos, la capa parecía hecha de varias piezas de tela zurcidas y en ese momento aleteaba movida por el viento, lo cual le daba a su propietaria el aspecto de un pájaro a punto de levantar el vuelo. Junto a ella, Beatrice –de pie, con la cabeza inclinada hacia su compañera– parecía menuda y vulnerable. Mantenían una vivaz conversación, pero al descubrir que Axl se acercaba desde abajo, se callaron y lo observaron. Entonces Beatrice se acercó al borde del promontorio y le gritó:

–¡Detente donde estás, esposo, no sigas avanzando! Yo me acercaré a ti. Pero no subas hasta aquí porque perturbarás el sosiego de esta pobre mujer ahora que por fin puede dar descanso a sus pies y comer un poco del pan de ayer.

Axl esperó tal como le pedía y al poco rato vio que su esposa descendía por el sendero en su dirección. Llegó hasta él y, sin duda preocupada por que el viento pudiese llevar sus palabras hasta la forastera, le dijo en voz baja:

–¿Esas chifladas te han mandado en mi busca, esposo? Cuando yo tenía su edad, estoy segura de que eran las ancianas las que estaban llenas de temores y creencias absurdas, convencidas de que cada piedra estaba maldita y cada gato vagabundo era un

24

espíritu maligno. Pero ahora que yo me he convertido en una vieja, me encuentro con que son las jóvenes las que están llenas de estas creencias, como si nunca hubieran escuchado la promesa del Señor de caminar a nuestro lado a todas horas. Mira a esa pobre forastera, mírala con tus propios ojos, agotada y sola, y ha estado vagando por el bosque y los campos durante cuatro días, y en un pueblo tras otro la han obligado a seguir su camino. Y eso que se trata de un país cristiano, pero la han tomado por un demonio o tal vez una leprosa, pese a que su piel no tiene ninguna marca de ello. Bueno, esposo, espero que no hayas venido para decirme que no debo reconfortar a esta pobre mujer y ofrecerle la poca comida que llevo encima.

–Jamás te diría algo así, princesa, porque veo con mis propios ojos que lo que dices es cierto. Antes incluso de llegar hasta aquí ya estaba pensando lo vergonzoso que resulta que ya no podamos recibir a una forastera con amabilidad.

–Entonces sigue con tus asuntos, esposo, porque estoy segura de que van a quejarse otra vez de lo lento que eres con el trabajo y antes de que te des cuenta volverán a mandar a los niños a corear nuestros nombres mofándose.

–Nadie se ha quejado nunca de que haga mi trabajo con lentitud, princesa. ¿Dónde has oído eso? Jamás he oído una queja de este tipo, y soy capaz de cargar con lo mismo que cualquier hombre veinte años más joven.

–Sólo te estoy provocando, esposo. Está claro que nadie se ha quejado de tu trabajo.

–Si hay niños que nos molestan, no tiene nada que ver con que yo trabaje rápido o lento, sino con que sus padres son demasiado necios o más bien están demasiado borrachos como para enseñarles buenos modales o inculcarles la necesidad de ser respetuosos.

–Tranquilízate, esposo. Ya te he dicho que te estaba provocando y no lo volveré a hacer. La forastera me estaba contando algo que me interesa mucho y que en algún momento también podría interesarte a ti. Pero tiene que acabar de contármelo, de modo que debo pedirte de nuevo que vuelvas a la tarea que te hayan encomendado y me permitas seguir escuchándola y dándole todo el consuelo que pueda.

–Princesa, discúlpame si mi tono ha sido demasiado áspero.

Pero Beatrice ya se había dado la vuelta y estaba ascendiendo de nuevo por el sendero, de regreso hacia el espino y la silueta de la capa aleteante.

Un poco más tarde, después de haber cumplido con el trabajo que le habían asignado, Axl regresaba hacia los campos y, aun a riesgo de poner a prueba la paciencia de sus colegas, se desvió del camino para volver a pasar por el viejo espino. Porque lo cierto era que aunque compartía por completo el desprecio de su esposa hacia las suspicacias de aquellas mujeres, él mismo no se había podido liberar de la idea de que la forastera suponía algún tipo de amenaza y se sentía inquieto después de haber dejado a Beatrice con ella. Por eso se sintió aliviado cuando vio la silueta de su esposa, sola en el promontorio delante de la roca, contemplando el cielo. Parecía abstraída en sus pensamientos y no se percató de su presencia hasta que él la llamó. Mientras Axl observaba cómo ella descendía por el sendero, más lentamente que antes, se le pasó por la cabeza por primera vez que últimamente había algo distinto en su manera de caminar. No era exactamente que cojease, pero era como si se moviese con cuidado por algún dolor secreto en alguna parte de su cuerpo. Cuando le preguntó, en cuanto la tuvo cerca, qué había sido de su extraña compañera, Beatrice se limitó a decir:

–Ha seguido su camino.

–Supongo que habrá quedado muy agradecida de tus atenciones, princesa. ¿Has hablado con ella mucho rato?

–Así es, y ella tenía un montón de cosas que contar.

–Ya veo que algo de lo que te ha dicho te ha inquietado, princesa. Tal vez esas mujeres tenían razón y era mejor evitar a esa desconocida.

–No me ha incomodado, Axl. Pero me ha hecho reflexionar.

–Te comportas de un modo extraño. ¿Estás segura de que no te ha lanzado algún conjuro antes de desvanecerse en el aire?

–Sube hasta el espino, esposo, y todavía la verás caminando por el sendero, porque hace poco que se ha marchado. Tiene la esperanza de que los del otro lado de la colina sean más caritativos con ella.

–Bueno, entonces te dejo, princesa, ahora que ya he comprobado que no te ha sucedido nada malo. Dios se sentirá complacido por la bondad que has demostrado, como siempre haces.

Pero esta vez su esposa parecía reacia a dejarlo marchar. Le agarró del brazo, como si por un momento necesitase un apoyo para mantener el equilibrio, y después reposó la cabeza sobre su pecho. Como movida por su propia iniciativa, la mano de él se alzó para acariciarle el cabello, que el viento le había enredado, y cuando Axl bajó la mirada para contemplarle el rostro le sorprendió comprobar que ella tenía los ojos abiertos de par en par.

–Estás rara, no hay duda –dijo Axl–. ¿Qué te ha dicho la desconocida?

Ella mantuvo la cabeza pegada a su pecho un rato más. Después se irguió y se apartó de él.

–Ahora que pienso en ello, Axl, tiene que haber algo de verdad en lo que siempre dices. Resulta raro el modo en que todo el mundo olvida a las personas y las cosas de ayer mismo y del día anterior a ése. Como si una enfermedad se cerniera sobre nosotros.

–Es justo lo que te decía, princesa. Piensa por ejemplo en esa mujer pelirroja...

–Olvídate de la mujer pelirroja, Axl. Lo importante es qué otras cosas no recordamos. –Había hablado con la vista perdida en la lejanía cubierta por una capa de niebla, pero ahora lo miró directamente y él pudo comprobar que sus ojos estaban cargados de tristeza y anhelo. Y fue justo entonces, estaba seguro de eso, cuando ella le dijo–: Llevas tiempo resistiéndote, Axl, lo sé. Pero ha llegado el momento de volver a pensar en ello. Hay un viaje que debemos emprender sin más demora.

–¿Un viaje, princesa? ¿Qué tipo de viaje?

–Un viaje al pueblo de nuestro hijo. No está lejos, esposo, eso lo sabemos. Incluso con nuestros pasos lentos, nos llevará sólo unos días de camino como mucho, un trayecto hacia el este, más allá de la Gran Planicie. Y la primavera está a punto de llegar.

–Claro que deberíamos emprender ese viaje, princesa. ¿Algo de lo que te ha dicho esa desconocida te ha hecho pensar en ello?

–Es algo que lleva mucho tiempo ocupando mis pensamientos, Axl, aunque lo que me ha dicho esa pobre mujer me ha hecho tomar la decisión de no retrasarlo más. Nuestro hijo nos espera en su pueblo. ¿Cuánto tiempo más va a tener que esperarnos?

–Princesa, en cuanto llegue la primavera, pensaremos en ese viaje. ¿Pero por qué dices que he sido yo quien siempre ha dado largas a emprenderlo?

–Ahora mismo no recuerdo todo lo que ha sucedido entre nosotros en relación con este asunto, Axl. Sólo que tú siempre te has resistido, incluso cuando yo suspiraba por emprenderlo.

–Bueno, princesa, retomemos esta conversación cuando no haya trabajo pendiente y vecinos dispuestos a acusarnos de ser lentos. Ahora debo seguir mi camino. Volveremos a hablar de esto en breve.

Pero durante los siguientes días, aunque en algún momento aludiesen a la idea de este viaje, no abordaron el tema seriamente. Porque percibían que se sentían extrañamente incómodos cada vez que sacaban a colación el asunto y no tardó en generarse entre ellos un pacto, del modo tácito en que se producen estos pactos entre marido y mujer que llevan conviviendo muchos años, para eludir el tema en la medida de lo posible. Digo «en la medida de lo posible» porque en ocasiones parecía generarse una necesidad –una obligación, podríamos decir– a la que el uno o la otra se veían obligados a ceder. Pero fuese la que fuese la discusión que mantuviesen en esas circunstancias, inevitablemente finalizaba enseguida con evasivas o de mal humor. Y en una ocasión en que Axl le preguntó directamente a su esposa qué le había dicho la desconocida ese día junto al viejo espino, la expresión de Beatrice se ensombreció y pareció a punto de romper a llorar. Después de que sucediese eso, Axl se cuidó de evitar cualquier referencia a la desconocida.

Pasado algún tiempo, Axl ya no era capaz de recordar por qué habían empezado a hablar de ese viaje, e incluso qué significaba para ellos. Pero entonces, esa mañana, sentado en el exterior en la fría hora que precede al alba, pareció recuperar al menos parcialmente la memoria y recordó muchas cosas: la mujer pelirroja; Marta; la forastera con harapos oscuros, y otros recuerdos que no son relevantes para nosotros. Y había recordado de un modo muy vívido lo sucedido un domingo de hacía unas semanas, cuando a Beatrice le habían quitado la vela.

Los domingos eran el día de asueto para los aldeanos, al menos en el sentido de que no trabajaban en los campos. Pero había que seguir cuidando del ganado y con tantas tareas pendientes, el pastor había acabado aceptando la imposibilidad de prohibir cualquier actividad que pudiese considerarse trabajo. De modo que cuando ese domingo concreto Axl emergió al resplandor del sol primaveral después de haberse pasado la mañana remendando botas, se encontró con sus vecinos desperdigados por el terreno alrededor de la madriguera, algunos sentados en la irregular hierba y otros en pequeños taburetes o sobre troncos, conversando, riendo y trabajando. Los niños jugueteaban por todos lados y varios de ellos se habían reunido alrededor de dos adultos que estaban construyendo sobre la hierba una rueda para un carro. Era el primer domingo del año en que el tiempo permitía llevar a cabo estas actividades en el exterior y se respiraba un ambiente casi festivo. Sin embargo, mientras permanecía plantado ante la entrada de la madriguera y observaba el paisaje detrás de los aldeanos, allí donde el terreno descendía hacia los pantanos, Axl vio la niebla que volvía a levantarse y supuso que cuando llegase la tarde estarían de nuevo envueltos en un manto gris y húmedo.

Llevaba un rato allí de pie cuando se percató del revuelo que se extendía desde el cercado hasta los campos de pastoreo. Al principio no le prestó atención, pero de pronto la brisa trajo un sonido que lo puso en alerta. Porque mientras que su vista se había ido haciendo enojosamente borrosa con los años, el oído de Axl seguía siendo del todo fiable y había distinguido, entre los gritos de la multitud agolpada junto al cercado, la voz de Beatrice que se alzaba angustiada.

Otros también dejaban lo que estaban haciendo para volverse y ver qué sucedía. Pero Axl arrancó a correr entre ellos, esquivando a duras penas a los niños que jugaban por allí y los objetos que los aldeanos habían dejado desparramados sobre la hierba. Sin embargo, antes de que pudiera llegar hasta la pequeña multitud que se agolpaba a empujones, ésta de pronto se dispersó y del centro emergió Beatrice, que apretaba algo con ambas manos contra su pecho. Las expresiones de los rostros de quienes la rodeaban mostraban en su mayoría diversión, pero la mujer que apareció repentinamente justo detrás del hombro de su esposa —la viuda de un herrero que había fallecido por las fiebres el año pasado— tenía una mueca de ira. Beatrice se desembarazó de su acosadora, con su propio rostro convertido en una rígida, casi inexpresiva máscara, pero cuando vio a Axl acercándose a ella, el mohín se descompuso por la emoción.

Al pensar ahora en eso, a Axl le parecía que la expresión en el rostro de su esposa había sido, sobre todo, de apabullante alivio. No se trataba de que Beatrice creyese que todo se arreglaría en cuanto él llegase a su lado, pero su presencia había sido importante para ella. Lo había mirado no sólo con alivio, sino también con un gesto semejante a la súplica, y le había tendido el objeto que protegía tan celosamente.

—¡Esto es nuestro, Axl! Ya no permaneceremos más tiempo sentados a oscuras. ¡Cógelo, rápido, esposo, es nuestro!

Le tendía una chata y algo deforme vela. La viuda del herrero intentó arrebatársela de nuevo, pero Beatrice apartó de un golpe la mano invasora.

—¡Cógela, esposo! Esa niña, la pequeña Nora, me la ha traído esta mañana después de hacerla con sus propias manos, porque pensaba que estaríamos hartos de pasar las noches como lo hacemos.

Eso desató otra ronda de gritos y algunas risas. Pero Beatrice continuó mirando a Axl, con unos ojos llenos de confianza y súplica, y fue esa imagen de su rostro lo primero que a Axl le había venido a la cabeza esa mañana cuando estaba sentado en el banco en el exterior de la madriguera esperando a que despuntase el alba. ¿Cómo era posible que hubiese olvidado ese episodio que no podía haber sucedido hacía más de tres semanas? ¿Cómo podía ser que no hubiese vuelto a pensar en ello hasta entonces?

Pese a que había alargado el brazo, no había sido capaz de coger la vela —la multitud le había impedido alcanzarla— y había dicho, en voz alta y con cierto aplomo: «No te preocupes, princesa. No te preocupes.» Era consciente de la vacuidad de lo que estaba diciendo incluso mientras hablaba, de modo que le sorprendió que la multitud enmudeciese, e incluso la viuda del herrero diese un paso atrás. Sólo entonces se dio cuenta de que no era una reacción a sus palabras, sino al pastor que se acercaba por detrás de él.

—¿Qué modales son éstos para el día del Señor? —El pastor avanzó a grandes zancadas dejando atrás a Axl y fulminó con la mirada a la multitud ahora enmudecida—. ¿Y bien?

—Es por la señora Beatrice, señor —explicó la viuda del herrero—. Ha conseguido una vela.

El rostro de Beatrice volvía a ser una rígida máscara, pero no evitó la mirada del pastor cuando éste le clavó los ojos.

—Puedo ver con mis propios ojos que así es, señora Beatrice —dijo el pastor—. No habréis olvidado el edicto del consejo que dice que a vos y a vuestro marido no se os permite tener velas en su estancia.

31

–Ninguno de los dos ha volcado una vela en su vida, señor. No pensamos seguir pasando noche tras noche a oscuras.

–La decisión ha sido tomada y deberéis cumplirla mientras el consejo no decida lo contrario.

Axl vio que la rabia resplandecía en los ojos de Beatrice.

–No es más que pura crueldad. Eso es lo que es. –Lo dijo con voz queda, casi susurrándolo, pero mirando directamente a los ojos del pastor.

–Quitadle la vela –ordenó el pastor–. Haced lo que os digo. Quitádsela.

Mientras varias manos se abalanzaban sobre ella, Axl tuvo la sensación de que Beatrice no había entendido bien lo que había dicho el pastor. Porque permaneció inmóvil entre el zarandeo, con expresión de desconcierto, mientras seguía agarrando la vela como movida por algún instinto atávico. Pareció que la dominaba el pánico y de nuevo estiró el brazo ofreciéndole la vela a Axl, y así lo mantuvo incluso cuando le hicieron perder el equilibrio con los empujones. No se cayó, porque los que la rodeaban estaban pegados a ella y, una vez recuperado el equilibrio, continuó ofreciéndole a Axl la vela. Él intentó cogerla, pero otra mano se la arrebató, y entonces la voz del pastor sonó atronadora:

–¡Basta! Dejad a la señora Beatrice en paz y que nadie se muestre irrespetuoso con ella. Es una anciana y no sabe lo que hace. ¡Basta, he dicho! Éste no es un comportamiento adecuado para el día del Señor.

Axl, que finalmente logró llegar hasta ella, la abrazó, y la multitud se disolvió. Cuando recordaba ese momento, tenía la sensación de que se mantuvieron en esa posición durante mucho rato, ambos de pie muy juntos, ella con la cabeza reposando en su pecho, igual que había hecho el día de la visita de la desconocida, como si simplemente estuviese agotada y quisiera recuperar el aliento. Él seguía abrazándola mientras el pastor volvía a pedir a la gente que se dispersase. Cuando por fin se separaron y miraron a su alrededor, se dieron cuenta de que estaban solos junto al campo en que pastaba la vaca y su cercado de madera.

—¿Qué más da, princesa? —dijo él—. ¿Para qué necesitamos una vela? Estamos ya muy acostumbrados a movernos por la estancia sin tener una. ¿Y acaso no estamos lo bastante entretenidos con nuestras conversaciones, con o sin vela?

Axl la observó con atención. Beatrice tenía un aire soñador y no parecía particularmente enojada.

—Lo siento, Axl —se disculpó—. Nos han quitado la vela. Debería haberla mantenido en secreto y haberlo comentado sólo entre nosotros dos. Pero me sentí tan feliz cuando esa niña me la obsequió, y además la había hecho especialmente para nosotros. Y ahora nos la han quitado. No importa.

—No importa en absoluto, princesa.

—Creen que somos un par de lelos, Axl.

Beatrice dio un paso adelante y volvió a reposar la cabeza sobre el pecho de Axl. Y entonces le dijo, con la voz amortiguada, de modo que en un primer momento él pensó que la había entendido mal:

—Nuestro hijo, Axl. ¿Recuerdas a nuestro hijo? Ahora, mientras me zarandeaban, me he acordado de nuestro hijo. Un hombre bueno, fuerte y honesto. ¿Por qué debemos seguir en este lugar? Vayamos al pueblo de nuestro hijo. Él nos protegerá y cuidará de que nadie nos amenace. ¿No vas a cambiar de opinión, después de tantos años, Axl? ¿Sigues sosteniendo que no podemos ir en su busca?

Mientras decía eso, con la boca contra su pecho, un montón de retazos de recuerdos se agolparon en la cabeza de Axl, tantos que sintió que estaba al borde del desmayo. Aflojó el abrazo y se apartó un poco, porque temía tambalearse y provocar que ella perdiese el equilibrio.

—¿Qué estás diciendo, princesa? ¿Me he negado yo alguna vez a que partiéramos hacia el pueblo de nuestro hijo?

—Pues claro que sí, Axl. Desde luego que sí.

–¿Cuándo me he opuesto yo a emprender ese viaje, princesa? –Siempre he creído que así era, esposo. Pero, oh, Axl, ahora mismo no recuerdo claramente que te opusieras. ¿Y qué hacemos aquí fuera, por muy bonito que sea el día? Beatrice parecía de nuevo confundida. Miró a Axl a la cara, después echó un vistazo a su alrededor, al agradable resplandor del sol, mientras sus vecinos de nuevo estaban pendientes de lo que ellos hacían.

–Vamos a sentarnos en nuestra estancia –propuso ella poco después–. Pasemos un rato a solas. Hace un día bonito, es cierto, pero estoy muy cansada. Vamos dentro.

–De acuerdo, princesa. Siéntate y descansa un rato, a resguardo de este sol. Enseguida te encontrarás mejor.

Ahora ya había más gente despierta en la madriguera. Los pastores debían de haber partido hacía un rato, aunque él había estado tan ensimismado que ni siquiera los había oído. Desde la otra punta de la estancia, Beatrice emitió un murmullo, como si se dispusiera a cantar, y después se dio la vuelta bajo las mantas. Reconociendo la señal, Axl rodeó el lecho en silencio, se sentó con cuidado en el borde y esperó.

Beatrice se incorporó un poco, entreabrió los ojos y miró a Axl.

–Buenos días, esposo –dijo por fin–. Me alegra comprobar que los espíritus no han decidido llevarte con ellos mientras yo dormía.

–Princesa, hay algo de lo que quiero hablarte.

Beatrice siguió mirándolo, todavía con los ojos sólo entreabiertos. Se sentó en la cama, con el rostro iluminado por el haz de luz que antes había iluminado a la araña. La melena gris, sin recoger y enmarañada, caía con cierta rigidez por debajo de sus hombros, pero pese a todo Axl sintió que la felicidad lo invadía al verla bajo la luz de la mañana.

–¿Qué tienes que decirme, Axl, y antes incluso de que pueda sacarme las legañas de los ojos?

–Ya hemos hablado antes de ello, princesa, del viaje que deberíamos emprender. Bueno, la primavera ya está aquí, y tal vez sea el momento idóneo para partir.

–¿Partir, Axl? ¿Partir cuándo?

–En cuanto podamos. Sólo estaremos fuera unos días. La aldea puede prescindir de nosotros. Hablaremos con el pastor.

–¿E iremos a visitar a nuestro hijo, Axl?

–Ahí es donde iremos. A ver a nuestro hijo.

Fuera los pájaros cantaban a coro. Beatrice se volvió para contemplar la ventana, iluminada por el sol que se filtraba a través de la tela que la tapaba.

–Hay días en que lo recuerdo con bastante claridad –dijo ella–. Pero entonces al día siguiente es como si sobre mi memoria cayese un velo. Pero nuestro hijo es un hombre bueno y honesto, de eso estoy segura.

–¿Por qué no está con nosotros ahora, princesa?

–No lo sé, Axl. Puede que sea porque se peleó con los ancianos y tuvo que marcharse. He preguntado por ahí y nadie se acuerda de él. Pero no hubiera hecho nada que hiciese caer la vergüenza sobre él, de eso estoy segura. ¿Tú no recuerdas nada, Axl?

–Mientras estaba ahí fuera, he hecho un esfuerzo por recordar todo lo posible durante esos momentos de quietud, y me han vuelto a la memoria un montón de cosas. Pero soy incapaz de recordar a nuestro hijo, ni su rostro ni su voz, pese a que en ocasiones creo que puedo visualizarlo cuando era un niño y lo llevaba de la mano por la orilla del río, o en una ocasión en que lloriqueaba y yo me acerqué a él para reconfortarlo. Pero el aspecto que tiene actualmente, dónde vive o si también él tiene un hijo, eso no lo recuerdo en absoluto. Tenía la esperanza de que tú recordases alguna cosa más, princesa.

–Es nuestro hijo –dijo Beatrice–. De modo que puedo sentir cosas sobre él, aunque no lo recuerde con claridad. Y sé que desea que nos marchemos de este lugar y vivamos con él bajo su protección.

–Es carne de nuestra carne, de modo que ¿por qué no iba a querer que fuésemos a vivir con él?

–Pese a todo, echaré de menos este lugar. Nuestra pequeña estancia y esta aldea. No es fácil abandonar el lugar en el que has vivido toda tu vida.

–Nadie te pide que lo hagas sin meditarlo muy bien, princesa. Hace un rato, mientras esperaba a que saliese el sol, estaba pensando que debemos emprender este viaje al pueblo de nuestro hijo y hablar primero con él. Porque aunque seamos sus padres, no podemos aparecer un buen día sin más y pedir quedarnos a vivir allí como parte de su comunidad.

–Tienes razón, esposo.

–Hay otra cosa que me preocupa, princesa. Puede que ese pueblo esté, como tú dices, a unos pocos días de camino. ¿Pero cómo vamos a encontrarlo?

Beatrice permaneció en silencio, abstraída, sus hombros meciéndose suavemente al compás de la respiración.

–Confío en que sabremos encontrar el camino, Axl –dijo finalmente–. Aunque todavía no sepamos qué pueblo es exactamente, he viajado a los de los alrededores suficientes veces con las otras mujeres cuando comerciábamos con nuestra miel y estaño. Sabría encontrar con los ojos vendados el camino hacia la Gran Planicie y hasta el pueblo sajón que hay más allá, en el que descansábamos a menudo. El pueblo de nuestro hijo debe de estar sólo un poco más lejos, de modo que lo encontraremos sin grandes problemas. Axl, ¿realmente vamos a ir allí pronto?

–Sí, princesa. Empezaremos a prepararnos hoy mismo.

CAPÍTULO DOS

Había, sin embargo, un montón de cosas de las que ocuparse antes de poder partir. En una aldea como ésta, muchos elementos necesarios para su viaje —mantas, odres con agua, yesca— eran de propiedad comunal y garantizarse su uso requería una prolongada negociación con los vecinos. Además, por muy ancianos que fueran Beatrice y Axl, tenían su carga de tareas diarias y no podían desaparecer sin más sin el permiso de la comunidad. E incluso cuando finalmente estuvieron preparados para marcharse, el mal tiempo les retrasó un poco más. Porque ¿qué sentido tenía arriesgarse a enfrentarse a la niebla, la lluvia y el frío cuando sin duda los días soleados estaban a punto de llegar?

Pero finalmente partieron, con bastones y fardos a la espalda, una resplandeciente mañana de cirros blancos y viento intenso. Axl hubiera querido salir al amanecer —tenía claro que haría un buen día–, pero Beatrice insistió en que esperasen hasta que el sol estuviese más alto. La aldea sajona donde pasarían la primera noche, argumentó ella, estaba a menos de un día de camino sin necesidad de forzar la marcha, y sin duda su prioridad era atravesar el borde de la Gran Planicie lo más cerca del mediodía posible, cuando era más probable que las fuerzas oscuras de ese lugar estuviesen en estado latente.

Hacía ya tiempo que no recorrían juntos una distancia larga

y a Axl le preocupaba la resistencia de su esposa, pero pasada una hora ya se sintió tranquilo: pese a que caminaba con lentitud –volvió a percibir de nuevo cierta asimetría en su modo de andar, como si tratase de amortiguar algún dolor–, Beatrice avanzaba con ritmo firme, con la cabeza gacha contra el viento en las explanadas, impávida cuando debía atravesar zonas de cardos y matorrales. En las cuestas y en las tierras tan embarradas que había que hacer un gran esfuerzo para levantar un pie y después el otro, su paso se ralentizaba, pero seguía adelante.

En los días previos a su partida, Beatrice se había mostrado progresivamente confiada en recordar el camino que debían seguir, al menos hasta alcanzar la aldea sajona que había visitado con regularidad con las otras mujeres a lo largo de los años. Pero en cuanto perdieron de vista las escarpadas colinas que había por encima de su asentamiento y cruzaron el valle más allá de los pantanos, empezó a sentirse menos segura. Ante una bifurcación del camino o frente a un campo barrido por el viento, se detenía y se quedaba allí parada un buen rato, y el pánico se adueñaba de su mirada mientras escrutaba el terreno.

–No te preocupes, princesa –le decía Axl en esas situaciones–. No te preocupes y tómate todo el tiempo que necesites.

–Pero, Axl –respondía ella, volviéndose hacia él–, no disponemos de tiempo. Debemos cruzar la Gran Planicie a mediodía si queremos hacerlo sin peligro.

–Llegaremos allí a tiempo, princesa. Tómate todo el tiempo que necesites.

Tal vez debería aclarar aquí que orientarse en campo abierto resultaba mucho más difícil en aquel entonces, y no sólo porque no hubiera brújulas o mapas fiables. Todavía no disponíamos de los setos que hoy en día dividen tan amablemente la campiña en campo, camino y pradera. Un viajero de aquella época se encontraba la mitad de las veces en medio de un paisaje monótono, prácticamente idéntico mirase hacia donde mirase. Una hilera de piedras colocadas en pie en el lejano horizonte, el meandro de un río, la particular ondulación de un valle, este tipo de pistas eran el único modo de orientarse para trazar un itinerario. Y las consecuencias de un giro equivocado podían a menudo acabar siendo fatales. Lo de menos era la posibilidad de perecer a causa del mal tiempo; desviarse del camino significaba sobre todo exponerse mucho más al peligro de los agresores –humanos, animales o sobrenaturales– que acechaban fuera de las rutas establecidas. Acaso os resulte sorprendente lo poco que esa pareja conversaba mientras caminaba, ellos que tenían tantas cosas que decirse. Pero cuando un tobillo roto o un rasguño infectado podían convertirse en un peligro para la supervivencia, estaba claro que era importante mantener la concentración a cada paso. Tal vez os hayáis percatado también de que cada vez que el sendero se hacía demasiado estrecho para caminar uno junto al otro, era siempre Beatrice y no Axl quien pasaba primero. Es posible que eso os resulte sorprendente, porque parece más natural que sea el hombre quien se adentre en avanzadilla en un terreno potencialmente peligroso, y evidentemente en las zonas boscosas o allí donde podían merodear lobos u osos intercambiaban las posiciones. Pero la mayor parte del tiempo, Axl se aseguraba de que fuese su esposa quien abría camino, debido a que era sabido que casi todos los demonios o espíritus malignos con los que podían toparse seleccionaban como presa a la persona que iba en la retaguardia de un grupo, del mismo modo, supongo, que un gran felino acosará al antílope que corretea en la cola de la manada. Había abundantes historias sobre viajeros que al volverse hacia el compañero que caminaba cerrando el grupo descubrían que éste había desaparecido sin dejar rastro. Era el pánico a que eso pudiese suceder lo que llevaba a Beatrice a preguntar insistentemente mientras caminaban: «¿Sigues aquí, Axl?» A lo que él respondía de un modo rutinario: «Sigo aquí, princesa.»

Llegaron al borde de la Gran Planicie al final de la mañana. Axl sugirió que siguieran adelante y dejasen así el peligro detrás, pero Beatrice defendió con firmeza que debían esperar a medio-

día. Se sentaron en una roca en la cima de la colina que descendía hacia la planicie y observaron con atención cómo la sombra que proyectaban sus bastones, que habían clavado en la tierra en posición vertical ante ellos, se iba acortando.

–El cielo parece perfecto, Axl –dijo ella–. Y no he oído hablar de que le haya sucedido nada malo a nadie en esta parte de la planicie. De todos modos, mejor esperemos a que llegue el mediodía, cuando es seguro que ningún demonio se asomará siquiera para vernos cruzar.

–Esperaremos, tal como dices, princesa. Y tienes razón, después de todo esto es la Gran Planicie, aunque sea una parte poco peligrosa.

Siguieron allí sentados durante un rato, contemplando la tierra que se extendía a sus pies sin apenas hablar. De pronto Beatrice dijo:

–Cuando encontremos a nuestro hijo, Axl, seguro que insiste en que nos quedemos a vivir en su aldea. ¿No nos resultará raro abandonar a nuestros vecinos después de tantos años, aun cuando a veces se mofen de nuestros cabellos canos?

–Todavía no hay nada decidido, princesa. Lo discutiremos todo con nuestro hijo cuando lo encontremos. –Axl siguió observando la Gran Planicie. De pronto negó con la cabeza y dijo en voz baja–: Es raro que ahora mismo sea incapaz de recordarlo.

–Pensé que había soñado con él anoche –dijo Beatrice–. De pie junto a un pozo, y volviéndose un poco hacia un lado y llamando a alguien. Lo que sucedió antes o después ahora ya no lo recuerdo.

–Al menos tú lo has visto, princesa, aunque fuese en un sueño. ¿Qué aspecto tenía?

–Un rostro fuerte y apuesto, eso sí lo recuerdo. Pero el color de sus ojos y el contorno de la mejilla, eso lo he olvidado.

–Yo ahora mismo no recuerdo en absoluto su rostro –dijo Axl–. Tiene que ser debido a esta niebla. He dejado que muchas cosas desaparezcan en ella, pero es cruel no poder recordar algo tan importante como eso.

40

Beatrice se acercó a él y reposó la cabeza en su hombro. Ahora el viento los golpeaba con fuerza y una parte de la capa de Beatrice se despegó de su cuerpo. Rodeándola con el brazo, Axl atrapó la capa y envolvió a Beatrice con ella.

–Bueno, apuesto a que uno u otro pronto empezará a recordar –dijo él.

–Intentémoslo, Axl. Intentémoslo los dos. Es como si hubiésemos extraviado una piedra preciosa. Pero sin duda la encontraremos si ambos lo intentamos.

–Seguro que sí, princesa. Pero mira, las sombras ya casi han desaparecido. Ha llegado el momento de bajar.

Beatrice se incorporó y se puso a rebuscar en su fardo.

–Aquí están, llevaremos éstos.

Le pasó lo que parecían dos guijarros, pero cuando Axl los miró con detenimiento descubrió un complejo dibujo tallado en una cara de ambos.

–Colócatelos en el cinturón, Axl, con la cara marcada mirando hacia ti. Ayudará a que Jesucristo nuestro Señor nos mantenga a salvo. Yo llevaré estas otras.

–Con una ya tendré suficiente, princesa.

–No, Axl, las compartiremos de forma equitativa. Ahora lo que recuerdo es que ahí abajo hay un sendero que debemos seguir y, a menos que la lluvia lo haya borrado, será un tramo más fácil que los que hemos recorrido hasta ahora. Pero hay un lugar en el que debemos ser especialmente cautos. Axl, ¿me estás escuchando? Justo donde el sendero asciende es donde está enterrado el gigante. Para quien no lo sabe, no es más que un montículo normal y corriente, pero te haré una señal para indicarte cuándo has de abandonar el sendero y rodear el montículo hasta que volvamos a encontrar el mismo sendero cuando ya desciende. No es recomendable pisar esa tumba, por mucho que sea mediodía. ¿Entiendes lo que te digo, Axl?

–No te preocupes, princesa, lo entiendo perfectamente.

–Y no necesito recordarte que si nos topamos con un desconocido en nuestro camino o con alguien que nos llama desde los alrededores, o si vemos a algún animalillo atrapado en una trampa o herido en una zanja, o cualquier tipo de cosa que pueda llamarte la atención, no digas ni una palabra ni aminores el paso.

–No soy idiota, princesa.

–Bueno, Axl, entonces ya es hora de que bajemos.

Tal como Beatrice le había prometido, sólo tuvieron que recorrer un tramo corto de la Gran Planicie. El sendero que seguían, aunque a ratos embarrado, estaba bien delimitado y en ningún momento les condujo a apartarse de la luz del sol. Después del descenso inicial, ascendía de forma constante hasta que se encontraron caminando por la cresta de una montaña, con un páramo a ambos lados. El viento soplaba con fuerza, pero era bienvenido para contrarrestar el sol del mediodía. El terreno estaba cubierto por todas partes de brezo y tojo, que nunca les llegaba por encima de las rodillas, y sólo muy de vez en cuando aparecía ante ellos algún árbol, algún ejemplar solitario cuya silueta recordaba a la de una vieja bruja, inclinado por la fuerza de los incesantes vendavales. Pasado un rato apareció un valle a su derecha, recordándoles la fuerza y misterio de la Gran Planicie y que ahora estaban atravesándola, aunque fuese tan sólo una pequeña parte.

Caminaban muy juntos, Axl casi pisándole los talones a su esposa. Pese a ello, durante todo este tramo del viaje, Beatrice no dejó de lanzarle cada cinco o seis pasos, a modo de letanía, la pregunta: «¿Sigues ahí, Axl?», a lo que él respondía: «Sigo aquí, princesa.» Aparte de este diálogo ritual, no dijeron ni una palabra más. Incluso cuando llegaron al montículo bajo el que estaba enterrado el gigante y Beatrice le hizo señales urgentes para que salieran del sendero y se metieran entre los brezos, siguieron con su monótona letanía de pregunta y respuesta, como si quisieran despistar sobre sus intenciones a cualquier demonio que les estuviese escuchando. En todo momento, Axl estaba atento a la aparición de cualquier neblina que se moviera a gran velocidad o a un repentino oscurecimiento del cielo, pero no sucedió ninguna de las dos cosas y finalmente dejaron atrás la Gran Planicie. Mientras ascendían por un bosquecillo lleno de pájaros cantarines, Beatrice no hizo ningún comentario, pero Axl vio que estaba más relajada y la letanía había cesado.

Descansaron junto a un arroyo, donde se mojaron los pies, comieron pan y llenaron los odres. A partir de aquí su ruta seguía un largo camino excavado de la época de los romanos, rodeado de robles y olmos, por el que era mucho más fácil avanzar, pero era preciso no bajar la guardia por si se cruzaban con otros viajeros. Y en efecto, durante la primera hora se toparon de cara con una mujer con dos niños, un chico que llevaba unos burros y un par de actores ambulantes que intentaban reunirse con su troupe. En cada una de estas ocasiones se detuvieron para intercambiar unas palabras amables, pero en otra, al oír el repiqueteo de cascos y ruedas acercándose, se escondieron en la cuneta. También esta presencia resultó inofensiva: un granjero sajón con un caballo y un carro repleto de leña.

A media tarde el cielo empezó a nublarse como si se aproximara una tormenta. Habían estado descansando bajo un enorme roble, de espaldas al camino y ocultos a quienes lo transitaban. Ante ellos tenían una amplia extensión de campo abierto, de modo que se dieron cuenta del cambio que se avecinaba de inmediato.

–No te preocupes, princesa –dijo Axl–. Estaremos a cubierto bajo este árbol hasta que vuelva a salir el sol.

Pero Beatrice ya estaba en pie, inclinada hacia delante, protegiéndose los ojos del sol con una mano.

–Veo que el camino traza una curva a lo lejos, Axl. Y veo que no estamos lejos de la vieja villa. Me refugié allí una vez cuando iba con las mujeres. Estaba en ruinas, pero en aquel entonces el tejado todavía seguía en su sitio.

–¿Podemos llegar allí antes de que estalle la tormenta, princesa?

–Lo conseguiremos si partimos ahora mismo.

–Entonces démonos prisa. No tenemos por qué arriesgarnos a enfermar y morir por quedarnos empapados. Y este árbol, ahora que me fijo, está tan lleno de agujeros que veo el cielo a través de sus ramas.

La villa en ruinas estaba más lejos de lo que Beatrice recordaba. Con las primeras gotas de lluvia y el cielo ennegreciéndose sobre sus cabezas, descendían a duras penas por un estrecho sendero, envueltos por ortigas que les llegaban hasta la cintura y que tenían que apartar con los bastones. Pese a que desde el camino se veía claramente, al avanzar hacia ella la ruina permanecía oculta entre árboles y maleza la mayor parte del recorrido, de modo que cuando los viajeros se encontraron de pronto ante ella se sobresaltaron y al mismo tiempo se sintieron aliviados.

La villa debió de ser espléndida en la época romana, pero ahora sólo se mantenía en pie una pequeña parte. Los suelos antaño resplandecientes estaban ahora expuestos a los elementos, degradados por charcos de agua estancada y malas hierbas que brotaban entre las descoloridas baldosas. Los restos de paredes, que en algunas partes apenas se alzaban por encima de los tobillos, revelaban la antigua distribución de las habitaciones. Un arco de piedra daba acceso a la parte del edificio que seguía en pie, y Axl y Beatrice se acercaron con prudencia y se detuvieron en el umbral para escuchar. Finalmente Axl gritó:

–¿Hay alguien ahí? –Y como no hubo respuesta, añadió–: Somos dos ancianos britanos que buscan refugio de la tormenta. Venimos en son de paz.

Siguió el silencio, así que pasaron por debajo del arco y se adentraron en la oscuridad de lo que antaño debió de ser un pasillo. Emergieron a la luz grisácea de una espaciosa habitación, aunque también aquí se había desplomado una pared entera. La estancia contigua había desaparecido por completo y los árboles de hoja perenne lo invadían todo justo hasta donde empezaba el suelo. Sin embargo, las tres paredes que se mantenían en pie proporcionaban un refugio con techo. Ahí, pegadas a la mugrienta mampostería de lo que en otros tiempos habían sido paredes encaladas, había dos oscuras siluetas, una de pie, la otra sentada, a cierta distancia una de la otra.

La que estaba sentada sobre un bloque de mampostería derruida era una anciana –más vieja que Axl y Beatrice– pequeña, con aspecto de pájaro, con una capa oscura y la caperuza echada hacia atrás lo suficiente para dejar a la vista la curtida piel de su rostro. Tenía los ojos tan hundidos que apenas se veían. La espalda curvada no llegaba a tocar la pared que tenía detrás. Algo se movía en su regazo y Axl vio que era un conejo, que la mujer sostenía firmemente entre sus huesudas manos.

En la otra punta de la misma pared, como si se hubiera alejado todo lo posible de aquella anciana sin dejar de estar a cubierto, había un hombre delgado e inusualmente alto. Llevaba un abrigo grueso y largo como los que utilizan los pastores en las frías noches que pasan vigilando el rebaño, pero allí donde terminaba la prenda, la parte inferior de las piernas que quedaban al descubierto estaban desnudas. Llevaba en los pies el tipo de calzado que Axl había visto usar a los pescadores. Pese a que probablemente todavía era joven, tenía la parte superior de la cabeza totalmente calva y alrededor de las orejas le crecían unos mechones oscuros. El hombre permanecía en pie muy rígido, dando la espalda a la estancia, con una mano apoyada en la pared, como si estuviese escuchando atentamente algo que sucedía al otro lado. Miró por encima del hombro cuando entraron Axl y Beatrice, pero no dijo nada. También la anciana los miraba en silencio, y sólo cuando Axl dijo: «La paz sea con vosotros», se movió un poco. El hombre alto dijo:

–Acercaos, amigos, o no estaréis a resguardo de la lluvia.

En efecto, ahora estaba descargando de lo lindo y la lluvia se filtraba por alguna fisura del tejado y goteaba sobre el suelo cer-

45

ca de donde se habían detenido los visitantes. Axl le dio las gracias y condujo a su esposa hasta la pared, eligiendo un punto a medio camino entre sus dos anfitriones. Ayudó a Beatrice a quitarse de la espalda el fardo y después dejó también el suyo en el suelo.

Los cuatro permanecieron así durante un rato, mientras la tormenta se hacía todavía más intensa y el resplandor de un relámpago iluminaba el refugio. La extraña inmovilidad del hombre alto y de la anciana pareció ejercer su influjo sobre Axl y Beatrice, porque también ellos permanecieron quietos y en silencio. Era casi como si, al pasar junto a un cuadro, hubieran entrado en él y se hubieran visto obligados a convertirse en figuras pintadas.

Entonces, mientras el violento aguacero se transformaba en una lluvia regular, la anciana con aspecto de pájaro rompió finalmente el silencio. Acariciando al conejo con una mano mientras lo mantenía firmemente agarrado con la otra, dijo:

—Dios sea con vosotros, hermanos. Me perdonaréis el no haberos saludado antes, pero es que me ha sorprendido veros aquí. En cualquier caso, ya sabéis que sois bienvenidos. Un día perfecto para viajar hasta que ha empezado la tormenta. Pero es de las que desaparecen tan rápido como han llegado. No os retrasará mucho en vuestro viaje y siempre os vendrá bien tomaros un descanso. ¿Hacia dónde os dirigís, hermanos?

—Vamos de camino al pueblo de nuestro hijo —explicó Axl—, donde espera ansioso por recibirnos. Pero esta noche buscaremos refugio en una aldea sajona a la que esperamos llegar al caer la noche.

—Los sajones son un poco salvajes —dijo la mujer—. Pero reciben mejor que nosotros a cualquier viajero. Sentaos, hermanos. El tronco que tenéis detrás está seco, yo me he sentado cómodamente en él a menudo.

Axl y Beatrice hicieron lo que les sugería y se produjo un nuevo silencio mientras la lluvia continuaba cayendo abundantemente. Por fin, un movimiento de la anciana hizo que Axl la mirase. Tenía cogido al conejo por las orejas y mientras el animal luchaba por liberarse, su mano semejante a una garra lo sostenía con firmeza. Y entonces, mientras Axl contemplaba la escena, la anciana sacó con la otra mano un enorme y oxidado cuchillo y lo acercó al cuello del animal. Beatrice, a su lado, se sobresaltó y Axl se dio cuenta de que las manchas oscuras que había a sus pies y dispersas por todo el deslucido suelo eran de sangre reseca, y de que mezclado con el olor de la hiedra y de la humedad que impregnaba los muros derruidos había otro, leve pero persistente, de matadero.

Después de colocar el cuchillo contra el cuello del conejo, la anciana volvió a quedarse casi inmóvil. Axl se percató de que sus hundidos ojos estaban clavados en el hombre situado en el otro extremo de la pared, como si estuviese esperando a que él le hiciese una señal. Pero el hombre siguió en la misma postura rígida que antes, con la frente casi tocando la pared. O bien no era consciente de que la anciana lo miraba, o bien estaba decidido a no prestarle la más mínima atención.

–Buena mujer –dijo Axl–, matad al conejo si tenéis que hacerlo. Pero rompedle el cuello retorciéndoselo con un giro rápido. O coged una piedra y dadle un golpe seco.

–Ojalá tuviese la fuerza suficiente para hacerlo, señor, pero soy demasiado débil. Tengo este cuchillo con la hoja bien afilada, eso es todo.

–Entonces permitidme que os ayude. No será necesario utilizar el cuchillo.

Axl se puso en pie y extendió el brazo, pero la anciana no hizo ningún movimiento para entregarle el conejo. Siguió en la misma postura, con el cuchillo pegado al cuello del animal y la mirada clavada en el hombre de la otra punta de la habitación.

Por fin el hombre alto giró la cabeza hacia ellos.

–Amigos –dijo–. Antes me ha sorprendido veros entrar, pero ahora me alegro. Como veo que sois buena gente, os ruego que escuchéis mi historia mientras esperáis que escampe la tormenta.

47

Soy un humilde barquero que transporta a los viajeros a través de las agitadas aguas. No me importa trabajar, aunque las horas se hacen largas y cuando hay muchos esperando a cruzar duermo poco y los brazos me duelen de tanto remar. Trabajo sometido a la lluvia y el viento, y bajo un sol de justicia. Pero mantengo la moral alta pensando en mis días de descanso. Porque yo sólo soy uno de los varios barqueros y todos podemos tomarnos unos días de descanso, aunque sea después de largas semanas de trabajo. Durante esos días todos tenemos algún lugar especial al que ir, y éste, amigos míos, es el mío. La casa en la que en el pasado fui un niño feliz. Ya no tiene el aspecto de antaño, pero para mí está llena de preciosos recuerdos y vengo aquí tan sólo esperando gozar de la tranquilidad necesaria para disfrutar de ellos. Y ahora pensad en esto. Cada vez que vengo aquí, una hora después de mi llegada, esta anciana entra cruzando el arco. Se sienta y se mofa de mí hora tras hora, día y noche. Me lanza acusaciones crueles e injustas. Protegida por la oscuridad, me maldice con sus horribles maldiciones. No me concede ni un momento de respiro. A veces, como podéis ver, trae consigo un conejo, o alguna otra criatura de tamaño parecido, para poder matarla y contaminar con su sangre este precioso lugar. He hecho cuanto he podido para convencerla de que me deje en paz, pero si Dios puso en su alma algo de piedad, ella ha aprendido a ignorarla. No se marchará, ni dejará de mofarse de mí. Incluso ahora es tan sólo vuestra inesperada aparición lo que la ha hecho detener momentáneamente su acoso. Y dentro de poco tendré que emprender mi camino de regreso, para más semanas de duro trabajo sobre el agua. Amigos, os lo ruego, haced lo que esté en vuestra mano para que se marche. Convencedla de que su comportamiento es impío. Puede que logréis influir en ella, ya que venís de fuera.

Se produjo un silencio cuando el barquero dejó de hablar. Axl recordaría más tarde haber sentido un vago impulso de responderle, pero al mismo tiempo haber tenido la sensación de que el hombre le había hablado en un sueño y no tenía ninguna obligación de hacerlo. Tampoco Beatrice parecía tener prisa por contestar, porque seguía con la mirada clavada en la anciana, que había apartado el cuchillo del cuello del conejo y le estaba acariciando la piel, casi cariñosamente, con la punta de la hoja. Finalmente Beatrice dijo:

–Señora, os lo ruego, permitid que mi esposo os ayude con el conejo. No hay ninguna necesidad de derramar sangre en un lugar como éste y no hay ningún recipiente en el que verterla. Vais a atraer la mala suerte no sólo sobre este honesto barquero sino también sobre vos misma y todos los demás viajeros que llegan aquí buscando refugio. Apartad el cuchillo y sacrificad a la criatura con delicadeza en algún otro sitio. ¿Y qué sentido tiene mofarse de este hombre como hacéis, de este barquero que trabaja con tesón?

–No te precipites hablándole con rudeza a esta mujer, princesa –dijo Axl con tono amable–. No sabemos lo que ha sucedido entre estas dos personas. El barquero parece un hombre honesto, pero esta dama puede tener sus motivos para haber venido hasta aquí y pasar el tiempo como lo hace.

–No podríais haber hablado con más tino, señor –dijo la anciana–. ¿Considero que éste es el modo más encantador de pasar mis últimos días? Preferiría estar muy lejos de aquí, en compañía de mi propio esposo, pero estoy separada de él por culpa de este barquero. Mi esposo era un hombre sabio y prudente, señor, y planeamos nuestro viaje largo tiempo, hablamos de él y soñamos con él durante muchos años. Y cuando finalmente estuvimos preparados y hubimos reunido todo lo que necesitábamos, emprendimos el camino y al cabo de varios días dimos con la cala desde la que podíamos cruzar a la isla. Esperamos al barquero y, pasado un rato, vimos cómo la barca se acercaba. Pero quiso la suerte que fuese este hombre el que llegase hasta nosotros. Mirad lo alto que es. De pie en su barca sobre el agua, su silueta recortada contra el cielo, con su largo remo, parecía tan alto y delgado como esos actores que caminan tambaleándose sobre zancos.

Llegó hasta donde estábamos mi esposo y yo esperando de pie sobre las rocas, y ató su barca. Y a día de hoy todavía no sé cómo lo hizo, pero nos engañó. Nosotros fuimos demasiado confiados. Con la isla tan cerca, el barquero se llevó a mi marido y me dejó a mí esperando en la orilla, después de más de cuarenta años de ser marido y mujer y haber pasado apenas un día separados. No sé cómo lo hizo. Su voz debió de adormecernos, porque antes de que me diese cuenta ya estaba remando y alejándose con mi esposo y yo seguía en tierra. Incluso entonces, no creí que pudiera suceder. Porque ¿quién podía sospechar tanta crueldad de un barquero? De modo que esperé. Me dije a mí misma: simplemente es que la barca no puede transportar a más de un pasajero cada vez, porque el agua estaba revuelta ese día, y el cielo casi tan oscuro como está ahora. Permanecí en aquella roca y observé cómo la barca se hacía cada vez más pequeña y finalmente se convertía en una manchita. Seguí esperando y al cabo de un rato la manchita se hizo más grande; y era el barquero que volvía a por mí. No tardé en distinguir su cabeza pelada como un guijarro, ahora no llevaba ningún pasajero en la barca. Imaginé que era mi turno y pronto me reuniría de nuevo con mi amado. Pero cuando el barquero llegó hasta donde yo estaba esperando y ató la cuerda al poste, meneó la cabeza y se negó a cruzarme a la otra orilla. Yo discutí con él, lloré e intenté hacerle entrar en razón, pero él no me escuchaba. En lugar de eso me ofreció –¡qué crueldad!–, me ofreció un conejo y me dijo que había caído en una trampa en la orilla de la isla. Me lo había traído para que me preparase con él la cena de mi primera noche de soledad. Y tras comprobar que no había nadie más esperando pasar a la otra orilla, se alejó con la barca y me dejó llorando en la cala, sosteniendo su despreciable conejo. Al poco rato lo solté entre los brezos, porque les puedo asegurar que tuve muy poco apetito esa noche y las siguientes. Por eso le traigo mi propio regalo cada vez que vengo aquí. Un conejo para su estofado en respuesta a su amabilidad ese día.

50

–El conejo era mi cena para esa noche –llegó la voz del barquero desde la otra punta de la habitación–. Pero sentí lástima y se lo ofrecí a ella. Fue un simple gesto de amabilidad.

–No sabemos nada de vuestros asuntos, señor –intervino Beatrice–. Pero parece una crueldad dejar a esta mujer sola en la orilla de este modo. ¿Qué os llevó a hacer semejante cosa?

–Querida señora, la isla de la que habla esta mujer no es una isla cualquiera. Nosotros los barqueros hemos transportado a ella a un montón de gente a lo largo de los años, y a estas alturas ya habrá centenares habitando sus prados y bosques. Pero es un lugar con extrañas cualidades y el que llega allí caminará entre la vegetación y los árboles en completa soledad, sin ver nunca a un alma. De vez en cuando, bajo la luz de la luna o cuando una tormenta está a punto de descargar, tal vez sienta la presencia de los otros moradores. Pero la mayoría de los días, para cada uno de los viajeros es como si fuesen el único habitante de la isla. Yo hubiera trasladado encantado a esta mujer, pero cuando descubrió que no estaría con su esposo, declaró que no quería vivir en semejante soledad y se negó a partir. Yo acepté su decisión, como estoy obligado a hacer, y dejé que siguiese su camino. El conejo, como ya he dicho, se lo ofrecí por mera amabilidad. Ya veis cómo me lo agradece.

–Este barquero es un hombre taimado –dijo la anciana–. Se atreverá a engañaros, aunque vengáis de fuera. Os hará creer que en esa isla cada alma vaga en completa soledad, pero no es cierto. ¿Acaso mi esposo y yo habríamos soñado con irnos a un lugar como ése? Lo cierto es que hay muchas personas a las que se les permite cruzar a esa orilla como hombre y mujer desposados para vivir juntos en la isla. Muchos que pasean por esos bosques y tranquilas playas cogidos del brazo. Mi esposo y yo lo sabíamos. Lo sabíamos desde niños. Queridos hermanos, si rebuscáis en vuestra memoria, recordaréis que es verdad lo que os digo. No teníamos ni idea, mientras esperábamos en esa cala, de lo cruel que podía ser el barquero que llegaba hasta nosotros por el agua.

—Sólo una parte de lo que cuenta es cierta –dijo el barquero–. Alguna que otra vez se puede permitir a una pareja cruzar a la isla juntos, pero es algo muy poco habitual. Requiere que exista entre ellos un fuerte lazo de amor. Sucede algunas veces, no voy a negarlo; por eso cuando nos encontramos con marido y mujer, o incluso con unos amantes no desposados, esperando a cruzar, es nuestra obligación interrogarlos escrupulosamente. Porque nos permite valorar si su lazo es lo bastante fuerte para poder cruzar juntos. La señora aquí presente se niega a aceptarlo, pero el lazo con su marido era demasiado débil. Que evalúe su corazón y se atreva a decir si mi valoración de ese día fue errónea.

—Señora –dijo Beatrice–. ¿Qué tenéis que decir?

La anciana guardó silencio. Siguió mirando al suelo, pasando enfurruñada la hoja del cuchillo por la piel del conejo.

—Señora –intervino Axl–, en cuanto deje de llover, volveremos al camino. ¿Por qué no os marcháis de este lugar con nosotros? Haremos encantados parte del viaje con vos. Podríamos conversar tranquilamente sobre lo que queráis. Dejad en paz a este barquero para que pueda disfrutar de lo que queda de esta casa mientras siga en pie. ¿Qué sentido tiene quedarse aquí sentada de este modo? Y si lo deseáis, sacrificaré al conejo limpiamente antes de que nos separemos. ¿Qué me decís?

La anciana no respondió ni dio muestra alguna de haber oído lo que le acababa de decir Axl. Al cabo de un rato, se levantó lentamente, sosteniendo con firmeza al conejo contra el pecho. La mujer era menuda y arrastró el borde de la capa por el suelo al dirigirse a la parte desmoronada de la habitación. Le cayó un poco de agua encima desde un boquete del techo, pero no pareció importarle. Cuando llegó al extremo más alejado del suelo, se quedó contemplando la lluvia y la vegetación que invadía la estancia. A continuación, se inclinó lentamente y dejó al conejo en el suelo, junto a sus pies. El animal, tal vez paralizado por el miedo, en un primer momento no se movió. Después desapareció entre la hierba.

La anciana se reincorporó con cuidado. Cuando se volvió, parecía que miraba al barquero –sus ojos inquietantemente hundidos hacían difícil poder asegurarlo– y dijo:

–Estos desconocidos me han quitado el apetito. Pero regresará, no me cabe la menor duda.

Acto seguido alzó el borde inferior de su capa y se deslizó entre la hierba como si se estuviese introduciendo en un lago. La lluvia caía sobre ella con ímpetu y se echó hacia delante la caperuza para cubrirse mejor la cabeza antes de seguir avanzando entre las altas ortigas.

–Esperad un poco y nos iremos con vos –le gritó Axl. Pero notó la mano de Beatrice en su brazo y la oyó susurrar:

–Mejor no nos entrometamos en su vida, Axl. Deja que se marche.

Cuando Axl se acercó a donde la anciana había desaparecido, estaba medio convencido de que la localizaría en alguna parte, bloqueada por la vegetación e incapaz de seguir adelante. Pero no había rastro de ella.

–Gracias, amigos –dijo el barquero a sus espaldas–. Tal vez al menos por hoy podré disponer de un poco de paz para recordar mi infancia.

–También nosotros os dejaremos en paz, barquero –dijo Axl–. En cuanto escampe.

–No hay ninguna prisa, amigos. Habéis hablado de manera juiciosa y os lo agradezco.

Axl siguió contemplando la lluvia. Oyó a su esposa decir a sus espaldas:

–Esta casa debió ser maravillosa en el pasado, señor.

–Oh, lo fue, querida señora. Cuando yo era niño no podía valorar lo maravillosa que era, porque era lo único que conocía. Había hermosas pinturas y tesoros, sirvientes sensatos y amables. Justo ahí estaba la sala de banquetes.

–Debe resultaros muy chocante verla así, señor.

–Me siento sin más agradecido de que siga como está, buena

señora. Porque esta casa ha visto días de guerra, en los que otras muchas fueron reducidas a ceniza y ahora no son más que uno o dos montículos bajo la hierba y el brezo.

En ese momento Axl oyó los pasos de Beatrice acercándose a él y notó su mano en el hombro.

—¿Qué sucede, Axl? —le preguntó, bajando la voz—. Estás preocupado, lo noto.

—No pasa nada, princesa. Es tan sólo esta ruina. Por un momento ha sido como si fuese yo quien recordase cosas sucedidas aquí.

—¿Qué tipo de cosas, Axl?

—No lo sé, princesa. Cuando ese hombre habla de guerras y casas reducidas a cenizas, es como si me viniese algo a la memoria. De los días anteriores a cuando te conocí, sin duda.

—¿Hubo alguna vez un tiempo antes de que nos conociéramos, Axl? A veces tengo la sensación de que estamos juntos desde que éramos niños.

—A mí también me lo parece, princesa. No ha sido más que una suerte de enajenación pasajera que me ha provocado este extraño lugar.

Beatrice lo miraba pensativa. De pronto le apretó la mano y dijo en voz baja:

—Desde luego éste es un lugar extraño y puede causarnos más problemas de los que la lluvia nos habría causado. Estoy ansiosa por marcharme de aquí, Axl. Antes de que vuelva esa mujer o suceda algo peor.

Axl asintió. Y volviéndose, gritó a través de la habitación:

—Bueno, barquero, parece que ya está clareando, de modo que seguiremos nuestro camino. Muchas gracias por permitirnos refugiarnos aquí.

El barquero no dijo nada, pero mientras cargaban sus fardos se acercó para ayudarlos y les alcanzó sus bastones.

—Que tengáis un buen viaje, amigos —les dijo—. Y ojalá encontréis a vuestro hijo con buena salud.

Le dieron de nuevo las gracias y ya salían por el arco cuando Beatrice se detuvo de pronto y volvió la vista atrás.

—Dado que ya nos marchamos, señor —dijo—, y que probablemente no volveremos a vernos, pensaba si me permitiríais que os haga una pregunta.

El barquero, que seguía de pie en su lugar junto a la pared, la observaba con atención.

—Antes, señor, habéis hablado —empezó Beatrice— de vuestra obligación de interrogar a las parejas que esperan para cruzar a la isla. Habéis hablado de la necesidad de descubrir si los lazos de su amor eran lo suficientemente fuertes como para que pudieran pasear juntos por la isla. Bueno, señor, estaba reflexionando acerca de eso. ¿Qué les preguntáis para descubrir lo que necesitáis saber?

Por un momento el barquero pareció desconcertado. Finalmente respondió:

—La verdad, buena señora, es que no debo hablar de estas cosas. De hecho, nosotros no deberíamos habernos encontrado hoy, pero un curioso azar nos ha reunido y lo cierto es que no me desagrada en absoluto. Habéis sido amables y os habéis puesto los dos de mi lado, cosa que os agradezco. De modo que os responderé lo mejor que pueda. Como decís, es mi deber interrogar a todos los que pretenden cruzar a la isla. Si me encuentro con una pareja que proclama que sus vínculos son muy fuertes, en ese caso debo pedirles que expongan ante mí sus recuerdos más preciados. Le pido que lo haga primero a uno y después al otro. Cada uno debe exponérmelo por separado. De este modo la verdadera naturaleza de sus vínculos no tarda en ser revelada.

—Pero, señor, ¿no resulta arduo descubrir lo que de verdad anida en los corazones de la gente? —preguntó Beatrice—. Las apariencias engañan con mucha facilidad.

—Eso es cierto, buena señora, pero nosotros los barqueros hemos visto tantas historias a lo largo de los años que no nos lleva mucho tiempo descubrir los engaños. Además, cuando los viajeros hablan de sus recuerdos más preciados, les resulta imposible disfrazar la verdad. Una pareja puede proclamar estar unida por los lazos del amor, pero nosotros los barqueros podemos descubrir en lugar de amor resentimiento, rabia e incluso odio. O una gran esterilidad. En ocasiones miedo a la soledad y nada más. Un amor perdurable que se ha mantenido a lo largo de los años es algo que vemos muy raramente. Y cuando nos encontramos con eso, estamos encantados de trasladar a los dos miembros de la pareja juntos. Buena mujer, ya os he contado más de lo que debería.

—Os lo agradezco, barquero. Era sólo para satisfacer la curiosidad de una anciana. Ahora os dejamos tranquilo.

—Que tengáis un buen viaje.

Rehicieron el camino que habían abierto antes con los bastones a través de los helechos y ortigas. La tormenta había convertido el terreno en traicionero, de modo que pese a las prisas por dejar atrás la villa, avanzaron con prudencia. Cuando finalmente llegaron al camino excavado seguía lloviendo y se refugiaron bajo el primer árbol grande que encontraron.

—¿Estás empapada, princesa?

—No te preocupes, Axl. La capa ha cumplido su función. ¿Y tú?

—Nada que no vaya a secar el sol cuando vuelva a salir.

Dejaron los fardos en el suelo y se apoyaron en un tronco mientras recuperaban el aliento. Al cabo de un rato, Beatrice dijo en voz baja:

—Axl, tengo miedo.

—¿Por qué, princesa? Ahora no te puede suceder nada malo.

—¿Recuerdas a aquella desconocida vestida con harapos oscuros con la que me viste hablar junto al viejo espino ese día? Podía parecer una vagabunda chiflada, pero la historia que me contó tenía mucho en común con la que nos acaba de contar la anciana. También a su esposo se lo había llevado un barquero y a ella la había abandonado en la orilla. Y cuando se marchó de la cala, llorando por su soledad, mientras cruzaba el borde de un valle, contempló el camino, el largo tramo que tenía delante y el largo tramo que había dejado atrás, y por ese camino pasaba gente llorando como ella. Axl, cuando escuché esta historia, me sentí sólo en parte asustada y me dije que no tenía nada que ver con nosotros. Pero ella continuó hablando de cómo esta tierra había sido maldecida con una niebla de olvido, algo que hemos comprobado muchas veces en nosotros mismos. Y entonces me preguntó: «¿Cómo podréis tú y tu esposo probar el amor que sentís el uno por el otro cuando no sois capaces de recordar el pasado que habéis compartido?» Y he estado pensando en eso desde entonces. A veces pienso en ello y siento verdadero pánico.

–¿Pero por qué has de tener miedo, princesa? No tenemos planes de ir a ninguna isla, nunca se nos ha pasado por la cabeza.

–Aun así, Axl. ¿Qué sucedería si nuestro amor se marchita antes de que tengamos siquiera la posibilidad de pensar en ir a un lugar como ése?

–¿Qué estás diciendo, princesa? ¿Cómo puede nuestro amor marchitarse? ¿No es ahora más fuerte que cuando éramos unos jóvenes y alocados amantes?

–Pero, Axl, ni siquiera somos capaces de recordar esos días. Ni ninguno de los años intermedios. No recordamos nuestras feroces peleas o los pequeños momentos de los que disfrutamos y que atesoramos. No recordamos a nuestro hijo ni por qué se marchó.

–Princesa, podemos lograr que todos estos recuerdos vuelvan. Además, lo que mi corazón siente por ti seguirá estando ahí, da igual lo que recuerde y lo que haya olvidado. ¿No sientes tú lo mismo, princesa?

–Así es, Axl. Pero también me pregunto si lo que sentimos hoy en nuestros corazones no es semejante a esas gotas de lluvia que siguen cayendo sobre nosotros desde las hojas empapadas que tenemos encima, pese a que en el cielo ya hace rato que ha deja-

57

do de llover. Me pregunto si, sin nuestros recuerdos, lo único que le espera a nuestro amor es apagarse y morir.

–Dios no permitiría semejante cosa, princesa. –Axl dijo eso con voz queda, casi en un susurro, porque él mismo sintió que le invadía un temor difuso.

–El día que hablé con ella junto al viejo espino –continuó Beatrice–, la desconocida me advirtió que no perdiera más tiempo. Me dijo que debíamos hacer todo lo posible por recordar lo que habíamos compartido, lo bueno y lo malo. Y ahora este barquero, cuando ya nos marchábamos, me da la respuesta que esperaba y temía. ¿Qué posibilidades tendríamos tal como estamos ahora si alguien como él nos preguntase cuáles son nuestros recuerdos más preciados? Axl, tengo tanto miedo.

–No, princesa, no hay nada que temer. Nuestros recuerdos no se han ido para siempre, tan sólo se han extraviado momentáneamente en alguna parte por culpa de esta maldita niebla. Los recuperaremos, uno por uno si hace falta. ¿No es por eso por lo que hemos emprendido este viaje? Una vez tengamos a nuestro hijo ante nosotros, seguro que nos empiezan a volver a la memoria muchas cosas.

–Eso espero. Las palabras de ese barquero me han asustado de verdad.

–Olvídate de él, princesa. ¿Qué nos importan a nosotros su barca o su isla? Y tienes razón, ya ha dejado de llover y vamos a estar más secos si salimos de debajo de este árbol. Volvamos al camino y dejemos de lado estas preocupaciones.

CAPÍTULO TRES

La aldea sajona, vista desde la distancia y a cierta altura, os resultaría más familiar como «aldea» que la madriguera en la que vivían Axl y Beatrice. En primer lugar –tal vez debido a que los sajones padecían de una mayor claustrofobia– no había en ella ningún tipo de horadaciones en la ladera de la colina. Si hubierais descendido por la empinada pendiente del valle, como hicieron esa tarde Axl y Beatrice, habríais visto a vuestros pies unas cuarenta y tantas casas individuales distribuidas por el valle en dos toscos círculos, uno dentro del otro. Tal vez habríais estado demasiado alejados para apreciar las variaciones en tamaño y magnificencia, pero sin duda habríais distinguido los tejados de paja y el hecho de que muchas de ellas eran «casas circulares», no tan diferentes del tipo de edificación en el que algunos de vosotros, o tal vez vuestros padres, vivisteis de niños. Y si los sajones preferían sacrificar un poco de seguridad a cambio de disfrutar del aire libre, se cuidaban de compensarlo: una alta empalizada de troncos atados entre sí, con las puntas afiladas como lápices gigantescos, rodeaba por completo la aldea. En todos sus puntos la empalizada doblaba como mínimo la altura de un hombre, y para hacer desistir de cualquier intento de escalarla, estaba rodeada en todo el perímetro exterior por una profunda zanja.

Ésa debió de ser la imagen que contemplaron Axl y Beatrice a sus pies durante la pausa que hicieron para recuperar el aliento mientras descendían por la ladera de la colina. Ahora el sol se estaba poniendo por detrás del valle y Beatrice, que veía mejor, tomó una vez más la delantera, caminando uno o dos pasos por delante de Axl entre la hierba y los dientes de león que le llegaban hasta la cintura.

–Veo a cuatro, no, cinco hombres vigilando la entrada –decía Beatrice–. Y creo que llevan lanzas. La última vez que estuve aquí con las mujeres no había más que un hombre de guardia con un par de perros.

–¿Estás segura de que vamos a ser bienvenidos aquí, princesa?

–No te preocupes, Axl, a estas alturas me conocen suficientemente bien. Además, uno de sus ancianos es britano, y todos lo consideran un líder sabio pese a que no es de su propia sangre. Él se encargará de que tengamos un techo bajo el que dormir esta noche. De todos modos, Axl, creo que algo ha sucedido aquí y estoy intranquila. Ahora acaba de aparecer otro hombre con una lanza y lleva con él varios perros feroces.

–Quién sabe lo que les pasa a estos sajones –dijo Axl–. Será mejor que esta noche busquemos refugio en algún otro sitio.

–Pronto será noche cerrada, Axl, y esas lanzas no están ahí para impedir nuestra entrada. Además, hay una mujer en esta aldea a la que quiero visitar, alguien que sabe de medicinas más que cualquiera de los nuestros.

Axl guardó silencio esperando que Beatrice añadiese algo más, y como ella continuó oteando a lo lejos en silencio, le preguntó:

–¿Y para qué necesitas medicinas, princesa?

–Un pequeño malestar que siento de vez en cuando. Esa mujer podría saber de algún remedio para calmarlo.

–¿Qué tipo de malestar, princesa? ¿Dónde te duele?

–No es nada. Sólo he pensado en ello porque tenemos que pasar la noche aquí.

–¿Pero dónde es, princesa? ¿Dónde sientes el dolor?

–Oh... –Sin volverse hacia él, Beatrice se presionó con la mano en un costado, justo debajo de las costillas, y se rió–. No es nada importante. Ya has comprobado que hoy no me ha obligado a caminar más despacio.

—No te ha hecho aminorar el ritmo ni un poco, princesa, y he sido yo el que ha tenido que insistirte en que nos detuviéramos a descansar.

—Eso es lo que te estoy diciendo, Axl. De manera que no hay nada de que preocuparse.

—No te ha hecho aminorar el ritmo en absoluto. De hecho, princesa, seguro que eres tan fuerte como cualquier mujer con la mitad de tu edad. De todos modos, si hay aquí alguien que puede ayudarte con ese dolor, ¿qué mal hay en hacerle una visita?

—Eso es precisamente lo que estaba diciendo, Axl. He traído un poco de estaño para intercambiarlo por las medicinas.

—¿Quién quiere aguantar estos pequeños dolores? Todos los padecemos y todos nos desembarazaríamos de ellos si pudiésemos. Por supuesto, vamos a ver a esa mujer si está en la aldea y si esos centinelas nos dejan pasar.

Ya casi había oscurecido cuando cruzaron el puente sobre la zanja, y a ambos lados de las puertas se habían encendido antorchas. Los centinelas eran hombres corpulentos y fornidos, pero parecieron aterrados cuando los vieron aproximarse.

—Espera un momento, Axl —dijo Beatrice en voz baja—. Me acercaré yo sola a hablar con ellos.

—No te pongas al alcance de sus lanzas, princesa. Los perros parecen tranquilos, pero a esos sajones se los ve muy inquietos.

—Si es a ti a quien temen, Axl, dado que no eres más que un anciano, enseguida haré que comprendan su error.

Beatrice avanzó hacia ellos decididamente. Los hombres la rodearon y mientras ella les hablaba, los centinelas lanzaban miradas suspicaces hacia Axl. Finalmente uno de ellos lo llamó, en el lenguaje sajón, y le ordenó que se acercase a las antorchas, probablemente para poder comprobar que no era un joven disfrazado de anciano. Después de hablar un rato más con Beatrice, los dejaron pasar.

A Axl le desconcertó que la aldea, que desde la distancia parecía estar formada por dos ordenados círculos de casas, pudiese resultar tal caótico laberinto ahora que caminaban por sus estrechas calles. Ciertamente había cada vez menos luz, pero mientras seguía a Beatrice no se sentía capaz de encontrar una lógica o una pauta a ese lugar. Los edificios aparecían inesperadamente ante ellos, bloqueándoles el paso y forzándolos a tomar callejones laterales. Se veían, además, obligados a andar con más precaución que por los caminos; no sólo el suelo estaba lleno de hoyos y de charcos por la reciente tormenta, sino que a los sajones parecía resultarles completamente aceptable dejar todo tipo de objetos, incluso escombros, en mitad del paso. Pero lo que más incomodaba a Axl era el olor, que se intensificaba o se diluía según iban avanzando, pero que nunca desaparecía del todo. Como cualquier persona de su época, estaba habituado al olor de los excrementos, humanos o animales, pero aquello era algo mucho más ofensivo. No tardó en determinar su origen: por toda la aldea la gente había dejado, frente a sus casas, o en los callejones laterales, montones de carne putrefacta como ofrenda a sus diversos dioses. En un momento dado, sorprendido por una vaharada de hedor particularmente intenso, había girado la cabeza y descubierto, colgado de los aleros del tejado de una choza, un objeto oscuro cuya forma cambió ante sus ojos cuando la colonia de moscas pegada a él se dispersó. Un poco después se toparon con un cerdo al que arrastraba por las orejas un grupo de niños; y perros, vacas y burros que vagaban por ahí sin que nadie los vigilase. Las pocas personas con las que se cruzaron los miraban en silencio y rápidamente desaparecían tras una puerta o unos postigos.

–Algo extraño está sucediendo aquí esta noche –susurró Beatrice mientras seguían caminando–. Lo habitual sería que estuviesen sentados delante de sus casas o tal vez reunidos en círculos riendo y conversando. Y a estas alturas los niños ya nos estarían siguiendo, haciéndonos cientos de preguntas y planteándose si insultarnos o hacerse amigos de nosotros. Todo está siniestramente tranquilo y eso me inquieta.

–¿Nos hemos perdido, o seguimos yendo hacia el lugar en el que nos permitirán pasar la noche a cubierto?

–Había pensado que podíamos hacer primero una visita a la curandera, pero tal como están las cosas por aquí quizá será mejor que vayamos directamente a la vieja casa comunal y evitemos toparnos con problemas.

–¿Estamos lejos de la casa de la curandera?

–Si no lo recuerdo mal, ahora mismo estamos cerca.

–Entonces vamos a ver si está. Aunque tu dolor sea poco importante, como ya sabemos que es el caso, no tiene ningún sentido que lo sigas padeciendo si hay un modo de aliviarlo.

–Puedo esperar hasta mañana por la mañana, Axl. Ni siquiera lo noto desde que hemos empezado a hablar de él.

–Aun así, princesa, ya que estamos aquí, ¿por qué no hacer una visita a esta mujer sabia?

–Lo haremos si tanto te empeñas, Axl. Aunque yo lo hubiera dejado sin ningún problema para mañana por la mañana o para la próxima vez que pase por esta aldea.

Mientras hablaban, Beatrice torció en una esquina y desembocaron en lo que parecía ser la plaza del pueblo. Había una hoguera encendida en el centro, y alrededor de ella, iluminada por el resplandor, una multitud congregada. Había sajones de todas las edades, incluso niños pequeños en brazos de sus padres, y lo primero que le vino a la cabeza a Axl fue que se habían reunido allí para celebrar una ceremonia pagana. Pero mientras se detenían para intentar entender la escena que se desarrollaba ante ellos, vio que no había nada que concentrase la atención de la multitud. Los rostros que veía parecían solemnes, incluso tal vez asustados. Los congregados hablaban en susurros y la suma de voces emergía como un murmullo inquieto. Un perro ladró a Axl y Beatrice y fue rápidamente apartado por unas siluetas difusas. Los individuos de entre la multitud que se percataban de la presencia de los desconocidos los miraban inexpresivamente y enseguida perdían interés.

–Quién sabe qué les ha reunido aquí, Axl –dijo Beatrice–. Yo me marcharía, pero la casa de la curandera está cerca de aquí. Deja que compruebe si todavía soy capaz de encontrarla.

Mientras se acercaban a una hilera de chozas que tenían a la derecha, se percataron de que había mucha más gente entre las sombras, observando en silencio a la multitud congregada alrededor del fuego. Beatrice se detuvo para hablar con una de esas personas, una mujer plantada delante de la puerta de su casa, y al cabo de un rato Axl se dio cuenta de que era la propia curandera. No podía verla bien en la semipenumbra, pero distinguió la silueta erguida de una mujer alta, probablemente de mediana edad, con un chal echado sobre los hombros. La mujer y Beatrice siguieron hablando en voz baja, mirando de vez en cuando hacia la multitud, y de vez en cuando a Axl. Finalmente la mujer hizo un gesto invitándolos a entrar en su choza, pero Beatrice se acercó a Axl y le dijo en voz baja:

–Déjame hablar con ella a solas, Axl. Ayúdame a descargar el fardo y espérame aquí.

–¿No puedo entrar contigo, princesa, aunque apenas entienda la lengua sajona?

–Son asuntos de mujeres, esposo. Déjame hablar con ella a solas, ya me ha prometido que examinará con atención mi viejo cuerpo.

–Lo siento, princesa, no pensaba con claridad. Deja que coja tu fardo y te esperaré aquí todo el tiempo que quieras.

Después de que las dos mujeres entrasen en la choza, Axl sintió una gran pesadez, sobre todo en los hombros y las piernas. Se liberó de su propio fardo y lo dejó apoyado contra la pared de tepe que tenía detrás, y se quedó contemplando a la multitud. Se percibía ahora una creciente inquietud: había gente a su alrededor que salía de entre las sombras para sumarse al gentío alrededor de la hoguera, mientras que otros se apartaban corriendo del fuego y volvían un momento después. Las llamas iluminaban con fuerza algunos rostros y dejaban otros entre las sombras, pero, pasado un rato, Axl llegó a la conclusión de que toda esa gente estaba esperando, en un estado de ansiedad, a que alguien o algo saliese de la gran sala construida en madera que había a la izquierda de la hoguera. El edificio, probablemente un lugar de reunión de los sajones, debía de tener su propia hoguera encendida en el interior, porque a través de las ventanas se veía un parpadeo entre la oscuridad y el resplandor.

Axl estaba a punto de dar una cabezada, con la espalda apoyada contra la pared y las voces amortiguadas de Beatrice y la curandera a sus espaldas, cuando de pronto la multitud se agitó y se desplazó, dejando escapar un leve gruñido colectivo. Varios hombres habían salido de la sala de madera y se acercaban a la hoguera. La multitud se apartaba a su paso y guardaba silencio, como si esperasen algún anuncio, pero no lo hubo, y enseguida la multitud envolvió a los recién llegados y las voces volvieron a elevarse. Axl se percató de que toda la atención se concentraba en el hombre que había salido el último del edificio. Probablemente no tenía más de treinta años, pero desprendía una autoridad innata. Aunque vestía con sencillez, como lo haría un granjero, no se parecía a ningún otro de los aldeanos. No se trataba sólo del modo en que llevaba la capa sobre un solo hombro, dejando a la vista el cinturón y la empuñadura de la espada. Ni era tampoco únicamente el hecho de que su cabello fuera más largo que el de cualquiera de los aldeanos; le llegaba casi por debajo de los hombros y llevaba una parte de él recogido con una cinta para evitar que le cayese sobre los ojos. De hecho, la idea que a Axl le vino a la cabeza fue que ese hombre se había recogido el cabello para evitar que le entorpeciese la visión *durante el combate*. La idea le vino de un modo natural y sólo al pensar en ella le sorprendió, porque había llegado acompañada de una sensación de identificación. Además, cuando ese desconocido, avanzando a grandes pasos entre la multitud, dejó caer su mano

65

sobre la empuñadura de la espada, Axl sintió, de un modo casi tangible, la peculiar mezcla de tranquilidad, excitación y miedo que ese movimiento puede transmitir. Diciéndose que debería reflexionar sobre estas curiosas sensaciones más adelante, las apartó de su mente y se concentró en la escena que se desarrollaba ante sus ojos.

Era la actitud de aquel hombre, el modo como se movía y su porte, lo que lo diferenciaba de quienes le rodeaban. «Por más que intente hacerse pasar por un sajón ordinario», pensó Axl, «este hombre es un *guerrero*. Y tal vez uno capaz de provocar una gran devastación cuando lo desea.»

Dos de los hombres que habían salido de la sala merodeaban nerviosos detrás de él, y cada vez que el guerrero se dejaba arrastrar por la multitud, ambos hacían todo lo posible por mantenerse cerca de él, como niños inquietos por que su padre no los dejase atrás. Los dos hombres, ambos jóvenes, también llevaban espadas y además cada uno de ellos empuñaba una lanza, pero resultaba evidente que no estaban habituados a manejar este tipo de armas. Estaban, además, agarrotados por el miedo y parecían incapaces de responder a las palabras de ánimo que sus conciudadanos les dirigían. Miraban a un lado y a otro atemorizados incluso cuando les daban palmadas en la espalda o les ponían la mano sobre el hombro.

–El individuo del cabello largo es un forastero que ha llegado a la aldea tan sólo una hora o dos antes que nosotros –le dijo Beatrice acercando la boca a su oído–. Un sajón, pero de una región lejana. De las marismas del este, o eso al menos dice él, donde ha estado recientemente combatiendo contra jinetes del mar.

Hacía un rato que Axl se había percatado de que las voces de las dos mujeres se habían hecho más claras y, al volverse, vio que Beatrice y su anfitriona habían salido de la casa y estaban ante la puerta, justo detrás de él. La curandera se puso a hablar en voz baja, en sajón, tras lo cual Beatrice le dijo a Axl al oído:

—Parece ser que hace unas horas, hoy mismo, uno de los aldeanos ha regresado sin aliento y con una herida en el hombro, y cuando han logrado que se calmase, ha contado que él y su hermano, junto con su sobrino, un chico de doce años, estaban pescando en el río, en el lugar donde suelen hacerlo, y dos ogros se les han echado encima. Pero, según el herido, no eran ogros normales. Eran monstruos capaces de moverse más rápido y con más astucia que cualquier ogro con el que se hubiese topado en su vida. Los demonios, pues así es como los aldeanos se refieren a ellos, los demonios han matado a su hermano allí mismo y se han llevado al chico, que seguía vivo y luchaba por escapar de ellos. El propio herido sólo ha logrado escapar después de una prolongada persecución por el sendero junto al río, con los nauseabundos gruñidos cada vez más cerca de él, pero finalmente ha conseguido darles esquinazo. Debe ser ese de ahí, Axl, el que lleva el brazo entablillado y está hablando con el recién llegado. Pese a su herida, estaba tan preocupado por su sobrino que se ha mostrado dispuesto a liderar una partida con los hombres más fuertes de la aldea hasta donde se ha producido el ataque; han localizado el humo de una fogata cerca de la orilla del río, y mientras avanzaban reptando hacia el lugar del que procedía, con las armas preparadas, de pronto se ha abierto un hueco entre los matorrales y parece ser que esos mismos dos demonios les habían tendido una trampa. La curandera dice que tres hombres han muerto antes incluso de que los demás pudiesen pensar en correr para salvar sus vidas, y aunque los demás han regresado a la aldea sanos y salvos, la mayoría de ellos siguen temblando y balbuceando en sus lechos, demasiado traumatizados como para salir de ellos y desearles suerte a los bravos aldeanos que pretenden salir ahora, pese a que pronto será noche cerrada y se está levantando niebla, para llevar a cabo lo que los doce fornidos hombres de la anterior partida no han sido capaces de conseguir a plena luz del día.

—¿Tienen la certeza de que el chico sigue vivo?

–No saben nada, pero aun así se dirigirán al río. Después de que la primera partida regresase aterrorizada, pese a las peticiones de los ancianos, ni un solo hombre ha sido lo bastante valiente para ofrecerse a formar parte de una nueva expedición. Entonces, como enviado por la fortuna, aparece este forastero que llega a la aldea buscando refugio para pasar la noche porque su caballo se ha herido en una pata. Y pese a que hasta hoy no conocía de nada ni al chico ni a su familia, decide que quiere ayudar a los aldeanos. Esos otros que van a salir con él son otros dos tíos del chico, y por la pinta que tienen, me parece que van a ser más un incordio que una ayuda para este guerrero. Míralos, Axl, están aterrados.

–Ya lo veo, princesa. Pero, aun así, son valientes por atreverse a salir pese a tener tanto miedo. Hemos elegido una mala noche para pedir la hospitalidad de esta aldea. Ahora mismo sigue habiendo llantos por aquí, y habrá muchos más antes de que acabe la noche.

La curandera pareció entender algo de lo que había dicho Axl, porque volvió a hablar, en su propia lengua, y después Beatrice se lo tradujo a su esposo:

–Dice que vayamos directamente a la casa comunal y no nos dejemos ver hasta mañana por la mañana. Si nos paseamos por la aldea, dice que no sabe cómo nos pueden recibir en una noche como ésta.

–Eso mismo pensaba yo, princesa. De modo que hagamos caso del sabio consejo de esta buena mujer, si todavía eres capaz de encontrar el camino.

Pero justo en ese momento la multitud hizo un repentino ruido y ese ruido se convirtió en un grito entusiasta y la gente volvió a desplazarse como si se esforzase por cambiar la configuración de la masa allí reunida. Entonces la multitud empezó a avanzar, con el desconocido y sus dos acompañantes más o menos en el centro. Los congregados entonaron un tenue cántico y los espectadores que estaban semiocultos entre las sombras –incluida la curandera– no tardaron en unirse al gentío. La procesión avanzó hacia ellos y, aunque el resplandor de la hoguera había quedado atrás, varios aldeanos llevaban antorchas, de modo que Axl pudo entrever sus rostros, algunos asustados, otros entusiasmados. Cada vez que una antorcha iluminaba al guerrero, se veía que su expresión era de sosiego, volviendo la cabeza a derecha e izquierda para agradecer las muestras de ánimo, con la mano de nuevo asiendo la empuñadura de la espada. La multitud pasó junto a Axl y Beatrice, continuó a lo largo de una hilera de chozas y desapareció de su vista, aunque el tenue cántico siguió siendo audible un tiempo.

Tal vez intimidados por la atmósfera, ni Axl ni Beatrice se movieron durante un rato. Después Beatrice le preguntó a la curandera sobre el camino más corto para llegar a la casa comunal, y a Axl le pareció que las dos mujeres enseguida se pusieron a hablar también de otro destino completamente diferente, porque empezaron a gesticular y señalar a lo lejos, hacia las colinas que había por encima de la aldea.

Finalmente, una vez que la tranquilidad se extendió por la aldea, partieron en busca de su alojamiento. Ahora era más difícil que nunca encontrar el camino en la oscuridad, y las ocasionales antorchas encendidas en alguna esquina parecían no hacer otra cosa que incrementar la confusión con las sombras que proyectaban. Iban en la dirección opuesta a la que había tomado la multitud, y las casas junto a las que pasaban estaban todas a oscuras, sin ningún signo de vida evidente en su interior.

–Camina despacio, princesa –dijo Axl en voz baja–. Si uno de nosotros tropieza en este suelo lleno de agujeros y se cae, no estoy seguro de que haya por aquí un alma que pueda venir a ayudarnos.

–Axl, creo que nos hemos vuelto a perder. Volvamos a la última esquina que hemos dejado atrás y así seguro que encuentro el camino.

Al cabo de un rato el camino se convirtió en una línea recta y se encontraron avanzando junto a la empalizada que habían visto desde la colina. Los afilados maderos creaban por encima de ellos una sombra más oscura que la del cielo nocturno, y mientras andaban, Axl oía un murmullo de voces en algún punto delante de ellos. Entonces vio que ya no estaban solos: en la parte superior de la empalizada, a intervalos regulares, se vislumbraban siluetas que se dio cuenta de que eran de personas oteando por encima de la valla la oscura tierra salvaje que había más allá. Apenas tuvo tiempo de compartir con Beatrice su descubrimiento antes de oír pasos que se reunían a su espalda. Aceleraron, pero de pronto apareció una antorcha moviéndose cerca y varias sombras cruzaron rápidamente ante ellos. En un primer momento Axl pensó que se habían topado con un grupo de aldeanos que venía en dirección contraria, pero de pronto vio que él y Beatrice estaban completamente rodeados. Varios hombres sajones de diversas edades y complexiones, algunos con lanzas y otros empuñando azadas, guadañas y otras herramientas, se amontonaban a su alrededor. Varias voces se dirigían a ellos al mismo tiempo, y parecía que seguía llegando más gente. Axl notó el calor de las antorchas en la cara y, manteniendo a Beatrice pegada a él, intentó localizar con la mirada al jefe del grupo, pero no logró descubrir a nadie que lo pareciese. Además, vio pánico en todos los rostros y comprendió que cualquier movimiento en falso podía desembocar en un desastre. Tiró de Beatrice para ponerla fuera del alcance de un joven de mirada particularmente feroz que había alzado un tembloroso cuchillo, y rebuscó en su memoria algunas frases en lengua sajona. Como no logró recordar ninguna, lo intentó con un arrullo, como el que hubiera podido utilizar con un caballo inquieto.

–Deja de hacer eso, Axl –le susurró Beatrice–. No te van a agradecer que los arrulles. –Después se dirigió primero a uno y después a otro en lengua sajona, pero no logró relajar la situación. Los aldeanos empezaron a lanzar gritos y un perro, tirando de la cuerda a la que estaba atado, se abrió paso entre el grupo de aldeanos y les gruñó amenazadoramente.

De pronto los tensos individuos que los rodeaban parecieron desanimarse. Sus voces se acallaron hasta que sólo quedó una, que gritaba airadamente desde algún punto un poco apartado. La voz se acercó y la multitud se apartó para dejar paso a un hombre achaparrado y deforme, que entró en la zona iluminada por las antorchas arrastrando los pies y apoyándose en un grueso báculo.

Era muy mayor y, aunque tenía la espalda razonablemente erguida, el cuello y la cabeza emergían de los hombros en un ángulo grotesco. Sin embargo, todos los presentes parecieron rendirse a su autoridad; incluso el perro dejó de ladrar y desapareció entre las sombras. Aun con sus limitados conocimientos de lengua sajona, Axl pudo deducir que la ira de ese hombrecillo deforme sólo estaba parcialmente relacionada con el modo en que los aldeanos trataban a esos desconocidos: les reprendió por abandonar sus puestos de vigía, y los rostros iluminados por las antorchas mostraron una expresión cariacontecida, aunque también desconcertada. Entonces, mientras la voz del anciano alcanzaba un nuevo nivel de indignación, los hombres parecieron recordar poco a poco algo y, uno tras otro, fueron desapareciendo en la noche. Pero incluso cuando el último de ellos se hubo ido y se oían pies subiendo por las escaleras, el anciano deforme seguía insultándolos a voz en grito.

Finalmente, se volvió hacia Axl y Beatrice, y cambiando a su lengua les dijo, sin rastro de acento:

–¿Cómo es posible que olviden incluso esto, y además al poco rato de haber visto al guerrero abandonando la aldea con dos de sus paisanos para llevar a cabo lo que ninguno de ellos tiene la valentía de hacer? ¿Es la vergüenza lo que les debilita la memoria o sencillamente el miedo?

–Están muy asustados, Ivor –dijo Beatrice–. Ahora mismo si cayera una araña junto a ellos podría provocar que se despedazaran unos a otros con sus armas. Vaya tropa lamentable que nos habéis mandado para darnos la bienvenida.

—Mis disculpas, señora Beatrice. Y también a vos, señor. No es el tipo de bienvenida habitual aquí; pero, como habréis visto, habéis llegado en una noche llena de temores.

—Nos hemos perdido de camino a la vieja casa comunal, Ivor —le explicó Beatrice—. Si nos indicáis por dónde ir, os estaremos doblemente agradecidos. Sobre todo después de este recibimiento, mi esposo y yo estamos ansiosos por recogernos y descansar.

—Me gustaría prometeros una amable bienvenida en la casa comunal, queridos amigos, pero esta noche no puedo garantizar que mis vecinos vayan a actuar de ese modo. Lo más razonable sería que vos y vuestro buen esposo aceptaseis pasar la noche bajo mi propio techo, donde nadie os molestará.

—Aceptamos encantados vuestra amabilidad, señor —intervino Axl—. Mi esposa y yo verdaderamente necesitamos descansar.

—Entonces seguidme, amigos. Manteneos cerca de mí y no levantéis la voz hasta que lleguemos.

Siguieron a Ivor a través de la oscuridad hasta llegar a una casa que, aunque de estructura muy similar a las otras, era más grande y estaba separada de las demás. Cuando entraron en ella, cruzando un arco bajo, se toparon con una atmósfera densa por el humo de la leña que, aunque afectó a los pulmones de Axl, resultaba cálida y acogedora. El fuego ardía en el centro de la habitación, rodeado de alfombras trenzadas, pieles de animales y muebles de roble y fresno. Mientras Axl sacaba mantas de los fardos, Beatrice se hundió satisfecha en una silla que se balanceaba. Ivor, sin embargo, permaneció de pie junto a la puerta, con una mirada de preocupación en el rostro.

—El trato que acabáis de recibir —les dijo—, me estremezco de vergüenza con sólo pensarlo.

—Por favor, señor, no pensemos más en eso —dijo Axl—. Nos habéis mostrado más amabilidad de la que merecemos. Y hemos llegado aquí esta noche a tiempo para ser testigos de cómo esos valientes partían hacia su peligrosa misión. De modo que entendemos perfectamente el temor que hay en el ambiente y no es raro que algunos se comporten de un modo estúpido.

–Si vosotros, dos desconocidos, recordáis nuestros problemas perfectamente, ¿cómo es posible que esos idiotas los hayan olvidado ya? Se les ordenó, con palabras que hasta un niño entendería, que se mantuvieran en sus puestos en la empalizada pasara lo que pasase, porque la seguridad de toda la comunidad dependía de ello, por no hablar de la necesidad de ayudar a nuestros héroes si aparecían ante las puertas de la aldea perseguidos por los monstruos. ¿Y qué hacen ellos? Pasan por allí dos desconocidos y, olvidándose por completo de las órdenes que han recibido e incluso de los motivos por los que se les han dado, se lanzan sobre vosotros como una manada de lobos enloquecidos. Dudaría de lo que he visto si no fuera porque este tipo de inexplicables olvidos ocurren muy a menudo por aquí.

–Sucede exactamente lo mismo en nuestra región, señor –le explicó Axl–. Mi esposa y yo hemos sido testigos de muchos incidentes relacionados con olvidos como éste entre nuestros vecinos.

–Es interesante oír eso, señor. Y yo que pensaba que este tipo de plaga se estaba extendiendo sólo por nuestra región. ¿Y es por el hecho de que soy viejo, o de que soy un britano viviendo entre sajones, que a menudo soy el único que atesora ciertos recuerdos que todos a mi alrededor han dejado que se les olviden?

–A nosotros nos ha sucedido lo mismo, señor. Aunque los dos sufrimos bastante de la niebla, que es como mi esposa y yo la hemos llamado, parece que nos afecta menos que a los jóvenes. ¿Creéis que hay alguna explicación?

–He oído decir muchas cosas al respecto, amigo mío. Mayormente supersticiones sajonas. Pero el último invierno pasó por aquí un forastero que tenía una teoría sobre este asunto a la que le voy dando más credibilidad cuanto más pienso en ella. ¿Qué es esto? –Ivor, que había permanecido junto a la puerta, con el báculo en la mano, se volvió con sorprendente agilidad para alguien tan malformado–. Disculpad a vuestro anfitrión, amigos. Tal vez sean nuestros valientes que ya han regresado. Es mejor que os quedéis aquí y no os dejéis ver por la aldea.

Cuando se marchó, Axl y Beatrice permanecieron en silencio durante un rato, con los ojos cerrados, sentados y agradecidos por la oportunidad de descansar. De pronto Beatrice dijo en voz baja:

–Axl, ¿qué crees que nos iba a contar Ivor?

–¿Sobre qué, princesa?

–Estaba hablando de la niebla y de lo que la provoca.

–No era más que un rumor que escuchó una vez. Aunque por supuesto tenemos que pedirle que nos cuente más cosas sobre eso. Un hombre admirable. ¿Ha vivido siempre entre sajones?

–Desde que se casó con una mujer sajona hace ya mucho tiempo, eso es lo que me han contado. Nunca he sabido qué fue de ella. Axl, ¿no sería magnífico poder saber la causa de la niebla?

–Desde luego que sí, pero de qué nos serviría, eso lo ignoro.

–¿Cómo puedes decir eso, Axl? ¿Cómo puedes decir algo tan cruel?

–¿Qué he dicho, princesa? ¿Qué sucede? –Axl se irguió en su silla y escrutó a su esposa–. Lo único que quería decir es que conocer la causa no hará que desaparezca, ni aquí ni en nuestra región.

–Si hay la más mínima posibilidad de entender la niebla, eso puede suponer un antes y un después para nosotros. ¿Cómo puedes hablar tan a la ligera sobre esto, Axl?

–Lo siento, princesa. No pretendía decir eso. Tenía la cabeza en otra cosa.

–¿Cómo puedes estar pensando en otras cosas cuando hoy mismo hemos oído lo que nos ha contado el barquero?

–Otras cosas, princesa, como si esos valientes han regresado con el chico sano y salvo. O si esta aldea con sus centinelas asustados y su mal protegida puerta va a ser invadida esta noche por esos diablos monstruosos en busca de venganza por el acoso al que los han sometido. Hay un montón de cosas en las que pensar, aparte de la niebla y las supersticiosas palabras de extraños barqueros.

—No es necesario que te pongas tan agresivo, Axl, no pretendía iniciar una trifulca.

—Perdóname, princesa. Debe ser que el ambiente que se respira aquí me está afectando.

Pero Beatrice estaba al borde de las lágrimas.

—No es necesario ser tan agresivo —murmuró, casi para sí misma.

Axl se levantó, se acercó a la silla de Beatrice y, agachándose un poco, la abrazó y la atrajo contra su pecho.

—Lo siento, princesa —se disculpó—. No dejaremos pasar la ocasión de hablar con Ivor sobre la niebla antes de marcharnos de este lugar. —Y, tras un instante en que siguieron pegados el uno al otro, añadió—: Si he de serte sincero, princesa, ahora mismo estaba pensando en una cosa muy concreta.

—¿En qué, Axl?

—Me preguntaba qué te ha dicho la curandera sobre tu dolor.

—Me ha dicho que no era nada que no fuera de esperar con los años que tengo.

—Lo mismo que siempre he dicho yo, princesa. ¿No te dije que no había por qué preocuparse?

—Yo no estaba preocupada, esposo. Has sido tú el que ha insistido en que fuésemos a ver a la curandera esta noche.

—Ha sido un acierto visitarla, porque ahora ya no tenemos que preocuparnos por tus molestias, si es que en algún momento lo hemos hecho.

Beatrice se liberó suavemente del abrazo y permitió que la silla se desplazase hacia atrás.

—Axl —le dijo—. La curandera me ha mencionado a un viejo monje que dice que es incluso más sabio que ella. Ha ayudado a muchas personas de la aldea; el monje se llama Jonus. Su monasterio está a un día de viaje, subiendo el camino de la montaña hacia el este.

—El camino de la montaña hacia el este. —Axl se dirigió a la puerta, que Ivor había dejado entreabierta, y asomó la cabeza para mirar hacia la oscuridad del exterior—. Creo, princesa, que mañana podríamos tomar el camino de la montaña sin problemas en lugar de ir por el que atraviesa el bosque por el valle.

—Es un camino duro, Axl. Hay que subir mucho. Tardaremos como mínimo un día más, y nuestro hijo espera ansioso nuestra llegada.

—Eso es cierto. Pero sería una pena, después de haber llegado hasta aquí, no visitar a ese monje sabio.

—No es más que algo que la curandera me ha comentado porque pensaba que nos iba de camino. Le he dicho que a la aldea de nuestro hijo se llega más fácilmente por el camino del valle, y al oírlo me ha dicho que probablemente no merecía la pena dar este rodeo, sobre todo porque no tengo nada grave, tan sólo los achaques habituales de la edad.

Axl continuó escrutando la oscuridad a través de la puerta entreabierta.

—Aun así, princesa, vale la pena pensárselo. Pero por ahí vuelve Ivor, y no parece muy contento.

Ivor llegó dando grandes zancadas y respirando entrecortadamente, se sentó en una ancha silla envuelta en pieles y dejó caer con estrépito el báculo a sus pies.

—Un joven atolondrado jura que ha visto a un demonio escalando la parte exterior de la empalizada y que ahora nos está mirando por encima del borde. Se produce, claro, un enorme revuelo, de modo que reúno a un grupo armado para ir a comprobar si es cierto. Evidentemente, no hay nada más que el cielo nocturno allí donde él señala, pero él insiste en que allí está el demonio observándonos, y los que he traído conmigo se encogen de miedo como niños detrás de mí, con sus azadas y lanzas. Entonces el atolondrado confiesa que se ha quedado dormido durante su guardia y que ha visto al demonio en sueños, ¿y en ese momento vuelven todos rápidamente a sus puestos? Están tan aterrados que tengo que amenazarlos con molerlos a palos hasta que sus propios parientes los confundan con carne de carnero. —Miró a su alrededor, todavía respirando entrecortadamente—. Disculpad a vuestro anfitrión, huéspedes. Dormiré en esta habitación interior, si es que esta noche logro conciliar el sueño, de modo que sentiros como en vuestra casa, aunque tengo poco que ofreceros.

—Al contrario, señor —dijo Axl—, nos habéis ofrecido un alojamiento maravillosamente confortable y os estamos muy agradecidos por ello. Lamento que no fuesen mejores noticias las que os han obligado a salir hace un rato.

—Tal vez debamos esperar toda la noche e incluso hasta mañana por la mañana. ¿Hacia dónde os dirigiréis, amigos?

—Mañana nos dirigiremos hacia el este, hacia la aldea de nuestro hijo, donde espera ansioso nuestra llegada. Pero con respecto a esto, tal vez podáis echarnos una mano, porque mi esposa y yo estábamos discutiendo cuál es el mejor itinerario. Nos han hablado de un monje sabio llamado Jonus que vive en un monasterio del camino de la montaña al que podríamos consultar sobre un pequeño asunto.

—Jonus es sin duda un hombre reverenciado, aunque yo no lo conozco personalmente. Id a verlo, desde luego, pero tened cuidado, el trayecto hasta el monasterio no es fácil. Pasaréis buena parte de la jornada ascendiendo por un camino muy empinado, y cuando finalmente se nivela hay que estar atento a no extraviarse, porque estaréis en el territorio de Querig.

—¿Querig, la hembra de dragón? Hace mucho que no oía hablar de ella. ¿Todavía es temida por aquí?

—Ahora casi nunca abandona las montañas —les contó Ivor—. Aunque puede atacar caprichosamente a un viajero de paso, lo cierto es que a menudo se la culpa de ataques llevados a cabo por animales salvajes o bandidos. En mi opinión, la amenaza de Querig viene menos de sus propias acciones que del hecho de su permanente presencia. Mientras se la deje en libertad, todas las formas del mal no pueden sino expandirse por nuestra tierra como una pestilencia. Pensad en estos demonios que nos están importunando esta noche. ¿De dónde han salido? No son simples ogros. Nadie por aquí ha visto nada parecido a ellos con anterioridad. ¿Por qué han venido hasta aquí, para acampar a la orilla de nuestro río? Puede que Querig se deje ver raramente, pero de ella emanan fuerzas oscuras, y es una desgracia que no hayamos sido capaces de exterminarla durante todos estos años.

—Pero, Ivor —dijo Beatrice—, ¿quién se atrevería a enfrentarse a semejante bestia? Según lo que se cuenta, Querig es un dragón hembra muy feroz que se oculta en un terreno de difícil acceso.

—Tenéis razón, señora Beatrice, es una tarea abrumadora. Resulta que hay un caballero, superviviente de los días de Arturo, al que hace muchos años ese gran rey le encargó matar a Querig. Tal vez os crucéis con él si tomáis el camino de la montaña. No pasa desapercibido, ataviado con una cota de malla oxidada y montado sobre un caballo agotado, siempre ansioso por proclamar a los cuatro vientos su sagrada misión, aunque apostaría a que ese viejo chiflado no ha puesto contra las cuerdas ni una sola vez a esa hembra de dragón. Nos haremos centenarios esperando el día en que cumpla su misión. No lo dudéis, amigos, id a ese monasterio, pero sed prudentes y aseguraos de llegar a tiempo a algún refugio seguro cuando empiece a caer la noche.

Ivor se encaminó hacia la habitación interior, pero Beatrice se puso en pie rápidamente y le dijo:

—Hace un rato, Ivor, hablabais de la niebla. Decíais que habíais oído algo sobre qué la provocaba, pero entonces han requerido vuestra presencia antes de que nos comentaseis nada más. Estamos muy interesados en escuchar vuestra versión sobre este asunto.

—Ah, la niebla. Un buen nombre para eso. ¿Quién sabe cuánta verdad hay en lo que oímos, señora Beatrice? Supongo que me refería al forastero que apareció cabalgando por nuestra región el año pasado y se refugió aquí. Procedía de las marismas, como nuestro valiente visitante de esta noche, aunque hablaba un dialecto a menudo difícil de entender. Le ofrecí alojamiento en esta humilde casa, como a vosotros, y hablamos de muchas cosas durante la noche, entre ellas de la niebla, tal como tan acertadamente la llamáis. Nuestra extraña dolencia le interesó mucho y me preguntó insistentemente sobre el tema. Y entonces aventuró una explicación que yo en aquel momento desprecié, pero a la que desde entonces le he dado muchas vueltas. El forastero creía que podía ser el propio Dios quien hubiera olvidado buena parte de nuestros pasados, tanto los recuerdos más lejanos como los del mismo día. Y si algo no está en la mente de Dios, entonces, ¿qué posibilidad hay de que permanezca en nosotros, hombres mortales?

Beatrice lo miró fijamente.

–¿Es eso posible, Ivor? Todos nosotros somos sus queridos hijos. ¿Olvidaría verdaderamente Dios lo que hemos hecho y lo que nos ha sucedido?

–Eso me pregunté yo, señora Beatrice, pero el forastero no supo darme ninguna respuesta. Desde entonces he pensado insistentemente en sus palabras. Tal vez sea una explicación tan buena como cualquier otra para lo que llamáis la niebla. Y ahora disculpadme, amigos, debo descansar un poco mientras pueda.

Axl se dio cuenta de que Beatrice le estaba zarandeando por un hombro. No tenía ni idea de cuánto rato habían dormido: estaba oscuro, pero fuera se oían ruidos y oyó a Ivor decir algo en alguna parte por encima de él:

–Recemos por que sean buenas noticias y no nuestro final.

Pero cuando Axl se incorporó, su anfitrión ya se había marchado y Beatrice dijo:

–Date prisa, Axl, y podremos ver de qué se trata.

Todavía adormilado, Axl rodeó a su esposa con el brazo y ambos salieron trastabillando hacia la noche. Ahora había muchas más antorchas encendidas, algunas resplandeciendo desde lo alto de la empalizada, lo cual hacía que fuese más fácil que antes orientarse. Había gente moviéndose por todas partes, perros ladrando y niños gritando. De pronto pareció imponerse cierto orden y Axl y Beatrice se encontraron metidos en una procesión que avanzaba apresuradamente en una única dirección. De súbito se detuvieron y a Axl le sorprendió descubrir que ya habían llegado a la plaza central; era evidente que había un camino más rápido desde la casa de Ivor que el que habían tomado antes. La hoguera ardía con más viveza que nunca, tanto que por un momento Axl llegó a pensar que había sido el calor que desprendía lo que había hecho que los aldeanos se detuviesen. Pero mirando por encima de las hileras de cabezas, vio que el guerrero había regresado. Estaba ahí plantado muy tranquilo, a la izquierda de la hoguera, un lado de su figura iluminado y el otro en sombra. La parte visible de su rostro estaba cubierta por lo que Axl dedujo que eran pequeñas gotas de sangre, como si hubiese atravesado una neblina formada por esta sustancia. Su larga melena, aunque todavía recogida, se había soltado un poco y el cabello parecía húmedo. Su ropa estaba cubierta de barro y tal vez sangre, y la capa que se había echado despreocupadamente sobre el hombro al partir, estaba ahora rasgada en varios puntos. Pero el hombre parecía ileso y hablaba en voz baja con tres de los ancianos de la aldea, uno de ellos Ivor. Axl también pudo ver que el guerrero sostenía un objeto en el pliegue interior del codo.

Entretanto, habían empezado los cánticos, al principio muy bajos y después ganando cada vez más intensidad, hasta que finalmente el guerrero se volvió para agradecer el apoyo. Su actitud estaba desprovista de cualquier pavoneo. Y cuando se dirigió a la multitud, aunque su voz era lo suficientemente atronadora para que todos lo oyesen, de algún modo daba la impresión de que hablaba en un tono bajo e íntimo, apropiado para una ocasión solemne.

Sus oyentes guardaron silencio para no perderse ni una palabra y su discurso no tardó en arrancarles suspiros de aprobación o de horror. En un momento dado, señaló hacia un punto a sus espaldas y Axl se percató por primera vez de la presencia, sentados en el suelo dentro del círculo de luz, de los dos hombres que habían partido con el guerrero. Parecía que hubiesen caído allí desde las alturas y estuviesen demasiado mareados para ponerse en pie. La multitud entonó un cántico dirigido a ellos, pero aquel par no pareció enterarse y ambos siguieron con la mirada perdida.

El guerrero se volvió de nuevo hacia la multitud y dijo algo que acalló los cánticos. Se acercó más a la hoguera y, sujetando en la mano el objeto que antes llevaba bajo el codo, lo levantó en el aire.

Axl vio lo que parecía la cabeza de un monstruo de grueso cuello seccionada justo por debajo de la garganta. Desde la coronilla caían mechones de cabello oscuro que enmarcaban un rostro inquietantemente desprovisto de rasgos: donde deberían haber estado los ojos, la nariz y la boca tan sólo había carne granulosa, como la de la piel de una gallina, con algunas matas de pelo en las mejillas. De la multitud emergió un gruñido y Axl percibió que los congregados daban un paso atrás asustados. Sólo entonces se percató de que lo que estaban contemplando no era en absoluto una cabeza, sino un pedazo del hombro y la parte superior del brazo de alguna criatura de aspecto humano pero anormalmente grande. De hecho, el guerrero sostenía ahora su trofeo por el muñón cerca del bíceps, con el hombro en lo alto. Axl vio que lo que había tomado por mechones de cabello eran tendones que colgaban del corte con el que se había separado este pedazo del resto del cuerpo.

Pasados unos instantes, el guerrero bajó el trofeo y lo dejó caer a sus pies, como si apenas pudiese ya generar desprecio suficiente por los despojos de esa criatura. Por segunda vez la multitud dio un paso atrás, antes de volver a avanzar un poco y entonces empezaron de nuevo los cánticos. Pero esta vez enmudecieron casi al instante porque el guerrero tomó la palabra una vez más, y aunque Axl no entendía nada de lo que decía, sí podía casi palpar la nerviosa excitación que lo rodeaba. Beatrice le dijo al oído:

–Nuestro héroe ha matado a los dos monstruos. Uno se adentró en el bosque con una herida mortal y no sobrevivirá más allá de esta noche. El otro se mantuvo firme y luchó, y para castigar sus pecados el guerrero ha traído ese pedazo de él que ves ahí en el suelo. El resto del demonio se arrastró hasta el lago para aliviar su dolor y se hundió en las negras aguas. Y el muchacho, Axl, ¿ves ahí al muchacho?

Casi justo detrás del resplandor de la hoguera, un pequeño grupo de mujeres se había apiñado alrededor de un joven delgado y de cabello oscuro sentado sobre una piedra. Ya prácticamente tenía la altura de un hombre, pero se podía intuir que bajo la manta que ahora lo envolvía, seguía teniendo la desgarbada complexión de un niño. Una de las mujeres había traído un cubo y le estaba limpiando la mugre de la cara y el cuello, pero él parecía ausente. Tenía la mirada clavada en la espalda del guerrero, al que tenía justo delante, aunque de vez en cuando ladeaba la cabeza, como si intentase ver entre las piernas del guerrero aquel despojo en el suelo.

A Axl le sorprendió que la visión del chico rescatado, vivo y era evidente que sin ninguna herida seria, no le provocase ni alivio ni alegría, sino una vaga incomodidad. Al principio supuso que eso tenía que ver con la extraña actitud del propio muchacho, pero de pronto cayó en la cuenta de qué era realmente lo que no encajaba: había algo inadecuado en el modo en que este chico, cuyo rescate había sido hasta hacía poco la mayor preocupación de la comunidad, era ahora recibido. Había cierta reserva, casi frialdad, que a Axl le recordó ese incidente con la pequeña Marta en su propia aldea, y se preguntó si ese muchacho, como ella, estaba en proceso de ser olvidado. Pero evidentemente en este caso no podía tratarse de eso. La gente, incluso ahora, lo señalaba y las mujeres que estaban cuidando de él lo miraban a la defensiva.

–No logro oír lo que dicen –le susurró Beatrice al oído–. Hay algún tipo de trifulca sobre el muchacho, pese a que están muy agradecidos de que lo hayan traído de vuelta sano y salvo, y él mismo se muestra sorprendentemente tranquilo después de lo que han tenido que ver sus jóvenes ojos.

El guerrero seguía dirigiéndose a la multitud, y en su voz se había introducido un tono de súplica. Era casi como si estuviese haciendo una acusación, y Axl pudo sentir cómo cambiaba la actitud de la multitud allí congregada. El sentimiento de asombro y gratitud estaba dando paso a algún otro tipo de emoción, y se percibía confusión e incluso miedo en el retumbar de voces que crecía a su alrededor. El guerrero volvió a hablar, con un tono severo, señalando a sus espaldas, hacia donde estaba el muchacho. En ese momento Ivor avanzó hasta el círculo de luz que proyectaba la hoguera y, colocándose junto al guerrero, dijo algo que levantó un rugido de protestas menos contenido que el anterior entre parte de su audiencia. Una voz detrás de Axl gritó algo y se desataron discusiones por todos lados. Ivor alzó la voz y durante un breve momento se hizo el silencio, pero casi de inmediato se reanudó el griterío, y en esta ocasión se produjeron empujones entre las sombras.

—¡Oh, Axl, por favor, vámonos rápido de aquí! —le gritó Beatrice al oído—. Éste no es un lugar para nosotros.

Axl le pasó el brazo por los hombros y empezó a abrirse camino, pero algo le hizo volver la vista atrás una última vez. El muchacho no había cambiado de posición y seguía con los ojos clavados en la espalda del guerrero, ignorando aparentemente la conmoción que había a su alrededor. Pero la mujer que lo había estado atendiendo se había retirado y paseaba su mirada vacilante entre el chico y la multitud. Beatrice tiró del brazo de Axl.

—Axl, por favor, vámonos de aquí. Temo que acabemos heridos.

La aldea entera debía de estar en la plaza, porque no se cruzaron con nadie de regreso a casa de Ivor. Sólo cuando ya la tenían a la vista, Axl preguntó:

—¿Qué estaban diciendo al final, princesa?

—No estoy segura, Axl. Hablaban demasiado rápido para mi discreto manejo de la lengua. Discutían sobre el chico al que han salvado, y estaban perdiendo la templanza. Hemos hecho bien en marcharnos, ya nos enteraremos a su debido tiempo de qué ha sucedido.

Cuando Axl se despertó a la mañana siguiente, los rayos de sol atravesaban la habitación. Estaba en el suelo, pero había dormido sobre un lecho de mullidas alfombras y bajo cálidas mantas —un apaño mucho más suntuoso de lo que estaba acostumbrado— y notaba sus extremidades bien descansadas. Además, estaba de buen humor, porque se había despertado con un grato recuerdo rondándole por la cabeza.

Beatrice se movía junto a él, con los ojos cerrados y la respiración acompasada. Axl la contempló, como hacía a menudo en esos momentos, esperando que un sentimiento de cariñosa felicidad le llenase el pecho. No tardó en suceder, tal como esperaba, pero hoy estaba mezclada con un vestigio de tristeza. El sentimiento le sorprendió y deslizó la mano suavemente por el hombro de su esposa, como si al hacerlo pudiese alejar esa sombra.

Oía ruidos en el exterior, pero a diferencia de los que les habían despertado por la noche, éstos eran de personas que llevaban a cabo sus tareas una mañana como cualquier otra. Pensó que Beatrice y él habían dormido hasta muy tarde, pero aun así se abstuvo de despertarla y siguió contemplándola. Finalmente se levantó sin hacer ruido, se acercó a la puerta de madera y la entreabrió. La puerta —debía de ser una «auténtica» puerta con goznes de madera— chirrió y el sol entró con fuerza por la ranura, pero Beatrice continuó dormida. Ahora ya un poco preocupado, Axl regresó a donde estaba echada y se acuclilló junto a ella, sintiendo la rigidez de sus rodillas mientras lo hacía. Por fin su esposa abrió los ojos y le miró.

—Ya es hora de levantarse, princesa —le dijo, ocultando su alivio—. La aldea bulle de actividad y nuestro anfitrión se ha marchado.

—En ese caso deberías haberme despertado antes, Axl.

—Parecías tan relajada, y después de una jornada tan larga he pensado que el descanso te vendría bien. Y estaba en lo cierto, porque ahora pareces más fresca que una joven doncella.

—Ya estás diciendo tonterías y ni siquiera sabemos lo que sucedió aquí anoche. Por lo que se oye ahí fuera, no se han machacado hasta convertirse mutuamente en una papilla sanguinolenta. Oigo griterío de niños y por cómo ladran los perros parecen bien alimentados y felices. Axl, ¿hay por aquí un poco de agua con la que lavarse?

Un poco después, tras haberse aseado mínimamente —y sin que Ivor hubiese vuelto todavía—, salieron y deambularon envueltos por el vigorizante y resplandeciente aire en busca de algo para comer. Ahora a Axl la aldea le pareció un lugar mucho más agradable. Las chozas circulares, que en la oscuridad daban la impresión de estar dispuestas de un modo aleatorio, ahora aparecían ante ellos en ordenadas hileras y sus igualadas sombras formaban un camino ordenado que atravesaba la aldea. Había un ajetreo de hombres y mujeres que iban de un lado a otro con sus herramientas y tinas, seguidos por grupos de niños. Los perros, aunque tan numerosos como siempre, parecían dóciles. Sólo un burro que defecaba plácidamente a pleno sol justo delante de un pozo le recordó a Axl el caótico lugar en el que habían entrado la víspera. Incluso recibieron gestos de asentimiento y discretos saludos por parte de los aldeanos con los que se cruzaban, aunque ninguno de ellos llegó a dirigirles la palabra.

No habían recorrido mucho trecho cuando vislumbraron las contrastadas siluetas de Ivor y el guerrero caminando por la calle frente a ellos, con las cabezas muy juntas, en plena discusión. Mientras Axl y Beatrice se acercaban a ellos, Ivor dio un paso atrás y esbozó una sonrisa.

—No quería despertaros antes de hora —les dijo—. Pero soy un anfitrión pobre y los dos debéis estar hambrientos. Seguidme a la vieja casa comunal y me aseguraré de que os dan de desayunar. Pero antes, amigos, saludad a nuestro héroe de la noche pasada. Comprobaréis que el honorable Wistan entiende perfectamente nuestra lengua.

Axl se volvió hacia el guerrero e inclinó la cabeza.

—Es un honor para mi esposa y para mí poder saludar a un hombre que ha demostrado tanta valentía, generosidad y destreza. Vuestra hazaña de anoche fue extraordinaria.

—Mis hazañas no tienen nada de extraordinario, señor, como tampoco mi destreza. —La voz del guerrero, igual que la noche pasada, tenía un tono amable y una sonrisa parecía revolotear en su mirada—. Anoche me acompañó la suerte y además conté con la diestra ayuda de unos valientes camaradas.

—Los camaradas de los que habla —intervino Ivor— estaban demasiado ocupados cagándose de miedo para unirse a la batalla. Fue este hombre a solas quien aniquiló a los demonios.

—Por favor, señor, no sigamos con este tema. —El guerrero se había dirigido a Ivor, pero ahora miraba fijamente a Axl, como si alguna marca en su rostro le provocase una enorme fascinación.

—Habláis bien nuestra lengua, señor —dijo Axl, incómodo por el escrutinio.

El guerrero continuó observando a Axl, hasta que de pronto se dio cuenta de lo impropio de su actitud y se echó a reír.

—Disculpadme, señor. Por un momento he pensado... Pero disculpadme. Mi sangre es sajona de pies a cabeza, pero crecí en una región no lejos de aquí y estaba a menudo entre britanos. De modo que aprendí a hablar vuestra lengua al mismo tiempo que la mía. Ahora ya no la manejo con tanta soltura, porque vivo en las marismas, donde se escuchan muchas lenguas extrañas, pero no la vuestra. De modo que debéis disculpar mis errores.

—En absoluto, señor —dijo Axl—. Uno apenas adivina que no sois un hablante nativo. De hecho, anoche no pude evitar fijarme en el modo como lleváis la espada, más pegada a la cintura de lo que es habitual en los sajones, con la mano deslizándose fácilmente sobre la empuñadura mientras camináis. Espero que no os ofendáis si os digo que es un modo más propio de los britanos.

Wistan volvió a reírse.

—Mis camaradas sajones no paran de mofarse no sólo de mi modo de llevar la espada, sino de cómo la empuño. Pero lo cierto es que fueron britanos quienes me enseñaron a manejarla y no podía haber tenido mejores maestros. Me ha protegido de muchos peligros y anoche volvió a hacerlo. Disculpad mi impertinencia, señor, pero veo que tampoco vos sois de por aquí. ¿Sois de la región que hay hacia el oeste?

—Somos de la región vecina, señor. Está a un día de camino, no más.

—¿Pero tal vez hace mucho tiempo vivisteis más al oeste?

—Como os digo, señor, soy de la región vecina.

—Disculpad mis formas. Cuando viajo tan al oeste, se me despierta la nostalgia por la región de mi infancia, pese a que sé que queda todavía lejos. Me sorprendo a mí mismo creyendo ver en todas partes rostros que recuerdo vagamente. ¿Vos y vuestra buena esposa regresáis a casa esta mañana?

—No, señor, nos dirigimos hacia el este, a la aldea de nuestro hijo, a la que esperamos llegar en dos días.

—Ah, entonces tomaréis el camino que atraviesa el bosque.

—De hecho, señor, tenemos pensado tomar el camino que asciende y atraviesa las montañas, porque en el monasterio que hay allí vive un hombre sabio que esperamos nos conceda audiencia.

—¿En serio? —Wistan asintió pensativo y volvió a observar atentamente a Axl—. Tengo entendido que es un camino muy empinado.

—Mis huéspedes todavía no han desayunado —dijo Ivor, metiéndose en la conversación—. Disculpadme, honorable Wistan, mientras los acompaño a la casa comunal. Después, señor, si es posible, me gustaría retomar la conversación que estábamos manteniendo. —Bajó la voz y continuó en lengua sajona, y Wistan respondió asintiendo. Después, volviéndose hacia Axl y Beatrice, Ivor negó con la cabeza y dijo con tono grave—: Pese a los grandes esfuerzos de este hombre anoche, nuestros problemas están lejos de haberse acabado. Pero seguidme, amigos, debéis de estar hambrientos.

Ivor se puso en marcha con su tambaleante modo de andar, clavando su báculo en la tierra a cada paso. Parecía demasiado ensimismado para percatarse de que sus huéspedes se quedaban rezagados en los concurridos callejones. En un determinado momento, cuando Ivor iba ya muy adelantado, Axl le dijo a Beatrice:

—Ese guerrero es un hombre admirable, ¿no crees, princesa?

—Sin duda —respondió ella sin levantar la voz—. Pero te miraba de un modo extraño, Axl.

No hubo tiempo de decir nada más, porque Ivor, que por fin se había dado cuenta de que estaba a punto de perderlos, se había detenido en una esquina.

No tardaron en llegar a un soleado patio. Había gansos deambulando y el lugar estaba atravesado por un riachuelo artificial —un canal poco profundo cavado en la tierra— por el que corría el agua. En su parte más ancha un pequeño y sencillo puente compuesto por dos piedras planas salvaba el riachuelo, y en ese momento una niña mayor estaba acuclillada sobre una de ellas, lavando ropa. La escena le pareció a Axl casi idílica, y se hubiera detenido a contemplarla de no ser porque Ivor siguió avanzando decididamente a grandes zancadas hacia el edificio bajo y con techo de paja que se extendía al fondo del patio.

Una vez dentro, ninguno de vosotros habría pensado que esta casa comunal fuese tan diferente de las rústicas cantinas que muchos habréis visitado en una institución u otra. Había varias filas de largas mesas y bancos y, cerca de una esquina, una cocina y una zona para servir. La principal diferencia con una instalación moderna era la presencia dominante del heno: había heno sobre la cabeza de uno y bajo sus pies y, aunque no a propósito, por toda la superficie de las mesas, esparcido por la corriente que cada dos por tres barría el espacio. En una mañana como ésa, mientras nuestros viajeros se sentaban para desayunar, el sol que entraba por las ventanas con forma de ojo de buey habría revelado que incluso el aire estaba lleno de motas de heno en suspensión.

La vieja casa comunal estaba desierta cuando llegaron, pero Ivor se metió en la cocina y un momento después aparecieron dos ancianas con pan, miel, galletas y unas jarras con leche y agua. A continuación el propio Ivor reapareció con una bandeja llena de trozos de carne de ave que Axl y Beatrice devoraron agradecidos.

Al principio comieron sin hablar, sólo ahora verdaderamente consciente de lo hambrientos que estaban. Ivor, sentado frente a ellos al otro lado de la mesa, continuó dándole vueltas a sus preocupaciones, ensimismado, y sólo pasado un rato Beatrice dijo:

—Estos sajones son una buena carga para vos, Ivor. Tal vez estéis deseando regresar con los vuestros, ahora que el muchacho ha sido rescatado sano y salvo y se ha exterminado a los ogros.

—No eran ogros, señora, ni ninguna criatura antes vista por esta región. Es un gran alivio que ya no merodeen al otro lado de nuestras puertas. El muchacho, sin embargo, es otro tema. En efecto ha sido rescatado, pero no precisamente sano y salvo. –Ivor se inclinó sobre la mesa para acercarse a ellos y bajó la voz, pese a que volvían a estar completamente solos–. Tenéis razón, señora Beatrice, yo mismo me pregunto qué hago viviendo entre estos salvajes. Sería mejor residir en un pozo con ratas. ¿Qué pensará de nosotros ese valeroso forastero, después de todo lo que hizo por la aldea anoche?

—¿Por qué, señor? ¿Qué ha sucedido? –preguntó Axl–. Anoche estuvimos junto a la hoguera, pero como vimos que se desataba una violenta disputa nos marchamos y no nos enteramos de lo que sucedió después.

—Hicisteis bien en esconderos, amigos míos. Estos paganos

estaban lo bastante alterados anoche como para sacarse los ojos mutuamente. No quiero ni imaginarme cómo habrían tratado a dos forasteros britanos si los hubiesen descubierto entre la multitud. El muchacho, Edwin, fue rescatado sano y salvo, pero mientras los aldeanos lo celebraban, las mujeres le descubrieron una pequeña herida. Yo mismo la examiné y también lo hicieron los demás ancianos. Una marca justo debajo del pecho, no peor que la que le puede quedar a un niño después de caerse. Pero las mujeres, sajonas como el chico, dijeron que era un mordisco, y esta mañana ya se ha corrido la voz por toda la aldea. He tenido que hacer que encerrasen al muchacho por su propia seguridad, y pese a ello sus amigos, los miembros de su propia familia, han apedreado la puerta y han pedido a gritos que lo sacasen de allí y lo matasen.

–¿Pero cómo ha podido suceder esto, Ivor? –preguntó Beatrice–. ¿Es de nuevo la niebla lo que les ha hecho olvidar todas las penurias por las que ha pasado recientemente el muchacho?

–Ojalá se tratase de eso, señora. Pero en este caso parecen recordarlo todo perfectamente. Los paganos son incapaces de dejar a un lado sus supersticiones. Creen que si le ha mordido un demonio, el chico no tardará en convertirse él mismo en uno y sembrará el horror aquí, en el interior de nuestra empalizada. Lo temen, y si él sigue aquí sufrirá un destino tan terrible como aquel del que le salvó el honorable Wistan anoche.

–Seguro, señor –dijo Axl–, que hay aquí gente lo bastante sensata para aportar un poco de sentido común.

–Si la hay, somos una minoría, y aunque podamos controlar la situación durante uno o dos días, los ignorantes acabarán encontrando el modo de imponerse.

–¿Entonces qué habéis pensado hacer, señor?

–El guerrero está tan horrorizado como vosotros, y él y yo hemos estado hablando del tema esta mañana. Le he propuesto, aunque sea abusar de su confianza, que se lleve al chico con él cuando se marche y lo deje en alguna aldea alejada donde tenga la oportunidad de empezar una nueva vida. Me avergüenza profundamente tener que pedirle algo así a este hombre cuando acaba de arriesgar su vida por nosotros, pero no veo otra solución. Wistan pensará en mi propuesta, pese a que debe cumplir una misión encomendada por su rey y ya va con retraso por culpa de su caballo y de los problemas de anoche. De hecho, debo comprobar si el chico sigue a salvo y después ver si el guerrero ya ha tomado una decisión. —Ivor se puso en pie y tomó su báculo—. Venid a despediros de mí antes de marcharos, amigos míos. Aunque después de todo lo que habéis oído, entenderé que tengáis prisa por partir sin volver la vista atrás.

Axl contempló cómo la silueta de Ivor salía por la puerta y se alejaba con paso firme por el patio.

—Son pésimas noticias, princesa —dijo.

—Lo son, Axl, pero no tienen nada que ver con nosotros. No nos entretengamos más en este lugar. Hoy tenemos por delante un camino empinado.

La comida y la leche eran muy frescas, y siguieron desayunando en silencio durante un rato. Finalmente Beatrice dijo:

—¿Crees que hay algo de verdad es todo eso, Axl? En lo que Ivor nos contó anoche sobre la niebla, eso de que es el propio Dios quien nos hace olvidar.

—No sé qué pensar sobre eso, princesa.

—Axl, esta mañana, mientras caminaba, me ha venido una idea a la cabeza.

—¿Qué idea, princesa?

—Ha sido sólo un pensamiento fugaz. Que tal vez Dios está enfadado por algo que hemos hecho. O tal vez no está enfadado, sino avergonzado.

—Una idea curiosa, princesa. Pero de ser así, ¿por qué no nos castiga? ¿Por qué hacernos olvidar como a idiotas incluso cosas que han sucedido hace tan sólo una hora?

–Tal vez Dios está profundamente avergonzado de nosotros por algo que hemos hecho y desea olvidar. Y tal como el forastero le dijo a Ivor, si Dios no recuerda no es extraño que nosotros seamos incapaces de hacerlo.

–¿Pero qué cosa tan terrible hemos podido hacer para avergonzar a Dios de ese modo?

–No lo sé, Axl. Pero seguro que no es algo que tú y yo hayamos hecho, porque a nosotros siempre nos ha amado. Si le rezásemos, si le rezásemos y le pidiésemos poder recordar al menos algunas de las cosas más importantes para nosotros, quién sabe, tal vez nos oiría y atendería nuestra petición.

Fuera se oyeron unas carcajadas. Inclinando un poco la cabeza, Axl pudo ver en el patio a un grupo de niños manteniendo el equilibrio sobre las piedras planas que cruzaban el riachuelo. Mientras los contemplaba, uno de ellos resbaló y cayó al agua lanzando un chillido.

–Quién sabe, princesa –dijo–. Tal vez el monje sabio de las montañas nos lo podrá explicar. Pero ahora que hablamos de continuar nuestro camino esta mañana, a mí también me ha venido algo a la cabeza, tal vez en el mismo momento en que tú estabas pensando en lo tuyo. Ha sido un recuerdo, muy simple, pero que me ha resultado muy grato.

–¡Oh, Axl! ¿De qué recuerdo se trata?

–He recordado un momento en el que hablábamos en un mercado o en un festejo. Estábamos en una aldea, pero no era la nuestra, y tú llevabas esa capa ligera de color verde y con capucha.

–Debe de haber sido un sueño o algo que sucedió hace mucho tiempo, esposo. Yo no tengo ninguna capa verde.

–Estoy hablando de hace mucho tiempo, eso sin duda, princesa. Era un día de verano, pero soplaba un viento frío en ese lugar en el que estábamos y tú te habías echado encima la capa, aunque sin cubrirte la cabeza con la capucha. Estábamos en un mercado o tal vez en algún festejo. Era una aldea en una ladera con cabras en un cercado, en la que tú ya habías estado.

–¿Y qué hacíamos allí, Axl?

–Caminábamos cogidos del brazo y de pronto se cruzó en nuestro camino un desconocido, un aldeano. Te echó un vistazo y se quedó mirándote como si contemplase a una diosa. ¿Lo recuerdas, princesa? Era un hombre joven, aunque supongo que en aquel entonces también nosotros éramos jóvenes. Y exclamaba que jamás había posado sus ojos en una mujer tan hermosa. Entonces se inclinó hacia delante y te tocó el brazo. ¿Guardas algún recuerdo de eso, princesa?

–Me viene alguna cosa a la memoria, pero no de un modo claro. Me parece que ese hombre del que hablas era un borracho.

–Tal vez iba un poco bebido, no lo sé, princesa. Era un día de festejos, como te decía. En cualquier caso, te vio y se quedó maravillado. Dijo que eras lo más hermoso que había visto en su vida.

–¡Entonces definitivamente tuvo que ser hace muchos años! ¿No fue ese día en que te pusiste celoso y te peleaste con aquel hombre y casi tuvimos que salir corriendo de la aldea?

–No recuerdo nada semejante, princesa. El día del que te hablo, llevabas la capa verde, había algún tipo de festejo y ese desconocido, viendo que yo era tu protector, se volvió hacia mí y me dijo: esta mujer es la visión más hermosa que he tenido en mi vida, de modo que asegúrate de cuidar muy bien de ella, amigo mío. Eso fue lo que dijo.

–Lo recuerdo vagamente, pero estoy segura de que te peleaste con él por celos.

–¿Cómo pude hacer una cosa así cuando incluso ahora siento cómo el orgullo me hincha el pecho al recordar las palabras de aquel desconocido? La visión más hermosa que había tenido en su vida. Y me decía que cuidase muy bien de ti.

–Puede que te sintieras orgulloso, Axl, pero también te pusiste celoso. ¿No te encaraste con ese hombre pese a que estaba borracho?

–No es así como lo recuerdo, princesa. Tal vez simplemente

fingí estar celoso para bromear. Pero sabía que ese sujeto no suponía ningún peligro. Con este recuerdo me he despertado esta mañana, pese a que fue algo que sucedió hace muchos años.

–Si es de este modo como lo recuerdas, Axl, dejémoslo así. Con esta niebla que se cierne sobre nosotros, cualquier recuerdo se convierte en un bien muy preciado que debemos atesorar.

–Me pregunto qué fue de esa capa. Siempre la cuidaste mucho.

–Era una capa, Axl, y como toda capa debió acabar raída con los años.

–¿No la perdimos en algún sitio? ¿Nos la dejamos tal vez sobre una roca a pleno sol?

–Ahora lo recuerdo. Y yo, furiosa, te eché la culpa de haberla extraviado.

–Creo que en efecto lo hiciste, princesa, aunque no recuerdo ahora mismo si era o no una acusación justa.

–Oh, Axl, es un alivio que todavía seamos capaces de recordar algunas cosas, con o sin niebla. Puede que Dios ya nos haya oído y nos esté ayudando a recordar.

–Y recordaremos muchas más cosas, princesa, cuando nos concentremos en ello. Y entonces no habrá taimado barquero capaz de engañarnos, aunque llegue un día en que prestemos atención a su absurda cháchara. Pero ahora acabemos de desayunar. El sol ya está alto y vamos ya con retraso para afrontar ese empinado camino.

Caminaban de regreso a la casa de Ivor y acababan de dejar atrás el lugar en el que casi habían sido agredidos la noche anterior, cuando oyeron una voz que los llamaba desde lo alto. Miraron a su alrededor y vieron a Wistan sobre la empalizada, encaramado a una plataforma de vigilancia.

–Me alegra ver que todavía seguís aquí, amigos –le dijo el guerrero.

—Todavía seguimos aquí —respondió Axl, dando unos pasos hacia la empalizada—. Pero estamos a punto de partir. ¿Y vos, señor? ¿Por qué continuáis en la aldea?

—También yo debo partir en breve. Pero si me permitís abusar de vuestra amabilidad, señor, me gustaría mantener una breve conversación con vos. Os estaría muy agradecido. Prometo no demoraros demasiado.

Axl y Beatrice se miraron y ella dijo en voz baja:

—Habla con él si quieres, Axl. Yo volveré a casa de Ivor y prepararé las provisiones para nuestro viaje.

Axl asintió y volviéndose hacia Wistan dijo alzando la voz:

—De acuerdo, señor. ¿Queréis que suba?

—Como prefiráis, señor. Si queréis bajo yo, pero hace una mañana espléndida y la vista desde aquí es de las que levantan el ánimo. Si la escalera no os supone un problema, os invito a uniros a mí aquí arriba.

—Ve a ver qué quiere —le dijo Beatrice a Axl en voz baja—. Pero ten cuidado, y no me refiero sólo a la escalera.

Axl subió peldaño a peldaño con sumo cuidado hasta que llegó junto al guerrero, que lo esperaba con la mano tendida. Mantuvo el equilibrio sobre la estrecha plataforma y cuando miró hacia abajo vio que Beatrice lo observaba desde allí. Sólo después de que la saludase con la mano jovialmente ella se alejó, aunque con cierta reticencia, en dirección a la casa de Ivor, que ahora resultaba claramente visible desde ese elevado puesto de observación. Axl siguió a Beatrice con la mirada unos instantes más, después se volvió y echó un vistazo por encima de la empalizada.

—Ya veis que no os he mentido, señor —dijo Wistan, mientras permanecían allí de pie uno junto al otro, con el viento acariciándoles el rostro—. El panorama es una maravilla hasta donde alcanza la vista.

El paisaje que tenían ante ellos esa mañana no debía de ser muy diferente del que se puede contemplar hoy en día desde los ventanales de una casa de campo inglesa. Los dos hombres verían, a su derecha, la ladera de la montaña con sus regulares cumbres verdes, mientras que a la izquierda la ladera opuesta, cubierta de pinos, aparecía envuelta en bruma porque estaba más lejos y se fundía con los contornos de las montañas recortadas en el horizonte. Justo enfrente tenían una vista despejada del valle: del río, que trazaba un suave meandro siguiendo el terreno más bajo hasta perderse de vista; de los pantanos, que más allá daban paso a charcas y un lago. Debía de haber olmos y sauces cerca del agua, y también un denso bosque, que en esa época debía de provocar ciertos presagios. Y justo donde la luz del sol dejaba paso a las sombras en la orilla izquierda del río se veían las ruinas de una aldea abandonada hacía mucho tiempo.

–Ayer bajé cabalgando por esa ladera –dijo Wistan– y mi yegua, sin apenas azuzarla, se lanzó a galopar por el puro placer de hacerlo. Recorrimos campos, fuimos más allá del río y del lago, y sentí que la felicidad invadía mi alma. Una sensación rara, como si estuviese volviendo a vivir escenas de mi vida pasada, aunque que yo sepa jamás había estado antes en esta región. ¿Es posible que pasase por aquí siendo un niño demasiado pequeño para saber dónde estaba, aunque lo bastante mayor para retener ciertas imágenes? Los árboles y el páramo, incluso el propio cielo, parecen tirar de algunos recuerdos olvidados.

–Es posible –admitió Axl–, esta región y la que hay más al oeste de donde nacisteis tienen muchas similitudes.

–Debe ser eso, señor. En las marismas no tenemos colinas dignas de ese nombre, y los árboles y la hierba no tienen el color que vemos ahora ante nosotros. Pero fue durante esa placentera galopada cuando mi yegua perdió una herradura, y aunque esta mañana la buena gente de esta aldea la ha herrado de nuevo, tendré que cabalgar sin forzar la marcha porque tiene una herida en la pezuña. La verdad, señor, es que si os he hecho subir aquí no ha sido sólo para admirar el paisaje, sino para estar lejos de oídos indiscretos. Doy por hecho que a estas alturas ya os habéis enterado de lo que sucedió con ese muchacho llamado Edwin.

–El anciano Ivor nos lo ha contado, y hemos pensado que era un final lamentable para vuestra valiente incursión de anoche.

–También debéis saber que los ancianos, inquietos por lo que podría pasarle al muchacho aquí, me han rogado que me lo lleve hoy conmigo. Me piden que lo deje en alguna aldea lejana, que les cuente a los lugareños que lo encontré por el camino, perdido y hambriento. Yo lo haría encantado, pero me temo que este plan no sirva para salvarle la vida. Los rumores se extenderán con facilidad por toda la región y el próximo mes, el próximo año, el muchacho se encontrará en el mismo aprieto en el que está ahora, aunque todavía peor porque será un extraño sobre cuyos orígenes no sabrán nada en ese pueblo. ¿Entendéis lo que os quiero decir, señor?

–Es sensato por vuestra parte temer estas consecuencias, honorable Wistan.

El guerrero, que mientras hablaba había estado observando el paisaje, se echó hacia atrás un mechón de cabello enredado que el viento le había deslizado sobre la cara. Al hacerlo, pareció descubrir de pronto algo en los rasgos del rostro de Axl y, durante unos segundos, olvidar lo que había estado diciendo. Miró atentamente a Axl, ladeando la cabeza. Y acto seguido se rió y dijo:

–Disculpadme, señor, acabo de recordar algo. Pero volvamos al asunto. No conocía en absoluto a ese muchacho antes de lo sucedido anoche, pero me ha impresionado la templanza con la que ha afrontado cada nuevo horror que se cernía sobre él. Mis camaradas de anoche, si bien se mostraron valerosos cuando partimos, fueron progresivamente derrotados por el miedo a medida que nos acercábamos al campamento de los demonios. El muchacho, en cambio, pese a haber quedado a merced de esos demonios durante horas, mantuvo en todo momento una calma que sólo puede maravillarme. Me dolería mucho pensar que su destino está ahora sellado. De modo que he pensado en una posible solución, y si vos y vuestra esposa estuvierais dispuestos a echarme una mano, todo podría acabar solucionándose.

—Haremos lo que esté en nuestra mano, señor. Contadme lo que proponéis.

—Cuando los ancianos me pidieron que me llevara al chico a una aldea lejana, se referían sin duda a una aldea sajona. Pero el chico jamás estará a salvo en una aldea sajona, porque los sajones comparten esta superstición sobre el mordisco marcado en su piel. Sin embargo, si se le dejase con britanos, para los que todo esto son tonterías, no habría peligro alguno, aunque la historia de lo sucedido le persiguiese. El muchacho es fuerte y, como ya he dicho, posee una valentía remarcable, pese a que habla poco. Aportará un par de manos muy útiles a cualquier comunidad desde el día que llegue. Pues bien, señor, antes habéis dicho que os dirigís al este, a la aldea de vuestro hijo. Doy por supuesto que se trata de una aldea cristiana como la que buscamos. Si vos y vuestra esposa abogaseis por él, tal vez con el apoyo de vuestro hijo, eso sin duda nos aseguraría un buen resultado. Claro está que es posible que esa buena gente también aceptase al muchacho si se lo llevara yo, pero soy un extraño para ellos y eso podría levantar miedo y suspicacias. Además, la misión que me ha traído hasta esta región me impide viajar tan lejos hacia el este.

—Entonces estáis sugiriendo —dijo Axl— que seamos mi esposa y yo quienes nos llevemos al muchacho de aquí.

—En efecto, señor, ésta es mi propuesta. Sin embargo, mi misión me permitirá viajar con vosotros al menos una parte del camino. Dijisteis que tomaríais el camino de la montaña. Estaré encantado de acompañaros a vosotros y al muchacho como mínimo hasta el otro lado. Mi compañía será una carga tediosa, pero es sabido que en las montañas hay ciertos peligros y mi espada puede seros de utilidad. Y mi yegua puede cargar con vuestros fardos, porque aunque no tenga la pezuña en las mejores condiciones, no se quejará por hacerlo. ¿Qué me decís, señor?

—Creo que es un plan excelente. A mi esposa y a mí nos ha afligido enterarnos del aprieto en el que se encuentra el muchacho, y estaremos encantados de ayudar a darle solución, señor. Será sin duda entre britanos donde el chico estará más seguro. No tengo dudas de que será recibido con cariño en la aldea de mi hijo, porque mi hijo es allí una figura respetada, prácticamente un anciano excepto por la edad. Sé que hablará en favor del muchacho, y se asegurará de que sea bienvenido.

–Eso me tranquiliza. Le contaré al honorable Ivor nuestro plan y buscaré la manera de sacar discretamente al chico del granero. ¿Estáis vos y vuestra esposa listos para marcharos en breve?

–Mi esposa ya está guardando las provisiones para el viaje.

–Entonces, por favor, esperadme en la puerta que da al sur. Iré enseguida con la yegua y el joven Edwin. Os estoy agradecido, señor, por ayudarme a solucionar este asunto. Y me alegra que vayamos a ser compañeros de viaje durante uno o dos días.

CAPÍTULO CUATRO

Nunca había visto su propia aldea desde tanta altura y distancia, y la imagen le sorprendió. Era como un objeto que pudiese coger con la mano, y curvó tentativamente los dedos sobre el paisaje entre la bruma del atardecer. La anciana, que había contemplado inquieta cómo se encaramaba, seguía al pie del árbol, gritándole que no subiera más alto. Pero Edwin no le hizo caso, porque él conocía los árboles mejor que nadie. Cuando el guerrero le ordenó que se subiese a uno para otear el horizonte, él eligió cuidadosamente un olmo, porque sabía que pese a su aspecto enclenque tendría la fuerza suficiente para sostenerlo sin problemas. Además, le proporcionaría la mejor panorámica del puente y del camino de montaña que llevaba hasta él, y podría observar con claridad a los tres soldados que hablaban con el jinete. Éste había desmontado y, sosteniendo a su inquieto caballo por la brida, discutía acaloradamente con los soldados.

El muchacho conocía los árboles y este olmo era como Steffa. «Dejad que se lo lleven y que se pudra en el bosque.» Eso es lo que siempre decían los chicos más mayores sobre Steffa. «¿No es eso lo que les sucede a los viejos tullidos que no sirven para trabajar?» Pero Edwin veía a Steffa como lo que era: un antiguo guerrero, todavía secretamente fuerte, y con una sabiduría que superaba incluso a la de los ancianos. Steffa, un paria en la aldea, había conocido en el pasado campos de batalla —fue en uno de esos campos de batalla donde perdió las piernas— y ése era a su vez el motivo por el que había sido capaz de reconocer a Edwin como lo que era. Había otros chicos más fuertes, que podían divertirse tirándolo al suelo y golpeándolo, pero era Edwin, y no ninguno de ellos, quien poseía el alma de un guerrero.

—Te he estado observando, muchacho —le había dicho en una ocasión Steffa—. Bajo una lluvia de puñetazos, tu mirada se mantenía tranquila, como si estuvieses memorizando cada golpe. Es una mirada que sólo he visto en los mejores guerreros mientras se mueven con frialdad en medio de la furia de la batalla. Algún día no muy lejano te convertirás en alguien temible.

Y ahora estaba empezando a suceder. Estaba haciéndose realidad, tal como Steffa había predicho.

Mientras un fuerte viento mecía el árbol, Edwin se agarró a otra rama e intentó recordar de nuevo los acontecimientos de esa mañana. Su tía tenía el rostro distorsionado por una mueca que la hacía irreconocible. Le había lanzado a gritos una maldición, pero el anciano Ivor no la había dejado terminar, apartándola de la puerta del granero e impidiéndole al hacerlo que Edwin la siguiese viendo. Su tía siempre había sido buena con él, pero si ahora quería lanzarle una maldición, a él le era indiferente. No hacía mucho esa mujer había intentado que Edwin la llamase «madre», pero él nunca lo había hecho. Porque sabía que su verdadera madre estaba de viaje. Su verdadera madre no le gritaría de ese modo ni tendría que ser apartada por el anciano Ivor. Y esa mañana, en el granero, él había oído la voz de su verdadera madre.

El anciano Ivor lo había empujado hacia el interior, hacia la oscuridad, y había cerrado la puerta desde fuera, haciendo desaparecer la mueca retorcida de la cara de su tía, y todos los demás rostros. Al principio el carro se había mostrado tan sólo como una amenazante forma negra en medio del granero. Después, gradualmente, Edwin había logrado distinguir su silueta y, al acercarse, había podido tocar la madera húmeda y podrida. Fuera, las voces volvían a gritar, y enseguida se oyeron los repiqueteos. Empezaron de modo esporádico y pronto sonaron muchos a la vez, acompañados por el ruido de algo astillándose, después de lo cual el granero parecía menos oscuro.

Edwin sabía que los ruidos los producían las piedras que golpeaban contra las desvencijadas paredes, pero hizo caso omiso para concentrarse en el carro que tenía ante él. ¿Cuánto tiempo hacía que se había utilizado por última vez? ¿Si ahora ya no se usaba, por qué lo seguía guardando en el granero?

Fue entonces cuando oyó la voz: al principio difícil de distinguir, por el alboroto del exterior y el ruido de las piedras, pero fue aumentando de volumen de forma constante hasta hacerse más clara.

–No pasa nada, Edwin –le decía la voz–. Nada en absoluto. Puedes soportarlo fácilmente.

–Pero tal vez los ancianos no sean capaces de contenerlos permanentemente –había dicho él en la oscuridad, en un susurro, mientras su mano tocaba uno de los lados del carro.

–No pasa nada, Edwin. Nada en absoluto.

–Las piedras pueden romper estas paredes tan delgadas.

–No te preocupes, Edwin. ¿No lo sabes? Esas piedras están bajo tu control. Mira. ¿Qué tienes delante?

–Un viejo carro roto.

–Bueno, pues ahí lo tienes. Da vueltas alrededor del carro, Edwin. Da vueltas alrededor del carro, porque eres la mula atada a la enorme rueda. Da vueltas, Edwin. La rueda sólo puede girar si tú la haces girar, y sólo si lo haces, las piedras podrán seguir cayendo. Da vueltas alrededor del carro, Edwin. Da vueltas y vueltas alrededor del carro.

–¿Por qué debo hacer girar la rueda, madre? –En el mismo momento en que lo preguntó, sus pies habían empezado a dar vueltas alrededor del carro.

102

–Porque tú eres la mula, Edwin. Vueltas y vueltas. Esos estrepitosos golpes que oyes. No podrán continuar a menos que gires la rueda. Gírala, Edwin, vueltas y vueltas. Vueltas y vueltas al carro.

De modo que había seguido sus instrucciones, con las manos sobre los bordes superiores del carro, pasando una mano por encima de la otra para mantener el impulso. ¿Cuántas vueltas dio de ese modo? ¿Un centenar? ¿Dos centenares? No dejaba de ver, en una esquina, un misterioso montón de tierra; y en otra esquina, donde un fino rayo de sol recorría el suelo del granero, un cuervo muerto que yacía de costado, con las plumas todavía intactas. En la semipenumbra, estas dos visiones –el montón de tierra y el cuervo muerto– habían ido apareciendo una y otra vez. En un momento dado preguntó en voz alta: «¿Realmente mi tía me ha lanzado una maldición?», pero no hubo respuesta y él se preguntó si su madre ya se había marchado. Pero entonces la voz femenina reapareció, diciendo:

–Cumple con tu obligación, Edwin. Eres la mula. No te detengas todavía. Tú lo controlas todo. Si te detienes, también lo harán estos ruidos. De modo que ¿por qué vas a temerlos?

En varias ocasiones dio tres o cuatro vueltas alrededor del carro sin oír ni un solo golpe. Pero después, como para compensar, se oían varios golpes a la vez, y los gritos del exterior se alzaban a un nuevo nivel.

–¿Dónde estás, madre? –preguntó entonces–. ¿Sigues viajando?

No llegó ninguna respuesta, pero varias vueltas después, ella dijo:

–Te he dado hermanos y hermanas, Edwin, muchos. Pero debes enfrentarte al mundo solo. De modo que encuentra la fuerza para mí. Tienes doce años, ya eres casi un adulto. Tienes que ser como cuatro o cinco hijos juntos. Encuentra la fuerza suficiente y ven a rescatarme.

Mientras otro golpe de viento mecía el olmo, Edwin se preguntó si el granero en el que había estado era el mismo en el que se había ocultado la gente el día que los lobos entraron en la aldea. El viejo Steffa le había contado esa historia un montón de veces.

–Tú entonces eras muy pequeño, muchacho, tal vez demasiado pequeño para recordarlo. Unos lobos, a plena luz del día, exactamente tres ejemplares, entraron caminando tranquilamente en la aldea. –En ese momento la voz de Steffa se llenaba de desprecio–. Y todo el pueblo se escondió presa del pánico. Aunque es verdad que algunos hombres estaban fuera, en los campos. Pero aun así había un montón de ellos en la aldea. Se metieron todos en el granero para la era. No sólo las mujeres y los niños, sino también los hombres. Según dijeron, los lobos tenían una mirada extraña. Era mejor no enfrentarse a ellos. De modo que los lobos hicieron lo que quisieron. Masacraron a las gallinas. Se dieron un festín con las cabras. Y durante todo ese tiempo, el pueblo entero escondido. Algunos en sus casas. La mayoría en el granero de la era. Tullido como estoy, me dejaron donde estaba, sentado en el carrito, con mis inservibles piernas sobresaliendo, junto a la acequia de la señora Mindred. Los lobos se acercaron veloces hacia donde estaba yo. Venid y devoradme, les dije, no voy a esconderme en un granero por un lobo. Pero me dejaron en paz y vi cómo cruzaban por delante de mí, rozando mis inútiles pies con su pelo. Hicieron todo lo que les vino en gana y sólo cuando ya hacía mucho que se habían marchado esos valientes se atrevieron a salir gateando de sus escondrijos. Tres lobos a plena luz del día y no había aquí ni un solo hombre capaz de enfrentarse a ellos.

Había pensado en el relato de Steffa mientras daba vueltas alrededor del carro.

–¿Sigues de viaje, madre? –había preguntado una vez más, y de nuevo no había recibido respuesta. Se le empezaban a cansar las piernas y estaba ya verdaderamente harto de ver el montón de tierra y al cuervo muerto, cuando por fin ella había dicho:

–Ya es suficiente, Edwin. Has trabajado duro. Ya puedes llamar a tu guerrero si quieres. Pon fin a esto.

Edwin la había escuchado aliviado, pero había seguido dando vueltas alrededor del carro. Sabía que convocar a Wistan le llevaría mucho esfuerzo. Como había sucedido la noche anterior, tendría que desear desde lo más profundo de su corazón que apareciese.

Pero de algún modo había encontrado la fuerza necesaria, y una vez estuvo seguro de que el guerrero estaba de camino, Edwin redujo el ritmo –porque incluso a las mulas se les permitía ir más despacio al final del día– y comprobó con satisfacción que los ruidos de las pedradas eran cada vez más espaciados. Pero sólo cuando el silencio se prolongó durante un largo rato decidió finalmente detenerse, y, apoyado contra un lado del carro, empezó a recuperar el aliento. Al poco rato se abrió la puerta del granero y apareció el guerrero, su silueta recortada contra la cegadora luz del sol.

Wistan entró dejando la puerta abierta de par en par tras él, como para mostrar su desdén por cualquier fuerza hostil que hubiera podido reunirse en el exterior. Eso permitió que penetrase en el granero un enorme rectángulo de luz, y cuando Edwin miró a su alrededor, el carro, tan dominante en la semioscuridad, parecía ahora patéticamente desvencijado. ¿Le había llamado Wistan «joven camarada» de inmediato? Edwin no estaba seguro, pero sí recordaba al guerrero conduciéndolo hacia esa mancha de luz, alzándole la camisa e inspeccionando la herida. Después Wistan se había incorporado, había observado cuidadosamente por encima del hombro y le había dicho en voz baja:

–Bueno, mi joven amigo, ¿has mantenido tu promesa de anoche? Sobre la herida.

–Sí, señor, hice lo que me dijisteis.

–¿No se lo has contado a nadie, ni siquiera a tu tía?

–No se lo he contado a nadie, señor. Pese a que creen que es un mordisco de ogro y me odian por ello.

–Deja que sigan creyendo eso, camarada. Sería diez veces peor si llegasen a conocer la verdadera historia de cómo te hiciste la herida.

—¿Pero qué pasa con mis dos tíos que vinieron con vos, señor? ¿No saben ellos la verdad?

—Tus tíos, pese a lo valientes que eran, fueron incapaces de entrar en el campamento. De modo que sólo tú y yo debemos mantener el secreto, y una vez que la herida haya sanado, nadie va a preguntarte por ella. Mantenla todo lo limpia que puedas, y no te la rasques, ni de noche ni de día. ¿Te ha quedado claro?

—Me ha quedado claro, señor.

Hacía un rato, mientras ascendían por la ladera de la montaña y Edwin se había detenido para esperar a los dos ancianos britanos, había intentado recordar las circunstancias en que se había hecho la herida. En ese momento, de pie entre el incipiente brezo, tirando de las riendas de la yegua de Wistan, no había logrado evocar ninguna imagen clara en su mente. Pero ahora, encaramado a las ramas del olmo, mientras contemplaba las diminutas figuras en el puente, Edwin sintió que volvían el aire frío y húmedo y la oscuridad; el penetrante olor de la piel de oso que cubría la pequeña jaula de madera; la sensación de los pequeños escarabajos que le caían sobre la cabeza y los hombros cuando movían la jaula. Recordó haberse reacomodado y agarrado a la trémula rejilla que tenía delante para evitar ser zarandeado mientras arrastraban la jaula por el suelo. Después todo había vuelto a la quietud y él había estado esperando a que levantasen la piel de oso para que el aire fresco pudiese correr por la jaula y para poder vislumbrar la noche junto al resplandor de la hoguera cercana. Porque eso era lo que había sucedido ya dos veces a lo largo de la noche, y la repetición había hecho que la sensación de miedo disminuyese. Recordó más: el hedor de los ogros y a la feroz criatura que se lanzaba contra los desvencijados barrotes de la jaula, obligando a Edwin a recular todo lo que el reducido espacio le permitía.

La criatura se movía con tanta rapidez que le había resultado difícil verla con claridad. Le había dado la impresión de que era del tamaño y la forma de un gallo joven, aunque sin pico ni plumas. Atacaba con los dientes y las garras, dejando escapar todo el rato un agudo graznido. Edwin confiaba en que los barrotes de madera resistiesen a los dientes y las garras pero, de vez en cuando, la cola de la pequeña criatura golpeaba accidentalmente la jaula y entonces todo parecía mucho más vulnerable. Por suerte, la criatura –que Edwin supuso que era todavía una cría– parecía desconocer el poder de su cola.

Pese a que en aquel momento había creído que los ataques no se detendrían nunca, ahora Edwin pensaba que no se habían prolongado durante tanto tiempo antes de que apartasen de allí a la criatura tirando de su correa. Después la piel de oso volvería a caer sobre él y de nuevo se haría la oscuridad, y tendría que agarrarse a los barrotes mientras la jaula fuera arrastrada hasta otro lugar.

¿Cuántas veces había tenido que soportar esta sucesión de acontecimientos? ¿Se habían producido sólo dos o tres veces? ¿O habían sido diez, o incluso doce? Tal vez después del primer ataque se había quedado dormido, pese a la situación en la que estaba, y había soñado el resto.

Y entonces, después de esa última ocasión, la piel del oso no se habría retirado durante mucho rato. Él se mantuvo a la espera, escuchando los graznidos de la criatura, a veces a lo lejos, otras mucho más cerca, y los gruñidos que los ogros lanzaban cuando hablaban entre ellos, y había intuido que estaba a punto de suceder algo distinto. Y fue durante esos momentos de angustiosa expectación cuando pidió que alguien lo rescatase. Había hecho la petición desde lo más profundo de su ser, de modo que había sido algo parecido a una plegaria, y en cuanto tomó forma en su mente, tuvo la certeza de que su petición tendría respuesta.

En ese preciso momento, la jaula había empezado a agitarse y Edwin se dio cuenta de que toda la sección frontal, con sus protectores barrotes, estaba siendo retirada. Pese a que al percatarse de eso se echó hacia atrás, apartaron la piel de oso y la feroz criatura voló hacia él. Sentado como estaba, la reacción instintiva fue levantar los pies y darle una patada, pero el bicho era ágil, y Edwin se encontró repeliéndolo con los puños y los brazos. Por un momento creyó que la criatura ya se había llevado lo suyo, y cerró los ojos, pero cuando volvió a abrirlos vio que su oponente daba zarpazos en el aire mientras la correa tiraba de él hacia atrás. Fue uno de los pocos instantes en que pudo echar un buen vistazo a la criatura, y comprobó que su impresión anterior no había sido errónea: parecía un pollo desplumado, aunque con la cabeza de una serpiente. Volvió a lanzarse sobre él y Edwin se encontró de nuevo sacándosela de encima lo mejor que pudo. De repente volvieron a colocar el frontal de la jaula y la piel de oso le devolvió a la oscuridad. Y fue entonces, en los momentos posteriores, encogido en la pequeña jaula, cuando había sentido un hormigueo en el costado derecho, justo debajo de las costillas, y había notado allí algo húmedo y pegajoso.

Edwin volvió a afianzar su punto de apoyo en el olmo y acercando la mano derecha se tocó con cuidado la herida. El dolor ya casi había desaparecido. Durante el ascenso por la ladera de la montaña, la aspereza de su camisa le había provocado alguna que otra mueca de dolor, pero cuando estaba quieto, como ahora, apenas sentía nada. Incluso por la mañana en el granero, cuando el guerrero se la había examinado junto a la puerta, no parecía más que un conjunto de minúsculos pinchazos. La herida era superficial, mucho menos grave que otras que había sufrido con anterioridad. Y sin embargo, como la gente creía que era un mordisco de ogro, le había creado todos esos problemas. Si hubiera plantado cara a ese bicho con más determinación, tal vez habría podido evitar cualquier herida.

Pero sabía que no había nada de lo que avergonzarse en el modo como había afrontado esa terrible experiencia. En ningún momento había gritado aterrorizado, ni había implorado piedad a los ogros. Después de las primeras embestidas de la criatura –que le habían cogido por sorpresa–, Edwin se había enfrentado a ella con la cabeza bien alta. De hecho, había mantenido la entereza suficiente para percatarse de que la criatura era una cría y que con toda probabilidad se la podía atemorizar, como se haría con un perrillo revoltoso. De modo que había mantenido los ojos abiertos y la había mirado fijamente. Sabía que su verdadera madre estaría especialmente orgullosa de él por eso. En realidad, ahora que pensaba en ello, la criatura había perdido su malicia después de los primeros ataques y Edwin había ido teniendo cada vez más el control del combate. Volvió a recordar al bicho dando zarpazos en el aire, y ahora le parecía plausible que no le moviesen unas especiales ansias de continuar peleando, sino simplemente el pánico a la correa que la ahogaba. Era de hecho bastante probable que los ogros hubiesen considerado a Edwin el vencedor del combate, y por eso se hubiera dado éste por terminado.

—Te he estado observando, muchacho —le había dicho el viejo Steffa—. Hay en ti algo poco usual. Algún día encontrarás a alguien que te enseñe las habilidades que corresponden a tu alma de guerrero. Y entonces te convertirás en alguien temible. No serás de los que se ocultan en un granero mientras simples lobos se pasean tranquilamente por la aldea.

Ahora todo eso iba a suceder. El guerrero lo había elegido, e iban a ir juntos a cumplir una misión. ¿Pero en qué consistía su tarea? Wistan no se lo había dejado claro, sólo le había dicho que su rey, en las lejanas marismas, seguía esperando noticias sobre su finalización. ¿Y por qué viajaban con esos dos ancianos britanos que necesitaban descansar a cada vuelta del camino?

Edwin bajó la cabeza para mirarlos. Estaban discutiendo algo afanosamente con el guerrero. La anciana había desistido de hacerlo callar, y ahora los tres observaban agazapados detrás de dos pinos a los soldados del puente. Desde su propio puesto de observación, Edwin vio que el jinete había vuelto a montar y gesticulaba moviendo las manos en el aire. Entonces los tres soldados parecieron apartarse de él y el jinete hizo girar a su caballo y se alejó al galope del puente, emprendiendo de nuevo el descenso de la montaña.

Edwin se había preguntado antes por qué el guerrero era tan reacio a seguir el camino principal de la montaña y había insistido en el empinado atajo por la ladera; ahora era evidente que intentaba evitar a jinetes como el que acababan de ver. Pero ya no parecía haber modo de proseguir su viaje sin descender hasta ese camino y cruzar el puente que había más allá de la cascada, y los soldados seguían siendo tres. ¿Había visto Wistan desde abajo que el jinete se había marchado? Edwin quería avisarle de este hecho, pero pensaba que no debía gritar desde el árbol por si los soldados lo oían. Tendría que bajar y contárselo a Wistan. Tal vez mientras había habido cuatro oponentes, el guerrero dudaba de si enfrentarse a ellos, pero ahora, con sólo tres soldados en el puente, tal vez consideraría las posibilidades a su favor. De haber estado solos Edwin y el guerrero, sin duda ya habrían bajado hacía mucho rato y se habrían enfrentado a los soldados, pero la presencia de la pareja de ancianos debía de haber llevado a Wistan a mostrarse más cauteloso. Seguramente Wistan los había llevado con ellos por algún buen motivo, y hasta ahora se habían mostrado amables con Edwin, pero aun así eran un lastre.

Volvió a recordar las facciones retorcidas de su tía. Había empezado a lanzarle a gritos una maldición, pero eso ya no importaba. Porque ahora él estaba con el guerrero, y estaba viajando, igual que su verdadera madre. ¿Y quién podía asegurar que no se toparían con ella? Estaría tan orgullosa de verlo aparecer al lado del guerrero. Y los hombres que estaban con ella temblarían.

CAPÍTULO CINCO

Después de un duro ascenso durante buena parte de la mañana, el grupo había encontrado el camino obstruido por un río que bajaba con mucho caudal. De modo que habían emprendido un descenso parcial a través de una densa zona boscosa en busca del camino principal de la montaña, siguiendo el cual, razonaron, habría sin duda un puente para cruzar el río.

Acertaron con lo del puente, pero al divisar a los soldados en él, habían decidido descansar entre los pinos hasta que aquéllos se marchasen. Porque al principio no parecía que los soldados estuviesen montando guardia allí, sino simplemente refrescándose, ellos y sus caballos, en la cascada. Pero pasó el tiempo y los soldados no daban muestras de disponerse a abandonar el lugar. Hacían turnos para tumbarse panza arriba, bajar desde el puente al río y echarse agua encima, o sentarse con la espalda apoyada en la baranda hecha con troncos y jugar a los dados. Después apareció un cuarto hombre a caballo, los soldados se acercaron a él y les dio instrucciones.

Pese a que no tenían una vista tan privilegiada como la de Edwin desde lo alto de su árbol, Axl, Beatrice y el guerrero habían podido ver con suficiente claridad todo lo que sucedía desde su escondrijo entre los matorrales, y cuando el jinete se fue, cruzaron miradas interrogativas.

–Puede que todavía se queden un buen rato –dijo Wistan–. Y vosotros dos estáis ansiosos por llegar cuanto antes al monasterio.

–Sería deseable llegar allí antes del anochecer –dijo Axl–. Hemos oído que el dragón hembra Querig merodea por esta región y sólo un insensato permanecería a la intemperie en plena noche. ¿A qué ejército creéis que pertenecen esos soldados?

–No es fácil distinguirlos desde tan lejos, señor, y no conozco bien los uniformes locales. Pero supongo que deben ser britanos, de los leales a Lord Brennus. Tal vez la señora Beatrice me corrija.

–Están demasiado lejos para mis viejos ojos –dijo Beatrice–, pero supongo que tenéis razón, honorable Wistan. Llevan los uniformes oscuros que les he visto a menudo a los hombres de Lord Brennus.

–No tenemos nada que ocultarles –intervino Axl–. Si les decimos quiénes somos, nos dejarán pasar sin problemas.

–Seguro que sí –dijo el guerrero, y durante un rato guardó silencio, observando el puente. Los soldados se habían vuelto a sentar y parecían haber retomado su juego–. Aun así –continuó–, si vamos a cruzar el puente vigilados por ellos, dejadme proponer algo. Honorable Axl, vos y la señora Beatrice iréis delante y hablaréis sensatamente con los soldados. El muchacho puede llevar a la yegua detrás de vosotros y yo caminaré a su lado, con la boca entreabierta y la mirada perdida como si fuese un retrasado. Debéis decirles a los soldados que soy mudo y medio tonto, y que el chico y yo somos hermanos y estamos a vuestro servicio para pagar una deuda. Esconderé la espada y el cinturón entre los fardos que carga la yegua. Si los encuentran, debéis decir que son vuestros.

–¿Es necesario actuar así, honorable Wistan? –preguntó Beatrice–. Estos soldados pueden ser de trato áspero, pero nos hemos encontrado con muchos de ellos anteriormente y nunca hemos tenido problemas.

–Seguro que sí, señora. Pero es mejor no confiar en hombres armados que están lejos de sus camaradas. Además, yo soy un forastero al que puede parecerles divertido someter a burla y retar. Así que digámosle al muchacho que baje del árbol y procedamos tal como sugiero.

Emergieron del bosque cuando todavía quedaba un buen trecho para llegar al puente, pero los soldados los descubrieron de inmediato y se pusieron en pie.

–Honorable Wistan –dijo Beatrice en voz baja–, temo que esto no vaya a salir bien. Hay algo en vos que os delata como guerrero, por mucho que queráis aparentar ser un retrasado.

–No soy un actor profesional, señora. Si podéis ayudarme a mejorar mi disfraz, os escucharé encantado.

–Es vuestra forma de caminar, señor –le explicó Beatrice–. Tenéis andares de guerrero. Mejor dad varios pasos cortos y después uno largo, como si estuvieseis a punto de perder el equilibrio en cualquier momento.

–Un buen consejo, gracias, señora. Ahora debo callarme, o descubrirán que no soy mudo. Honorable Axl, utilizad la sensatez para hablar con esos hombres.

A medida que se iban acercando al puente, el ruido de agua que se precipitaba desde las rocas bajo los pies de los tres soldados que esperaban se hacía más intenso, y a Axl le parecía de mal agüero. Caminaba delante, escuchando los pasos de la yegua detrás de él sobre el suelo cubierto de musgo, y se detuvo cuando estuvieron a distancia de saludarse con los soldados.

No llevaban ni cota de malla ni casco, pero sus guerreras oscuras idénticas, con unas correas que les cruzaban desde el hombro derecho a la cadera izquierda, dejaban claro su oficio. Sus espadas estaban envainadas, pero dos de ellos se habían llevado la mano a la empuñadura. Uno era bajo, fornido y musculoso; el otro, un jovencito no mucho mayor que Edwin, era también de escasa estatura. Ambos tenían el cabello rapado. En contraste, el tercer soldado era alto, con una melena gris, cuidadosamente peinada, que le llegaba hasta los hombros y llevaba sujeta con una cinta negra que le rodeaba el cráneo. Tanto su aspecto como su actitud diferían notablemente de los de sus dos compañeros; porque mientras que éstos estaban firmemente plantados en el puente para impedir el paso, él se mantenía varios pasos por detrás, apoyado lánguidamente contra una de las barandas del puente, con los brazos cruzados, como si estuviese escuchando un relato junto a una fogata nocturna.

El soldado bajo y fornido dio un paso hacia ellos, de modo que Axl se dirigió a él.

–Buenos días, señores. Venimos en son de paz y sólo queremos seguir nuestro camino.

El soldado fornido no respondió. Una mueca de incertidumbre se apoderó de su rostro, y observó a Axl con una mezcla de pánico y desprecio. Intercambió una mirada con el joven soldado que tenía detrás, pero ante la falta de respuesta de éste, volvió a clavar sus ojos en Axl.

Éste pensó que había algún tipo de confusión: que los soldados esperaban la llegada de otro grupo y todavía no se habían percatado de su error. De modo que intentó aclararles quiénes eran:

–Somos simples granjeros, señor, de camino hacia la aldea de nuestro hijo.

El soldado fornido, que ahora se estaba serenando, le replicó a Axl en un tono innecesariamente elevado:

–¿Quiénes son estos con los que viajas, granjero? Tienen aspecto de sajones.

–Dos hermanos que han quedado a nuestro cargo y a los que tenemos que enseñar sus tareas lo mejor posible. Aunque, como podéis ver, uno es todavía un niño y el otro es mudo y algo retrasado, de modo que no nos van a ser de mucha ayuda.

Mientras Axl decía eso, el soldado alto y de cabello cano,

114

como si de pronto hubiese recordado algo, dejó de apoyarse en la baranda del puente e inclinó la cabeza como para concentrarse. Entretanto, el soldado fornido miraba con aire enojado detrás de Axl y Beatrice. Y de pronto, con la mano todavía en la empuñadura de la espada, se abrió paso entre ellos para observar de cerca a los otros dos. Edwin llevaba a la yegua de la brida y miró al soldado que venía hacia él con ojos inexpresivos. Wistan, en cambio, se reía en voz alta para sí mismo, con la mirada perdida y la boca abierta de par en par.

El soldado fornido los miró alternativamente a uno y otro como en busca de alguna pista, y la frustración pareció sacar lo peor de sí mismo. Agarró a Wistan por el cabello y tiró de él con fuerza.

–¿Nadie te corta el pelo, sajón? –le gritó al guerrero al oído, y volvió a tirarle del cabello como para obligar a Wistan a arrodillarse. Éste se tambaleó, pero logró mantenerse en pie, dejando escapar unos lastimeros gimoteos.

–No habla, señor –le dijo Beatrice al soldado–. Como podéis ver, es un retrasado. No le importa que le traten con dureza, pero sabemos que tiene un carácter que debemos domar.

Mientras hablaba su esposa, un pequeño movimiento hizo que Axl se volviese hacia los soldados que seguían en el puente. Vio entonces que el alto del cabello cano había alzado una mano y su dedo estaba a punto de señalar acusatoriamente, pero de pronto perdió la rigidez y todo se disolvió en un gesto difuso. Por fin, dejó caer el brazo por completo, aunque sus ojos siguieron mirando con desaprobación. Al ver eso, Axl tuvo la repentina sensación de entender, incluso reconocer, lo que el soldado del cabello cano acababa de hacer: una furibunda reprimenda había llegado hasta la punta de su lengua, pero había recordado a tiempo que carecía de cualquier autoridad formal sobre su fornido colega. Axl estaba seguro de que él mismo había vivido una experiencia idéntica en alguna parte, pero apartó la idea de su cabeza y dijo con tono conciliador:

–Debéis estar ocupados con vuestras tareas, caballeros, y

115

sentimos distraeros. Si nos dejáis pasar, enseguida habremos desaparecido de vuestra vista.

Pero el soldado fornido seguía atormentando a Wistan.

—¡Haría mal en mostrar su mal carácter conmigo! —bramó—. ¡Que lo haga y tendrá su merecido!

Acto seguido dejó en paz a Wistan y regresó con paso decidido al puente. No dijo nada, como un hombre enojado que ya no recuerda el motivo de su enfado.

El ruido de la corriente parecía añadir tensión al momento, y Axl se preguntó cómo reaccionarían los soldados si se diera media vuelta y guiase a su grupo de regreso al bosque. Pero justo entonces el soldado del cabello cano se acercó hasta ponerse a la altura de los otros dos y habló por primera vez.

—Este puente tiene algunos tablones rotos. Tal vez éste sea el motivo por el que estamos aquí, para advertir a la buena gente como vosotros de que lo crucen con cuidado o se despeñarán y caerán al río.

—Es muy amable por vuestra parte, señor. Procederemos, pues, con cuidado.

—Este caballo que lleváis, abuelo, me ha parecido ver que cojeaba cuando os acercabais al puente.

—La yegua tiene una herida en una pata, señor, pero creemos que no es grave, aunque no la montamos, como podéis ver.

—Los tablones se han podrido por las salpicaduras de agua, y éste es el motivo por el que estamos aquí, aunque mis camaradas creen que debe habernos traído hasta aquí alguna otra misión. De modo que, abuelo, os voy a preguntar si vos y vuestra buena esposa habéis visto a algún forastero durante vuestro viaje.

—Nosotros mismos somos aquí forasteros, señor —dijo Beatrice—, de modo que no reconoceríamos fácilmente a otro. Pero durante nuestras dos jornadas de viaje no hemos visto nada fuera de lo normal.

Al fijarse en Beatrice, la mirada del soldado de cabello cano pareció relajarse y alegrarse.

—Es una larga caminata para una mujer de vuestra edad hasta la aldea de un hijo, señora. ¿No deberíais estar viviendo allí con él, para poder verlo cada día, en lugar de viajar de este modo, sometida a los peligros del camino?

—Ojalá fuese así, señor, y cuando lo veamos, mi esposo y yo hablaremos con él al respecto. Pero ahora hace mucho que no lo vemos y no podemos evitar preguntarnos cómo nos recibirá.

El soldado del cabello cano siguió mirándola con gentileza.

—No creo —le dijo— que tengáis nada de que preocuparos. Yo mismo estoy lejos de mi madre y mi padre, y hace mucho que no los veo. Tal vez en alguna ocasión nos dijimos palabras duras, ¿quién sabe? Pero si viniesen a encontrarse conmigo mañana, después de caminar una distancia tan larga como la que vos estáis recorriendo ahora, ¿dudáis de que los recibiría con el corazón estallando de alegría? No sé qué tipo de hombre es vuestro hijo, señora, pero apostaría a que no es tan diferente de mí, y le brotarán lágrimas de felicidad en cuanto os vea.

—Sois muy amable al decir eso, señor —le agradeció Beatrice—. Supongo que tenéis razón, y mi esposo y yo nos hemos dicho muchas veces lo mismo, pero es reconfortante oírselo a otra persona, sobre todo si es un hijo que está lejos de casa.

—Seguid vuestro viaje en paz, señora. Y si por casualidad os cruzáis con mi madre y mi padre por el camino, viniendo en la dirección contraria, habladles con amabilidad y decidles que continúen adelante, porque su viaje no será en vano. —El soldado del cabello cano se apartó a un lado para dejarlos pasar—. Y por favor, recordad que hay tablones inestables. Abuelo, será mejor que guiéis vos mismo a la yegua. No es una tarea para niños o idiotas.

El soldado fornido, que había estado observando la escena con aire contrariado, pareció sin embargo plegarse a la autoridad natural de su colega. Les dio la espalda a todos y se inclinó refunfuñando sobre la baranda para contemplar el agua. El soldado más joven dudó, se acercó al soldado del cabello cano y ambos

117

asintieron educadamente mientras Axl les daba las gracias una última vez y conducía a la yegua a través del puente, tapándole los ojos para que no viese la altura a la que cruzaban.

En cuanto los soldados y el puente quedaron fuera de la vista, Wistan se detuvo y sugirió que dejasen el camino principal y siguieran un estrecho sendero que subía por en medio del bosque.

–Siempre me he orientado bien atravesando bosques –dijo–. Y estoy seguro de que este sendero nos permitirá acortar un buen trecho de camino. Además, estaremos mucho más seguros si dejamos un camino como éste, muy frecuentado por soldados y bandidos.

A continuación fue el guerrero quien encabezó el grupo durante un rato, apartando zarzas y arbustos con un palo que encontró. Edwin, sujetando a la yegua por la brida y a menudo susurrándole, lo seguía muy de cerca, de modo que cuando Axl y Beatrice seguían su estela, el camino era mucho más fácil de transitar. Aun así, el atajo –si es que realmente lo era– se fue haciendo cada vez más arduo: la masa de árboles se adensaba a su alrededor y las enmarañadas raíces y los cardos les obligaban a estar atentos a cada paso. Como era costumbre, apenas hablaban mientras avanzaban, pero en un momento en que Axl y Beatrice se quedaron un poco rezagados, Beatrice lo llamó:

–¿Sigues ahí, Axl?

–Sigo aquí, princesa. –De hecho Axl estaba a apenas unos pasos por detrás–. No te preocupes, estos bosques no son conocidos por albergar especiales peligros, y estamos muy lejos de la Gran Planicie.

–Estaba pensado, Axl, que nuestro guerrero no es un mal actor. Su interpretación habría podido engañarme hasta a mí, y no ha tenido ni un solo desliz, ni siquiera cuando ese bruto le ha tirado del pelo.

–Ha interpretado bien el papel, desde luego que sí.

–Estaba pensado, Axl, que vamos a estar un largo tiempo fuera de nuestra aldea. ¿No te parece sorprendente que nos dejasen marchar cuando todavía queda mucho por plantar, y muchas vallas y puertas por reparar? ¿Crees que se quejarán de nuestra ausencia ahora que nos necesitaban?

–Sin duda nos echarán en falta, princesa. Pero no vamos a estar tanto tiempo fuera, y el pastor entiende nuestro deseo de ver a nuestro hijo.

–Espero que tengas razón, Axl. No me gustaría que dijesen que nos hemos marchado cuando más nos necesitaban.

–Seguro que algunos lo dirán, pero los más sensatos entenderán nuestra necesidad de marcharnos, y habrían hecho lo mismo de estar en nuestro lugar.

Continuaron caminando durante un rato sin hablar. Hasta que Beatrice volvió a preguntar:

–¿Sigues ahí, Axl?

–Sigo aquí, princesa.

–No fueron justos. Al quitarnos la vela.

–¿A quién le importa eso ahora, princesa? Además, está llegando el verano.

–Estaba recordando lo sucedido, Axl. Y pensaba que quizá empecé a padecer este dolor que tengo debido a la falta de una vela.

–¿Por qué dices eso, princesa? ¿Cómo podría ser?

–Pensaba que tal vez fue la oscuridad lo que me lo provocó.

–Cuidado con ese endrino que hay ahí. No es el mejor lugar para tropezarse.

–Tendré cuidado, Axl, y tú haz lo mismo.

–¿Cómo puede ser que la oscuridad te causara el dolor, princesa?

–¿Recuerdas, Axl, que el pasado invierno se habló de que se avistó a un trasgo cerca de la aldea? Nosotros no llegamos a verlo, pero decían que le gustaba la oscuridad, Creo que durante todas esas horas a oscuras que pasábamos pudo estar con nosotros en nuestra propia estancia, sin que nos percatásemos, y haberme causado este problema.

—Si se hubiera metido allí, lo habríamos sabido, princesa, estuviéramos o no a oscuras. Incluso en completa oscuridad, lo habríamos oído moverse o dejar escapar un suspiro.

—Ahora que lo pienso, Axl, recuerdo que durante el último invierno me desperté varias veces en plena noche, mientras tú dormías profundamente a mi lado, y tuve la certeza de que algún ruido raro en la estancia me había despertado.

—Probablemente sería un ratón o algún otro animalillo, princesa.

—No era ese tipo de ruido, y creí oírlo más de una vez. Y ahora que lo pienso, eso sucedió más o menos cuando empecé a sentir el dolor.

—Bueno, aunque hubiese sido el trasgo, ¿qué más da, princesa? Tu dolor no es más que una pequeña molestia, obra de una criatura más juguetona que malvada, igual que esos muchachos traviesos que dejaron la cabeza de una rata en el costurero de la señora Enid sólo para ver cómo huía despavorida.

—En eso tienes razón, Axl. Más juguetón que malvado, supongo que es así. De todos modos, esposo... –Guardó silencio mientras se abría camino entre dos viejos troncos aplastados uno contra el otro. Una vez superados, continuó–: De todos modos, cuando regresemos quiero una vela para pasar las noches. No quiero que ese trasgo o cualquier otro ser nos pueda traer algo peor.

—Nos ocuparemos de eso, no te preocupes, princesa. Hablaremos con el pastor en cuanto regresemos. Pero los monjes del monasterio te darán sabios consejos sobre tu dolor, y desaparecerán las consecuencias de la travesura.

—Seguro que sí, Axl. No es algo que me preocupe mucho.

Era difícil decir si Wistan había acertado al elegir ese atajo, pero en cualquier caso, poco después del mediodía, salieron del bosque y volvieron al camino principal. En ese tramo había roderas y algunos charcos, pero ahora podían andar con más comodidad, y más adelante el camino estaba más seco y nivelado. Con un plácido sol filtrándose entre las ramas que colgaban sobre ellos, siguieron avanzando con buen ánimo.

De pronto Wistan los hizo detenerse y les señaló el suelo.

–Hay un jinete solitario no muy lejos delante de nosotros –dijo. Y un poco más adelante vieron un claro a un lado del camino y pisadas recientes que se dirigían hacia él. Intercambiaron miradas y avanzaron con cautela.

Cuando pudieron ver mejor el claro, comprobaron que era bastante grande, tal vez en algún momento, en una época más próspera, alguien había pensado construir allí una casa con frutales alrededor. El sendero que llevaba hasta allí desde el camino principal, aunque descuidado, había sido trazado meticulosamente y acababa en una zona circular, completamente despejada excepto por un enorme roble que crecía en el centro. Desde donde estaban ahora, podían ver a un hombre sentado bajo la sombra del árbol, con la espalda apoyada en el tronco. De momento lo veían de perfil y parecía llevar una armadura: tenía las piernas cubiertas de metal estiradas rígidamente sobre la hierba, tal como lo haría un niño pequeño. El rostro permanecía oculto por las ramas que se extendían desde la corteza del tronco, aunque podían distinguir que llevaba casco. Un caballo ensillado pastaba satisfecho cerca de él.

–¡Revelad quiénes sois! –gritó el hombre desde debajo del árbol–. ¡A los bandidos y ladrones los recibo espada en mano!

–Respondedle, honorable Axl –susurró Wistan–. Veamos quién es ese hombre.

–Somos simples caminantes, señor –respondió Axl alzando la voz–. Sólo deseamos seguir nuestro camino en paz.

–¿Cuántos sois? ¿Y es un caballo eso que oigo?

–Una yegua que cojea, señor. Aparte de ella, somos cuatro. Mi esposa y yo somos ancianos britanos, y viajan con nosotros un muchacho imberbe y un mudo retrasado que nos han entregado sus parientes sajones.

–¡Entonces acercaos a mí, amigos! Tengo aquí pan para compartir, y debéis anhelar tomaros un descanso, igual que yo anhelo vuestra compañía.

–¿Nos acercamos a él, Axl? –preguntó Beatrice.

–Yo digo que lo hagamos –intervino Wistan antes de que Axl pudiese responder–. No representa ningún peligro para nosotros y, por la voz, parece un hombre de edad avanzada. De todos modos, volvamos a interpretar los mismos papeles que antes. Yo mantendré la boca entreabierta y la mirada perdida.

–Pero ese hombre lleva armadura y va armado, señor –dijo Beatrice–. ¿Estáis seguro de que tenéis el arma suficientemente a mano, cargada por la yegua entre mantas y tarros de miel?

–Mi espada está perfectamente escondida de cualquier mirada suspicaz, señora. Y la encontraré rápidamente cuando la necesite. El joven Edwin sostendrá las riendas y se encargará de que la yegua no se aleje mucho de mí.

–¡Acercaos, amigos! –gritó el desconocido, sin cambiar su rígida postura–. ¡No os haré ningún daño! Soy un caballero y soy britano. Voy armado, es cierto, pero si os acercáis comprobaréis que no soy más que un anciano con largas patillas. Esta armadura y esta espada las llevo por devoción a mi rey, el gran y amado Arturo, que lleva ya muchos años en el cielo, casi tantos como los que llevo yo sin desenvainar con ira la espada. A mi viejo caballo de batalla, Horace, lo podéis ver por aquí. Ha tenido que soportar el peso de todo este metal. Miradlo, sus patas arqueadas, su lomo hundido. Oh, sé lo mucho que sufre cada vez que lo monto. Pero tiene un gran corazón, mi Horace, y no aceptaría dejar de ser mi montura. Viajamos así, con la armadura completa, en nombre de nuestro gran rey, y seguiremos haciéndolo hasta que ninguno de los dos pueda dar un paso más. ¡Venid, amigos, no temáis!

Se adentraron en el claro, y mientras se acercaban al roble, Axl vio que, en efecto, el caballero no tenía un aspecto amenazante. Parecía muy alto, pero Axl intuyó que bajo la armadura debía de ser muy delgado, aunque nervudo. La armadura estaba abollada y oxidada, pese a que sin duda el caballero había hecho todo lo posible por mantenerla en condiciones. Su sayo, que había sido blanco, estaba repleto de zurcidos. El rostro que sobresalía de la armadura parecía bondadoso y arrugado; por encima de él, varios largos mechones de cabello níveo emergían ondulantes de una cabeza por lo demás calva. Sentado en el suelo, con las piernas extendidas, su aspecto resultaría lastimoso de no ser porque el sol que se filtraba a través de las ramas sobre su cabeza creaba un efecto moteado de luces y sombras que casi hacía pensar en alguien entronizado.

–El pobre Horace echaba a faltar su desayuno esta mañana, porque estábamos en terreno pedregoso cuando nos despertamos. Después lo he estado azuzando toda la mañana y además, lo admito, con cierto malhumor. No le he dado un respiro. Cada vez caminaba más lento, pero conozco muy bien sus triquiñuelas, y a estas alturas ya no me trago ninguna. ¡Sé que no estás agotado!, le he dicho, y le he clavado un poco las espuelas. ¡Estos trucos que utiliza, amigos, no se los pienso tolerar! Pero él va cada vez más lento, y como yo soy un blandengue, aunque sé perfectamente que me toma el pelo, acepto aminorar el paso y le digo: de acuerdo, Horace, pararemos para que comas. De modo que aquí me tenéis, dejándome engatusar una vez más. ¡Venid, uníos a mí, amigos! –Se inclinó hacia delante, pese a la resistencia de la armadura, y sacó una hoja de encima de un zurrón que tenía sobre la hierba ante él–. Esto está recién horneado, me lo han regalado en un molino por el que he pasado hace una hora. Venid, amigos, sentaos conmigo y lo compartiremos.

Axl sostuvo a Beatrice del brazo mientras ella se sentaba sobre las nudosas raíces del roble, y después se sentó él entre su esposa y el anciano caballero. Se sintió de inmediato agradecido por la corteza cubierta de musgo en la que pudo apoyar la espalda, mientras los pajarillos se empujaban unos a otros en las ramas sobre su cabeza, y cuando repartieron el pan, pudo comprobar que todavía estaba blando. Beatrice apoyó la cabeza en su hombro, y su pecho ascendió y descendió durante un rato recuperando el aliento antes de empezar, ella también, a comer con deleite.

Pero Wistan no se había sentado. Después de escenificar una risa boba y otras muestras de su retraso mental ante el anciano caballero, se había alejado hasta donde estaba Edwin entre la hierba alta, sosteniendo a su yegua. Beatrice, una vez se acabó su porción de pan, se inclinó hacia delante para dirigirse al desconocido.

–Debéis perdonarme que no os haya saludado antes, señor –dijo–. Pero no nos topamos con frecuencia con un caballero y estaba deslumbrada de sólo pensarlo. Espero que no os haya ofendido.

–No estoy para nada ofendido, señora, y me encanta vuestra compañía. ¿Os queda todavía mucho camino por delante?

–La aldea de nuestro hijo está a un día más de viaje ahora que hemos tomado el camino de la montaña, porque queremos visitar al monje sabio del monasterio que hay en estas colinas.

–Y estoy seguro de que los santos padres os recibirán gentilmente. Ayudaron mucho a Horace la pasada primavera, cuando se le infectó una pezuña y yo temía que no se le curaría. Y a mí mismo, cuando hace algunos años me estaba recuperando de una caída, me fueron de gran ayuda sus ungüentos. Pero si buscáis una cura para vuestro mudo, me temo que sólo el mismísimo Dios puede devolverle el habla.

El caballero lo dijo mirando a Wistan, pero vio que éste avanzaba hacia él y el aire de retrasado había desaparecido de su rostro.

–Permitidme que os sorprenda, señor –dijo–. De pronto puedo hablar.

El anciano caballero se sobresaltó y, entre chirridos de la armadura, se volvió para mirar inquisitivamente a Axl.

—No culpéis a mis amigos, caballero –dijo Wistan–. Sólo han hecho lo que les he pedido. Pero ahora que he podido comprobar que no hay motivo alguno para desconfiar de vos, puedo dejar a un lado mi disfraz. Por favor, disculpadme.

—No os preocupéis, señor –dijo el anciano caballero–, porque creo que es sabio ser prudente en este mundo. Pero decidme ahora quién sois en realidad para que tampoco yo tenga motivo para desconfiar.

—Mi nombre es Wistan, señor, vengo de las marismas del este y estoy recorriendo esta región para cumplir un encargo de mi rey.

—Ah. Así que estáis lejos de casa.

—Lejos de casa, señor, y estos caminos deberían ser del todo desconocidos para mí. Sin embargo, detrás de cada curva es como si se agitase en mi interior un nuevo recuerdo lejano.

—Entonces, señor, será que ya habéis pasado antes por aquí.

—Debe ser eso, y he oído decir que en realidad no nací en las marismas sino en una región al oeste de aquí. Por ello me llena de júbilo el haberme encontrado con vos, porque supongo que debéis ser Sir Gawain, procedente de esas mismas tierras del oeste y que es bien sabido que cabalga por esta zona.

—Soy Gawain, en efecto, sobrino del gran Arturo, que en el pasado gobernó estas tierras con tanta sabiduría y justicia. Pasé muchos años en el oeste, pero ahora Horace y yo viajamos por donde se reclama nuestra presencia.

—Si fuese dueño de mi destino, cabalgaría hacia el oeste hoy mismo hasta respirar el aire de esa región. Pero estoy obligado a completar mi misión y regresar a toda prisa con la buena nueva. Pero es desde luego un honor encontrarse con un caballero del gran Arturo, que además es su sobrino. Aunque soy sajón, siento admiración por su figura.

—Me complace oír eso, señor.

—Sir Gawain, ahora que he recuperado milagrosamente el habla, querría haceros una pregunta.

—Preguntad con total libertad.

—Este caballero que está sentado a vuestro lado es el honorable Axl, un granjero de una aldea cristiana a dos días de camino. Un hombre de edad semejante a la vuestra. Sir Gawain, lo que os pido es que os giréis y lo miréis. ¿Habíais visto su cara con anterioridad, aunque fuese hace muchos años?

—¡Dios bendito, honorable Wistan! —Beatrice, que Axl creía que se había quedado dormida, de nuevo se incorporó hacia delante—. ¿A qué viene esa pregunta?

—No hay nada retorcido en ella, señora. Siendo Sir Gawain de la región más al oeste, pienso que tal vez hubiese podido ver a vuestro esposo en el pasado. ¿Qué hay de malo en preguntarlo?

—Honorable Wistan —dijo Axl—, he observado que me mirabais de un modo extraño de vez en cuando desde que nos hemos conocido, y esperaba que me explicaseis el porqué. ¿A quién habéis creído reconocer en mí?

Wistan, que había permanecido de pie muy cerca de donde los tres estaban sentados bajo el gran roble, se acuclilló. Tal vez lo hiciese para parecer menos desafiante, pero para Axl fue como si el guerrero quisiese escrutar los rostros de los tres más de cerca.

—De momento dejemos que Sir Gawain haga lo que le he pedido —dijo Wistan—, sólo es necesario girar un poco la cabeza. Consideradlo un juego de niños si queréis. Os ruego, señor, que miréis a este hombre que tenéis al lado y me digáis si lo habéis visto alguna vez en el pasado.

Sir Gawain rió entre dientes y movió el torso hacia delante. Parecía dispuesto a divertirse, como si realmente acabasen de invitarlo a tomar parte en un juego. Pero mientras contemplaba el rostro de Axl, su expresión cambió y se convirtió en sorpresa, incluso en conmoción. Instintivamente, Axl le dio la espalda, justo en el momento en que el anciano caballero se echó hacia atrás y pareció que se aplastaba contra el tronco.

—¿Y bien, señor? —le preguntó Wistan, observándolo atentamente.

—No creo que este caballero y yo nos hayamos visto antes del día de hoy –dijo Sir Gawain.

–¿Estáis seguro? Los años pueden engañar mucho.

–Honorable Wistan –le interrumpió Beatrice–, ¿qué es lo que buscáis en el rostro de mi esposo? ¿Por qué le hacéis esta pregunta a este amable caballero, que hasta hace un momento era un desconocido para todos nosotros?

–Perdonadme, señora. Esta región me despierta tantos recuerdos, aunque todos parecen inquietos gorriones que sé que volarán en cualquier momento con la brisa. El rostro de vuestro esposo me ha hecho pensar todo el día en que me recordaba mucho a alguien, y si he de seros sincero, éste ha sido el motivo por el que os he propuesto que viajásemos juntos, aunque además deseo sinceramente asegurarme de que recorréis sin percances estos caminos llenos de peligros.

–¿Pero por qué ibais a haber conocido a mi marido en el oeste, cuando siempre ha vivido en esta región cercana?

–No te preocupes, princesa, el honorable Wistan me ha confundido con alguien a quien conoció en el pasado.

–¡Tiene que tratarse de eso, amigos míos! –dijo Sir Gawain–. Horace y yo confundimos a menudo algún rostro con otro del pasado. Mira ahí, Horace, le digo. Veo en el camino, delante de nosotros, a nuestro viejo amigo Tudur, y eso que pensábamos que había caído en el Monte Badon. Pero entonces nos acercamos y Horace lanza un bufido como diciendo: ¡qué mal estás, Gawain, este hombre es tan joven que podría ser tu nieto, y no se le parece en nada!

–Honorable Wistan –intervino Beatrice–, decidme una cosa. ¿Os recuerda mi esposo a alguien al que quisisteis de niño? ¿O a alguien a quien temíais?

–Mejor que lo dejemos correr, princesa.

Pero Wistan, que se balanceaba ligeramente sobre los talones, mantenía la mirada clavada en Axl.

–Creo que tiene que ser alguien a quien quise, señora. Porque

127

cuando nos hemos encontrado esta mañana, el corazón me ha dado un brinco de alegría. Y sin embargo, al poco rato... –Continuó mirando a Axl en silencio, con un aire de ensoñación en su mirada. De pronto su rostro se ensombreció, se puso en pie y se dio la vuelta–. No puedo responderos, señora Beatrice, porque yo mismo desconozco la respuesta. Pensaba que viajando junto a vosotros se me despertarían los recuerdos, pero eso todavía no ha sucedido. Sir Gawain, ¿os encontráis bien?

La pregunta era pertinente, porque Gawain se había desplomado hacia delante. Al oírla se reincorporó y dejó escapar un suspiro.

–Perfectamente bien, gracias por preguntar. Pero lo cierto es que Horace y yo llevamos ya muchas noches sin disfrutar de un lecho mullido o de un refugio digno, y los dos estamos agotados. Eso es lo único que me sucede. –Levantó la mano y se la pasó por la frente, aunque Axl pensó que el verdadero propósito del gesto quizá había sido evitar mirar el rostro de quien tenía sentado a su lado.

–Honorable Wistan –dijo Axl–, ya que estamos hablando con franqueza, tal vez me permitáis preguntaros algo. Decís que estáis en la región cumpliendo una misión para vuestro rey. ¿Pero por qué tanto empeño en ocultaros bajo vuestro disfraz mientras recorréis una región que lleva mucho tiempo viviendo en paz? Si mi esposa y ese pobre muchacho van a seguir viajando con vos, nos gustaría conocer toda la verdad sobre nuestro compañero, y quiénes puedan ser sus amigos y sus enemigos.

–Tenéis todo el derecho a preguntármelo, señor. La región, como bien decís, vive en paz. Pero aquí soy un sajón atravesando tierras gobernadas por britanos, y en esta zona por Lord Brennus, cuyos soldados rondan por ahí para cobrar sin contemplaciones los impuestos por los cereales y el ganado. No deseo tener una pelea con ellos por algún malentendido. Éste es el motivo de mi disfraz, señor, y gracias a él todos viajaremos más seguros.

–Puede que tengáis razón, honorable Wistan –dijo Axl–. Pero

en el puente vi que los soldados de Lord Brennus parecían no estar allí pasando el rato ociosamente, sino apostados con alguna finalidad, y de no ser por la niebla que les nublaba la mente, os habrían examinado más de cerca. ¿Es posible, señor, que seáis enemigo de Lord Brennus?

Por un momento Wistan pareció ensimismarse en sus pensamientos, repasando con la mirada una de las nudosas raíces que se extendían desde el tronco del roble hasta más allá de donde él permanecía de pie antes de hundirse en la tierra. Luego volvió a acercarse y esta vez se sentó sobre la hierba aplastada.

–Muy bien, señor –dijo–. Hablaré con franqueza. No me importa hacerlo ante vosotros y este buen caballero. Hemos oído rumores en el este sobre sajones maltratados por los britanos en estas tierras. Mi rey, preocupado por sus súbditos, me ha enviado con la misión de observar el verdadero estado de la situación. Eso es todo, señor, y estaba cumpliendo tranquilamente mi cometido cuando mi yegua se hirió en una pata.

–Entiendo perfectamente vuestra posición, caballero –dijo Gawain–. Horace y yo a menudo nos movemos por territorios gobernados por los sajones y experimentamos la misma necesidad de actuar con prudencia. A veces siento deseos de quitarme esta armadura y hacerme pasar por un humilde granjero. Pero si dejásemos este metal en alguna parte, ¿cómo lo encontraríamos después? Y aunque hayan pasado ya años desde que Arturo cayó, ¿no sigue siendo nuestro deber llevar su blasón con orgullo allá donde vayamos? De modo que seguimos adelante con ímpetu y cuando aquellos con quienes nos cruzamos ven que soy un caballero de Arturo, me alegra decir que nos miran con gentileza.

–No me sorprende que seáis bien recibido en esta región, Sir Gawain –le dijo Wistan–. ¿Pero sucede lo mismo en aquellas regiones en las que Arturo fue un enemigo temido?

–Horace y yo hemos comprobado que el nombre de nuestro rey es bien recibido en todas partes, señor, incluso en esas regiones que mencionáis. Porque Arturo fue tan generoso con aquellos a los que derrotó, que no tardaron en amarlo como a uno de los suyos.

Desde hacía un rato –de hecho, desde que se había mencionado el nombre de Arturo–, Axl se sentía inquieto e incómodo. Ahora, por fin, mientras escuchaba hablar a Wistan y al anciano caballero, le vino a la cabeza un recuerdo fragmentario. No era mucho, pero le permitió tener algo que asir y examinar. Se recordó de pie en el interior de una tienda enorme, del tipo que un ejército levantaría cerca del campo de batalla. Era de noche, había una gruesa vela titilando y el viento en el exterior hacía que las paredes de lona oscilasen hacia dentro y hacia fuera. Había más personas con él en la tienda. Tal vez muchas, pero no lograba recordar sus caras. Él, Axl, estaba enojado por algo, pero había comprendido la importancia de ocultar su enojo al menos de momento.

–Honorable Wistan –estaba diciendo Beatrice junto a él–, dejadme deciros que en nuestra aldea hay varias familias sajonas que se cuentan entre las más respetadas. Y habéis visto con vuestros propios ojos la aldea sajona de la que venimos. Esa gente prospera, y aunque a veces sufren a causa de los demonios como los que vos aplastasteis valientemente, nunca se ven agredidos por ningún britano.

–Esta buena mujer dice la verdad –confirmó Sir Gawain–. Nuestro querido Arturo trajo una paz duradera entre britanos y sajones, y aunque todavía oímos hablar de guerras en lugares remotos, aquí hace mucho que somos amigos y nos llevamos bien.

–Todo lo que he visto corrobora vuestras palabras –admitió Wistan–, y estoy impaciente por llevar de vuelta un informe positivo, aunque todavía me queda visitar las tierras que hay detrás de estas colinas. Sir Gawain, no sé si dispondré de otra ocasión de preguntarle esto a alguien tan sabio, de modo que permitidme que lo haga ahora. ¿Mediante qué extraña habilidad consiguió vuestro gran rey eliminar las cicatrices de la guerra en estas tierras de modo tal que quien hoy las recorre apenas puede atisbar algún residuo o sombra de ellas?

–La pregunta os hace digno de alabanza, señor. Mi respuesta es que mi tío era un gobernante que jamás creyó ser más grande que Dios, y siempre rezaba en busca de guía. De modo que aquellos a quienes conquistaba descubrían, igual que quienes combatían a su lado, su ecuanimidad y veían con buenos ojos que fuese su rey.

–Aun así, señor, ¿no resulta extraño que un hombre llame hermano a otro que ayer mismo masacró a sus hijos? Y sin embargo precisamente eso es lo que Arturo parece haber conseguido.

–Habéis dado en la diana, honorable Wistan. Habláis de niños masacrados. Sin embargo, Arturo nos adoctrinó a todos para evitar víctimas inocentes atrapadas en el fragor de la batalla. Y aún más, señor, nos ordenó rescatar y dar refugio cuando pudiésemos a todas las mujeres, niños y ancianos, fuesen britanos o sajones. Gracias a estas acciones se establecían lazos de confianza, incluso cuando las batallas estaban en su cénit.

–Lo que contáis suena a cierto, y sin embargo me sigue pareciendo sorprendente –dijo Wistan–. Honorable Axl, ¿no os parece algo remarcable cómo Arturo ha unido a este país?

–Honorable Wistan, insisto –exclamó Beatrice–, ¿quién creéis que es mi esposo? ¡Él, señor, no sabe nada de estas guerras!

Pero de pronto ya nadie escuchaba, porque Edwin, que se había acercado al camino, estaba gritando y rápidamente llegó el estruendo de cascos de caballo acercándose. Después, cuando volvió a pensar en ello, a Axl se le pasó por la cabeza que Wistan debió de quedarse realmente absorto en sus curiosas especulaciones sobre el pasado, porque un guerrero como él que habitualmente estaba alerta apenas había conseguido ponerse en pie cuando el jinete apareció en el claro y, deteniendo al caballo con admirable control, se acercó trotando hasta el enorme roble.

Axl reconoció de inmediato al soldado alto y de cabello cano que había hablado cortésmente a Beatrice en el puente. El hombre todavía lucía en su rostro una débil sonrisa, pero se estaba acercando a ellos con la espada desenvainada, aunque inclinada hacia abajo, con la empuñadura reposando en el borde de la silla. Se detuvo por completo cuando unos pocos pasos más del caballo lo hubieran llevado a topar con el árbol.

–Buenos días, Sir Gawain –dijo, inclinando un poco la cabeza.

El anciano caballero alzó una mirada desdeñosa desde donde estaba sentado.

–¿Qué pretendéis, señor, apareciendo por aquí con la espada desenvainada?

–Disculpadme, Sir Gawain. Sólo quiero interrogar a estas personas que están con vos. –Miró a Wistan, que había vuelto a entreabrir la boca y se reía con aire ausente. Sin apartar los ojos del guerrero, el soldado gritó–: ¡Muchacho, no te acerques más con ese caballo! –Porque, en efecto, Edwin se había ido acercando con la yegua de Wistan–. ¡Escúchame bien, muchacho! Suelta las riendas y ven aquí, delante de mí, junto a tu hermano retrasado. ¡Estoy esperando, muchacho!

Edwin pareció comprender lo que le pedía el soldado, aunque no entendiese sus palabras, porque soltó a la yegua y se colocó junto a Wistan. Mientras lo hacía, el soldado ajustó ligeramente la posición de su caballo. Axl, al percatarse del movimiento, comprendió de inmediato que estaba manteniendo un ángulo y una distancia determinados entre él y aquellos a los que vigilaba, que le otorgarían toda la ventaja en caso de desencadenarse un repentino combate. Antes, tal como estaba situado, la cabeza y el cuello de su propia montura habrían obstruido momentáneamente su primer ataque con la espada, proporcionando a Wistan unos instantes vitales para asustar al caballo, o escapar corriendo por el lado contrario al del brazo que sostenía la espada, disminuyendo así su capacidad de maniobra y su fuerza, ya que el soldado se vería obligado a cruzar el brazo por delante de su propio cuerpo. Pero ahora el pequeño reajuste de la posición del caballo convertía en prácticamente suicida para un hombre desarmado, como lo estaba en estos momentos Wistan, intentar huir del jinete. La nueva posición del soldado parecía haber tenido en cuenta también con criterio experto la ubicación de la yegua del guerrero, a cierta distancia detrás de él. Ahora Wistan ya no podía correr hasta su montura sin trazar una gran curva para evitar la espada del jinete, convirtiendo en casi inevitable que fuese cazado por la espalda antes de alcanzar su objetivo.

Axl se percató de todo eso con un sentimiento de admiración hacia la capacidad estratégica del soldado y al mismo tiempo de consternación por sus implicaciones. También en el pasado el propio Axl había hecho avanzar a su caballo en otra pequeña pero sutilmente vital maniobra, situándose en línea con otro jinete de su bando. ¿Qué había estado haciendo ese día? Los dos, él y el otro jinete, habían estado aguardando sobre sus monturas, oteando el vasto y grisáceo páramo. Hasta ese momento el caballo de su compañero había permanecido unos pasos por delante, porque Axl recordaba su cola sacudiéndose y meciéndose ante sus ojos, mientras él se preguntaba en qué medida esos movimientos se debían a los reflejos del animal y en qué medida al intenso viento que soplaba en aquellas tierras yermas.

Axl apartó de su cabeza esos confusos recuerdos mientras hacía un esfuerzo por incorporarse y después ayudaba a su esposa a levantarse. Sir Gawain siguió sentado, como si estuviese pegado a los pies del roble, fulminando con la mirada al recién llegado. Hasta que de pronto le pidió a Axl:

–Señor, ayudadme a levantarme.

Fue necesaria la suma de fuerzas de Axl y Beatrice, cada uno tirando de un brazo, para lograr que el anciano caballero se incorporase, pero cuando finalmente se alzó cuan largo era con su armadura y echó hacia atrás los hombros, su estampa impresionaba. Pero Sir Gawain parecía satisfecho con limitarse a mirar malhumoradamente al soldado y fue Axl quien, pasado un rato, habló.

–¿Por qué nos abordáis de este modo, a nosotros que somos simples viajeros? ¿No recuerdas que ya nos habéis interrogado no hace ni una hora junto a la cascada?

—Os recuerdo perfectamente, anciano —dijo el soldado del cabello cano—. Pero en ese momento estábamos bajo los efectos de un hechizo que nos había hecho olvidar a los que vigilábamos el puente el verdadero propósito por el que estábamos allí. Sólo ahora, relevado de mi puesto y de regreso a nuestro campamento, de pronto vuelvo a recordarlo todo. Y entonces he pensado en vos, anciano, y en vuestro grupo tratando de pasar inadvertido, y he hecho dar media vuelta a mi caballo para galopar en vuestra busca. ¡Muchacho! ¡Te he dicho que no te muevas! ¡Quédate junto a tu hermano retrasado!

Edwin regresó enfurruñado junto a Wistan y miró inquisitivamente al guerrero. Éste seguía con sus risitas calladas, mientras le caía un hilillo de baba por la comisura de los labios. Su mirada perdida iba de un lado a otro caóticamente, pero Axl supuso que en realidad estaba midiendo con gran cuidado la distancia que lo separaba de su yegua y la proximidad de su oponente, y con toda probabilidad estaba sacando la misma conclusión que Axl.

—Sir Gawain —susurró Axl—, si esto acaba en un combate, os ruego que me ayudéis a defender a mi buena esposa.

—Por mi honor que lo haré, señor. Tenedlo por seguro.

Axl asintió agradecido, pero ahora el soldado del cabello cano estaba desmontando. De nuevo Axl se sintió admirado por su impecable manera de hacerlo, de modo que cuando por fin se situó ante Wistan y el muchacho, de nuevo mantenía la distancia y el ángulo perfectos frente a ellos; además, empuñaba la espada de tal forma que no le fatigase el brazo, mientras que su caballo le protegía de cualquier inesperado ataque por la retaguardia.

—Anciano, os diré lo que se nos había borrado de la mente cuando nos hemos visto antes. Acabábamos de recibir la información de que un guerrero sajón había salido de una aldea cercana llevando consigo a un muchacho herido. —El soldado señaló con un movimiento de la cabeza a Edwin—. Un muchacho de la edad de este que tenemos aquí. Y bien, anciano, no sé qué tenéis que ver con todo esto vos y vuestra buena esposa. Yo sólo

134

busco a este sajón y al chico. Hablad con sinceridad y nada malo os sucederá.

—Aquí no hay ningún guerrero, soldado. Y ninguno de nosotros tiene ningún conflicto ni con vos ni con Lord Brennus, de quien supongo recibís las órdenes.

—¿Sabéis lo que estáis diciendo, anciano? Intentad encubrir a nuestros enemigos y deberéis responder ante nosotros, por muy viejo que seáis. ¿Quiénes son estos con los que viajáis, el mudo y el chico?

—Como ya os he explicado antes, señor, nos los entregaron unos deudores, a cambio de cereales y estaño. Trabajarán para nosotros durante un año para pagar la deuda de su familia.

—¿Seguro que no os equivocáis, anciano?

—No sé a quiénes estáis buscando, señor, pero seguro que no son estos pobres sajones. Y mientras perdéis el tiempo con nosotros vuestros enemigos corretean libremente por alguna otra parte.

El soldado reflexionó sobre las palabras de Axl —su voz había adquirido un tono inesperadamente firme— y la duda se adueñó de él.

—Sir Gawain —preguntó—, ¿conocéis a estas personas?

—Han aparecido por aquí mientras Horace y yo estábamos descansando. Creo que son gente inofensiva.

El soldado volvió a escrutar el rostro de Wistan.

—Un mudo retrasado, ¿no es así? —Avanzó hacia él dos pasos y alzó la espada hasta que la punta quedó dirigida hacia al cuello de Wistan—. Pero seguro que teme a la muerte como el resto de nosotros.

Axl se percató de que por primera vez el soldado había cometido un error. Se había acercado demasiado a su oponente, y aunque corriendo un altísimo riesgo, ahora sí era posible que Wistan, con un movimiento repentino, pudiese agarrar el brazo que sostenía la espada antes de que ésta le hiriese. El guerrero, sin embargo, siguió con su risa boba y sonrió con aire ausente a

Edwin, que continuaba a su lado. Esta última acción del soldado, sin embargo, pareció levantar las iras de Sir Gawain.

–Puede que hasta hace una hora fueran para mí unos completos desconocidos, señor –estalló–, pero no voy a permitir que se les trate con esta rudeza.

–Eso no es asunto vuestro, Sir Gawain. Debo pediros que guardéis silencio.

–¿Osáis hablar de este modo a un caballero del rey Arturo, señor?

–¿Podría ser –dijo el soldado, ignorando por completo a Sir Gawain– que este retrasado sea un guerrero disfrazado? Sin un arma a su disposición, no hay mucha diferencia. La hoja de mi espada está lo bastante afilada para enfrentarse a él, sea quien sea.

–¡Cómo se atreve! –murmuró Sir Gawain para sus adentros.

El soldado del cabello cano, tal vez cayendo repentinamente en la cuenta de su error, dio un par de pasos hacia atrás, hasta situarse exactamente donde estaba antes, y bajó la espada a la altura de la cintura.

–Muchacho –dijo–. Acércate a mí.

–Sólo habla la lengua sajona, señor, y además es un chico tímido –le explicó Axl.

–No necesito que hable, anciano. Sólo que se levante la camisa para comprobar si es el chico que ha salido de la aldea con el guerrero. Muchacho, avanza un paso hacia mí.

Mientras Edwin se acercaba a él, el soldado estiró su brazo libre. Se produjo un forcejeo cuando Edwin intentó apartarle la mano, pero la camisa ya estaba demasiado levantada sobre el torso del muchacho y Axl vio, un poco por debajo de sus costillas, un pequeño bulto en la piel, rodeado por pequeños puntos de sangre seca. Cada uno a un lado de Axl, Beatrice y Gawain se habían inclinado hacia delante para ver mejor, pero en cambio el soldado, receloso de apartar los ojos de Wistan, al principio no miró la herida. Cuando por fin lo hizo, se vio obligado a girar la cabeza con rapidez, y en ese preciso momento Edwin emitió un penetrante y agudo sonido, no exactamente un grito, sino algo que a Axl le recordó el aullido de un zorro solitario. Al soldado le desconcertó un instante y Edwin aprovechó la oportunidad para soltarse de la mano que le agarraba la camisa. Sólo entonces se dio cuenta Axl de que el sonido no lo había emitido el muchacho, sino Wistan, y que en respuesta a él la yegua del guerrero, que hasta ese momento había estado comiendo hierba tranquilamente, se había vuelto al instante y galopaba directamente hacia ellos.

El caballo del soldado se revolvió asustado a sus espaldas, lo cual aumentó el desconcierto de éste, y cuando se recuperó, Wistan ya se había apartado lo suficiente para no seguir al alcance de su espada. La yegua continuó avanzando a una velocidad abrumadora, y Wistan, haciendo una finta hacia un lado y desplazándose después hacia el contrario, lanzó otro estridente grito. La yegua aminoró el galope y, situándose entre Wistan y su oponente, permitió al guerrero, de un modo casi relajado, resituarse a varios pasos del roble. La yegua volvió a girar y siguió avanzando inteligentemente en dirección a su amo. Axl supuso que la intención de Wistan era montarse sobre el animal cuando pasase junto a él, porque ahora el guerrero permanecía a la espera, con los brazos extendidos. Axl incluso lo vio estirar los brazos hacia la silla de montar justo antes de que la yegua se lo tapase momentáneamente. Pero el animal siguió a medio galope sin nadie montado sobre su lomo, de vuelta al lugar donde un momento antes pacía tranquilamente. Wistan había permanecido donde estaba, pero ahora empuñaba una espada.

Beatrice dejó escapar una leve exclamación y Axl, rodeándola con el brazo, la apretó contra él. Junto a ellos, Gawain lanzó un gruñido que parecía expresar su admiración por la maniobra de Wistan. El anciano caballero había apoyado un pie sobre una de las raíces del roble que sobresalían del suelo y observaba la escena con sumo interés, con una mano sobre la rodilla.

Ahora el soldado del cabello cano les daba la espalda: en esta ocasión, claro, no había tenido muchas opciones donde elegir, porque ahora se veía obligado a encarar a Wistan. A Axl le sorprendió ver que este soldado, hacía sólo un momento tan experimentado y con tanto control sobre sí mismo, estaba ahora francamente confundido. Miró en dirección a su caballo –que, asustado, se había apartado un poco al trote–, como para asegurarse de que seguía allí, y después alzó la espada, con la punta justo por encima de los hombros, agarrándola con fuerza con ambas manos. Esta postura, como bien sabía Axl, era precipitada y sólo serviría para fatigarle los músculos de los brazos. Wistan, por el contrario, parecía tranquilo, casi despreocupado, igual que la noche pasada, cuando lo habían visto por primera vez preparándose para salir de la aldea. Se acercó lentamente al soldado y se detuvo a unos pasos de él, empuñando con una sola mano la espada, que mantenía baja.

–Sir Gawain –dijo el soldado, con un nuevo tono en su voz–, oigo cómo os estáis moviendo a mis espaldas. ¿Estáis de mi parte para combatir a este enemigo?

–Sigo aquí para proteger a esta pareja de ancianos, señor. Por lo demás, esta disputa no es de mi incumbencia, como vos mismo habéis dicho hace un momento. Puede que este guerrero sea vuestro enemigo, pero todavía no lo es mío.

–Este individuo es un guerrero sajón, Sir Gawain, y está aquí para causarnos daño. Ayudadme a enfrentarme a él, porque aunque estoy deseoso de cumplir con mi deber, si éste es el hombre al que buscamos, se trata, según todos los testimonios, de un enemigo temible.

–¿Qué motivo tengo yo para tomar las armas contra este hombre por el mero hecho de ser forastero? Sois vos, señor, quien ha aparecido en este tranquilo paraje con vuestros rudos modales.

Se produjo un silencio que duró un rato. Después el soldado le dijo a Wistan:

–¿Seguís mudo, señor? ¿O vais a mostrar vuestra verdadera identidad ahora que vamos a enfrentarnos?

–Soy Wistan, soldado, un guerrero procedente del este de

visita en esta región. Parece que a vuestro Lord Brennus le gustaría verme muerto, aunque ignoro el motivo, ya que viajo en son de paz cumpliendo una misión encomendada por mi rey. Y deduzco que pretendéis hacer daño a este muchacho inocente, lo cual estoy dispuesto a evitar.

–Sir Gawain –gritó el soldado–, os pregunto de nuevo si vais a acudir en ayuda de un compatriota britano. Si este hombre es Wistan, se cuenta que él solo ha exterminado a más de cincuenta jinetes del mar.

–Si cincuenta fieros jinetes han caído bajo su espada, ¿qué diferencia puede aportar al resultado de este enfrentamiento un viejo y fatigado caballero, señor?

–Os lo ruego, no os moféis de mí, Sir Gawain. Este hombre es fiero, y va a atacar en cualquier momento. Lo veo en sus ojos. Está aquí para hacernos todo el daño posible, os lo aseguro.

–Decidme qué daño voy a causaros –dijo Wistan–, viajando pacíficamente por esta región, con una única espada en mi equipaje para defenderme de las criaturas salvajes y los bandidos. Si podéis nombrar cuál es mi crimen, hacedlo ahora, porque me gustaría oír los cargos contra mí antes de atacaros.

–Desconozco la naturaleza de vuestros crímenes, señor, pero confío ciegamente en el deseo de Lord Brennus de libraros de vos.

–Entonces no sois capaz de mencionar ni un solo cargo contra mí, y sin embargo venís hasta aquí precipitadamente para matarme.

–¡Sir Gawain, os ruego que me ayudéis! Siendo este hombre fiero como es, los dos juntos con una buena estrategia podemos vencerle.

–Señor, permitidme recordaros que soy un caballero de Arturo, no un soldado de infantería de vuestro Lord Brennus. No alzo mis armas contra desconocidos por simples rumores sobre su sangre extranjera. Y me parece a mí que sois incapaz de darme un solo buen motivo para luchar contra él.

–Entonces me obligáis a hablar, caballero, aunque éstas son

confidencias a las que un hombre de mi modesto rango no tiene derecho, si bien Lord Brennus me ha permitido escucharlas. Este hombre ha venido a la región con la misión de matar a la hembra de dragón Querig. ¡Eso es lo que lo ha traído hasta aquí!

—¿Matar a Querig? —Sir Gawain parecía sinceramente perplejo. Avanzó a grandes zancadas desde el árbol y observó a Wistan como si lo viese por primera vez—. ¿Es eso cierto, señor?

—No tengo deseo alguno de mentir a un caballero de Arturo, de modo que dejad que me explique. Además de la misión que antes os he comentado, mi rey me ha encargado matar al dragón hembra que merodea por esta región. ¿Pero qué objeción podría ponerse a esta tarea? Un feroz dragón que supone un peligro para todos por igual. Decidme, soldado, ¿por qué esta misión me convierte en vuestro enemigo?

—¡¿Matar a Querig?! ¡¿Realmente pretendéis matar a Querig?! —Ahora Sir Gawain gritaba—. ¡Pero señor, ésta es una misión que se me ha encomendado a mí! ¿No lo sabéis? ¡Es una misión que me confió el propio Arturo!

—Ésta es una discusión para algún otro momento, Sir Gawain. Dejad que primero aclare las cosas con este soldado que pretende convertirnos en enemigos a mí y a mis amigos cuando debería dejarnos ir en paz.

—¡Sir Gawain, si no vais a acudir en mi ayuda, me temo que ésta es mi hora final! ¡Os lo imploro, señor, recordad el afecto que Lord Brennus siente por Arturo y su memoria y desenvainad vuestra espada contra este sajón!

—¡Matar a Querig es mi trabajo, honorable Wistan! ¡Horace y yo hemos concebido planes meticulosos para hacerla salir de su escondrijo y no necesitamos ninguna ayuda!

—Bajad la espada, señor —le dijo Wistan al soldado—, y seré clemente con vos. De lo contrario, moriréis en este lugar.

El soldado dudó, pero finalmente dijo:

—Ahora me doy cuenta de que ha sido una locura creer que era lo suficientemente fuerte para enfrentarme solo contra vos, señor. Puede que deba ser castigado por mi vanidad. Pero no voy a bajar mi espada como un cobarde.

—¿Con qué derecho —gritó Sir Gawain— os ordena vuestro rey que os dirijáis a otra región y usurpéis la misión que le ha sido encomendada a un caballero de Arturo?

—Perdonadme, Sir Gawain, pero hace ya años que deberíais haber matado a Querig, tantos que los niños pequeños ya se han convertido en hombres. Si puedo hacer un servicio a esta región y exterminar a este azote, ¿por qué tenéis que enojaros?

—¿Por qué me enojo, señor? ¡No sabéis a qué os enfrentáis! ¿Creéis que matar a Querig es una tarea sencilla? ¡Es tan astuta como fiera! Sólo conseguiréis enfurecerla con vuestra locura, y toda la región sufrirá su ira, cuando desde hace un montón de años apenas hemos oído hablar de ella. ¡Esta misión requiere una capacidad de maniobra delicadísima, señor, o una desgracia caerá sobre las personas inocentes de toda esta región! ¿Por qué creéis que Horace y yo hemos aguardado tanto tiempo? ¡Un paso en falso tendría graves consecuencias, señor!

—Entonces ayudadme, Sir Gawain —gritó el soldado, haciendo ahora un esfuerzo por ocultar su miedo—. ¡Acabemos juntos con esta amenaza!

Sir Gawain miró al soldado con aire desconcertado, como si por un momento hubiera olvidado quién era. Después dijo con un tono de voz más tranquilo:

—No voy a ayudaros, señor. No soy amigo de vuestro amo, porque temo sus oscuros motivos. También me inquieta el daño que pretendéis infligir a estas personas aquí presentes, que son sin duda inocentes sean cuales sean las intrigas en las que nos hemos visto envueltos todos nosotros.

—Sir Gawain, me debato entre la vida y la muerte como una mosca atrapada en una telaraña. Os lo suplico por última vez, y aunque se me escapa toda la dimensión de este asunto, ¡os ruego que penséis por qué este hombre viene a nuestra región si no es para cometer tropelías!

—Ha dado una explicación razonable de la misión que le ha traído hasta aquí, señor, y aunque me indigna con sus descuidados planes, eso no es motivo suficiente para unir mi espada a la vuestra contra él.

—Combate ahora, soldado —dijo Wistan, con un tono casi conciliador—. Combate y acabemos con esto.

—¿Haría algún daño, honorable Wistan —dijo de pronto Beatrice—, dejar que este soldado rinda su espada y se marche? Antes, en el puente, me ha hablado con gentileza y tal vez no sea una mala persona.

—Si permito lo que me pedís, señora Beatrice, les hablará de nosotros a los suyos y seguro que regresará en poco tiempo con treinta o más soldados. Y entonces mostrarán poca clemencia. Y tened presente que pretende hacerle daño al muchacho.

—Tal vez esté dispuesto voluntariamente a hacer un juramento de no traicionarnos.

—Vuestra bondad me llega al corazón, señora —intervino el soldado del cabello cano, sin quitarle ojo a Wistan—. Pero no soy un sinvergüenza y no voy a aprovecharme mezquinamente de ella. Lo que dice el sajón es cierto. Si me dejáis marchar, haré lo que él dice, porque el deber no me permite otra opción. Pero os agradezco vuestras amables palabras, y si éstos han de ser mis últimos momentos, entonces abandonaré este mundo sin tanto sufrimiento gracias a ellas.

—Además, señor, os aseguro —dijo Beatrice— que no he olvidado vuestra petición de antes, acerca de vuestra madre y vuestro padre. Sé que lo dijisteis por decir, y no es probable que nos los crucemos. Pero si alguna vez sucediese, sabrán cómo esperasteis lleno de anhelo volver a verlos.

—Os doy las gracias de nuevo, señora. Pero éste no es momento para que se me ablande el corazón con estos pensamientos. Puede que la fortuna me sonría en este combate, por mucha reputación que tenga este hombre, y entonces podríais arrepentiros de haber sido tan bondadosa conmigo.

–Lo más probable es que así fuese –admitió Beatrice, y suspiró–. Entonces, honorable Wistan, debéis llevar a cabo lo que más nos conviene. Miraré hacia otro lado, porque no me gustan las matanzas. Y os ruego que le digáis al joven Edwin que haga lo mismo, porque estoy segura de que sólo hará caso si se lo ordenáis vos.

–Disculpadme, señora –dijo Wistan–, pero preferiría que el chico fuera testigo de todo lo que suceda, del mismo modo que a mí a su edad me hicieron contemplar a menudo escenas parecidas. Sé que no se asustará ni sentirá náuseas al contemplar las acciones de los guerreros. –A continuación dijo varias frases en sajón y Edwin, que había permanecido un poco apartado, caminó hacia el árbol y se situó junto a Axl y Beatrice. Sus ojos, expectantes, parecían no parpadear.

Axl percibió que la respiración del soldado del cabello cano era ahora más audible porque el hombre dejaba escapar un leve gruñido cada vez que expulsaba aire. Cuando decidió cargar lo hizo con la espada alzada sobre su cabeza en lo que parecía un ataque nada sofisticado e incluso suicida; pero justo antes de alcanzar a Wistan, alteró abruptamente su trayectoria e hizo una finta hacia la izquierda, bajando la espada a la altura de la cadera. Axl comprendió con una punzada de piedad que el soldado del cabello cano, sabiendo que tenía pocas posibilidades de salir victorioso si el combate se alargaba, lo había apostado todo a esta estratagema desesperada. Pero Wistan había anticipado el movimiento, o tal vez le bastó el instinto. El sajón se echó a un lado rápidamente e hirió al soldado que se abalanzaba sobre él con un simple movimiento lateral de su espada. El soldado emitió un sonido como el de un cubo al caer en el fondo de un pozo y golpear contra el agua, y al instante cayó de bruces al suelo. Sir Gawain murmuró una plegaria y Beatrice preguntó:

–¿Ya se ha terminado, Axl?

–Ya se ha terminado, princesa.

Edwin se quedó mirando al hombre desplomado, pero su

expresión apenas varió. Siguiendo la dirección de la mirada del muchacho, Axl descubrió que una serpiente, aplastada entre la hierba por la caída del soldado, se deslizaba para emerger de debajo de su cuerpo. Aunque la piel del animal era básicamente negra, estaba moteada de amarillo y blanco, y a medida que fue asomando más y deslizándose con rapidez por el suelo, a Axl le llegó el intenso hedor de las tripas del hombre. Instintivamente se echó a un lado y tiró de Beatrice, por si la serpiente se les acercaba en busca de sus pies. Pero ésta siguió moviéndose hacia ellos, se dividió en dos para rodear una mata de cardos, del mismo modo que un riachuelo rodearía una roca, y después volvió a convertirse en una y siguió acercándose.

—Apartémonos, princesa —dijo Axl, guiándola—. Ya se ha terminado, menos mal. Este hombre quería hacernos daño, aunque no está claro por qué.

—Permitidme explicaros algunas cosas muy rápido, honorable Axl —dijo Wistan. Estaba limpiando la espada en la hierba, pero de pronto se puso en pie y se acercó a ellos—. Es cierto que los sajones viven en esta región en armonía con vuestra gente. Pero han llegado noticias hasta nuestra región sobre las ambiciones de Lord Brennus de conquistar esta tierra para él y declarar la guerra a todos los sajones que viven en ella.

—A mis oídos han llegado las mismas informaciones, señor —dijo Sir Gawain. Ése es otro de los motivos por los que no iba a ponerme del lado de este desdichado que ahora yace destripado como una trucha. Temo que este tal Lord Brennus sea capaz de acabar con la paz que logró instaurar Arturo.

—Hasta nuestra tierra han llegado informaciones más inquietantes, señor —dijo Wistan—. Que el tal Brennus tiene alojado en su castillo a un peligroso invitado. Un escandinavo que, según se dice, posee la sabiduría necesaria para domar dragones. Lo que mi rey sospecha es que Lord Brennus pretende capturar a Querig para que combata al lado de su ejército. Esa hembra de dragón sería sin duda un soldado temible y con su ayuda Brennus podría materializar sus ambiciones. Éste es el motivo por el que se me ha encomendado la misión de acabar con el dragón hembra, antes de que su ferocidad se vuelva contra todos aquellos que nos oponemos a Lord Brennus. Sir Gawain, parecéis horrorizado, pero lo que he contado es la verdad.

—Si estoy horrorizado, señor, es porque lo que decís suena creíble. Cuando era joven, me enfrenté en una ocasión a un dragón que combatía con un ejército enemigo, y recuerdo que era temible. Mis camaradas, que un minuto antes estaban hambrientos de victoria, se quedaron paralizados por el miedo con sólo verlo, y eso que aquella criatura no tenía ni la mitad de poderío y astucia que Querig. Si convierten a Querig en vasalla de Lord Brennus, sin duda estallarán nuevas guerras. Pero tengo depositadas mis esperanzas en que esta criatura es demasiado salvaje para que pueda ser domada por ningún hombre. —Calló, miró al soldado caído y negó con la cabeza.

Wistan avanzó con paso firme hacia Edwin y, agarrando al chico del brazo, lo condujo sin brusquedad hacia donde yacía el cadáver. Después, durante un rato, ambos permanecieron ante el soldado, mientras Wistan hablaba en voz baja y de vez en cuando lo señalaba y contemplaba el rostro de Edwin para comprobar su reacción. En determinado momento, Axl vio cómo el dedo de Wistan trazaba una línea recta en el aire, tal vez explicándole al chico la dirección que había seguido su espada. Durante todo este tiempo, Edwin no dejó de mirar inexpresivamente el cadáver.

Sir Gawain se acercó a Axl y comentó:

—Es verdaderamente triste que este tranquilo lugar, sin duda un regalo de Dios para todos los viajeros fatigados, esté ahora manchado de sangre. Enterremos lo más rápido posible a este hombre, antes de que aparezca alguien por aquí, y llevaré su caballo al campamento de Lord Brennus, junto con la noticia de que el soldado fue atacado por unos bandidos y la información de dónde pueden encontrar sus camaradas su tumba. Entretanto, señor —continuó, dirigiéndose ahora a Wistan—, os insto a marcharos hacia el este. Olvidaos de Querig, porque podéis dar por hecho que Horace y yo, después de oír lo que hemos oído hoy, redoblaremos nuestros esfuerzos para exterminarla. Y ahora, amigos, enterremos a este hombre para que pueda reunirse en paz con su hacedor.

Segunda parte

CAPÍTULO SEIS

Pese a lo agotado que estaba, a Axl le costaba conciliar el sueño. Los monjes los habían alojado en una estancia del piso superior, y aunque era un alivio no tener que soportar el frío que se filtraba desde la tierra, nunca lograba dormir bien cuando estaba por encima del suelo. Incluso cuando se refugiaba en graneros o establos, a menudo subía por las escaleras sabiendo que se enfrentaba a una noche sin dormir, angustiado por el espacio cavernoso que tenía debajo. O tal vez su incapacidad de conciliar el sueño esa noche estaba relacionada con la presencia en la oscuridad de los pájaros que tenía sobre su cabeza. Ahora estaban en buena medida en silencio, pero cada cierto tiempo se oía un leve crujido o un batir de alas, y él sentía la necesidad de proteger el cuerpo dormido de Beatrice con sus brazos de las repugnantes plumas que caían desde lo alto.

Los pájaros ya estaban ahí cuando entraron en la estancia por primera vez horas antes. ¿Y no había percibido ya entonces algo malévolo en el modo en que esos cuervos, mirlos y palomas torcaces los miraban desde las vigas? ¿O simplemente había adornado sus recuerdos debido a los acontecimientos posteriores?

O acaso la imposibilidad de conciliar el sueño se debía a los ruidos, que todavía ahora reverberaban por el monasterio, producidos por Wistan al cortar leña. Ese sonido no le había impedido a Beatrice dejarse mecer por el sueño fácilmente, y en la otra punta de la estancia, detrás de la sombría silueta que sabía que era la mesa en la que antes habían comido, Edwin roncaba plácidamente. Pero Wistan, por lo que Axl sabía, no se había dormido. El guerrero había permanecido sentado en una esquina, esperando a que el último monje abandonase el patio que tenían debajo, y después había salido en plena noche. Y ahora se había puesto otra vez –pese a las advertencias del padre Janus– a cortar más leña.

Los monjes se habían tomado su tiempo para dispersarse una vez acabada su reunión. En varias ocasiones Axl había estado a punto de conciliar el sueño, pero las voces que se oían abajo lo habían devuelto a la realidad. A veces eran cuatro o cinco voces, siempre susurrantes, a menudo llenas de indignación o miedo. Ahora hacía un rato que no se oía ninguna, y sin embargo, mientras se sumergía de nuevo en el sueño, Axl no podía quitarse de la cabeza la idea de que seguía habiendo monjes bajo su ventana, no unos pocos, sino docenas de siluetas vestidas con hábitos, allí plantadas bajo la luz de la luna, escuchando los golpes de Wistan que resonaban por todo el monasterio.

Antes, cuando la luz del atardecer todavía invadía la habitación, Axl había mirado por la ventana y visto lo que parecía la comunidad al completo –más de cuarenta monjes– esperando en grupos dispersos por todo el patio. Emanaba de ellos una actitud furtiva, como si les obsesionase que nadie escuchara sus palabras, ni siquiera los que formaban otros corrillos, y Axl pudo ver que intercambiaban miradas hostiles. Todos los hábitos eran de la misma tela marrón, aunque algunos no llevaban capucha o mangas. Los monjes parecían ansiosos por acceder al gran edificio de piedra que había frente a la estancia, pero la entrada se retrasaba y la impaciencia era palpable.

Axl llevaba un buen rato contemplando el patio cuando un ruido le hizo asomarse más y mirar justo debajo. Había visto entonces la pared exterior del edificio, cuya piedra clara revelaba tonalidades amarillentas bajo el sol, y la escalera horadada en ella que ascendía desde el suelo hacia él. A medio camino de esa escalera había un monje –Axl veía la parte superior de su cabeza– que sostenía una bandeja con comida y una jarra de leche. El hombre se había detenido para reequilibrar la bandeja y Axl contempló la maniobra alarmado, porque sabía que los peldaños estaban desgastados y eran irregulares, y sin una barandilla en la parte exterior a la que agarrarse, uno tenía que mantenerse pegado a la pared para asegurarse de no caer sobre el duro adoquinado. Y para complicarlo más, el monje que estaba subiendo parecía cojo, aunque seguía ascendiendo, lento y seguro.

Axl se acercó a la puerta para ayudar al monje recogiendo la bandeja, pero éste –el padre Brian, como pronto descubrirían que se llamaba– insistió en llevarla él mismo hasta la mesa, diciendo:

–Sois nuestros huéspedes, de modo que permitidme que os sirva.

En aquel momento Wistan y el chico no estaban en la estancia y tal vez ya entonces se oían los ruidos que hacían al cortar la madera. De modo que sólo él y Beatrice, uno al lado del otro, se sentaron a la mesa de madera y devoraron agradecidos el pan, la fruta y la leche. Mientras lo hacían, el padre Brian les hablaba alegremente, en ocasiones ensoñadamente, sobre anteriores visitantes, los peces que se podían pescar en los ríos cercanos, un perro extraviado que había vivido con ellos hasta su muerte el invierno pasado. De vez en cuando, el padre Brian, un hombre mayor pero brioso, se levantaba y se paseaba por la estancia arrastrando la pierna de la cojera y sin dejar de hablar, y echaba algún que otro vistazo por la ventana para controlar a sus colegas del patio.

Entretanto, por encima de sus cabezas, los pájaros revoloteaban por la parte interior del techo y de vez en cuando caía alguna pluma que ensuciaba la superficie de la leche. Axl había estado tentado de ahuyentar a esos pájaros, pero se había contenido por si los monjes les tenían afecto. Después se había quedado petrificado cuando se oyeron unos pasos raudos que subían por la escalera exterior y un monje enorme con barba oscura y rostro rubicundo irrumpió en la habitación.

–¡Demonios, demonios! –gritaba, mirando con furia hacia las vigas–. ¡Los quiero ver ahogándose en su propia sangre!

El recién llegado llevaba un cesto de paja y de pronto metió la mano en él, sacó una piedra y la arrojó contra los pájaros.

–¡Demonios! ¡Repugnantes demonios, demonios, demonios!

En el momento en que la primera piedra rebotaba en el suelo, lanzó una segunda y después una tercera. Las piedras caían lejos de la mesa, pero Beatrice se cubrió la cabeza con ambos brazos y Axl se levantó y se dirigió hacia el monje de la barba. Pero el padre Brian llegó primero ante el recién llegado y, agarrándolo por ambos brazos, le dijo:

–¡Hermano Irasmus, te lo ruego! ¡Deja de tirar piedras y tranquilízate!

A estas alturas los pájaros ya estaban graznando y revoloteando en todas direcciones, y el monje barbudo gritó por encima de todo aquel caos:

–¡Sé quiénes son! ¡Sé quiénes son!

–¡Tranquilízate, hermano!

–¡No me detengas, padre! ¡Son secuaces del demonio!

–Irasmus, puede que sean representantes de Dios. Todavía no lo sabemos.

–¡Sé que son esbirros del demonio! ¡Mira sus ojos! ¿Cómo pueden ser representantes de Dios y mirarnos con esos ojos?

–Irasmus, tranquilízate. Tenemos invitados.

Al oír estas palabras el monje barbudo se percató de la presencia de Axl y Beatrice. Los miró irritado y le dijo al padre Brian:

–¿Por qué traer invitados al monasterio en un momento como éste? ¿Por qué han venido aquí?

–No son más que buena gente de paso, hermano, y nos alegra poderles ofrecer nuestra hospitalidad como siempre hemos hecho.

–¡Padre Brian, eres un insensato si hablas de nuestros asuntos con unos desconocidos! ¡Mira, nos están espiando!

–No están espiando a nadie, ni tienen el menor interés en nuestros problemas, porque estoy seguro de que bastante tienen con los suyos.

De pronto el barbudo sacó otra piedra y se dispuso a lanzarla, pero el padre Brian se las arregló para disuadirlo.

–Vuelve abajo, Irasmus, y deja este cesto. Vamos, déjamelo a mí. Es inadmisible que te pasees con él del modo en que lo haces.

El barbudo apartó al monje más anciano y apretó celosamente el cesto contra su pecho. El padre Brian permitió que Irasmus se apuntara esta pequeña victoria, pero lo acompañó hasta la puerta y, cuando el barbudo se volvió para mirar por última vez hacia el techo, lo empujó amablemente hacia la escalera.

–Vuelve abajo, Irasmus. Seguro que te echan en falta. Baja y ten cuidado de no caerte.

Cuando por fin el monje se hubo marchado, el padre Brian volvió a entrar en la estancia, apartando con la mano las plumas que flotaban en el aire.

–Mis disculpas a los dos. Es un buen hombre, pero este tipo de vida ya no es para él. Por favor, volved a sentaros y acabad de comer tranquilamente.

–Y sin embargo, padre –dijo Beatrice–, puede que ese hombre tenga razón cuando dice que hemos aparecido aquí en un mal momento. No tenemos ningún deseo de ser una carga y si nos permitís hacerle una rápida consulta al padre Jonus, cuya sabiduría es bien conocida, nos marcharemos enseguida. ¿Se sabe ya si vamos a poder verlo?

El padre Brian negó con la cabeza.

–Señora, tal como ya os he dicho antes, Jonus no se encuentra bien y el abad ha dado órdenes estrictas de que nadie le moleste si no es con su permiso específico. Dado que estoy al corriente de que deseáis ver a Jonus, y sé lo que os ha costado llegar hasta aquí, he estado intentando persuadir al abad desde que estáis aquí. Pero, como bien sabéis, habéis llegado en un momento complicado, y ahora el abad está reunido con un visitante de cierta relevancia, lo que ha retrasado para después mi reunión con él. El abad está en su estudio hablando con el visitante y los demás monjes esperamos a que salga.

Beatrice se había asomado a la ventana para contemplar cómo bajaba por los peldaños de piedra el monje de la barba y de pronto señaló hacia abajo y dijo:

–Buen padre, ¿no es el abad ese que sale?

Axl se acercó a ella y vio a un hombre macilento que caminaba con paso firme hacia el centro del patio. Los monjes abandonaban sus conversaciones y se dirigían hacia él.

–Ah, sí, ahí está el abad, que ya ha salido. Ahora terminad de comer tranquilamente. Y con respecto a Jonus, tened paciencia, porque me temo que no podré traeros la respuesta del abad hasta que la reunión con los monjes haya concluido. Pero os prometo que no me olvido y transmitiré vuestra petición.

Entonces como ahora, los golpes de hacha del guerrero retumbaban en el patio. De hecho, Axl recordaba claramente haberse preguntado, mientras contemplaba a los monjes entrando en el edificio de enfrente, si oía a una o dos personas cortando leña; porque era difícil dilucidar si el segundo golpe que se escuchaba inmediatamente después del primero era un sonido real o un eco. Al pensar en ello ahora, echado en la oscuridad, Axl estaba seguro de que Edwin había estado cortando leña con Wistan, golpeando al mismo tiempo que el guerrero. Con toda probabilidad, el chico ya era un leñador experto. Ese día, antes de llegar al monasterio, los había dejado pasmados por la rapidez con la que cavó con dos piedras planas que encontró.

Para entonces Axl ya había dejado de cavar, después de que el guerrero lo convenciese de guardar sus fuerzas para el ascenso hasta el monasterio. De modo que había permanecido de pie junto al supurante cadáver del soldado, preservándolo de los pájaros que habían empezado a acumularse en las ramas próximas.

Wistan, recordó Axl, había estado utilizando la espada del muerto para cavar su tumba, después de dejar claro que no quería desafilar la suya por utilizarla para semejante tarea. En cualquier caso, Sir Gawain había dicho:

—Este soldado ha muerto de un modo honorable, independientemente de las maquinaciones de su señor, y se da buen uso a la espada de un caballero si se utiliza para cavar su tumba.

Ambos, sin embargo, se habían detenido para contemplar maravillados lo mucho que había avanzado Edwin con sus rudimentarias herramientas. Después, mientras volvían al trabajo, Wistan comentó:

—Temo, Sir Gawain, que Lord Brennus no se crea la historia que pretendéis contarle.

—Se la creerá, caballero —aseguró Sir Gawain, mientras seguía cavando—. Hay frialdad en nuestro trato, pero me tiene por un chiflado honesto, incapaz de inventarse cuentos retorcidos. Puedo contarles que el soldado me habló de bandidos mientras se desangraba hasta morir en mis brazos. A algunos les parecerá un pecado mortal contar una mentira como ésta, pero sé que Dios la contemplará compasivamente, porque la cuento para evitar más derramamiento de sangre. Haré que Brennus me crea, señor. Pero, aun así, seguís estando en peligro y tenéis buenos motivos para regresar rápidamente a casa.

—Lo haré sin demora, Sir Gawain, en cuanto haya concluido la misión que me ha traído aquí. Si la pata de mi yegua no sana pronto, me veré obligado a cambiarla por otra, porque hay un largo camino hasta las marismas. Aunque me pesará, porque es una montura excepcional.

—¡Excepcional sin duda! Mi Horace, ay, ya no posee esta agilidad, aunque ha estado a mi lado en muchos momentos difíciles, igual que vuestra yegua está ahora con vos. Una montura excepcional, que sentiréis perder. Aun así, la rapidez es crucial, de modo que poneos en camino y olvidaos de vuestra misión. Horace y yo nos encargaremos del dragón hembra, así que ya no tenéis por qué preocuparos por ella. En cualquier caso, ahora que he podido pensar con calma en ello, veo claro que Lord Brennus jamás podrá reclutar a Querig para su ejército. Es la más salvaje e indomable de las criaturas y no tardaría en lanzar llamaradas tanto sobre sus propias filas como sobre los enemigos de Brennus. La idea es totalmente descabellada, señor. No penséis más en ello y corred hacia casa antes de que vuestros enemigos os acorralen. –Después de un rato en el que Wistan continuó cavando sin responder, Sir Gawain le preguntó–: ¿Tengo vuestra palabra, honorable Wistan?

–¿Mi palabra sobre qué, Sir Gawain?

–Sobre que dejaréis de pensar en ese dragón hembra y vais a partir inmediatamente de regreso a casa.

–Parecéis ansioso por oírmelo decir.

–No sólo pienso en vuestra seguridad, señor, sino también en la de aquellos contra los que se volverá Querig si despertáis su ira. ¿Y qué me decís de vuestros compañeros de viaje?

–Es cierto que la seguridad de estos buenos amigos me preocupa. Viajaré con ellos hasta el monasterio, porque no puedo dejarlos indefensos en estos inseguros caminos. Después, quizá será mejor que nos separemos.

–Entonces, después de llegar al monasterio, ¿partiréis de regreso a casa?

–Partiré cuando esté listo para hacerlo, caballero.

El hedor que ascendía desde las entrañas del cadáver había obligado a Axl a apartarse un poco, y al hacerlo se percató de que tenía un mejor ángulo para observar a Sir Gawain. El caballero estaba ahora hundido en el hoyo hasta la cintura y el sudor le empapaba la frente, de modo que tal vez por eso su expresión había perdido su habitual benevolencia. Contemplaba a Wistan con intensa hostilidad, mientras éste, ajeno a esa mirada, seguía cavando.

A Beatrice le había alterado la muerte del soldado. Mientras el hoyo de la tumba se hacía más y más profundo, ella se enca-

156

minó lentamente hacia el gran roble y volvió a sentarse a su sombra, con la cabeza inclinada. Axl hubiera querido reunirse con ella, y lo habría hecho de no ser por la creciente presencia de cuervos. Ahora, echado en la oscuridad, también él empezó a sentir lástima por el caído. Recordó la gentileza del soldado con ellos cuando cruzaron el puente, y la amabilidad con que se había dirigido a Beatrice. Axl también recordó el impecable modo en que había colocado a su caballo cuando apareció en el claro. Algo en la manera en que lo hizo lo había retrotraído a aquel momento, y ahora, en la quietud de la noche, Axl recordó la sinuosidad del páramo, el cielo amenazante y el rebaño de ovejas que se acercaba pisoteando el brezo.

Él iba a lomos de un caballo y delante tenía a un camarada también montado, un hombre llamado Harvey, el olor de cuyo enorme cuerpo se imponía al de los caballos. Se habían detenido en un paraje barrido por el viento porque habían descubierto movimientos a lo lejos, y una vez quedó descartado que pudiesen ser una amenaza, Axl estiró los brazos –habían estado cabalgando un buen rato– y contempló cómo la cola del caballo de Harvey se movía de un lado a otro como para evitar que las moscas se aposentasen en sus cuartos traseros. Pese a que en ese momento no veía el rostro de su compañero, la postura de la espalda de Harvey, de hecho toda su actitud, delataban la malevolencia que había despertado en él el avistamiento del grupo que se acercaba. Fijando la vista más allá de Harvey, Axl pudo distinguir los puntos negros que eran las cabezas de las ovejas y a cuatro hombres moviéndose entre ellas, uno sobre un burro y los otros a pie. No parecía que hubiera ningún perro. Axl supuso que los pastores debían de haberlos visto hacía un buen rato –dos jinetes claramente recortados contra el horizonte–, pero si habían sentido algún temor, no se percibía rastro de él en su lenta y fatigosa aunque incansable marcha hacia ellos. Había, en cualquier caso, un único camino que atravesaba el páramo, y Axl supuso que los pastores sólo podían evitarlos dando media vuelta.

A medida que el grupo se acercaba, pudo ver que los cuatro hombres, aunque no eran viejos, parecían enclenques y delgaduchos. Esta observación le rompió el corazón, porque sabía que la condición física de esos hombres no haría más que azuzar la brutalidad de su compañero. Axl aguardó hasta que el grupo llegó casi a la distancia que permitía saludarse y entonces hizo avanzar a su caballo hasta colocarse a la altura de Harvey, justo por donde sabía que tendrían que pasar los pastores y la mayor parte del rebaño. Se aseguró de mantener a su caballo un poco rezagado, para permitir que su camarada mantuviese la ilusión de liderazgo. Pero Axl estaba ahora en una posición que le permitía proteger a los pastores de cualquier ataque repentino que Harvey pudiese acometer con su látigo o con la cachiporra que llevaba colgada de la silla de montar. Sin embargo, la maniobra en apariencia sólo sugería camaradería, y en cualquier caso Harvey no poseía la sutileza necesaria para sospechar siquiera su verdadero propósito. De hecho, Axl recordaba que su compañero había asentido distraídamente mientras él se le acercaba, antes de volverse para contemplar de mala gana el páramo.

Axl se había sentido especialmente inquieto cuando se aproximaron los pastores por algo que había sucedido unos días antes en una aldea sajona. Era una mañana soleada y en esa ocasión él se había quedado tan perplejo como los aldeanos. Sin previo aviso, Harvey había clavado las espuelas a su caballo y la había emprendido a golpes con la gente que esperaba para sacar agua del pozo. ¿En aquella ocasión Harvey había utilizado el látigo o la cachiporra? En el páramo Axl intentó recordar los detalles de aquel día. Si Harvey decidía atacar a los pastores con el látigo, su radio de acción se ampliaría y necesitaría hacer menos fuerza con el brazo; podía incluso atreverse a lanzarlo por encima del caballo de Axl. Si, en cambio, optaba por la cachiporra, con Axl colocado donde ahora estaba, Harvey se vería obligado a sortear con su caballo al de Axl y girar parcialmente antes de atacar. Semejante maniobra resultaría demasiado deliberada para alguien como su camarada: Harvey era de esos a quienes les gusta que su brutalidad parezca impulsiva y espontánea.

Axl no lograba recordar ahora si su elaborada acción había servido para salvar a los pastores. Guardaba vagas imágenes de ovejas pasando tranquilamente junto a ellos, pero sus recuerdos de los pastores se habían entremezclado confusamente con los de aquel ataque a los aldeanos junto al pozo. ¿Qué les había llevado a los dos a aquella aldea esa mañana? Axl recordaba los gritos de indignación, a niños llorando, miradas de odio y su propia rabia, no sólo contra Harvey, sino contra aquellos que le habían adjudicado a semejante compañero. Su misión, si la cumplían, supondría sin duda un logro único y nuevo, un logro tal que el propio Dios dedicaría un momento a valorarla cuando los hombres diesen un paso hacia él. ¿Pero cómo podía Axl tener esperanzas de alcanzar el objetivo encadenado a semejante bruto?

Volvió a aparecer en sus pensamientos el soldado del cabello cano, y el pequeño gesto que había dejado a medias en el puente. Mientras su fornido camarada gritaba a Wistan y le tiraba del pelo, el soldado del cabello cano había empezado a levantar la mano, con los dedos prácticamente señalando y una reprimenda a punto de salir de sus labios. Pero en el último momento había bajado el brazo. Axl había entendido muy bien lo que el soldado del cabello cano había sentido en esos momentos. Después el soldado había hablado con particular gentileza a Beatrice y Axl se lo había agradecido. Recordaba la expresión de Beatrice en el puente y cómo la gravedad y reserva dio paso a esa leve sonrisa que tanto le gustaba a él. La imagen le emocionaba y al mismo tiempo le llenaba de miedo. Bastaba que un desconocido –uno potencialmente peligroso– dijera unas cuantas palabras amables y allí estaba ella, lista para volver a confiar en el mundo. La idea le agobió y sintió la necesidad de acariciar suavemente con la mano el hombro que ahora tenía a su lado. ¿Pero no había sido ella siempre así? ¿No formaba eso parte de lo que tanto le gustaba de ella? ¿Y no había sobrevivido ella todos estos años sin que le sucediese nada en verdad grave?

–No puede ser romero, señor –recordaba que le había dicho Beatrice, con la voz tensa por el nerviosismo. Él estaba acuclillado, con una rodilla apoyada en el suelo, porque hacía buen tiempo y el suelo estaba seco. Beatrice debía de estar de pie detrás de él, porque recordaba su sombra sobre la tierra del bosque que tenía delante mientras apartaba el sotobosque con ambas manos–. No puede ser romero, señor. ¿Quién ha visto romero con una flor tan amarilla?

–Entonces me he equivocado de nombre, doncella –había dicho Axl–. Pero estoy seguro de que es muy común y que no os jugará una mala pasada.

–¿Pero realmente conocéis las plantas, señor? Mi madre me ha enseñado todo lo que crece silvestre en esta región y sin embargo esto que tenemos delante me resulta completamente desconocido.

–Entonces tal vez sea una planta foránea que ha llegado recientemente desde otro sitio. ¿Pero por qué os angustia tanto, doncella?

–Me angustia, señor, porque es probable que sea una mala hierba que me han enseñado a temer.

–Por qué temer una mala hierba, excepto si es venenosa, y en ese caso lo único que hay que hacer es no tocarla. ¡Y sin embargo aquí estabais, a punto de cogerla con vuestras manos, y ahora me pedís que lo haga yo!

–¡Oh, señor, no es venenosa! Al menos no del modo en que pensáis. Pero mi madre me describió una planta muy similar y me advirtió de que verla entre el brezo traía mala suerte a cualquier chica joven.

–¿Qué tipo de mala suerte, doncella?

–Me da vergüenza contároslo, señor.

Pero mientras decía eso, la joven –pues eso era en aquel entonces Beatrice– se había arrodillado a su lado de tal modo que sus codos se rozaron un instante y cuando él la miró, ella le sonrió confiada.

—Si da tanta mala suerte ver una —le dijo Axl—, ¿por qué retorcido motivo me traéis aquí desde el camino simplemente para que pose mis ojos sobre una?

—¡Oh, no significa mala suerte para vos, señor! Sólo para las chicas solteras. Hay otra planta que sólo trae mala suerte a hombres como vos.

—Pues os agradeceré que me digáis qué aspecto tiene esa otra planta, porque debería temerla del mismo modo que vos teméis a ésta.

—Podéis burlaros de mí, señor. Pero un día os daréis un batacazo y os encontraréis una de esas malas hierbas ante las narices. Y ya me diréis entonces si es para tomárselo a broma.

Axl recordaba ahora el tacto del brezo al pasar la mano entre sus tallos, el viento entre las ramas que tenía encima y la presencia de la jovencita a su lado. ¿Fue ésa la primera vez que conversaron? Sin duda como mínimo se conocían ya de vista; era del todo inconcebible que incluso Beatrice se hubiera mostrado tan confiada con un completo desconocido.

El ruido de cortar leña, que había dejado de oírse durante un rato, empezó de nuevo, y Axl pensó que tal vez el guerrero pasara toda la noche fuera. Wistan parecía tranquilo y reflexivo, incluso en pleno combate, aunque era posible que las tensiones del día y de la noche anterior le hubiesen pasado factura a sus nervios, y necesitase relajarlos de este modo. Aun así, su comportamiento resultaba extraño. El padre Jonus les había advertido específicamente de que no cortasen más leña, y sin embargo ahí estaba él, haciéndolo de nuevo y además en plena noche. Antes, recién llegados, había parecido una simple cortesía del guerrero. Pero en realidad, tal como Axl descubrió después, el guerrero tenía sus motivos para cortar leña.

—La leñera está en un sitio estratégico —le explicaría el guerrero—. El chico y yo podíamos tener perfectamente controladas

161

las entradas y salidas mientras trabajábamos. Y mejor todavía, cuando llevábamos la leña allí donde se necesitaba, deambulábamos con total libertad para inspeccionar los alrededores, aunque algunas puertas se mantenían cerradas para nosotros.

Los dos habían estado hablando en el elevado muro del monasterio desde lo alto del cual se veía el bosque cercano. En aquel momento hacía tiempo que los monjes estaban reunidos y el silencio se había adueñado del monasterio. Un rato antes, mientras Beatrice dormía en la habitación, Axl había salido a dar una vuelta bajo el sol del atardecer y había subido por los desgastados peldaños hasta donde Wistan estaba contemplando el espeso follaje que se extendía a sus pies.

—¿Pero por qué tomarse tantas molestias, honorable Wistan? —le había preguntado Axl—. ¿Es posible que no os fiéis de estos buenos monjes?

El guerrero, con una mano levantada para protegerse los ojos del sol, le respondió:

—Antes, mientras ascendíamos por el camino, no deseaba otra cosa que poder acurrucarme en un rincón y dejarme arrastrar por el sueño. Pero ahora que estamos aquí, no puedo quitarme de encima la sensación de que este lugar esconde peligros para nosotros.

—Debe ser que el cansancio os hace suspicaz, honorable Wistan. ¿Qué puede inquietaros aquí?

—Nada que pueda todavía señalar con convicción. Pero pensad en esto. Cuando antes he vuelto a los establos para comprobar si la yegua estaba bien, he oído ruidos procedentes de la cuadra que hay detrás. Lo que quiero decir, señor, es que esa otra cuadra está separada por una pared, pero podía oír perfectamente que allí había otro caballo, y sin embargo no había ninguno cuando llegamos y metí a la yegua en el establo. Y cuando he rodeado el edificio hasta la fachada posterior, me he encontrado con que la puerta de esa cuadra estaba cerrada y colgaba de ella un enorme candado que sólo se puede abrir con una llave.

—Puede haber un montón de explicaciones inocentes, honorable Wistan. Tal vez el caballo haya estado pastando y después lo hayan llevado a la cuadra.

—He hablado con un monje sobre eso y me ha dicho que aquí no tienen caballos para no facilitarse en exceso sus tareas. Parece que después de nuestra llegada ha aparecido otro visitante, uno especialmente interesado en mantener oculta su presencia.

—Ahora que lo decís, honorable Wistan, el padre Brian ha mencionado a un importante visitante que había venido para reunirse con el abad, y la reunión de la comunidad se había retrasado debido a su llegada. No sabemos nada de lo que sucede aquí, pero lo más probable es que no tenga nada que ver con nosotros.

Wistan asintió pensativamente.

—Tal vez tengáis razón, honorable Axl. Puede que un buen descanso disipe mis sospechas. Aun así, he mandado al chico a recorrer este lugar, dado que la natural curiosidad de un joven siempre resultará más creíble como excusa que la de un adulto. No hace mucho el chico ha vuelto y me ha contado que ha oído gemidos procedentes de ese edificio de allí —Wistan se volvió y lo señaló—, como de un hombre sufriendo. El joven Edwin ha entrado sigilosamente y ha descubierto manchas de sangre, algunas secas y otras todavía frescas, en el exterior de una habitación cerrada.

—Curioso, desde luego. Pero no tiene por qué haber ningún misterio en que un monje haya sufrido algún desafortunado accidente, quizá al tropezarse en estos mismos peldaños.

—Admito, señor, que no hay ningún motivo concluyente para suponer que sucede aquí algo inapropiado. Tal vez sea el instinto de guerrero lo que me hace pensar que ojalá llevase la espada colgada de la cintura y esté ya harto de simular ser un granjero. O tal vez mis temores vienen simplemente de lo que estos muros me susurran sobre su pasado.

—¿A qué os referís, señor?

—A que no hace tanto tiempo este lugar sin duda no era un monasterio, sino una fortaleza, y una muy bien construida para combatir a los enemigos. ¿Os acordáis del fatigoso camino por el que hemos ascendido? ¿De las vueltas que daba como para agotar nuestras fuerzas? Mirad ahora hacia abajo, señor, y observad las almenas que dan a ese sendero. Desde ellas en el pasado los defensores recibían a sus visitantes con una lluvia de flechas, piedras y agua hirviendo. Llegar hasta el portalón debía de ser toda una hazaña.

—Ahora lo veo. Desde luego no debía de ser un ascenso fácil.

—Es más, honorable Axl, apuesto a que esta fortaleza estuvo en algún momento en manos sajonas, porque veo en ella muchos detalles característicos de los míos que tal vez resulten invisibles a vuestros ojos. Mirad ahí. —Wistan señaló hacia un patio adoquinado que había abajo, encajado entre muros—. Apuesto a que justo allí había una segunda puerta, mucho más resistente que la primera, aunque oculta para los invasores que ascendían por el camino. Veían sólo la primera y se lanzaban a atacarla, pero esa primera puerta sería lo que los sajones llamamos una puerta hidráulica, con esas barreras que controlan la corriente del río. Dejarían pasar por esta puerta hidráulica de modo deliberado a un número determinado de atacantes. Después se cerraría ante los que venían detrás. Y los que quedaban atrapados entre las dos puertas, en ese espacio de ahí, se encontrarían sobrepasados en número y de nuevo atacados desde arriba. Los masacrarían antes de permitir el paso al siguiente grupo. Ya veis cómo funcionaba, señor. Esto es hoy un lugar de paz y plegaria, pero no hay que aguzar mucho la vista para descubrir la sangre y el terror.

—Vuestra explicación me convence, honorable Wistan, y lo que me habéis mostrado me da escalofríos.

—Y apuesto a que aquí también hubo familias sajonas, venidas desde lejos en busca de protección en esta fortaleza. Mujeres, niños, heridos, viejos, enfermos. Mirad ahí, el patio en el que antes se han reunido los monjes. Seguro que todos excepto los más débiles se habrían congregado para poder escuchar a los invasores chillando como ratas atrapadas entre las dos puertas.

—Eso no me lo puedo creer, señor. Sin duda se habrían escondido abajo, rezando por su salvación.

—Sólo los más cobardes de ellos. La mayoría habría salido al patio o incluso habrían subido hasta aquí, donde ahora estamos nosotros, dispuestos a arriesgarse a recibir un flechazo o una lanza para disfrutar del sufrimiento de los de abajo.

Axl negó con la cabeza.

—Estoy seguro de que la clase de gente de la que habláis no disfrutaría del derramamiento de sangre, aunque fuese la del enemigo.

—Muy al contrario, señor. Hablo de personas al final de un periplo brutal, que han visto a sus hijos y a sus parientes mutilados y violados. Han llegado hasta aquí, a su refugio, después de prolongados tormentos, con la muerte pisándoles los talones. Y ahora llega un ejército invasor de un tamaño apabullante. La fortaleza puede resistir varios días, tal vez incluso una semana o dos. Pero saben que al final serán masacrados. Saben que los niños a los que rodean con sus brazos no tardarán en convertirse en muñecos sanguinolentos pateados sobre estos adoquines. Lo saben porque ya lo han visto allí de donde vienen. Han visto a los enemigos quemar y mutilar, hacer turnos para violar a las muchachas incluso mientras agonizan a causa de las heridas. Saben que eso va a suceder y por lo tanto deben disfrutar de esos primeros días del sitio, en los que el enemigo paga el precio por lo que más tarde harán. En otras palabras, honorable Axl, es una venganza que se disfruta de antemano por parte de aquellos que no se la podrán tomar en su debido momento. Por eso digo, señor, que mis conciudadanos sajones estarían sin duda ahí lanzando vítores y aplaudiendo, y cuanto más cruel fuese la muerte de los enemigos, más felices debían de sentirse.

—No puedo creeros, señor. ¿Cómo es posible sentir un odio tan profundo provocado por algo que todavía no se ha producido? La buena gente que un día se refugió aquí debió de mantener viva la esperanza hasta el final, y sin duda contemplaban todo sufrimiento, de sus amigos y de sus enemigos, con lástima y horror.

—Sois mayor que yo en años, honorable Axl, pero en lo que al derramamiento de sangre se refiere puede que yo tenga más experiencia y vos seáis aún muy joven. He visto un odio oscuro más profundo que las simas marinas en los rostros de ancianas y niños de corta edad, y algunos días yo mismo he sentido ese odio.

—No os creo, señor, y además hablamos de un pasado bárbaro que con suerte ya ha desaparecido para siempre. Gracias a Dios, no tendremos que poner a prueba lo que hemos estado discutiendo.

El guerrero miró de un modo extraño a Axl. Parecía a punto de decirle algo, pero finalmente cambió de opinión. Se volvió, contempló los edificios de piedra que tenían detrás y dijo:

—Cuando antes me he paseado por aquí, con los brazos cargados de leña, he visto en cada esquina fascinantes vestigios de ese pasado. El hecho es, señor, que incluso derribada la segunda puerta, esta fortaleza debía disponer de muchas más trampas para el enemigo, algunas retorcidamente taimadas. Los monjes apenas son conscientes de por dónde pasan cada día. Pero cambiemos ya de tema. Ahora que disponemos de este momento de sosiego, dejadme que os pida disculpas, honorable Axl, por la incomodidad que antes os he causado. Me refiero a las preguntas sobre vos que le he hecho a ese buen caballero.

—No le deis más vueltas, señor. No hay afrenta alguna, aunque bien es cierto que me cogió por sorpresa, y también a mi esposa. Me tomasteis por otra persona, un error común.

—Os agradezco la comprensión. Os tomé por alguien cuyo rostro jamás podré olvidar, aunque yo fuese un niño de corta edad cuando lo vi por última vez.

—Fue entonces en la región del oeste.

—Exacto, señor, en la época anterior a que se me llevaran. El hombre del que hablo no era un guerrero, pero llevaba espada y cabalgaba a lomos de un buen corcel. Venía a menudo a nuestra aldea y para nosotros, niños que sólo conocíamos a granjeros y barqueros, resultaba impresionante.

—Sí, ya imagino cómo debía ser.

—Recuerdo que lo seguíamos por toda la aldea, aunque siempre a una prudente distancia. A veces se movía con premura, hablando con los ancianos o convocando a una multitud en la plaza. Otros días se paseaba tranquilamente, hablando con unos y otros como para pasar el rato. Apenas conocía nuestra lengua, pero como nuestra aldea estaba junto al río, entre los que iban y venían en las barcas, muchos hablaban su lengua, de modo que nunca le faltaba compañía. A veces se volvía hacia nosotros y nos sonreía, pero como éramos pequeños, nos dispersábamos y corríamos a ocultarnos.

—¿Y fue en esa aldea donde aprendisteis a hablar tan bien nuestra lengua?

—No, eso vino después. Cuando se me llevaron.

—¿Se os llevaron, honorable Wistan?

—Se me llevaron de esa aldea los soldados y fui entrenado desde pequeño para convertirme en el guerrero que soy ahora. Fueron britanos los que se me llevaron, de modo que no tardé en aprender su lengua y su modo de combatir. Eso sucedió hace mucho y los recuerdos toman extrañas formas en mi cabeza. Cuando hoy os he visto en esa aldea por primera vez, quizá engañado por la luz de la mañana, he sentido que volvía a ser ese niño, que espiaba tímidamente a ese gran hombre con su capa mecida por el viento, caminando por la aldea como un león entre cerdos y vacas. Imagino que ha sido por la mueca en la comisura de vuestros labios al sonreír, o por vuestro modo de saludar a un desconocido, con la cabeza ligeramente inclinada. Pero ahora tengo claro que me confundí, porque vos no podéis haber sido ese hombre. Dejemos este tema. ¿Qué tal esta vuestra esposa, señor? Espero que no exhausta.

—Gracias por preguntar por ella; se ha recuperado bien, pero le he pedido que siga descansando. De todos modos, no tenemos más remedio que esperar a que los monjes salgan de su reunión y el abad nos conceda el permiso para visitar al sabio Jonus.

—Es una mujer decidida, señor. Me ha despertado admiración cómo ha subido hasta aquí sin quejarse ni una sola vez. Ah, por ahí vuelve el muchacho.

—Mirad cómo se toca la herida, honorable Wistan. También deberíamos llevarlo a que lo viera el padre Jonus.

Wistan no pareció oír este comentario. Abandonó el muro, bajó por los pequeños peldaños para reunirse con Edwin y durante un rato ambos conversaron en voz baja, con las cabezas muy juntas. El muchacho gesticulaba y el guerrero le escuchaba con el ceño fruncido, asintiendo de vez en cuando. Mientras Axl bajaba por los escalones hasta donde estaban ellos, Wistan dijo en voz baja:

—El joven Edwin me ha informado de un curioso descubrimiento que tal vez haríamos bien en ir a ver con nuestros propios ojos. Sigámosle, pero caminemos como si estuviésemos paseando sin un rumbo claro, por si han dejado ahí a ese viejo monje con el propósito de espiarnos.

En efecto, un monje solitario se paseaba por el patio y a medida que se acercaban a él, Axl se percató de que movía los labios, hablando en silencio para sí mismo, perdido en su propio mundo. Apenas los miró mientras Edwin los guiaba a través del patio hacia un hueco entre dos edificios. Salieron a un lugar donde la hierba baja cubría un terreno irregular e inclinado y una hilera de árboles marchitos, apenas más altos que un hombre, delimitaba un sendero que se alejaba del monasterio. Mientras seguían a Edwin bajo un cielo encapotado, Wistan dijo en voz baja:

—Siento verdadera admiración por este muchacho, honorable Axl, tal vez deberíamos revisar nuestro plan de llevarlo a la aldea de vuestro hijo. Me gustaría mantenerlo a mi lado durante algún tiempo más.

—Me inquieta oíros decir eso, señor.

—¿Por qué? No veo que suspire por una vida dedicada a alimentar a los cerdos y cavar en el suelo helado.

—¿Pero qué será de él si sigue a vuestro lado?

—En cuanto haya finalizado mi misión, me lo llevaré a las marismas.

—¿Y qué hará allí? ¿Pasarse la vida combatiendo contra los escandinavos?

—Fruncís el ceño, señor, pero el muchacho posee un temperamento inusual. Será un buen guerrero. Pero silencio, veamos qué tiene para nosotros.

Habían llegado a la altura de tres chozas de madera levantadas junto al camino, tan deterioradas que cada una parecía sostenerse en pie gracias a apoyarse en la vecina. En el suelo húmedo se veían marcas de roderas y Edwin se detuvo para señalarlas. Después los condujo a la más alejada de las chozas.

No tenía puerta y la mayor parte del techo había desaparecido. Cuando entraron, salieron revoloteando violentamente un montón de pájaros, y Axl vio en el lúgubre espacio que los pájaros habían desalojado un tosco carro —tal vez construido por los propios monjes— con las dos ruedas hundidas en el barro. Lo que más llamaba la atención era una enorme jaula colocada sobre el carro, y al acercarse Axl se percató de que si bien la propia jaula era de hierro, la atravesaba en vertical un grueso poste de madera que la fijaba con firmeza a los tablones de debajo. Ese poste estaba adornado con cadenas y grilletes y, a la altura de la cabeza de un hombre, con lo que parecía una ennegrecida máscara de hierro, aunque sin agujeros para los ojos y con tan sólo uno pequeño para la boca. El carro y sus alrededores estaban cubiertos de plumas y excrementos de pájaros. Edwin tiró de la portezuela de la jaula y la movió adelante y atrás provocando que los goznes chirriasen. De nuevo hablaba con gran excitación y Wistan, mientras lanzaba escrutadoras miradas por el cobertizo, le respondía con algún ocasional gesto de asentimiento con la cabeza.

–Resulta curioso –comentó Axl– que estos monjes necesiten un artilugio como éste. Sin duda lo utilizarán como parte de algún ritual piadoso.

El guerrero empezó a dar la vuelta alrededor del carro, vigilando dónde pisaba para evitar los charcos.

–Vi una vez algo parecido a esto –dijo–. Tal vez supongáis que es un artilugio pensado para exponer en su interior a un hombre a la crueldad de los elementos. Pero observad, mirad cómo los barrotes están lo bastante separados como para permitir que mi hombro se cuele entre ellos. Y mirad aquí, cómo estas plumas están pegadas al hierro por la sangre reseca. El hombre al que atan aquí es ofrecido a los pájaros de la montaña. Inmovilizado con los grilletes no tiene modo alguno de repeler los picos hambrientos. Y la máscara de hierro, aunque pueda parecer aterradora, es en realidad un detalle de clemencia, porque al menos los pájaros no le devoran los ojos.

–Puede que tenga un propósito más amable –aventuró Axl, pero Edwin se había puesto a hablar de nuevo y Wistan se dio la vuelta y observó el exterior del cobertizo.

–El muchacho dice que ha seguido las marcas de las ruedas hasta un lugar cercano, al borde del acantilado –explicó finalmente el guerrero–. Dice que allí el suelo presenta surcos muy marcados, que muestran el punto exacto en el que han dejado a menudo el carro. En otras palabras, todas las huellas confirman mis sospechas, y también puedo deducir que este carro se ha movido de aquí hace no mucho tiempo.

–No sé lo que significa todo esto, honorable Wistan, pero admito que empiezo a compartir vuestra inquietud. Este carro me da mala espina y me hace sentir deseos de regresar junto a mi esposa.

–Será mejor que regresemos todos. No permanezcamos más tiempo aquí.

Pero mientras salían de la choza, Edwin, que de nuevo encabezaba el grupo, se detuvo repentinamente. Al mirar más allá de él, hacia el plomizo atardecer, Axl vio una silueta cubierta por un hábito entre la hierba alta, a poca distancia de ellos.

—Yo diría que es el monje que antes se paseaba por el patio —le dijo el guerrero a Axl.

—¿Nos puede ver?

—Diría que nos ve y sabe que nosotros lo vemos a él. Pero aun así, continúa allí plantado como un árbol. Bueno, acerquémonos a él.

El monje seguía de pie cerca del sendero y la hierba le llegaba hasta las rodillas. Mientras se acercaban a él, el hombre permaneció muy quieto, pese a que el viento sacudía su hábito y su largo cabello cano. Era delgado, casi escuálido, y sus ojos saltones los miraban inexpresivos.

—Nos estáis observando, señor —le dijo Wistan, deteniéndose junto a él—, y sabéis lo que acabamos de descubrir. De modo que tal vez podáis explicarnos con qué propósito utilizáis los monjes este artilugio.

Sin decir palabra, el monje señaló hacia el monasterio.

—Tal vez haya hecho voto de silencio —dijo Axl—. O tal vez simule ser mudo como hicisteis vos, honorable Wistan.

El monje avanzó entre la hierba hasta el camino. Los miró fijamente uno por uno con sus extraños ojos, volvió a señalar hacia el monasterio y se encaminó hacia allí. Ellos lo siguieron, apenas unos pasos más atrás, y el monje los miraba repetidamente volviendo la cabeza por encima del hombro.

Los edificios del monasterio eran ahora oscuras siluetas recortadas contra el cielo crepuscular. Cuando ya estaban cerca, el monje se detuvo, se llevó el índice a los labios y continuó adelante con pasos más cautelosos. Parecía obsesionado por que no los descubrieran y por evitar el patio central. Los condujo a través de estrechos pasadizos por detrás de los edificios, en los que el suelo estaba lleno de hoyos y en algunos tramos hacía mucha pendiente. En un momento dado, mientras avanzaban con las cabezas gachas pegados al muro, desde las ventanas que tenían encima les llegó el vocerío de la reunión de los monjes. Oyeron una voz gritando por encima del barullo y después una segunda voz –tal vez la del abad– llamando al orden. Pero no había tiempo que perder y enseguida se agruparon bajo unos arcos desde los que se podía observar el patio central. El monje ahora les indicó con gestos apremiantes que debían avanzar lo más rápido y sigilosamente posible.

No tenían que atravesar el patio, en el que ahora ardían varias antorchas, sino tan sólo doblar una de sus esquinas, protegida por la sombra de una columnata. Cuando el monje les indicó que se detuvieran de nuevo, Axl le susurró:

–Buen hombre, dado que vuestra intención debe ser conducirnos a algún sitio, os pido que me dejéis ir a buscar a mi esposa, porque me inquieta haberla dejado sola.

El monje, que se había vuelto de inmediato para clavarle la mirada a Axl, negó con la cabeza y señaló hacia la semioscuridad. Sólo entonces vislumbró Axl a Beatrice de pie ante una puerta un poco alejada del claustro. Aliviado, la saludó con la mano, y mientras el grupo avanzaba hacia ella, desde detrás les llegó una algarabía de voces indignadas procedentes de la reunión de los monjes.

–¿Qué tal estás, princesa? –le preguntó Axl, estirando los brazos para tomarle las manos extendidas.

–Estaba descansando tranquilamente cuando este monje silencioso apareció ante mí, de modo tal que lo tomé por un fantasma. Pero pretende conducirnos a algún sitio y lo mejor es que lo sigamos.

El monje volvió a pedir silencio con un gesto y, haciéndoles señas, pasó junto a Beatrice y cruzó el umbral ante el que ella había estado esperándoles.

Los corredores parecían ahora túneles como los de la madriguera de su aldea y los candiles que parpadeaban en las pequeñas hornacinas apenas lograban disolver la oscuridad. Axl, con Beatrice cogida de su brazo, avanzaba con una mano extendida delante. Por un momento volvieron a salir al exterior y atravesaron un patio embarrado entre pequeños huertos labrados, y entraron en otro edificio bajo de piedra. Aquí el corredor era más ancho y estaba iluminado con llamas más intensas, y el monje pareció por fin relajarse. Mientras recuperaba el aliento, los observó una vez más y, después de indicarles que esperasen, desapareció bajo un arco. Pasado un rato, el monje reapareció y los acompañó hacia delante. Mientras lo hacía, una voz quebradiza procedente del interior dijo:

–Entrad, sois mis invitados. Son unos aposentos modestos para recibiros, pero sois bienvenidos.

Mientras esperaba a que el sueño se apoderase de él, Axl volvió a recordar cómo los cuatro, junto al monje silencioso, se habían apretujado en la minúscula celda. Junto al lecho ardía una vela, y notó cómo Beatrice retrocedía al ver a la persona que yacía en él. Después ella había respirado hondo y había dado un paso adelante. Apenas había espacio para todos, pero no habían tardado en distribuirse alrededor del lecho: el guerrero y el muchacho en la esquina más alejada y Axl con la espalda apretada contra la gélida pared de piedra, pero Beatrice, de pie delante de todos e inclinada sobre Axl como buscando su apoyo, estaba casi encima del lecho del enfermo. Se percibía un leve hedor a vómito y orina. El monje silencioso, entretanto, se había acercado al yaciente y le estaba ayudando a incorporarse para que pudiese sentarse en la cama.

Su anfitrión era un hombre de cabellos blancos y avanzada edad. Era corpulento y hasta hacía poco debía de haber sido vigoroso, pero ahora el mero hecho de sentarse parecía resultarle un suplicio. Una basta manta se deslizó de su cuerpo mientras se incorporaba y dejó a la vista una camisola moteada de manchas de sangre. Pero lo que había hecho retroceder a Beatrice eran el cuello y la cara del hombre, descarnadamente iluminados por la vela junto al lecho. Una protuberancia bajo un lado del mentón, de un púrpura intenso que por los bordes amarilleaba, le obligaba a mantener la cabeza ligeramente torcida. La punta del montículo estaba reventada y cubierta de pus y sangre reseca. En la cara, un corte le recorría la mejilla desde el pómulo hasta la mandíbula, dejando al descubierto una parte del interior de la boca y las encías. Debía de costarle horrores sonreír, pero una vez asentado en su nueva postura, eso fue precisamente lo que hizo el monje.

—Bienvenidos, bienvenidos. Soy Jonus y sé que habéis venido desde muy lejos para verme. Mis queridos invitados, no me miréis con tanta lástima. Las heridas no son nuevas y ya apenas me producen los dolores que en su momento me causaron.

—Padre Jonus, ahora comprendemos —le dijo Beatrice— por qué vuestro buen abad se ha mostrado tan reacio a permitir que os visiten unos desconocidos. Habríamos esperado a que se nos concediera ese permiso, pero este amable monje nos ha conducido hasta vos.

—Ninian, aquí presente, es mi amigo más fiel, y aunque ha hecho voto de silencio, nos entendemos perfectamente. Os ha estado observando a cada uno de vosotros desde vuestra llegada y me ha mantenido informado. He pensado que ya era hora de que nos conociésemos, aunque el abad no sepa nada de todo esto.

—¿Pero qué ha podido causaros semejantes heridas, padre? —le preguntó Beatrice—. A vos, un hombre afamado por su bondad y sabiduría.

—Dejemos este tema, señora, porque mis escasas fuerzas no me van a permitir hablar durante mucho tiempo. Sé que dos de vosotros, vos y este valiente muchacho, buscáis mi ayuda. Dejad que examine primero al chico, que, por lo que tengo entendido, está herido. Acércate a la luz, querido muchacho.

La voz del monje, aunque suave, poseía una autoridad natural, y Edwin hizo ademán de dirigirse hacia él. Pero de inmediato Wistan se adelantó y lo agarró del brazo. Tal vez fuese un efecto de la llama de la vela, o de la sombra temblorosa del guerrero proyectada sobre la pared que tenía detrás, pero por un instante a Axl le pareció que Wistan clavaba los ojos en el monje herido con una intensidad peculiar, incluso con odio. El guerrero tiró del muchacho hacia la pared y después él dio un paso adelante como para protegerlo.

–¿Qué sucede, pastor? –le preguntó el padre Jonus–. ¿Temes que el veneno de mis heridas pueda traspasarse a tu hermano? En ese caso no necesito tocarlo. Deja que se acerque y sirviéndome sólo de los ojos valoraré su herida.

–La herida del chico es limpia –dijo Wistan–. Sólo esta buena mujer necesita de vuestra ayuda.

–Honorable Wistan –intervino Beatrice–, ¿cómo podéis decir semejante cosa? Tenéis que saber perfectamente que una herida limpia puede infectarse en cualquier momento. El muchacho debe someterse al examen de este sabio monje.

Wistan pareció no oír a Beatrice y continuó mirando fijamente al monje. El padre Janus, a su vez, observaba al guerrero como si le resultase verdaderamente fascinante. Pasado un rato, el padre Janus dijo:

–Actúas con una audacia sorprendente para ser un humilde pastor.

–Debe ser por un hábito adquirido por mi oficio. Un pastor debe pasarse largas horas vigilando a los lobos que acechan durante la noche.

–No dudo que así sea. E imagino que un pastor también tiene que ser muy rápido valorando un sonido en la oscuridad, para decidir si anuncia peligro o la llegada de un amigo. Su supervivencia depende en gran medida de su capacidad para tomar estas decisiones con rapidez y con tino.

–Sólo un pastor muy tonto oye ramitas quebrándose o vislumbra una silueta en la oscuridad y deduce que es un compañero que viene a relevarlo. Somos una estirpe prudente, y lo que es más, señor, acabo de ver con mis propios ojos el artilugio que tenéis guardado en vuestro granero.

—Ah, imaginaba que daríais con él tarde o temprano. ¿Qué te parece tu hallazgo, pastor?

—Me indigna.

—¿Te indigna? —El padre Jonus lo dijo con un tono áspero, como si de pronto se hubiese enfadado—. ¿Por qué te indigna?

—Decidme si me equivoco, señor. Mi conjetura es que los monjes se han turnado en esa jaula, exponiendo sus cuerpos a los pájaros salvajes con la esperanza de que así expiarían crímenes que se cometieron en el pasado en esta región y que nunca fueron castigados. Incluso estas horribles heridas que veo ante mí se han producido de este modo, y por lo que sé la devoción alivia vuestro sufrimiento. Pero dejadme que os diga que no me produce ninguna compasión ver vuestros cortes. Señor, ¿cómo podéis describir como penitencia el correr un velo sobre los actos más nauseabundos? ¿A vuestro dios cristiano se le soborna tan fácilmente con un dolor autoinfligido y unas cuantas plegarias? ¿Tan poco le importa la justicia que no se ha llevado a cabo?

—Nuestro dios es un dios de misericordia, que a ti, un pagano, te puede costar entender. No es ningún disparate buscar el perdón de este dios, por grande que sea el crimen. La misericordia de nuestro dios es infinita.

—¿Para qué sirve un dios con una misericordia infinita, señor? Os mofáis de mí por ser pagano, pero los dioses de mis ancestros dictan con claridad sus normas y nos castigan con severidad cuando quebrantamos sus leyes. Vuestro misericordioso dios cristiano permite a los hombres dar rienda suelta a su avaricia, a su sed de tierras y sangre, porque saben que con unas cuantas plegarias y un poco de penitencia serán perdonados y bendecidos.

—Es cierto, pastor, que aquí en el monasterio hay quienes todavía creen semejantes cosas. Pero permíteme que te garantice que Ninian y yo hace mucho que hemos abandonado estos delirios, y no somos los únicos. Sabemos que no se puede abusar de la compasión de nuestro dios, aunque muchos de mis hermanos monjes, incluido el abad, todavía no lo aceptan. Siguen creyendo que esa jaula y nuestras constantes plegarias serán suficientes. Sin embargo, esos cuervos negros son la señal de la ira de Dios. Nunca habían aparecido. El pasado invierno, pese a que los fuertes vientos nos hicieron derramar lágrimas incluso a los más fuertes de nosotros, los pájaros no eran más que niños traviesos y sus picos tan sólo nos causaban leves sufrimientos. Bastaba sacudir las cadenas o lanzar un grito para mantenerlos a raya. Pero ahora ha llegado hasta nosotros una nueva raza, son más grandes y atrevidos y su mirada es feroz. Nos picotean administrando con calma su ira, sin importarles lo mucho que nos retorzamos o gritemos. Hemos perdido a tres buenos amigos durante los últimos meses, y muchos de nosotros tenemos heridas profundas. Sin duda son señales.

Wistan se había ido relajando, pero seguía interponiéndose entre el chico y el monje.

–¿Me estáis diciendo –le preguntó– que cuento con amigos en este monasterio?

–En esta habitación, sí, pastor. Fuera de aquí, aún estamos divididos y continúan discutiendo con gran pasión sobre cómo debemos proceder. El abad insiste en seguir como hasta ahora. Otros que comparten nuestro punto de vista son partidarios de dejarlo. Porque no nos espera ningún perdón al final de este camino. Porque debemos desvelar lo que ha permanecido oculto y afrontar el pasado. Pero me temo que estas voces todavía son minoritarias y no se impondrán. Pastor, ¿te fías ya de mí para que le eche un vistazo a la herida del muchacho?

Durante unos instantes Wistan permaneció inmóvil. Después se echó a un lado y le indicó a Edwin que se acercase al lecho. Enseguida el monje silencioso ayudó al padre Jonus a incorporarse un poco más –ambos monjes se mostraban repentinamente animados– y después cogió la palmatoria que había junto a la cama, tiró del chico para acercarlo más y, con gestos impacientes, le levantó la camisa para que el padre Jonus pudiese ver la herida. Luego, durante lo que pareció una eternidad, ambos monjes la examinaron —Ninian movía la luz de un lado a otro— como si fuese una charca con un mundo en miniatura en su interior. Por fin, los monjes intercambiaron lo que a Axl le parecieron miradas de triunfo, pero un instante después el padre Jonus se dejó caer temblando sobre sus almohadas con una expresión cercana a la resignación o el pesar. Mientras Ninian dejaba con premura la vela para ayudarlo, Edwin retrocedió discretamente hacia las sombras para volver al lado de Wistan.

—Padre Jonus —dijo Beatrice—, ahora que habéis examinado la herida del muchacho, decidnos si es limpia y se curará sola.

El padre Jonus tenía los ojos cerrados y todavía respiraba con dificultad, pero dijo con una voz muy sosegada:

—Creo que sanará si le aplican los cuidados necesarios. El padre Ninian le preparará al chico un ungüento antes de que se marche.

—Padre —continuó Beatrice—, no he entendido todos los detalles de vuestra conversación con el honorable Wistan. Pero me ha interesado mucho.

—¿Es eso cierto, señora? —El padre Jonus, todavía recuperando el aliento, abrió los ojos y la miró.

—Anoche, en una aldea del valle —dijo Beatrice—, hablé con una mujer que conoce los remedios medicinales. Me contó muchas cosas de mi enfermedad, pero cuando le pregunté sobre la niebla, la que nos hace olvidar la última hora vivida con la misma rapidez que una mañana de muchos años atrás, me confesó que no tenía ni idea de qué o quién la causaba. Pero me aseguró que si había alguien lo bastante sabio para saberlo, ése seríais vos, el padre Jonus del monasterio. De modo que mi esposo y yo hemos subido hasta aquí, aunque suponga seguir un camino más arduo para llegar a la aldea de nuestro hijo, donde nos espera con impaciencia. Tenía la esperanza de que nos pudieseis aclarar algo sobre la niebla y sobre cómo Axl y yo podemos librarnos de ella. Puede que sea una ingenua, pero me ha parecido, por lo que habéis estado hablando sobre los pastores, que vos y el honorable

Wistan hablabais de la misma niebla y os preocupaba mucho que hayamos perdido parte de nuestro pasado. De modo que permitidme que os pregunte esto, a vos y también al honorable Wistan. ¿Sabéis qué causa esta niebla que se cierne sobre nosotros?

El padre Jonus y Wistan se miraron. Después Wistan dijo en voz baja:

—Es el dragón hembra Querig que merodea por estas montañas, señora Beatrice. Ella es la que provoca la niebla de la que habláis. Pero estos monjes la protegen, y llevan años haciéndolo. Incluso apostaría a que si conocen mi verdadera identidad, habrán enviado a algunos hombres para eliminarme.

—Padre Jonus, ¿es eso cierto? —preguntó Beatrice—. ¿La niebla es producto de ese dragón hembra?

El monje, que durante un rato había parecido ausente, se volvió hacia Beatrice.

—El pastor dice la verdad, señora. Es el aliento de Querig el que invade estas tierras y nos sustrae los recuerdos.

—Axl, ¿lo has oído? ¡El dragón hembra es la causa de la niebla! Si el honorable Wistan, o cualquier otra persona, incluso ese anciano caballero que nos encontramos por el camino, puede aniquilar a la criatura, ¡recuperaremos nuestros recuerdos! Axl, ¿por qué estás tan callado?

De hecho, Axl llevaba un rato ensimismado en sus propios pensamientos, y aunque había oído las palabras de su esposa y se había percatado de su excitación, tan sólo fue capaz de cogerla de la mano. Antes de que Axl pudiese articular palabra, el padre Jonus le dijo a Wistan:

—Pastor, si sabes que corres peligro, ¿por qué continúas aquí? ¿Por qué no coges al chico y seguís vuestro camino?

—El chico necesita descansar, y yo también.

—Pero tú no descansas, pastor. Te pasas las horas cortando leña y paseándote como un lobo hambriento.

—Cuando llegamos, vuestra pila de leña era escasa. Y las noches son frías en estas montañas.

–Hay otra cosa que me desconcierta, pastor. ¿Por qué Lord Brennus te persigue con tanto ahínco? Desde hace ya varios días sus soldados recorren la región en tu busca. Incluso el año pasado, cuando vino otro hombre del este para cazar a Querig, Brennus creyó que se trataba de ti y envió a sus hombres en tu busca. Vinieron aquí preguntando por ti. Pastor, ¿por qué eres tan importante para Brennus?

–Nos conocimos cuando éramos niños, a una edad más temprana que la del muchacho aquí presente.

–Has venido a esta región con una misión, pastor. ¿Por qué la pones en peligro por saldar cuentas pendientes? Te lo repito, coge al chico y márchate de aquí, antes incluso de que los demás monjes salgan de su reunión.

–Si Lord Brennus tiene la gentileza de venir a buscarme aquí esta noche, me siento obligado a quedarme a esperarlo.

–Honorable Wistan –intervino Beatrice–, no sé qué problemas hay entre Lord Brennus y vos. Pero vuestra misión es exterminar al gran dragón hembra Querig; os lo ruego, no os distraigáis de vuestro objetivo. Ya habrá tiempo más tarde para saldar cuentas.

–La señora tiene razón, pastor. Me temo que también sé el propósito de tanta dedicación a cortar leña. Escucha lo que te decimos. El chico te proporciona una oportunidad única, que puede que no se te vuelva a presentar. Llévatelo contigo y sigue tu camino.

Wistan miró meditabundo al padre Jonus y después hizo una educada reverencia.

–Me alegro de haberos conocido, padre. Y os pido disculpas si antes os he hablado de un modo descortés. Pero ya es hora de que este muchacho y yo os dejemos descansar. Sé que la señora Beatrice todavía quiere pediros algún consejo, y dado que es una mujer buena y valiente, os ruego que guardéis algunas fuerzas para atenderla. Os agradezco vuestro consejo y me despido de vos.

Echado en la oscuridad, todavía con la esperanza de que

llegase el sueño, Axl trató de recordar por qué había mantenido ese extraño silencio durante casi todo el rato que permanecieron en la celda del padre Jonus. Sus motivos había tenido, e incluso cuando Beatrice, entusiasmada al descubrir el origen de la niebla, se había vuelto hacia él y se lo había contado muy excitada, él sólo había sido capaz de tomarle la mano sin decir palabra. Se encontraba bajo el dominio de una extraña y poderosa emoción, que prácticamente lo había sumido en un sueño, aunque cada una de las palabras que allí se pronunciaron llegaba a sus oídos con perfecta claridad. Se sentía como alguien que permanece en pie en una barca en un río invernal, tratando de ver algo entre la densa niebla, sabiendo que en cualquier momento se disipará y revelará vívidas imágenes de la tierra que hay más allá. Y una sensación de miedo se había apoderado de él, aunque al mismo tiempo sentía curiosidad –o algo más fuerte y oscuro– y se había dicho a sí mismo con firmeza: «Sea lo que sea, quiero verlo, quiero verlo.»

¿Había llegado a pronunciar en voz alta esas palabras? Tal vez lo había hecho, y justo en ese momento Beatrice se había vuelto hacia él muy excitada y había exclamado:

–Axl, ¿lo has oído? ¡El dragón hembra es la causa de la niebla!

No lograba recordar claramente qué había sucedido después de que Wistan y el muchacho salieran de la habitación del padre Jonus. El monje silencioso, Ninian, debía de haber salido con ellos, probablemente para darle al chico el ungüento para su herida, o simplemente para guiarlos de vuelta sin que los descubriesen. En cualquier caso, él y Beatrice se habían quedado a solas con el padre Jonus, y éste, a pesar de sus heridas y su agotamiento, había examinado a conciencia a su esposa. El monje no le había pedido que se quitase la ropa –Axl se había sentido aliviado–, y aunque también esta parte la recordaba vagamente, le vino una imagen de Jonus aplicando la oreja a un costado de Beatrice, con los ojos cerrados para concentrarse, como si de su interior pudiese llegar algún débil mensaje. Axl también recordaba al monje, con los ojos parpadeando, sometiendo a Beatrice a un extenso cuestionario. ¿Se sentía mal después de beber agua? ¿Alguna vez sentía dolor en la parte posterior del cuello? Hubo más preguntas que Axl ya no recordaba, pero Beatrice había ido contestando negativamente a cada una de ellas, y cuantas más veces lo hacía, más feliz se sentía Axl. Sólo en una ocasión, cuando Jonus le preguntó si había notado la presencia de sangre en la orina y ella respondió que sí, que en ocasiones así era, Axl se sintió intranquilo. Pero el monje asintió, como si fuese normal y esperable, y pasó rápidamente a la siguiente pregunta. ¿Cómo había acabado entonces el reconocimiento? Recordaba al padre Jonus sonriendo y diciendo: «Podéis ir al encuentro de vuestro hijo sin nada que temer», y el propio Axl comentó: «Lo ves, princesa, ya sabía yo que no era nada.» Entonces el monje se recostó en la cama con cuidado y, ya echado, recuperó el aliento. Como Ninian no estaba, Axl se había apresurado a llenarle la taza con el agua de la jarra y, cuando se la acercó a los labios, vio que unas gotitas de sangre se deslizaban desde su labio inferior y se diluían en el agua. Después el padre Jonus había mirado a Beatrice y le había dicho:

—Señora, parecéis contenta de saber la verdad sobre eso que llamáis la niebla.

—Desde luego que lo estoy, padre, porque ahora sé que hay esperanza para nosotros.

—Sed prudente, porque es un secreto que algunos guardan celosamente, aunque tal vez lo mejor es que deje de serlo.

—No es asunto mío que sea o no un secreto, padre, pero me alegra que Axl y yo lo conozcamos y ahora podamos buscar soluciones.

—Y sin embargo, buena mujer, ¿estáis segura de que queréis libraros de esta niebla? ¿No es mejor que ciertas cosas se mantengan ocultas para nuestras mentes?

—Tal vez sea así para algunos, padre, pero no para nosotros. Axl y yo deseamos volver a disfrutar de los momentos felices que hemos compartido. Que nos los sustraigan es como si apareciese un ladrón en plena noche y se llevase nuestras más preciadas posesiones.

–Pero la niebla borra todos los recuerdos, tanto los malos como los buenos. ¿No es así, señora?

–También los malos regresarán a nuestras mentes, aunque nos hagan llorar o temblar de rabia. ¿Pero no es ésa la vida que hemos compartido?

–¿Entonces no teméis a los malos recuerdos, señora?

–¿Por qué voy a temerlos, padre? Lo que Axl y yo sentimos hoy el uno por el otro nos dice que el camino que nos ha conducido hasta aquí no puede albergar peligros para nosotros, por mucho que ahora la niebla lo oculte. Es como un cuento con un final feliz, cuando incluso un niño aprende a no temer los giros y sacudidas del destino. Axl y yo recordaremos nuestra vida juntos, sea cual sea su aspecto, porque ha sido algo muy querido para nosotros.

Un pájaro debía de haber revoloteado sobre él en el techo. El ruido lo sobresaltó, y entonces Axl se dio cuenta de que durante unos instantes había llegado a quedarse dormido. Se percató también de que ya no se oía a nadie cortando leña y el monasterio estaba en silencio. ¿El guerrero había regresado a la estancia? Axl no había oído nada, y no había rastro, detrás de la oscura silueta de la mesa, de nadie más durmiendo junto a Edwin en esa parte de la habitación. ¿Qué había dicho el padre Jonus después de examinar a Beatrice y dar por concluido su interrogatorio? Sí, había dicho ella, había notado la presencia de sangre en la orina, pero él había sonreído y había pasado a la siguiente pregunta. Lo ves, princesa, había dicho Axl, ya te decía yo que no era nada. Y el padre Jonus había sonreído, pese a sus heridas y su agotamiento, y había dicho: podéis ir al encuentro de vuestro hijo sin nada que temer. Pero éstas no eran las preguntas que temía Beatrice. Él sabía que Beatrice temía las preguntas del barquero, más difíciles de responder que las del padre Jonus, y por eso se había puesto tan contenta al descubrir la causa de la niebla. Axl, ¿lo has oído? Su tono era triunfal. Axl, ¿lo has oído?, había dicho, con el rostro radiante.

CAPÍTULO SIETE

Una mano le había estado sacudiendo, pero cuando Axl se incorporó, la silueta ya estaba en la otra punta de la estancia, inclinada sobre Edwin, al que susurraba:

–¡Rápido, muchacho, rápido! ¡Y no hagas ningún ruido!

Beatrice estaba despierta a su lado, y cuando Axl, tambaleante, se puso en pie, el aire frío lo sobrecogió; después se inclinó para tomar las manos que su esposa tendía hacia él.

Todavía era noche cerrada, pero fuera se oían voces y sin duda se habían encendido antorchas en el patio que tenían debajo, porque se veían zonas de la pared que daba a la ventana iluminadas. El monje que los había despertado tiraba del chico, aún medio dormido, hacia donde estaban ellos, y Axl reconoció los andares renqueantes del padre Brian antes de que su rostro emergiera de la oscuridad.

–Voy a intentar salvaros, amigos –dijo el padre Brian sin levantar la voz–, pero tenéis que moveros con rapidez y hacer lo que os diga. Ha llegado un grupo de soldados, una veintena o incluso una treintena, con la intención de atraparos. Tienen rodeado al hermano mayor sajón, pero él rebosa energía y los mantiene ocupados, con lo que os proporciona la posibilidad de escapar. ¡Quieto, muchacho, quédate a mi lado! –Edwin había intentado acercarse a la ventana, pero el padre Brian lo retuvo agarrándolo del brazo–. Voy a conduciros a un lugar seguro, pero debemos abandonar la estancia sin ser vistos. Hay soldados yendo de un lado a otro por el patio de abajo, pero tienen la vista puesta en la torre en la que el sajón sigue resistiendo. Con la ayuda de Dios, no se percatarán de nuestra presencia mientras bajamos por la escalera exterior, y después ya habremos dejado atrás lo peor. Pero no hagáis ni un ruido que pueda llamar su atención y estad atentos a no tropezar con los escalones. Yo bajaré primero y luego os indicaré cuándo podéis hacerlo vosotros. No, señora, debéis dejar vuestro fardo aquí. ¡Ya será bastante que podáis salvar vuestras vidas!

Se agazaparon cerca de la puerta y escucharon los pasos del padre Brian descendiendo con una angustiosa lentitud. Finalmente, cuando Axl echó un vistazo con mucha cautela a través de la puerta entreabierta, vio antorchas moviéndose hacia el fondo del patio, pero antes de que pudiese distinguir claramente qué estaba sucediendo, el padre Brian, situado justo debajo y gesticulando frenéticamente, atrajo su atención.

La escalera, que descendía en diagonal por un lado del muro, permanecía en su mayor parte entre las sombras, excepto un tramo, ya cerca del suelo, iluminado intensamente por una luna casi llena.

–Baja pegada a mí, princesa –dijo Axl–. No mires el patio, no apartes los ojos de tus pies y fíjate bien dónde está el siguiente escalón, porque si nos caemos sólo van a aparecer enemigos para ayudarnos. Dile al muchacho lo que acabo de decirte y que baje detrás de nosotros.

Pese a sus propias instrucciones, Axl no pudo evitar mirar hacia el patio mientras bajaban. En la parte más alejada, los soldados estaban congregados alrededor de una torre cilíndrica de piedra que miraba hacia el edificio en el que antes habían mantenido su reunión los monjes. Se agitaban llameantes antorchas y parecía haber cierto caos entre la tropa. Cuando Axl estaba a mitad del descenso, dos soldados se separaron del grupo y cruzaron corriendo el patio, y él tuvo la certeza de que los descubrirían. Pero los dos hombres desaparecieron tras una puerta y poco después Axl acompañaba aliviado a Beatrice y Edwin hacia las protectoras sombras del claustro donde los esperaba el padre Brian.

Siguieron al monje por estrechos pasillos, algunos de los cuales debían de ser los mismos por los que habían pasado antes con el silencioso padre Ninian. A menudo avanzaban en completa oscuridad, siguiendo el rítmico siseo de los pies que su guía arrastraba. Por fin llegaron a una habitación cuyo techo se había desplomado parcialmente. A través de la abertura penetraba la luz de la luna, que revelaba la presencia de cajas de madera y muebles rotos. Axl percibió olor a moho y agua estancada.

—Animaos, amigos —les dijo el padre Brian, ya sin bajar la voz. Se había dirigido a una esquina y estaba apartando objetos—. Ya casi estáis a salvo.

—Padre —dijo Axl—, os estamos agradecidos por este rescate, pero, por favor, decidnos qué ha ocurrido.

El padre Brian continuó despejando el rincón y no alzó la vista cuando dijo:

—Es un misterio para nosotros, señor. Han aparecido esta noche sin que nadie los invitara, han cruzado las puertas y se han metido en el monasterio como si fuese su casa. Han preguntado por los dos jóvenes sajones llegados recientemente, y aunque no os han mencionado ni a vos ni a vuestra esposa, yo no confiaría en que os tratasen con amabilidad. Al chico está claro que pretenden matarlo, igual que intentan hacer ahora con su hermano. Ahora debéis poneros a salvo y ya habrá tiempo más tarde de pensar de dónde han salido los soldados.

—Hasta esta mañana no conocíamos de nada al honorable Wistan —dijo Beatrice—, pero aun así nos incomoda huir mientras sobre él se cierne la amenaza de un destino terrible.

—Señora, los soldados pueden estar pisándonos los talones, porque no hemos dejado ninguna puerta atrancada tras nuestro paso. Y si ese hombre os posibilita la fuga, aunque sea con su propia vida, debéis aprovechar la oportunidad con gratitud. Bajo esta trampilla hay un túnel excavado hace mucho tiempo. Os llevará hasta el bosque, donde emergeréis lejos de vuestros perseguidores. Ayudadme a levantarla, señor, porque es demasiado pesada para mí solo.

Incluso sumando las fuerzas de los dos, les costó levantar la trampilla hasta dejarla abierta, revelando un cuadrado de total oscuridad.

—Permitid que el muchacho baje primero —dijo el monje—, porque hace años que nadie utiliza este pasaje y quién sabe si los peldaños se han desmoronado. Él es ágil y si se cae se hará menos daño.

Pero Edwin le estaba comentando algo a Beatrice y ella dijo:

—El joven Edwin irá en ayuda del honorable Wistan.

—Dile, princesa, que podemos ayudar a Wistan, pero sólo si escapamos por el túnel. Dile lo que quieras, pero convéncelo de que baje rápidamente.

Mientras Beatrice hablaba con él, algo pareció cambiar en la actitud del chico. Clavó la mirada en el agujero del suelo y, a la luz de la luna, a Axl le pareció que había en sus ojos un fulgor extraño, como si estuviese cayendo bajo los efectos de un embrujo. Y entonces, mientras Beatrice seguía hablándole, Edwin se dirigió hacia la trampilla y, sin volverse para mirarlos, se introdujo en la oscuridad y desapareció. Mientras el ruido de sus pasos se hacía cada vez más débil, Axl tomó a Beatrice de la mano y dijo:

—Vamos también nosotros, princesa. Mantente pegada a mí.

Los peldaños de descenso tenían poca superficie en la que apoyar el pie —eran piedras planas hundidas en la tierra de la pared—, pero parecían razonablemente sólidos. Podían entrever algo del camino que tenían por delante gracias a la luz que penetraba por la trampilla abierta, pero en el momento en que Axl se volvió para hablar con el padre Brian, ésta se cerró con un golpe atronador.

Los tres se detuvieron y permanecieron muy quietos. El aire no parecía tan viciado como Axl esperaba; de hecho incluso tuvo la sensación de percibir una leve brisa. En algún punto por delante de ellos, Edwin empezó a hablar, y Beatrice le respondió con un susurro. Y después le explicó a Axl en voz baja:

–El chico pregunta por qué el padre Brian ha cerrado la trampilla. Le he dicho que parecía impaciente por ocultar el túnel a los soldados que tal vez ahora mismo puedan estar entrando en la habitación. De todos modos, Axl, a mí también me ha parecido un poco raro. ¿Y eso que se oye no es él moviendo objetos para colocarlos encima de la trampilla? Si encontramos el camino bloqueado con tierra o con agua, ya que como el mismo padre ha dicho hace años que nadie ha pasado por aquí, ¿cómo podremos regresar y levantar esa trampilla ya de por sí muy pesada y que ahora además tiene objetos encima?

–Resulta raro, sin duda. Pero está claro que hay soldados en el monasterio, porque ¿no acabamos de verlos con nuestros propios ojos? No veo que tengamos otra opción que seguir adelante y rezar para que el túnel nos lleve sanos y salvos hasta el bosque. Dile al chico que avance, pero con paso lento y sin dejar de tantear la musgosa pared, porque me temo que la oscuridad de este túnel no va a hacer más que aumentar.

Sin embargo, a medida que se adentraban en él comprobaron que había una débil luz, de modo que en ocasiones incluso podían distinguir las siluetas de los demás. De vez en cuando pisaban charcos que sorprendían a sus pies, y en más de una ocasión durante esa parte del recorrido a Axl le pareció oír un ruido procedente de más adelante, pero como ni Beatrice ni Edwin mostraban reacción alguna, pensó que era cosa de su sobreexcitada imaginación. De pronto, Edwin se detuvo bruscamente, provocando que Axl casi chocase con él. Axl notó que Beatrice, detrás de él, le apretaba la mano, y por un momento los tres permanecieron completamente inmóviles en la oscuridad. Después Beatrice se pegó aún más a Axl, que notó la calidez de su aliento en el cuello cuando ella le dijo en el más sigiloso de los murmullos:

–¿Lo has oído, Axl?

La mano de Edwin tocó al anciano en señal de advertencia y de nuevo guardaron silencio. Finalmente Beatrice le dijo al oído:

–Hay algo aquí con nosotros, Axl.

–Tal vez sea un murciélago, princesa. O una rata.

–No, Axl, lo estoy oyendo ahora mismo. Es un hombre respirando.

Axl volvió a escuchar. Entonces se oyó un ruido seco, un golpe que se repitió tres, cuatro veces, justo delante de donde estaban. Vieron unos resplandores, después una pequeña llama que fue creciendo hasta revelar la silueta de un hombre sentado, y después todo volvió a ser oscuridad.

–No temáis, amigos –dijo una voz–. Soy Gawain, el caballero de Arturo. Y en cuanto logre prender fuego con esta yesca, nos veremos mejor.

Se oyeron más chasquidos y finalmente se encendió una vela, que empezó a arder de manera constante.

Sir Gawain estaba sentado sobre un oscuro montículo. Resultaba obvio que no era el asiento más adecuado, porque la posición del caballero lo obligaba a mantenerse en un ángulo raro, como si fuese un enorme muñeco a punto de desplomarse. La vela que sostenía en la mano le iluminaba la cara y la parte superior del torso creando sombras oscilantes, y respiraba con dificultad. Como antes, iba ataviado con el sayo y la armadura; la espada, desenvainada, estaba clavada en el suelo, ligeramente torcida, a los pies del montículo. Los observó con mirada torva, acercándoles la vela uno a uno.

–De modo que estáis todos aquí –dijo finalmente–. Me siento aliviado.

–Nos habéis sorprendido, Sir Gawain –dijo Axl–. ¿Qué hacéis aquí escondido?

–Llevo aquí abajo algún tiempo, amigos, caminando por

delante de vosotros. Pero con mi espada y mi armadura, y con mi considerable altura, que me obliga a agacharme e ir con la cabeza inclinada, no puedo avanzar rápido y ahora me habéis descubierto.

–Os explicáis a duras penas, señor. ¿Por qué camináis delante de nosotros?

–¡Para defenderos, señor! La triste verdad es que los monjes os han engañado. Aquí mora una bestia y pretenden que os devore. Por suerte, no todos los monjes piensan igual. Ninian, el silencioso, me trajo hasta aquí y yo os guiaré hasta un lugar seguro.

–Vuestra información me abruma, Sir Gawain –le dijo Axl–. Pero primero contadnos algo más sobre esta bestia de la que habláis. ¿De qué bestia se trata, y supone una amenaza para nosotros incluso mientras estamos aquí?

–Tened por seguro que sí, señor. Los monjes no os hubieran enviado aquí abajo si no pretendiesen que os topaseis con la bestia. Es su modo de actuar. Como hombres de Dios, no pueden utilizar la espada, ni siquiera un veneno. De modo que hacen bajar aquí a quienes quieren que mueran, y en un día o dos ya habrán olvidado que lo hicieron. Oh, sí, ése es su modo de actuar, especialmente el del abad. Cuando llegue el domingo incluso puede haberse convencido a sí mismo de que os salvó de esos soldados. Y en cuanto a la actuación de lo que sea que merodee por este túnel, si le viene a la memoria, lo borrará o pretenderá que es el designio divino. ¡Bueno, veamos cuáles son los designios divinos esta noche, ahora que un caballero de Arturo camina delante de vosotros!

–¿Estáis diciendo, Sir Gawain –preguntó Beatrice–, que los monjes desean nuestra muerte?

–Sin duda desean al menos la muerte de este muchacho, señora. He intentado convencerlos de que no era necesaria, incluso les he hecho la solemne promesa de llevármelo muy lejos de esta región, pero no, ¡no atienden a razones! No van a asumir el riesgo de permitir que este chico quede libre, ni siquiera con el honorable Wistan capturado o muerto, porque quién les asegura que no aparezca otro individuo en busca del muchacho. Me lo llevaré muy lejos, les he dicho, pero temen lo que pueda pasar y lo quieren muerto. A vos y a vuestro buen marido os podrían dejar con vida, pero seríais inevitablemente testigos de sus actos. ¿De haber sabido todo esto de antemano, habría venido hasta este monasterio? Quién sabe. Me pareció que era mi deber hacerlo, ¿no es así? ¡No podía permitir que llevasen a cabo sus planes con el muchacho y con una inocente pareja cristiana! Pero, por suerte, como sabéis, no todos los monjes piensan igual, y Ninian, el silencioso, me condujo hasta aquí sin ser visto. Mi intención era avanzar por delante de vosotros mucho más tramo, pero esta armadura y mi desmesurada altura... ¡Cuántas veces he maldecido a lo largo de estos años mi altura! ¿Qué ventaja tiene para un hombre ser tan alto? ¡Por cada pera colgando en lo alto que he sido capaz de coger ha habido una flecha amenazante que le hubiera pasado por encima a un hombre más bajo!

—Sir Gawain —preguntó Axl—, ¿qué tipo de bestia es la que decís que merodea por aquí abajo?

—Jamás la he visto, señor, sólo sé que aquellos a los que los monjes han enviado por este camino han muerto a causa de ella.

—¿Es de las que pueden matarse con una espada normal empuñada por un mortal?

—¿Qué decís, señor? ¡Soy mortal, no lo niego, pero soy un caballero bien adiestrado y educado largos años durante mi juventud por el gran Arturo, que me enseñó a enfrentarme a todo tipo de desafíos con júbilo aun cuando el miedo te penetra hasta el tuétano, porque ya que somos mortales, mostrémonos espléndidos ante los ojos de Dios mientras caminamos por esta Tierra! Como todos los que estuvimos con Arturo, señor, me he enfrentado a belcebús y monstruos, y también a las oscuras intenciones de los hombres, y siempre he actuado según el ejemplo de mi gran rey, incluso en medio del más feroz de los combates. ¿Qué es lo que estáis insinuando, señor? ¿Cómo os atrevéis? ¿Estuvisteis allí? ¡Yo estuve allí, señor, y lo vi todo con estos mismos ojos que ahora os están mirando! Pero dejémoslo, dejémoslo, amigos míos, ésta es una conversación para otro momento. Perdonadme, ahora tenemos otros asuntos de los que ocuparnos, desde luego que sí. ¿Qué me habéis preguntado, señor? Ah, sí, esta bestia, sí, tengo entendido que es monstruosamente fiera, pero no es ningún demonio ni espíritu, y esta espada bastará para matarla.

–Pero Sir Gawain –dijo Beatrice–, ¿realmente lo que proponéis es que sigamos avanzado por este túnel sabiendo lo que ahora sabemos?

–¿Qué otra opción tenemos, señora? Si no estoy equivocado, el camino de regreso al monasterio está bloqueado, y sin embargo esa misma trampilla puede abrirse en cualquier momento para que bajen a este túnel los soldados. No tenemos otro remedio que seguir adelante, y de no ser por esta bestia que puede interponerse en nuestro camino, no tardaríamos en salir al bosque, lejos de nuestros perseguidores, ya que Ninian me ha asegurado que esto es un túnel de verdad y que se mantiene en condiciones. De modo que pongámonos en marcha antes de que la vela se consuma, porque es la única que tengo.

–¿Nos fiamos de él, Axl? –preguntó Beatrice, sin hacer el más mínimo esfuerzo por que Sir Gawain no la oyese–. Estoy aturdida y me cuesta creer que el amable padre Brian nos haya traicionado. Aunque lo que dice este caballero suena a cierto.

–Sigámosle, princesa. Sir Gawain, os agradecemos las molestias que os habéis tomado. Por favor, llevadnos hasta un lugar seguro, y esperemos que esa bestia esté ahora dormida o se haya ido a merodear por ahí durante la noche.

–Me temo que no tendremos tanta suerte. Pero venid, amigos, nos enfrentaremos a lo que nos encontremos con valentía. –El anciano caballero se puso en pie lentamente y estiró el brazo con el que sostenía la vela–. Honorable Axl, tal vez podríais llevar vos la vela, porque yo necesito ambas manos para sostener la espada a punto para el combate.

Se adentraron en el túnel, con Sir Gawain encabezando la marcha. Axl le seguía con la vela, Beatrice iba detrás cogiéndolo del brazo y Edwin cerraba el grupo. No había otra opción que avanzar en fila, porque el pasadizo era estrecho y el techo, del que colgaba musgo y nervudas raíces, se hacía cada vez más bajo, hasta que incluso Beatrice tuvo que agacharse. Axl hacía lo que podía para sostener la vela en alto, pero el viento que soplaba en el túnel era ahora más fuerte y a menudo se veía obligado a bajar el brazo y protegerla con la otra mano. Sir Gawain, sin embargo, no se quejó en ningún momento, y su figura abriendo camino, con la espada alzada por encima de los hombros, parecía inmutable. De pronto Beatrice dejó escapar una exclamación y apretó con fuerza el brazo de Axl.

–¿Qué sucede, princesa?

–¡Oh, Axl, detente! He tocado algo con el pie, pero has pasado con la vela demasiado rápido.

–¿Qué quieres que haga, princesa? Tenemos que seguir.

–¡Axl, me ha parecido que era un niño! Lo he tocado con el pie y lo he visto antes de que apartases la luz. ¡Oh, creo que es un bebé que lleva muerto mucho tiempo!

–Tranquila, princesa, no te angusties. ¿Dónde lo has visto?

–Adelante, adelante, amigos –dijo Sir Gawain desde la oscuridad–. Hay muchas cosas en este lugar que es mejor no ver.

Beatrice pareció no oír al caballero.

–Estaba por aquí, Axl. Acerca la llama. ¡Aquí abajo, Axl, ilumina aquí abajo, aunque me aterroriza volver a ver la cara de esa pobre criatura!

Pese a su consejo, Sir Gawain había vuelto sobre sus pasos y también Edwin estaba ahora junto a Beatrice. Axl se inclinó hacia delante y movió la vela de un lado a otro, mostrando tierra húmeda, raíces de árboles y piedras. De pronto la llama iluminó a un enorme murciélago echado boca arriba como si durmiese plácidamente, con las alas extendidas. Su piel parecía húmeda y pegajosa. La faz, semejante a la de un cerdo, no tenía vello y en las cavidades de las alas desplegadas se habían formado pequeños charcos. La criatura en efecto podía estar durmiendo, excepto por lo que se veía en su torso. A medida que Axl fue acercando la llama, todos fijaron la mirada en el agujero circular que se extendía desde justo debajo del pecho del murciélago hasta su estómago, e incluyendo parte de ambos pulmones. La herida era particularmente limpia, como si alguien hubiera dado un mordisco a una crujiente manzana.

–¿Quién puede haber hecho una cosa así? –preguntó Axl.

Debió mover la vela con demasiada brusquedad, porque la llama osciló y se apagó.

–No os preocupéis, amigos –dijo Sir Gawain–. Ahora mismo busco la yesca.

–¿No te lo he dicho, Axl? –Beatrice parecía a punto de echarse a llorar–. He sabido que era un niño en cuanto lo he tocado con el pie.

–¿Qué estás diciendo, princesa? No es un niño. ¿Qué estás diciendo?

–¿Qué le ha podido pasar a ese pobre niño? ¿Y qué ha sido de sus padres?

–Princesa, no es más que un murciélago, de esos que a menudo aparecen en los lugares oscuros.

–¡Oh, Axl, era un niño, estoy segura!

–Siento que la llama se haya apagado, princesa, si no te lo volvería a mostrar. Es un murciélago, nada más, aunque me gustaría ver sobre qué estaba. Sir Gawain, ¿os habéis percatado del lecho sobre el que yacía el animal?

–No sé a qué os referís, señor.

–Diría que el animal reposaba sobre un lecho de huesos, porque me ha parecido ver un cráneo o dos que sólo podían ser humanos.

–¿Qué estáis insinuando, señor? –Sir Gawain elevó el tono sin preocuparse ya por ello–. ¿Qué cráneos? ¡Yo no he visto ningún cráneo, señor! ¡Sólo un murciélago víctima del infortunio!

Beatrice había empezado a lloriquear calladamente y Axl se irguió para abrazarla.

—No era un niño, princesa —le dijo con un tono más amable—. No te alteres.

—Qué muerte más solitaria. ¿Dónde estaban sus padres, Axl?

—¿Qué estáis insinuando, señor? ¿Cráneos? ¡Yo no he visto ningún cráneo! ¿Y qué pasa si por aquí hay algunos huesos antiguos? ¿Qué pasa, es algo extraordinario? ¿No estamos bajo tierra? Pero yo no he visto ningún lecho de huesos. No sé qué estáis insinuando, honorable Axl. ¿Estuvisteis allí, señor? ¿Estuvisteis al lado del gran Arturo? Me siento orgulloso de poder decir que yo sí, señor, y era un líder tan compasivo como gallardo. Sí, de hecho he sido yo quien ha ido a ver al abad para advertirle sobre la verdadera identidad e intenciones del honorable Wistan, ¿qué otra alternativa tenía? ¿Cómo podía yo sospechar lo tenebrosos que pueden tornarse los corazones de los religiosos? ¡Vuestras insinuaciones son injustificadas, señor! ¡Un insulto a todos los que alguna vez estuvieron al lado del gran Arturo! ¡No hay ningún lecho de huesos por aquí! ¿Y acaso no he venido hasta aquí para salvaros?

—Sir Gawain, vuestra voz resuena demasiado y no sabemos dónde están ahora mismo los soldados.

—¿Qué podía hacer, señor, sabiendo lo que sabía? Sí, he cabalgado hasta aquí y he hablado con el abad, pero ¿cómo iba yo a saber lo tenebroso que era el corazón de ese hombre? Y un hombre mucho más noble, el pobre Jonus, tiene el hígado picoteado y no le quedan muchos días de vida, mientras que ese abad sigue vivo sin apenas un rasguño de esos pájaros...

Sir Gawain se calló, interrumpido por un ruido procedente del fondo del túnel. Resultaba difícil determinar si venía de cerca o de lejos, pero el sonido era sin duda alguna el bramido de una bestia; parecía el aullido de un lobo, aunque había también en él algo del más grave rugido de un oso. No había sido un bramido prolongado, pero hizo que Axl abrazase con fuerza a

Beatrice y Sir Gawain tirase de su espada clavada en el suelo. Después, durante unos instantes, permanecieron inmóviles y en silencio, escuchando por si volvía a oírse. Pero no se oyó nada, y de pronto Sir Gawain empezó a reírse, calladamente y jadeando. Mientras lo hacía, Beatrice le susurró a Axl al oído:

–Salgamos de aquí, esposo, espero no volver a acordarme de esta tumba solitaria.

Sir Gawain dejó de reírse y dijo:

–Tal vez hayamos oído a la bestia, pero no tenemos otra opción que seguir avanzando. De modo que, amigos, acabemos con esta discusión. Volveremos a encender la vela enseguida, pero de momento avancemos un poco sin ella, no vaya a atraer a la bestia hacia nosotros. Mirad, aquí hay un tenue resplandor suficiente para seguir caminando. Venid, amigos, dejemos de discutir. Mi espada está preparada, de modo que continuemos.

El túnel se hizo más tortuoso y tuvieron que moverse con más precaución, temerosos de lo que podían encontrarse detrás de cada recodo. Pero no se toparon con nada, ni volvieron a oír otro grito. Después el túnel descendía de modo pronunciado durante un buen tramo antes de desembocar en un enorme recinto subterráneo.

Se detuvieron para recuperar el aliento y observaron el nuevo espacio al que habían llegado. Tras la larga caminata con el techo de tierra rozándoles la cabeza, fue un alivio descubrir que allí el techo no sólo era muy alto, sino que estaba hecho con material más sólido. Una vez que Sir Gawain logró encender de nuevo la vela, Axl se percató de que estaban en una especie de mausoleo, rodeado de muros en los que se veían restos de murales y números romanos. Frente a ellos, un par de grandes columnas enmarcaban la entrada a otra estancia de proporciones similares. Y a través de este umbral se filtraba un intenso haz de resplandor lunar. No estaba claro de dónde procedía, tal vez en algún punto por detrás del alto arco que se abría entre las dos columnas había una abertura que en este preciso momento, por pura casualidad, estaba en la posición exacta que permitía la entrada de la luz de la luna. El resplandor iluminaba buena parte del musgo y los hongos que cubrían las columnas, además de una parte de la otra estancia, cuyo suelo parecía cubierto de escombros, pero Axl no tardó en descubrir que era en realidad una extensa capa de huesos. Sólo entonces cayó en la cuenta de que bajo sus pies había más esqueletos desmembrados y que este extraño suelo se extendía por la totalidad de las dos estancias.

–Debe ser un antiguo cementerio –comentó en voz alta–. Pero hay muchísima gente aquí enterrada.

–Un cementerio –murmuró Sir Gawain–. Sí, un cementerio.

Había estado recorriendo lentamente la estancia, con la espada en una mano y la vela en la otra. Ahora se dirigió hacia el arco, pero se detuvo antes de entrar en la segunda estancia, como si de pronto le hubiera asustado el intenso resplandor de la luz de la luna. Clavó la espada en el suelo y Axl observó cómo su silueta se apoyaba en el arma, moviendo la vela arriba y abajo con aire preocupado.

–No hay necesidad de discutir, honorable Axl. Lo que hay aquí son cráneos humanos, no voy a negarlo. Aquí un brazo, una pierna allá, pero no hay más que huesos. Es un antiguo lugar de enterramientos. Y me atrevería a decir, señor, que toda la región está repleta de ellos. Un hermoso y verde valle. Una bonita arboleda en primavera. Cavad en la tierra y no muy por debajo de las margaritas y los ranúnculos aparecen los cadáveres. Y no hablo sólo de aquellos que han recibido cristiana sepultura. Bajo nuestra tierra yacen los restos de antiguas masacres. Horace y yo estamos hartos de verlo. Hartos, porque ya no somos jóvenes.

–Sir Gawain –dijo Axl–, sólo disponemos de una espada. Os ruego que no os pongáis melancólico ni olvidéis que la bestia merodea por aquí cerca.

–No me olvido de la bestia, señor. Simplemente estoy observando este umbral que tenemos ante nosotros. Mirad hacia arriba, ¿lo veis?

Sir Gawain sostenía en alto la vela para iluminar en la base del arco lo que parecía una hilera de puntas de lanza dirigidas hacia el suelo.

—Una verja —dijo Axl.

—Exacto, señor. Esta puerta no es tan antigua. Apostaría a que tiene menos años que cualquiera de nosotros dos. Alguien ha subido la verja para nosotros, con la voluntad de que crucemos el umbral. Mirad allí, las cuerdas que la sostienen. Y allí las poleas. Alguien baja aquí a menudo para abrir y cerrar esta verja, y tal vez para alimentar a la bestia. —Sir Gawain se acercó a una de las columnas, sus pies hicieron crujir los huesos—. Si corto la cuerda, sin duda la verja bajará y nos bloqueará el camino de salida. Pero si la bestia acecha ahí detrás, entonces nos protegerá. ¿Es el muchacho sajón al que oigo o un duende que se ha colado aquí?

En efecto, Edwin, oculto entre las sombras, se había puesto a cantar, al principio muy bajo, de modo que Axl pensó que estaba simplemente calmando sus nervios, pero después su voz se fue elevando cada vez más. La canción parecía una lánguida nana y la cantaba de cara a la pared, balanceando suavemente el cuerpo.

—El muchacho se comporta como si estuviese bajo los efectos de un sortilegio —dijo Sir Gawain—. Pero no nos preocupemos por él, ahora debemos tomar una decisión, honorable Axl. ¿Avanzamos? ¿O cortamos la cuerda para protegernos al menos durante un rato de lo que hay más allá?

—Yo propongo que cortemos la cuerda, señor. Sin duda podremos levantar la verja cuando queramos. Veamos primero a qué nos enfrentamos con la verja bajada.

—Buena idea, señor. Lo haremos como decís.

Sir Gawain le pasó la vela a Axl, dio un paso hacia delante, alzó la espada y golpeó la columna. Se oyó el ruido de metal chocando contra la piedra y la parte inferior de la verja se movió con una sacudida, pero siguió alzada. Sir Gawain suspiró un poco avergonzado. Se recolocó, levantó de nuevo la espada y volvió a golpear.

Esta vez se oyó un chasquido y la verja se precipitó hacia abajo y levantó una nube de polvo iluminada por la luna. El estruendo fue mayúsculo –Edwin dejó de cantar de inmediato– y Axl observó el otro lado a través de la verja ahora desplomada ante ellos para ver si había algún movimiento. Pero no había ni rastro de la bestia y pasados unos instantes todos respiraron aliviados.

Aunque ahora estaban en realidad atrapados, el descenso de la verja impuso una sensación de alivio, y los cuatro empezaron a pasearse por el mausoleo. Sir Gawain, que había envainado la espada, se acercó a los barrotes y los tocó con cautela.

–Buen hierro –comentó–. Cumplirá su función.

Beatrice, que llevaba un buen rato callada, se acercó a Axl y apoyó la cabeza en su pecho. Mientras él la rodeaba con un brazo, se dio cuenta de que su esposa tenía las mejillas humedecidas por las lágrimas.

–Ven, princesa –dijo–, anímate. No tardaremos mucho en salir de aquí y respirar el aire nocturno.

–Todos estos cráneos, Axl. ¡Hay tantos! ¿Realmente puede haber matado a tanta gente esa bestia?

Beatrice había hablado en voz baja, pero Sir Gawain se volvió hacia ellos.

–¿Qué estáis insinuando, señora? ¿Qué yo he cometido esta carnicería? –Lo dijo con un tono cansino, sin rastro de la ira que había mostrado antes en el túnel, pero había una peculiar intensidad en su voz–. Tantos cráneos, decís. ¿Pero acaso no estamos bajo tierra? ¿Qué es lo que estáis insinuando? ¿Puede un solo caballero de Arturo haber matado a tanta gente? –Volvió a acercarse a la puerta y pasó un dedo por uno de los barrotes–. Una vez, hace años, me vi en un sueño matando a mis enemigos. Fue en sueños y hace muchos años. Centenares de enemigos, tal vez tantos como los que reposan aquí. Combatí sin descanso. Fue un sueño absurdo, pero todavía lo recuerdo. –Suspiró y miró a Beatrice–. No sé muy bien qué responderos, señora. Actué tal como me pareció que placería a Dios. ¿Cómo iba yo a sospechar hasta qué punto las tinieblas se habían apoderado de los corazones de estos miserables monjes? Horace y yo hemos llegado a este monasterio cuando todavía brillaba el sol, no mucho después de vosotros, por lo que he supuesto que debía hablar cuanto antes con el abad. Entonces he descubierto lo que planeaba contra vosotros y he simulado estar de acuerdo. Me he despedido de él y todos estaban convencidos de que me había marchado, pero he dejado a Horace en el bosque y he regresado hasta aquí a pie, oculto por la oscuridad de la noche. No todos los monjes piensan igual, gracias a Dios. Sabía que el buen Jonus me recibiría. E informado por él de los planes del abad, le he pedido a Ninian que me trajese aquí sin ser visto para esperaros. ¡Maldita sea, ya empieza otra vez el muchacho!

En efecto, Edwin estaba cantando de nuevo, no tan alto como antes, pero ahora en una postura curiosa. Se había inclinado hacia delante, con los puños sobre las sienes, y se movía lentamente entre las sombras como alguien que danza representando a un animal.

–Sin duda los recientes acontecimientos le han sobrepasado –aventuró Axl–. Ya tiene mucho mérito que haya mostrado tanta fortaleza hasta ahora, y en cuanto salgamos de aquí debemos ocuparnos de él. Pero Sir Gawain, decidnos, ¿por qué quieren los monjes matar a un muchacho inocente como él?

–No ha habido forma de quitarle la idea de la cabeza al abad, está empeñado en acabar con el muchacho. De modo que he dejado a Horace en el bosque y he vuelto sobre mis pasos...

–Sir Gawain, por favor, explicaos. ¿Tiene esto algo que ver con la herida que le causaron los ogros? Sin embargo, estos hombres son cristianos.

–No es una herida de ogro lo que tiene el muchacho. Es un dragón quien se la ha causado. La vi perfectamente cuando ayer el soldado le levantó la camisa. No sé cómo se encontraría con un dragón, pero eso es un mordisco de dragón y ahora se está despertando en él el deseo de reunirse con una hembra de dragón. Y del mismo modo, cualquier hembra de dragón que esté suficientemente cerca para olfatearlo vendrá en su busca. Por eso el honorable Wistan está tan orgulloso de su protegido, señor. Cree que el joven Edwin le conducirá hasta Querig. Y por la misma razón, los monjes y esos soldados lo quieren ver muerto. ¡Mirad, el muchacho se comporta de un modo cada vez más salvaje!

–¿Qué son todos estos cráneos, señor? –le preguntó repentinamente Beatrice al caballero–. ¿Por qué hay tantos? ¿Pueden ser todos de niños? Algunos desde luego son tan pequeños que os cabrían en la palma de la mano.

–Princesa, no te angusties, esto es un cementerio, nada más.

–¿Qué es lo que estáis insinuado, señora? ¿Cráneos de niños? He combatido contra hombres, belcebús, dragones. ¿Pero una masacre de niños? ¡Cómo os atrevéis, señora!

De pronto, sin dejar de cantar, Edwin se abrió paso entre ellos, se acercó a la verja y se aplastó contra los barrotes.

–Apártate de ahí, muchacho –le ordenó Sir Gawain, agarrándolo por los hombros–. ¡Esto es peligroso, y deja ya de cantar!

Edwin se agarró a los barrotes con ambas manos y por un momento él y el anciano caballero forcejearon. Después se separaron y se apartaron de la verja. Beatrice, apoyada contra el pecho de Axl, dejó escapar un grito ahogado, pero en ese mismo momento Edwin y Sir Gawain le taparon la visión a Axl. Hasta que la bestia quedó bajo el haz de luz de la luna y pudo verla con más claridad.

–Dios nos proteja –dijo Beatrice–. Esta criatura se ha escapado de la mismísima Gran Planicie y el aire ya se nota más frío.

–No te preocupes, princesa. No puede romper estos barrotes.

Sir Gawain, que había vuelto a agarrar la espada de inmediato, se puso a reír entre dientes.

–No es ni de lejos tan horrible como me temía –dijo, y siguió riéndose.

–Pero es lo suficientemente horrible, señor –dijo Axl–. Parece muy capaz de devorarnos a todos uno a uno.

Tenían ante sí lo que parecía un enorme animal despellejado: una membrana opaca, como el revestimiento del estómago de una oveja, estaba firmemente adherida a los tendones y articulaciones. Iluminada de forma parcial por el haz de luz de la luna, la bestia parecía más o menos del tamaño y complexión de un toro, pero su cabeza era semejante a la de un lobo y de una tonalidad más oscura que el resto del cuerpo, aunque incluso esta parte parecía ennegrecida por las llamas y no que éste fuese el oscuro tono natural de su piel o su carne. Las mandíbulas eran enormes y los ojos de reptil.

Sir Gawain seguía riéndose para sus adentros.

—Descendiendo a este lúgubre túnel mi desbocada imaginación me había preparado para algo peor. ¡En una ocasión, señor, en los pantanos de Dumum, me enfrenté a lobos con horribles cabezas de arpía! ¡Y en el monte Culwich a ogros de dos cabezas que te escupían sangre encima incluso cuando simplemente lanzaban su grito de batalla! Lo que tenemos aquí es poco más que un perro furioso.

—Y sin embargo nos bloquea el camino hacia la libertad, Sir Gawain.

—Desde luego que lo hace. De modo que podemos quedarnos aquí una hora contemplándolo, hasta que aparezcan por el túnel los soldados que nos persiguen. O podemos subir la verja y enfrentarnos a él.

—Me inclino a pensar que es un enemigo más temible que un perro feroz, Sir Gawain. Os pido que no pequéis de condescendiente.

—Soy un anciano, señor, y hace ya muchos años que blando esta espada. Pero sigo siendo un caballero bien entrenado y si este bicho es un animal de este mundo, podré con él.

—Mira, Axl —dijo Beatrice—, los ojos del animal siguen al joven Edwin.

Edwin, ahora extrañamente tranquilo, se había estado moviendo tentativamente de un lado a otro, primero hacia la derecha, después hacia la izquierda, sin dejar de mirar a la bestia, que no lo perdía de vista.

—El perro ansía al muchacho —dijo Sir Gawain meditabundo—. Tal vez haya simiente de dragón en este monstruo.

—Sea cual sea su naturaleza —reflexionó Axl—, espera nuestro próximo movimiento con una extraña paciencia.

—Entonces permitidme que os proponga lo siguiente, amigos —dijo Sir Gawain—. Soy reacio a utilizar a este muchacho sajón como a una cabrita atada a una trampa para un lobo. Pero parece muy valiente, y corre el mismo peligro paseándose por aquí desarmado. Que coja él la vela y se coloque al fondo de la estancia. Entonces, si vos, honorable Axl, podéis de algún modo levantar de nuevo esta verja, tal vez incluso con la ayuda de vuestra querida esposa, la bestia podrá entrar aquí. La intuición me dice que irá directa hacia el muchacho. Sabiendo el camino que va a recorrer, yo me colocaré aquí y la despedazaré cuando pase. ¿Aprobáis mi plan, señor?

—Es un plan desesperado. Pero también yo temo que los soldados descubran enseguida el túnel. De modo que intentémoslo, señor, y tirando de la cuerda mi esposa y yo haremos lo posible por levantar la verja. Princesa, explícale al joven Edwin el plan y veamos si se suma a él.

Pero Edwin parecía haber entendido la estrategia de Sir Gawain sin que nadie le explicase nada. Tomó la vela de manos del caballero y caminó diez buenos pasos por encima de los huesos hasta que desapareció entre las sombras. Cuando se dio la vuelta, la vela que sostenía por debajo de la cara apenas temblaba e iluminaba unos ojos centelleantes clavados en la criatura detrás de los barrotes.

—Rápido, princesa —dijo Axl—. Súbete a mi espalda e intenta alcanzar la punta de la cuerda. Mira, cuelga de ahí.

Al primer intento casi se cayeron. Después utilizaron la columna para apoyarse, y tras algunas maniobras más, la oyó decir:

—La tengo, Axl. Suéltame e iré bajando con la cuerda agarrada. Pero cuidado no me dejes caer de golpe.

—Sir Gawain —le llamó Axl en voz baja—. ¿Estáis listo, señor?

—Estoy listo.

—Si la bestia os supera, eso será inevitablemente el final de este valiente muchacho.

—Lo sé, señor, y no me superará.

—Bájame poco a poco, Axl. Sigo en el aire sosteniendo la cuerda. Yérguete y deja que me deslice hacia abajo.

Axl soltó a Beatrice y por un momento ella permaneció suspendida en el aire agarrada de la cuerda, porque su cuerpo no pesaba lo suficiente para subir la verja. Axl se las arregló para agarrar otro trozo de cuerda junto a las dos manos de ella, y tiraron los dos. Al principio no sucedió nada, después algo cedió y la verja se levantó con una sacudida. Axl continuó tirando, pero como no podía ver el efecto, gritó:

—¿Está lo bastante levantada, señor?

Hubo un silencio antes de que la voz de Sir Gawain respondiese:

—El perro nos está mirando y ahora nada se interpone entre nosotros.

Inclinándose, Axl miró alrededor de la columna a tiempo para ver cómo la bestia saltaba hacia delante. La expresión de la cara del anciano caballero, iluminada por el resplandor de la luna, era de terror, mientras levantaba la espada, aunque ya demasiado tarde, y la criatura le sobrepasaba y se dirigía directa hacia Edwin.

El muchacho abrió unos ojos de palmo, pero no soltó la vela. En lugar de eso se echó a un lado, casi como si se tratase de un gesto de cortesía, para dejar pasar a la bestia. Y para sorpresa de Axl, justo eso fue lo que hizo el animal, introduciéndose a toda velocidad en la oscuridad del túnel del que no hacía mucho habían emergido todos.

—¡Yo aguantaré la verja en alto! —gritó Axl—. ¡Cruzad la puerta y poneos a salvo!

Pero ni Beatrice, que estaba a su lado, ni Sir Gawain, que había bajado la espada, parecieron oírle. Incluso se diría que Edwin había perdido el interés por la terrible criatura que acababa de pasar a toda velocidad junto a él y sin duda regresaría en cualquier momento. El chico, sosteniendo la vela ante él, se acercó al anciano caballero y ambos miraron al suelo.

–Dejad caer la verja, honorable Axl –dijo Sir Gawain sin alzar la mirada–. Enseguida la volveremos a levantar.

Axl se percató de que el anciano caballero y el muchacho miraban embelesados algo que se movía en el suelo ante ellos. Dejó caer la verja y mientras lo hacía Beatrice dijo:

–Seguro que es algo horrible, Axl, y no quiero verlo. Pero ve tú, echa un vistazo si quieres y me dices lo que has visto.

–¿No ha entrado la bestia en el túnel, princesa?

–Una parte de ella lo ha hecho, y he oído que sus pasos han cesado. Axl, ve a ver la parte de ella que yace a los pies del caballero.

Mientras Axl se acercaba a ellos, Sir Gawain y Edwin permanecieron con la mirada clavada en el suelo como en trance. Después se hicieron a un lado y Axl vio la cabeza de la bestia iluminada por la luna.

–La mandíbula no ha dejado de moverse –dijo Sir Gawain con inquietud en la voz–. Siento el impulso de volver a tomar mi espada, pero temo que sea una profanación que atraiga más horrores hacia nosotros. Aunque espero que deje de moverse.

En efecto, resultaba difícil de creer que la cabeza cortada no siguiese viva. Yacía de lado y el ojo visible brillaba como el de una criatura marina. La mandíbula se movía rítmicamente con una extraña energía, de tal modo que la lengua, oscilando entre los dientes, parecía moverse con vida propia.

–Estamos en deuda con vos, Sir Gawain –dijo Axl.

–No era más que un perro, señor, y me hubiera enfrentado sin problemas a una bestia más feroz. Pero el muchacho sajón ha mostrado un sorprendente coraje y me alegro de haberlo ayudado. Y ahora debemos darnos prisa y ser prudentes, porque no sabemos lo que estará sucediendo por encima de nosotros o incluso si hay una segunda bestia más allá de esa estancia.

Descubrieron una manivela detrás de una de las columnas y atando la punta de la cuerda a ella no tardaron en levantar la verja sin grandes esfuerzos. Dejaron la cabeza de la bestia allí donde había caído y pasaron por debajo de la verja levadiza. De nuevo Sir Gawain abría la marcha, con la espada preparada, y Edwin cerraba el grupo.

La segunda estancia del mausoleo mostraba claras señales de haber servido de guarida a la bestia: entre los antiguos huesos había osamentas más recientes de ovejas y ciervos, además de otros bultos oscuros y hediondos que no fueron capaces de identificar. Después se encontraron de nuevo caminando encorvados por un sinuoso pasadizo. No se toparon con más bestias, y por fin oyeron el canto de un pájaro. A lo lejos apareció una mancha de luz y finalmente salieron al bosque y la luz del alba los envolvió.

Ligeramente aturdido, Axl se subió a las protuberantes raíces que crecían entre dos enormes árboles y tomando a Beatrice de la mano la ayudó a sentarse sobre ellas. En un primer momento a Beatrice le faltaba hasta tal punto el aliento que no podía articular palabra, pero pasado un rato alzó la mirada y dijo:

–Hay sitio a mi lado, esposo. Si de momento estamos a salvo, sentémonos juntos a contemplar cómo desaparecen las estrellas. Doy gracias por que los dos estemos sanos y salvos y hayamos dejado atrás ese endemoniado túnel. –Pasado un rato preguntó–: ¿Dónde está el joven Edwin, Axl? No lo veo.

Echando un vistazo a su alrededor, Axl divisó bajo la tenue luz la figura de Sir Gawain por allí cerca, silueteada contra el sol del amanecer, con la cabeza gacha y una mano apoyada en el tronco de un árbol para mantener el equilibrio mientras recuperaba el aliento. Pero no había ni rastro del chico.

–Hace un momento iba detrás de nosotros –dijo Axl–. Incluso le he oído lanzar una exclamación cuando hemos salido al aire libre.

—He visto que seguía adelante, señor —dijo Sir Gawain sin volverse y respirando todavía con dificultad—. Como no es viejo como el resto de nosotros, no necesita apoyarse contra los robles resollando y jadeando. Supongo que se habrá apresurado a ir hacia el monasterio para rescatar al honorable Wistan.

—¿No se os ha ocurrido retenerlo, señor? Sin duda corre directo hacia graves peligros y a estas alturas el honorable Wistan estará muerto o preso.

—¿Qué más queréis de mí, señor? He hecho todo lo que estaba en mi mano. Me he escondido en ese lugar en el que no circula el aire. He vencido a la bestia pese a que antes de nuestro enfrentamiento había devorado a muchos hombres valientes. ¡Y entonces, al final, el muchacho sale corriendo hacia el monasterio! ¿Cómo pretendéis que lo atrape con esta pesada armadura y esta espada? Estoy agotado, señor. Estoy agotado. ¿Qué debo hacer ahora? Debo descansar y reflexionar sobre la situación. ¿Qué me pediría que hiciese Arturo?

—¿Debemos entender, Sir Gawain —le preguntó Beatrice—, que fuisteis vos quien le desveló al abad la verdadera identidad del honorable Wistan como guerrero sajón procedente del este?

—¿Por qué insistís en eso, señora? ¿No os he conducido hasta un lugar seguro? ¡Hemos tenido que pisotear un montón de cráneos antes de salir a este dulce amanecer! Un montón. No hacía falta ni mirar hacia abajo, se oía cómo crujían a cada paso. ¿Cuántos muertos hay ahí, señor? ¿Un centenar? ¿Un millar? ¿Los habéis contado, honorable Axl? ¿O no estabais ahí, señor? —Seguía siendo una silueta junto a un árbol y a ratos era difícil oír sus palabras ahora que los pájaros habían empezado a entonar sus tempranos trinos.

—Sea cual sea la historia de esta noche —dijo Axl—, debemos daros las gracias, Sir Gawain. Sin duda vuestro coraje y vuestra destreza no han mermado. Pero yo también tengo una pregunta que haceros.

—Dejadme tranquilo, señor, ya es suficiente. ¿Cómo voy a

salir en persecución de un joven veloz subiendo por estas laderas llenas de árboles? Estoy agotado, señor, y tal vez no sólo físicamente.

–Sir Gawain, ¿no fuimos camaradas en una ocasión, hace mucho tiempo?

–Dejadme tranquilo, señor. Esta noche he cumplido con mi deber. ¿No es eso suficiente? Ahora debo ir a buscar a mi pobre Horace, al que he dejado atado a una rama para que no se marchase, ¿pero qué pasa si aparece por allí un lobo o un oso?

–La niebla se cierne como una losa sobre mi pasado –dijo Axl–. Pero últimamente he logrado recordar cierta misión, además de una considerable relevancia, que se me encomendó. ¿Era una ley, una gran ley para acercar a todos los hombres más a Dios? Vuestra presencia y vuestras palabras sobre Arturo me remueven recuerdos largamente olvidados, Sir Gawain.

–A mi pobre Horace, señor, no le gusta nada el bosque durante la noche. El ulular de un búho o el aullido de un zorro bastan para asustarlo, pese a que se haya enfrentado a una lluvia de flechas sin retroceder. Voy a ir a buscarlo ahora mismo. Y os ruego que no permanezcáis aquí mucho rato. Olvidaos de los jóvenes sajones, de los dos. Pensad ahora en vuestro querido hijo que os espera en su aldea. Os sugiero que os pongáis en marcha cuanto antes, ahora que ya no tenéis vuestras mantas y provisiones. El río está cerca y su rápida corriente va hacia el este. Una conversación amistosa con un barquero os puede garantizar un descenso por el río. Pero no os demoréis en este paraje, ¿quién sabe cuándo van a aparecer los soldados por aquí? Que Dios os proteja, amigos.

Entre crujidos y ruidos sordos, la silueta de Sir Gawain desapareció entre el oscuro follaje. Al cabo de un rato, Beatrice dijo:

–No nos hemos despedido de él, Axl, y eso me hace sentir mal. Aunque se ha marchado de un modo extraño y repentino.

–A mí también me lo ha parecido, princesa. Pero tal vez nos ha dado uno sabio consejo. Deberíamos ir cuanto antes a reunirnos con nuestro hijo y olvidarnos de nuestros recientes compañeros de viaje. Me preocupa lo que pueda sucederle al joven Edwin, pero si ha decidido volver apresuradamente al monasterio, ¿qué podemos hacer por él?

–Descansemos sólo un poco más, Axl. Pronto estaremos de nuevo en marcha, los dos, y haremos bien en buscar a un barquero para acelerar nuestro viaje. Nuestro hijo debe estar preguntándose por qué tardamos tanto en llegar.

CAPÍTULO OCHO

El joven monje era un picto delgado y de aspecto enfermizo que hablaba bien la lengua de Edwin. Sin duda estaba encantado de contar con la compañía de alguien de más o menos su misma edad y durante la primera parte del recorrido descendiendo entre la niebla matinal había estado hablando con entusiasmo. Pero desde el momento en que se adentraron en el bosque, el joven monje no había abierto la boca y Edwin se preguntó si había ofendido de algún modo a su guía. Lo más probable, sin embargo, era que al monje simplemente le inquietase la posibilidad de atraer la atención de lo que fuera que pudiese merodear por esos bosques; mezclados con los agradables trinos de los pájaros se oían algunos extraños siseos y murmullos. Cuando Edwin volvió a preguntar, más por un deseo de romper el silencio que para asegurarse: «¿Así que las heridas de mi hermano no parecían mortales?», la respuesta fue casi cortante:

—El padre Jonus dice que no. No hay nadie más sabio que él.

Entonces Wistan no podía estar gravemente herido. De hecho, se las tenía que haber apañado para hacer este recorrido descendente por la colina no hacía mucho rato, cuando todavía era de noche. ¿Habría tenido que apoyarse en el brazo de su guía? ¿O habría conseguido ir a lomos de su yegua, tal vez con el monje sosteniendo con firmeza las bridas?

210

«Acompaña a este muchacho hasta la cabaña del tonelero. Y asegúrate de que nadie te vea abandonar el monasterio.» Ésas, según el joven monje, habían sido las instrucciones que le había dado el padre Jonus. De modo que Edwin pronto se reuniría con el guerrero, pero ¿qué tipo de recibimiento podía esperar? Le había fallado a Wistan en el primer reto. En lugar de correr a su lado ante el primer signo de combate, Edwin había huido por el largo túnel. Pero su madre no estaba allí abajo, y sólo cuando por fin había visto aparecer el final del túnel, lejano y como una luna en medio de la oscuridad, se había sentido liberado de las densas brumas del sueño y se había dado cuenta horrorizado de lo ocurrido.

Al menos había hecho todo lo que estaba en su mano en cuanto había emergido al frío aire matinal. Había subido corriendo prácticamente todo el camino de vuelta al monasterio, aminorando la marcha sólo en las pendientes más pronunciadas. En algún momento, mientras ascendía por el bosque, se había desorientado, pero entonces la masa de árboles se había hecho menos espesa y había aparecido el monasterio recortado contra el pálido cielo. De modo que había continuado su ascensión y llegado hasta el gran portalón, sin aliento y con las piernas doloridas.

La pequeña puerta junto al portalón principal no estaba cerrada con balda, y se las había arreglado para reunir fuerzas suficientes para colarse en el patio con sigilo. Ya en el último tramo de su ascenso se había percatado del olor a humo, pero ahora le cosquilleaba en el pecho y le resultaba difícil no toser estruendosamente. Descubrió entonces que ya era demasiado tarde para mover el carro de heno y sintió que le invadía un gran vacío. Pero dejó de lado este sentimiento por unos momentos y siguió avanzando con decisión.

Durante un rato no se topó con ningún monje ni soldado, pero mientras avanzaba por la parte superior del muro, agachando la cabeza para evitar que lo divisaran desde alguna ventana alejada, había visto debajo los caballos de los soldados, metidos todos juntos en el pequeño patio detrás del portalón principal. Rodeados por todas partes de altos muros, los animales, que seguían ensillados, daban vueltas, nerviosos, pese a que apenas disponían de espacio para hacerlo sin chocar unos con otros. Después, al dirigirse a la residencia de los monjes, mientras que otro chico de su edad hubiera atravesado precipitadamente el patio central, él supo mantener la cabeza fría, recordó la distribución de los edificios del monasterio y decidió dar un rodeo, utilizando el camino que recordaba por la parte trasera. Incluso una vez llegado a su destino, se agazapó detrás de una columna de piedra y observó el entorno con cautela.

El patio central resultaba apenas reconocible. Tres siluetas con hábitos barrían cansinamente y, mientras Edwin observaba, apareció una cuarta con un cubo y echó agua por los adoquines, provocando que varios cuervos vigilantes alzaran el vuelo. En varias zonas había paja y arena desparramadas por el suelo, y le llamaron la atención varios bultos cubiertos con arpillera, que supuso que eran cadáveres. La vieja torre de piedra en la que sabía que habían sitiado a Wistan, destacaba acechante sobre todo el escenario, pero también ésta había cambiado: estaba chamuscada y ennegrecida en muchos puntos, sobre todo alrededor del arco de la entrada y en cada uno de sus estrechos ventanucos. A ojos de Edwin la torre en su totalidad parecía haberse empequeñecido. Estaba estirando el cuello desde detrás de la columna para determinar si los charcos que rodeaban los bultos tapados eran de sangre o de agua, cuando unas manos huesudas le habían agarrado de los hombros por la espalda.

Al volverse se había encontrado con el padre Ninian, el monje silencioso, mirándole fijamente a los ojos. Edwin no había pegado un grito, sino que había preguntado en voz baja, señalando hacia los cadáveres:

—El honorable Wistan, mi hermano sajón. ¿Está ahí?

El monje silencioso pareció entenderle y negó con la cabeza enfáticamente. Y mientras se llevaba el índice a los labios con un gesto de claro significado, lanzó a Edwin una mirada de advertencia. Después echó un rápido vistazo a su alrededor y tiró de él para sacarlo del patio.

—Guerrero, ¿podemos estar seguros —le había preguntado a Wistan el día anterior— de que los soldados vendrán realmente? ¿Quién les va a decir que estás aquí? Estoy seguro de que estos monjes se han creído que somos simples pastores.

—Quién sabe, muchacho. Tal vez nos dejen en paz. Pero hay alguien que sospecho que puede traicionarnos y revelar nuestra presencia aquí, e incluso es posible que Brennus esté dando sus órdenes ahora mismo. Pruébalo concienzudamente, joven camarada. Los britanos tienen un modo de dividir las balas de heno desde su interior con listones de madera. Necesitamos puro heno de arriba abajo.

Él y Wistan estaban en el granero detrás de la vieja torre. Terminado por el momento el trabajo de cortar leña, al guerrero le cogieron prisas para cargar el desvencijado carro hasta arriba con el heno almacenado en el fondo del cobertizo. Cuando pusieron manos a la obra, Edwin tenía que subirse a las balas a intervalos regulares y perforarlas con un palo. El guerrero, que observaba atentamente desde abajo, a veces le hacía repetir el proceso en una parte concreta o le ordenaba que hundiera una pierna hasta la máxima profundidad que le fuera posible en un determinado punto.

—Estos religiosos son de los que se despistan con facilidad —dijo Wistan a modo de explicación—. Pueden haber dejado una pala o una horca entre el heno. De ser así, les haremos un favor retirándola por ellos, ya que aquí las herramientas escasean.

Pese a que hasta ese momento el guerrero no había dado ni una pista sobre la función del heno, Edwin había entendido rápidamente que estaba relacionado con el combate que se avecinaba y ése fue el motivo por el que, mientras amontonaban las balas, había hecho la pregunta sobre los soldados.

—¿Quién nos va a traicionar, guerrero? Los monjes no sospechan de nosotros. Están tan ensimismados en sus trifulcas religiosas que apenas nos han prestado atención.

—Tal vez sea así, muchacho. Pero prueba ahí también. Justo ahí.

—Guerrero, ¿puede ser la pareja de ancianos la que nos traicione? Si bien son demasiado ingenuos y honestos para hacerlo.

—Puede que sean britanos, pero no temo su traición. Aunque te equivocas al considerarlos ingenuos, muchacho. El honorable Axl, desde luego, es un hombre profundo.

—Guerrero, ¿por qué viajamos con ellos? Nos retrasan constantemente.

—Nos retrasan, desde luego, y pronto nos separaremos, pero esta mañana, cuando partimos, estaba encantado de contar con la compañía del honorable Axl. Y es posible que todavía desee disfrutar de ella un poco más. Como te he dicho, es un hombre profundo. Puede que él y yo todavía tengamos algunas cosas sobre las que conversar. Pero ahora concentrémonos en la tarea que tenemos ante nosotros. Debemos cargar el carro de modo que resulte seguro y no se desequilibre. Necesitamos puro heno. Nada de madera o hierro. Mi suerte depende de ti, muchacho.

Pero Edwin le había fallado. ¿Cómo había podido seguir durmiendo tanto rato? Ya había sido un error el mero hecho de acostarse. Hubiera tenido que descansar sentado en la esquina, dando unas cabezadas como le había visto hacer a Wistan, preparado para incorporarse de inmediato en cuanto oyese un ruido. En lugar de eso, había aceptado un tazón de leche de la anciana, como si fuese un niño, y se había dormido profundamente en su esquina de la habitación.

¿Le había llamado en sueños su verdadera madre? Tal vez por eso se había quedado dormido tanto rato. ¿Y por qué cuando el monje tullido lo había despertado sacudiéndolo por los hombros, en lugar de correr al lado del guerrero había seguido a los otros hacia el largo y extraño túnel, como si aún estuviera sumido en las profundidades del sueño?

Era la voz de su madre, sin duda, la misma voz que lo había llamado en el granero. «Encuentra la fuerza necesaria, Edwin. Encuentra la fuerza necesaria y ven a rescatarme. Ven a rescatarme. Ven a rescatarme.» Había una urgencia en esa llamada que no había percibido en la de la mañana anterior. Y había más: mientras permanecía plantado ante esa trampilla abierta, mirando fijamente los escalones que llevaban hacia la oscuridad, había notado que algo tiraba de él con tal fuerza que se sintió mareado, casi enfermo.

El joven monje sostenía el endrino con un palo para apartarlo mientras Edwin pasaba. Ahora por fin habló, aunque susurrando.

—Es un atajo. No tardaremos en ver la choza del tonelero.

Cuando salieron del bosque a una ladera que descendía hacia la niebla que ya se evaporaba, Edwin siguió oyendo movimientos y siseos entre los helechos cercanos. Y recordó el soleado atardecer hacia el final del verano, cuando había hablado con la chica.

Aquel día al principio no había visto la charca, porque estaba oculta entre los juncos. Ante él se había alzado una nube de insectos de colores vivos, algo que en una situación normal habría llamado su atención, pero en esa ocasión estaba demasiado inquieto por el sonido que llegaba desde el borde del agua. ¿Un animal atrapado en una trampa? Ahí estaba de nuevo, por debajo del canto de los pájaros y del viento. El sonido seguía una pauta: un intenso estallido de frufrús, como de un forcejeo, y después un silencio. Y al poco rato, más frufrús. Se acercó con cautela y oyó una respiración entrecortada. Y después apareció ante él la chica.

Estaba echada boca arriba sobre la hierba, con el torso girado hacia un lado. Era un poco mayor que él —tendría quince o dieciséis años— y mantenía los ojos clavados en él sin atisbo de miedo. Le llevó un rato percatarse de que su extraña postura se debía a que tenía las manos atadas a la espalda. La hierba aplastada a su alrededor delimitaba la zona en la que, haciendo fuerza con las piernas, se había ido deslizando en sus intentos de liberarse. Su vestido, con un cinturón ceñido a la cintura, estaba descolorido –tal vez empapado– por todo un lado, y ambas piernas, inusualmente morenas, lucían recientes arañazos de los cardos.

Pensó que era una aparición o un espíritu, pero cuando habló su voz no era la de un ser etéreo.

–¿Qué quieres? ¿Por qué has venido?

Recuperándose de la sorpresa, Edwin dijo:

–Si quieres, te puedo ayudar.

–Estos nudos son fáciles de deshacer. Es sólo que me han atado con más fuerza de lo habitual.

Sólo entonces se percató de que la cara y el cuello de la chica estaban cubiertos de sudor. Incluso mientras hablaba, sus manos, atadas a la espalda, luchaban por liberarse.

–¿Estás herida? –preguntó Edwin.

–Herida no. Pero acaba de aterrizar en mi rodilla un escarabajo. Se ha agarrado y me ha mordido. Ahora se me hinchará. Veo que eres demasiado niño para ayudarme. No importa. Ya me apañaré sola.

La chica mantuvo la mirada fija en él, incluso mientras su rostro se tensaba y retorcía, y levantaba un poco el torso del suelo. Edwin la observaba, paralizado, esperando ver aparecer en cualquier momento sus manos liberadas. Pero ella se dejó caer derrotada y se quedó echada sobre la hierba, respirando hondo y mirándolo con rabia.

–Podría ayudarte –le dijo Edwin–. Soy bueno con los nudos.

–No eres más que un niño.

–No lo soy. Tengo casi doce.

–No tardarán en volver. Si descubren que me has desatado, te darán una paliza.

–¿Son adultos?

–Creen que lo son, pero sólo son niños. Aunque son más mayores que tú y son tres. Nada les gustará más que darte una paliza. Te meterán la cabeza en el barro hasta que pierdas el conocimiento. Les he visto hacerlo antes.

–¿Son de la aldea?

–¿La aldea? –Lo miró con desdén–. ¿Tu aldea? Vamos de una aldea a otra cada día. ¿Qué nos importa tu aldea? Puede que no tarden en volver y entonces vas a tener un problema.

–No tengo miedo. Podría desatarte si quisieras.

–Siempre me desato sola. –Volvió a retorcerse.

–¿Por qué te han atado?

–¿Por qué? Supongo que para mirarme. Para mirar cómo intento desatarme. Pero ahora se han marchado a robar comida. –Y tras una pausa añadió–: Pensaba que vosotros los aldeanos trabajabais todo el día. ¿Por qué te ha permitido tu madre irte de paseo?

–Me han dejado porque hoy ya he terminado tres esquinas yo solo. –Y añadió–: Mi verdadera madre ya no vive en la aldea.

–¿Adónde ha ido?

–No lo sé. Se la llevaron. Ahora vivo con mi tía.

–Cuando era una niña como tú –dijo ella–, vivía en una aldea. Ahora viajo.

–¿Con quién viajas?

–Oh..., con ellos. Pasamos por aquí a menudo. Recuerdo que ya me habían atado y dejado aquí en una ocasión anterior, exactamente en este mismo sitio, la primavera pasada.

–Te voy a desatar –dijo él de pronto–. Y si vuelven, no les tendré miedo.

Pero algo lo detuvo. Esperaba que la chica dejase de mirarlo fijamente o que al menos moviese el cuerpo para facilitarle la tarea. Pero ella siguió mirándolo mientras, detrás de su espalda arqueada, sus manos luchaban sin cesar por desatarse. Sólo cuando dejó escapar un largo suspiro, él se percató de que había estado conteniendo la respiración durante un buen rato.

–Normalmente soy capaz de hacerlo –dijo ella–. Si tú no estuvieras aquí plantado, ya lo habría conseguido.

—¿Te atan para impedir que te escapes?

—¿Escaparme? ¿Adónde iba a escaparme? Viajo con ellos. —Y añadió—: ¿Por qué te has acercado a mí? ¿Por qué en lugar de eso no vas a ayudar a tu madre?

—¿Mi madre? —Estaba verdaderamente sorprendido—. ¿Por qué iba a querer mi madre que la ayudase?

—Has dicho que se la llevaron, ¿no?

—Sí, pero eso fue hace mucho tiempo. Ahora es feliz.

—¿Cómo puede ser feliz? ¿No crees que tal vez quiera que alguien vaya a ayudarla?

—Simplemente está viajando. No querría que yo...

—Antes no quería que fueses porque eras un niño. Pero ahora ya eres casi un hombre. —Se calló y arqueó la espalda mientras intentaba de nuevo liberarse. Después se dejó caer otra vez—. A veces —dijo—, si vuelven y no he conseguido desatarme, ellos no lo hacen. Se quedan mirando sin decir palabra hasta que me las apaño sola y logro liberarme. Hasta ese momento ellos se quedan ahí sentados mirando y mirando, con los cuernos del diablo creciendo entre sus piernas. Me importaría menos si al menos hablasen. Pero se quedan mirando y mirando sin decir palabra. —Hizo una pausa y añadió—: Cuando te he visto, he pensado que serías igual que ellos. Que te sentarías y te quedarías mirando sin decir palabra.

—¿Te desato? No me dan miedo y soy bueno con los nudos.

—Eres sólo un niño.

De pronto le brotaron las lágrimas. Como ocurrió tan rápido y su rostro no mostraba ningún otro signo de emoción, Edwin al principio pensó que lo que veía era sudor. Pero después se dio cuenta de que eran lágrimas, y como ella tenía la cara medio girada, las lágrimas cayeron de un modo extraño, cruzaron el puente de la nariz y pasaron a la otra mejilla. Ella mantuvo en todo momento la mirada clavada en él. Las lágrimas lo desconcertaron y le hicieron detenerse.

—Entonces acércate —dijo ella, y por primera vez se movió

hasta quedar de costado y desvió la mirada hacia los juncos que crecían en el agua.

Edwin avanzó rápidamente hacia ella, como un ladrón que ha estado esperando su oportunidad, y acuclillándose sobre la hierba, empezó a deshacer los nudos. La cuerda era delgada y áspera, y le rasgaba cruelmente las muñecas. En contraste, las palmas de las manos de la joven, abiertas una encima de la otra, eran pequeñas y suaves. Al principio Edwin no logró aflojar los nudos, pero se obligó a tranquilizarse y estudió meticulosamente el recorrido de las vueltas de la cuerda. Cuando volvió a intentarlo, el primer nudo cedió a sus maniobras. Siguió desatándolos con más confianza, echando un vistazo de vez en cuando a las suaves palmas, que esperaban como un par de dóciles criaturas.

Una vez liberadas, la chica se volvió y lo miró en lo que de pronto parecía una incómoda cercanía. Edwin notó que no olía a excrementos resecos como la mayoría de la gente: el olor que desprendía era como el de una fogata encendida con madera húmeda.

—Si vienen —le dijo ella en voz baja—, te arrastrarán por los juncos e intentarán ahogarte. Será mejor que te marches. Vuelve a tu aldea. —Estiró la mano tentativamente, como si no estuviese del todo segura de si ya la controlaba, y le empujó apoyándola contra su pecho—. Márchate. Rápido.

—No les tengo miedo.

—No tienes miedo. Pero aun así ellos te van a hacer todo eso. Me has ayudado, pero ahora tienes que marcharte. Vete, rápido.

Cuando Edwin regresó justo antes del anochecer, la hierba seguía aplastada donde había encontrado a la chica, pero no había ningún otro rastro de ella. A pesar de todo, el lugar parecía casi asombrosamente tranquilo, así que se había sentado sobre la hierba un rato y había contemplado cómo el viento mecía los juncos.

Nunca le habló a nadie de la chica, ni siquiera a su tía, que rápidamente habría llegado a la conclusión de que era un demonio, ni a ninguno de los otros niños. Pero durante las semanas siguientes, a menudo y sin esperarlo se le había vuelto a aparecer una vívida imagen de ella, a veces por la noche, en sueños; a menudo en pleno día, mientras estaba cavando o ayudando a arreglar un tejado, y entonces el cuerno del diablo crecía entre sus piernas. Pasado un rato el cuerno finalmente se retiraba, dejándolo con un sentimiento de vergüenza, y entonces regresaban a su cabeza las palabras de la chica: «¿Por qué en lugar de eso no vas a ayudar a tu madre?»

¿Pero cómo podía ir hasta donde estaba su madre? La propia chica le había dicho que era «sólo un niño». Aunque, como también había dicho ella, pronto sería un hombre. Cada vez que recordaba esas palabras, volvía a sentir vergüenza, y sin embargo no veía qué podía hacer.

Ahora bien, eso había cambiado en el momento en que Wistan había abierto la puerta del granero, dejando entrar una luz cegadora, y había dicho que era él, Edwin, el elegido para la misión. Y ahora aquí estaban, Edwin y el guerrero, viajando por la región, y sin duda no tardarían en cruzarse con ella. Y entonces los hombres que viajaban con ella temblarían.

¿Realmente había sido su voz lo que lo había impulsado a marcharse? ¿No había sido el puro y simple miedo a los soldados? Estas preguntas le rondaban por la cabeza mientras seguía al joven monje bajando por un sendero muy poco utilizado junto a un arroyo. ¿Estaba seguro de que simplemente no le había dominado el miedo cuando le despertaron y vio desde la ventana a los soldados que correteaban alrededor de la vieja torre? Pero ahora, cuando reflexionaba cuidadosamente sobre todo ello estaba seguro de que no sintió miedo. Y unas horas antes ese mismo día, cuando el guerrero le había conducido a esa misma torre y habían hablado, Edwin sólo había sentido impaciencia por estar a su lado para enfrentarse al enemigo que se acercaba.

A Wistan la vieja torre le había obsesionado desde que llegaron al monasterio. Edwin lo recordaba mirándola continuamente mientras cortaban troncos. Y mientras empujaban el carretón entre los edificios para distribuir la leña, en dos ocasiones habían dado una vuelta sólo para pasar por delante de ella. De modo que no resultó una sorpresa que, en cuanto los monjes se congregaron en su reunión y el patio quedó desierto, el guerrero apoyase el hacha en la pila de troncos y dijese:

—Ven un momento, joven camarada, vamos a examinar más de cerca a esta elevada y vieja amiga que nos mira desde las alturas. Me parece que observa todos nuestros pasos y está molesta porque todavía no le hemos hecho una visita.

En cuanto atravesaron el arco bajo y penetraron en la fría penumbra del interior de la torre, el guerrero le había dicho:

—Pon atención. Crees que ya estás dentro, pero mira bien dónde pisas.

Edwin miró al suelo y vio ante él una especie de foso que seguía toda la pared circular hasta formar un anillo. Era demasiado ancho para que un hombre pudiera saltarlo y un sencillo puente de dos planchas era el único modo de llegar a la parte central, cuyo suelo era de tierra muy pisoteada. Mientras empezaba a caminar sobre las planchas y miraba hacia la oscuridad que se abría bajo sus pies, oyó que el guerrero le decía:

—Fíjate en que ahí abajo no hay agua, joven camarada. Y si cayeses ahí, sospecho que descubrirías que no es más profundo que tu propia altura. Curioso, ¿no crees? ¿Por qué hay un foso aquí dentro? ¿Por qué hay un foso en una torre tan pequeña como ésta? ¿Para qué sirve? —Wistan cruzó las planchas y tanteó con el talón el suelo de la parte central—. Tal vez —continuó—, los antiguos pobladores edificaron esta torre para sacrificar animales. Tal vez esto fue en el pasado el suelo sobre el que los sacrificaban. Y lo que no les servía del animal simplemente lo empujaban hacia el foso. ¿Qué opinas, muchacho?

—Es posible, guerrero —dijo Edwin—, pero no debía ser fácil hacer pasar a un animal por estas tablas tan estrechas.

—Tal vez antaño tenían aquí un puente mejor —dijo Wistan—.

Lo suficientemente robusto para aguantar el peso de un buey o un toro. Una vez el animal había cruzado e intuía su destino, o cuando el primer hachazo no lograba hacerlo caer de rodillas, este foso impedía que pudiese escapar fácilmente. Imagina al animal retorciéndose, intentando huir, pero entonces, se volviese hacia donde se volviese, se topaba con el foso. Y el pequeño puente le resultaba difícil de localizar en pleno frenesí. No es una suposición absurda que esto antaño fuese un matadero. Dime, muchacho, ¿qué ves si miras hacia arriba?

Edwin vio el cielo a través de la abertura circular y dijo:

–El techo está abierto, guerrero. Como una chimenea.

–Acabas de decir algo interesante. Oigámoslo de nuevo.

–Es como una chimenea, guerrero.

–¿Y qué conclusión sacas?

–Guerrero, si los antiguos pobladores utilizaban este lugar como matadero, habrían podido encender una hoguera justo donde estamos ahora. Habrían podido descuartizar al animal y asar su carne, y el humo saldría por arriba.

–Es probable, muchacho, que fuese tal como dices. Me pregunto si estos monjes cristianos tienen alguna sospecha de lo que se hacía aquí en el pasado. Imagino que estos caballeros entran en la torre buscando tranquilidad y aislamiento. Observa lo grueso que es este muro circular. A duras penas lo traspasa algún sonido, pese a que cuando hemos entrado los cuervos estaban graznando. Y fíjate en cómo entra la luz desde arriba. A ellos les debe hacer pensar en la gracia de su dios. ¿Qué opinas, muchacho?

–Estos caballeros deben venir aquí a rezar, sin duda, guerrero. Aunque el suelo está demasiado sucio para arrodillarse.

–Tal vez recen de pie, sin apenas sospechar que esto fue en el pasado un lugar en el que se sacrificaba y cocinaba. ¿Qué más observas si miras hacia arriba, muchacho?

–Nada, señor.

–¿Nada?

–Sólo los escalones, guerrero.

–Ah, los escalones. Dime algo sobre los escalones.

–Primero se elevan por encima del foso, después dan vueltas y más vueltas, siguiendo la curvatura de la pared. Y suben hasta alcanzar el cielo.

–Bien observado. Ahora escúchame con atención. –Wistan se acercó a él y bajó la voz–. Este lugar, no sólo esta vieja torre, sino todo este lugar, lo que hoy todo el mundo considera un monasterio, estoy convencido de que antaño fue una fortificación construida por nuestros antepasados sajones en un periodo de guerra. De modo que contiene un montón de arteras trampas para recibir a los invasores britanos. –El guerrero se apartó y rodeó lentamente el perímetro del foso, observando su interior. Acto seguido volvió a alzar la vista y añadió–: Imagina este lugar como una fortificación, muchacho. El sitio ha doblegado a los defensores después de muchos días y el enemigo penetra en el recinto. Se combate en cada patio, sobre cada muro. Ahora imagina esto. Dos de nuestros hermanos sajones mantienen a raya a una nutrida tropa de britanos ahí fuera, en el patio. Combaten con valentía, pero el enemigo es demasiado numeroso y nuestros héroes deben batirse en retirada. Supongamos que se repliegan aquí, en esta torre. Saltan por el pequeño puente y se vuelven para enfrentarse a sus enemigos justo aquí. Los britanos se sienten confiados. Tienen a nuestros hermanos acorralados. Entran con sus espadas y hachas, cruzan rápidamente el puente y se abalanzan sobre nuestros héroes. Nuestros valientes hermanos abaten a los primeros, pero pronto tienen que retroceder más. Mira ahí, muchacho. Retroceden subiendo por esa escalera que serpentea a lo largo del muro. Pero llegan más britanos que cruzan el foso, hasta que esta zona en la que estamos queda repleta de ellos. Sin embargo, la superioridad numérica todavía no les da ventaja. Porque nuestros valientes hermanos combaten hombro con hombro en la escalera, y los invasores sólo pueden luchar contra ellos de dos en dos. Nuestros héroes saben utilizar sus armas y aunque retroceden cada vez más y más arriba, los invasores no son capaces de aplastarlos. A medida que los britanos van cayendo, los siguientes los reemplazan y a su vez caen. Pero es evidente que el cansancio se va apoderando de nuestros hermanos. Retroceden cada vez más y más arriba, y los invasores los persiguen peldaño a peldaño. ¿Pero qué sucede? ¿Qué sucede, Edwin? ¿Finalmente nuestros hermanos pierden la templanza? Se dan la vuelta y suben corriendo los peldaños que tienen por encima, sólo se vuelven de cuando en cuando para luchar. Es sin duda el final. Los britanos estás exultantes. Los que contemplan la escena desde aquí abajo sonríen como hombres hambrientos antes del banquete. Pero mira atentamente, muchacho. ¿Qué ves? ¿Qué ves mientras nuestros hermanos sajones se acercan a ese cielo que resplandece ahí arriba? —Agarrando a Edwin por los hombros, Wistan lo recolocó y le señaló el techo abierto—. Habla, muchacho. ¿Qué ves?

—Nuestros hermanos activan una trampa, señor. Retroceden hacia arriba sólo para atraer a los britanos como a hormigas hacia un tarro de miel.

—¡Bien dicho, muchacho! ¿Y en qué consiste la trampa?

Edwin reflexionó unos instantes y por fin dijo:

—Guerrero, justo antes de que la escalera llegue al punto más alto, veo lo que desde aquí parece una hornacina. ¿O es una puerta?

—Bien. ¿Y qué crees que se esconde allí?

—¿Tal vez una docena de nuestros mejores guerreros? Entonces, junto con nuestros dos hermanos, podrían abrirse paso escaleras abajo luchando hasta llegar a la tropa de britanos concentrados aquí.

—Piensa otras posibilidades, muchacho.

—Entonces, guerrero, un oso feroz. O un león.

—¿Cuándo te topaste por última vez con un león, muchacho?

—Fuego, guerrero. Hay fuego en esa hornacina.

—Bien dicho, muchacho. No podemos saber con certeza qué sucedió tanto tiempo atrás. Pero apuesto a que eso era lo que los esperaba ahí arriba. En esa pequeña hornacina, que apenas se entrevé desde aquí abajo, había una antorcha, o tal vez dos o tres, ardiendo tras ese muro. Cuéntame el resto de la historia, muchacho.

–Nuestros hermanos lanzan las antorchas abajo.

–¿Adónde, sobre las cabezas del enemigo?

–No, guerrero. Al foso.

–¿Al foso? ¿Lleno de agua?

–No, guerrero. El foso está lleno de leña. Como la leña que hemos sudado para cortar.

–Exacto, muchacho. Y cortaremos más antes de que la luna ascienda en el cielo. Y también haremos acopio de heno seco. Antes has hablado de chimenea, muchacho. Tienes razón, el lugar en el que estamos ahora es una chimenea. Nuestros antepasados la construyeron con esta intención. ¿Qué otro propósito puede tener aquí una torre, cuando un hombre que otee desde lo alto no va a tener una mejor perspectiva que otro que lo haga desde el muro exterior? Pero imagina, muchacho, una antorcha cayendo en esto que llamamos foso. Y después otra. Cuando antes hemos rodeado este edificio, he visto en la parte trasera, cerca del suelo, orificios en la piedra. Eso significa que un viento intenso del este, como el que tendremos esta noche, avivará todavía más las llamas. ¿Y cómo van los britanos a poder escapar de semejante infierno? Con un sólido muro rodeándolos, un único puente además muy estrecho para poder huir, y el foso en llamas. Pero salgamos de aquí, muchacho. Puede que a esta antigua torre no le guste que descubramos tantos de sus secretos.

Wistan se volvió hacia las planchas, pero Edwin siguió mirando hacia arriba, a la parte superior de la torre.

–Pero guerrero –dijo–. Nuestros bravos hermanos. ¿Tuvieron que arder entre las llamas junto con sus enemigos?

–Si lo hicieron, ¿no sería un glorioso final? Aunque tal vez no tuvieron que llegar a tal sacrificio. Quizá nuestros dos hermanos, mientras el intenso calor asciende, corren por el borde del techo abierto y saltan desde lo alto. ¿Lo harían, muchacho? ¿Pese a no poseer alas?

–No tienen alas –dijo Edwin–, pero sus camaradas pueden haber colocado un carro en la parte trasera de la torre. Un carro cargado hasta arriba de heno.

–Es posible, muchacho. ¿Quién sabe qué sucedió aquí en esos días del pasado? Ahora dejemos nuestras ensoñaciones y cortemos un poco más de leña. Porque seguro que estos buenos monjes todavía deberán hacer frente a muchas noches gélidas antes de que llegue el verano.

En plena batalla, no había mucho tiempo para elaborados intercambios de información. Una rápida mirada, un gesto con la mano, una palabra gritada por encima del estruendo: eso era todo lo que los verdaderos guerreros necesitaban para comunicarse unos a otros sus deseos. Con ese espíritu Wistan había dejado claras sus ideas aquella tarde en la torre, y Edwin le había fallado por completo.

¿Pero esperaba demasiado de él el guerrero? Incluso el anciano Steffa se había limitado a hablar de la promesa que significaba Edwin, de aquello en que se podría convertir *una vez le hubieran enseñado las artes del guerrero*. Wistan todavía tenía que acabar de entrenarlo, de modo que ¿cómo iba Edwin a responder como alguien ya perfectamente entrenado? Y ahora, al parecer, el guerrero estaba herido, pero sin duda no podía recaer toda la culpa sobre Edwin.

El joven monje se había detenido al borde del arroyo para desatarse los cordones de los zapatos.

–Vamos a cruzar por aquí –dijo–. El puente está mucho más abajo y demasiado a la vista. Nos podrían descubrir incluso desde la colina vecina. –Y señalando los zapatos de Edwin, añadió–: Parecen hechos con mucho oficio. ¿Te los has hecho tú?

–Me los hizo el buen Baldwin. El mejor zapatero de la aldea, pese a que le dan ataques cada vez que hay luna llena.

–Sácatelos. Si se mojan seguro que quedan destrozados. ¿Ves las piedras por las que hay que ir saltando? Baja más la cabeza y trata de concentrar la vista por debajo del agua. Ahí, ¿las ves?

Ése es nuestro sendero. No las pierdas de vista y te mantendrás seco.

De nuevo había cierta brusquedad en el tono del joven monje. ¿Podía deberse a que desde que habían partido había tenido tiempo de dilucidar el papel de Edwin en todo lo ocurrido? Al inicio del periplo, el joven monje no sólo había mostrado una actitud más cálida, sino que apenas había dejado de hablar.

Se habían encontrado en un gélido pasillo junto a la celda del padre Jonus, donde Edwin había estado esperando mientras varias voces, susurrantes pero apasionadas, discutían en el interior de la estancia. El temor a lo que tal vez no tardarían en contarle había ido en aumento, y Edwin se había sentido aliviado cuando, en lugar de ser convocado en la celda, había visto aparecer al joven monje con una alegre sonrisa en el rostro.

—Me han elegido para ser tu guía —dijo entusiasmado en la lengua de Edwin—. El padre Jonus dice que debemos partir inmediatamente y sin ser vistos. Sé valiente, joven amigo, dentro de poco estarás junto a tu hermano.

El joven monje caminaba de un modo peculiar, encogido sobre sí mismo como si tuviese muchísimo frío, con ambos brazos ocultos entre el hábito, de tal modo que Edwin, mientras lo seguía en el descenso por el sendero de la montaña, al principio se había preguntado si era uno de esos que nacen con algún miembro de menos. Pero en cuanto dejaron atrás el monasterio y se sintieron más seguros, el joven monje se había colocado a su lado y había extendido un largo y delgado brazo que le había pasado por los hombros a Edwin en un gesto de solidaridad.

—Ha sido una locura por tu parte regresar como lo has hecho, sobre todo después de haber logrado escapar. El padre Jonus se ha enfadado cuando se ha enterado. Pero aquí estás, de nuevo a salvo, y con suerte nadie se habrá enterado de tu regreso. ¡Pero menudo alboroto! ¿Es tu hermano siempre tan beligerante? ¿O es que alguno de los soldados lo ha insultado gravemente al pasar? Tal vez cuando llegues junto a su lecho, querido hermano, le puedes preguntar cómo empezó todo, porque ninguno de nosotros lo tiene muy claro. Si fue él quien insultó al soldado, entonces debió de tratarse de algo realmente ofensivo, porque todos a una olvidaron lo que sea que les hubiera llevado a ver al abad y, transformados en salvajes, intentaron hacerle pagar caro su atrevimiento. Yo mismo me desperté al oír el griterío, pese a que mi celda está lejos del patio. Fui corriendo hasta allí alarmado y me quedé de pie con los otros monjes sin poder hacer nada, contemplando horrorizado lo que estaba sucediendo. Tu hermano, no tardaron en explicarme, se había refugiado en la vieja torre para escapar de la ira de los soldados, y pese a que ellos entraron corriendo detrás en su persecución con la idea de hacerlo trizas, al parecer él les hizo frente con todos sus recursos. Y por lo visto demostró una fortaleza sorprendente, pese a que los soldados eran treinta o más y él un pastor sajón luchando solo. Nosotros observábamos, esperando ver en cualquier momento cómo sacaban de la torre sus despojos sanguinolentos, pero en lugar de eso salían corriendo un soldado detrás de otro, aterrorizados o tambaleándose y sacando de allí a camaradas heridos. ¡Apenas podíamos creer lo que veíamos! Rezábamos para que el combate cesase cuanto antes, porque, fuese cual fuese el insulto que lo había originado, tanta violencia era desproporcionada. Pero la batalla siguió y siguió, y entonces, joven amigo, ocurrió el terrible accidente. Quién sabe si no fue el mismísimo Dios, enojado por semejante pelea en su sagrado recinto, quien señaló con el dedo y les lanzó una llamarada de fuego. Pero lo más probable es que fuese alguno de los soldados, que correteaban de un lado a otro con antorchas, el que tropezase y desencadenase el desastre. ¡Qué horror! ¡De pronto la torre estaba en llamas! ¿Y quién iba a pensar que una vieja torre húmeda como ésa podía arder de ese modo? Pero ardía y los hombres de Lord Brennus y tu hermano quedaron atrapados dentro. Les hubiera ido mejor si se hubiesen olvidado de su batalla de inmediato y hubieran salido de allí corriendo todo lo rápido que pudieran, pero imagino que prefirieron

228

intentar apagar las llamas y se dieron cuenta demasiado tarde de que el fuego los engullía. Una catástrofe en verdad espantosa, y los pocos que lograron salir de allí lo hicieron tan sólo para morir retorciéndose horriblemente en el suelo. ¡Pero, milagro de los milagros, joven amigo, resulta que tu hermano logró escapar! El padre Ninian lo encontró deambulando en la oscuridad por el recinto, desorientado y herido, pero todavía vivo, mientras el resto de nosotros contemplábamos la torre envuelta en llamas y rezábamos por los hombres atrapados dentro. Tu hermano está vivo, pero el padre Jonus, que le curó en persona las heridas, nos ha pedido a los pocos que conocemos esta información que la mantengamos en absoluto secreto, incluso ante el propio abad. Porque teme que, si la noticia se divulga, Lord Brennus envíe más soldados en busca de venganza, sin importarle que la mayoría de los que había aquí murieran por accidente y no a manos de tu hermano. Harás bien en no susurrar siquiera una palabra sobre esto a nadie, al menos no hasta que los dos estéis ya lejos de esta región. El padre Jonus estaba enojado porque te has arriesgado a regresar al monasterio, pero se siente feliz porque así es más fácil poderos reunir a ti y a tu hermano. «Tienen que marcharse juntos de esta región», ha dicho. El padre Jonus es el mejor de los hombres y sigue siendo el más sabio de nosotros, incluso después de lo que le han hecho los pájaros. Me atrevo a decir que tu hermano les debe la vida a él y al padre Ninian.

Pero eso había sido hacía un rato. Ahora el joven monje se mostraba distante, y sus brazos estaban de nuevo ocultos bajo su hábito. Mientras Edwin lo seguía cruzando el arroyo, esforzándose por ver las piedras bajo la rápida corriente, le vino a la cabeza la idea de que debía confesarle al guerrero lo de su madre y cómo ella le había llamado. Si se lo contaba todo desde el principio, de un modo honesto y sincero, era posible que Wistan lo entendiese y le concediese otra oportunidad.

Con un zapato en cada mano, Edwin saltó liviano hacia la siguiente piedra, vagamente entusiasmado ante esta posibilidad.

Tercera parte

LA PRIMERA ENSOÑACIÓN DE GAWAIN

Estas viudas vestidas de negro. ¿Con qué propósito las ha colocado Dios en este sendero de montaña ante mí? ¿Desea poner a prueba mi humildad? ¿No le es suficiente con contemplar cómo he salvado a esa amable pareja y también al muchacho herido, cómo he aniquilado a un perro diabólico, cómo he dormido apenas una hora sobre hojas empapadas de rocío antes de levantarme y comprobar que mis tareas están lejos de haber terminado, que Horace y yo debemos partir de nuevo, no hacia alguna aldea en la que buscar refugio, sino hacia otro empinado camino bajo un cielo plomizo? Sin embargo, ha sido él quien ha colocado a estas viudas en mi camino, de eso no hay duda, y he hecho bien en dirigirme a ellas de un modo cortés. Incluso cuando se han puesto a lanzar los insultos más ridículos y a tirarle pedazos de tierra reseca a Horace en los cuartos traseros –¡como si Horace pudiese asustarse y salir galopando de un modo impropio!–, no les he echado más que una mirada de reojo, mientras le susurraba al oído a Horace, recordándole que debemos soportar estoicamente estas pruebas, porque nos espera una mucho mayor en esas lejanas cimas sobre las que ahora se ciernen nubes de tormenta. Además, estas mujeres avejentadas con sus andrajos sacudidos por el viento fueron un día inocentes doncellas, algunas de ellas dotadas de belleza y elegancia, o al menos de esa lozanía que a menudo place a la mirada de un hombre. ¿No era ella así, aquella a la que a veces recuerdo cuando ante mí se extiende una vasta extensión de tierra, desierta y solitaria, que debo recorrer cabalgando un día gris de otoño? Ella no era una belleza, pero para mí era encantadora. Sólo la vi en una ocasión, cuando yo era joven, ¿y llegué entonces a dirigirle la palabra? Sin embargo, regresa de vez en cuando al ojo de mi mente, y creo que me ha visitado en sueños, porque a menudo me despierto con una misteriosa alegría aunque haya olvidado lo que he soñado.

He sentido el persistente regocijo de esta sensación cuando esta mañana me ha despertado Horace, pateando el blando suelo boscoso en el que me había echado para descansar después de los esfuerzos de la noche. Sabe perfectamente que ya no poseo el vigor de antaño, y que después de una noche como ésta es muy duro para mí dormir tan sólo una hora escasa antes de volvernos a poner en marcha. Pero cuando ve que el sol ya está por encima del frondoso techo del bosque, no me deja seguir durmiendo. Se ha puesto a patear hasta que me he levantado, quejándome de la cota de malla. Maldigo esta armadura cada vez más. ¿Realmente me ha sido de gran utilidad? Me ha librado como mucho de una o dos heridas leves. En realidad, debo mi persistente buena salud a la espada, y no a la armadura. Me he levantado y he contemplado las hojas a mi alrededor. ¿Por qué han caído ya tantas cuando el verano todavía no está en sus postrimerías? ¿Están enfermos estos árboles, pese a que nos proporcionan cobijo? Un rayo de sol que atravesaba las hojas altas caía sobre el hocico de Horace, y he visto cómo movía las fosas nasales de un lado a otro, como si ese rayo fuese una mosca enviada para atormentarle. Él tampoco ha pasado una noche agradable, oyendo los ruidos del bosque a su alrededor, preguntándose a qué peligros se había enfrentado su caballero. Aunque yo estaba molesto con él por haberme despertado tan temprano, cuando me he acercado a él ha sido para cogerle el cuello cariñosamente con ambas manos y dejar reposar la cabeza sobre su crin durante un momento. Tiene un amo insensible, lo sé. Lo obligo a seguir adelante cuando sé que está agotado, lo insulto cuando no ha hecho nada mal. Y todo este metal le pesa tanto como a mí. ¿Cuánto tiempo más cabalgaremos juntos? Le he palmeado cariñosamente, diciéndole:

—Pronto daremos con una aldea donde nos reciban con cordialidad, y tendrás un desayuno mejor que el que te acabas de comer.

He dicho esto dando por hecho que el problema con el honorable Wistan estaba solucionado. Pero apenas habíamos avanzado un poco más y salido del bosque cuando nos topamos con el monje desaliñado, con los zapatos destrozados, que corría delante de nosotros hacia el campamento de Lord Brennus, y qué nos cuenta sino que el honorable Wistan ha escapado del monasterio, dejando atrás los cadáveres de sus perseguidores nocturnos, muchos de ellos reducidos a huesos carbonizados. ¡Menudo individuo! Me resulta extraño el modo en que mi corazón se llena de regocijo al oír la noticia, pese a que supone que vuelve a recaer sobre mí una difícil tarea que creía que ya habíamos dejado zanjada. De modo que Horace y yo dejamos a un lado nuestros sueños de heno, carne asada y buena compañía, y volvemos a subir colina arriba. Por suerte, al menos, nos dirigimos más allá del maldito monasterio. Mi corazón, eso es cierto, se siente aliviado por el hecho de que el honorable Wistan no haya perecido a manos de esos monjes y del miserable Brennus. ¡Pero menudo individuo! ¡La sangre que derrama a diario haría desbordar el río Severn! El monje desaliñado creía que estaba herido, ¿pero quién puede confiar en que alguien como el honorable Wistan se desplome y muera fácilmente? Qué estúpido he sido al dejar que el joven Edwin huyese de ese modo, ¿y ahora quién osaría apostar por que esos dos no vayan a encontrarse? Muy estúpido, aunque en ese momento estaba agotado y además no imaginaba que el honorable Wistan pudiese escapar. ¡Menudo individuo! Si hubiera sido un hombre de nuestra época, a pesar de ser sajón se habría ganado la admiración de Arturo. Incluso el mejor de nosotros habría temido enfrentarse a él como enemigo. Pero ayer, cuando lo vi combatir con el soldado de Brennus, me pareció entrever cierta debilidad en su flanco izquierdo. ¿O fue una hábil estratagema empleada en esa situación? Si lo veo combatir otra vez, podré valorarlo mejor. Pero en cualquier caso es un guerrero muy diestro, y sólo un caballero de Arturo podría percatarse de esa flaqueza; yo lo pensé en cuanto lo vi luchar. Me dije a mí mismo: mira, una pequeña carencia en el flanco izquierdo. Una carencia que un oponente astuto podría explotar. Pero ¿quién de nosotros no lo habría respetado?

Sin embargo, ¿por qué se cruzan en nuestro camino estas viudas de negro? ¿No tenemos ya bastantes preocupaciones? ¿Nuestra paciencia no ha sido ya suficientemente puesta a prueba? Nos detendremos en la siguiente cima, le estaba diciendo a Horace mientras subíamos la cuesta. Nos detendremos y descansaremos, aunque se están acumulando nubes negras y lo más probable es que se desate una tormenta. Y aunque allí no haya árboles, me sentaré sobre el brezo aplastado y descansaremos. Pero cuando finalmente el camino se allana, qué es lo que vemos sino unos enormes pájaros posados sobre unas rocas, que alzan el vuelo todos a una, no para alcanzar el cielo cada vez más oscuro, sino para lanzarse sobre nosotros. Entonces me he percatado de que no eran pájaros, sino ancianas con aleteantes capas que se congregaban en el camino ante nosotros.

¿Por qué elegir un lugar tan yermo para reunirse? Ni un mojón, ni un pozo seco que lo señale. Ni un escuálido árbol ni un arbusto para proteger al caminante del sol o la lluvia. Tan sólo estas rocas calcáreas de las que se han levantado, hundidas en la tierra a ambos lados del camino. Asegurémonos, le he dicho a Horace, asegurémonos de que mis viejos ojos no me engañan y esta gente no son bandidos dispuestos a atacarnos. Pero no hubo necesidad de desenvainar la espada –su hoja todavía desprende el hedor de la baba de ese perro diabólico, por mucho que la haya hundido profundamente en la tierra antes de dormirme–, porque sin duda eran ancianas, aunque desde luego nos habrían venido bien un escudo o dos para protegernos de ellas. Señoras, recordémoslas como señoras, Horace, ahora que por fin las hemos dejado atrás, porque ¿no son acaso dignas de piedad? No las llamaremos arpías, aunque sus modales nos inciten a hacerlo. Pensemos que antaño algunas de ellas poseyeron elegancia y belleza.

—¡Aquí viene —ha gritado una— el caballero impostor!

Otras se han sumado al griterío mientras se acercaban, y lo cierto es que podríamos haber pasado entre ellas al trote, pero no soy de los que se amilanan ante la adversidad. De modo que he hecho que Horace se detuviese entre ellas, aunque con mis ojos clavados en la siguiente cumbre, como si estudiase las nubes que se iban acumulando. Sólo cuando sus harapos batientes me han rodeado y me he visto acribillado por sus gritos, he bajado la mirada desde la elevación de mi montura hacia ellas. ¿Había quince? ¿Veinte? Se han acercado varias manos para tocar los flancos de Horace y yo le he susurrado que mantuviese la calma. Después me he erguido y he dicho:

—¡Señoras, si vamos a hablar, deben dejar de armar tanto barullo! —Al oír mis palabras se han tranquilizado, pero sus miradas seguían siendo furibundas, y entonces he añadido—: ¿Qué quieren de mí, señoras? ¿Por qué me rodean de este modo?

A lo cual una de ellas ha respondido:

—Sabemos que sois el caballero demasiado timorato para llevar a cabo la tarea que se le encomendó.

Y otra ha añadido:

—Si hace tiempo hubierais cumplido con lo que Dios os encomendó, ¿estaríamos ahora vagando por estas tierras con esta aflicción?

Y otra ha apostillado:

—¡Le asusta su misión! Lo veo en su cara. ¡Le asusta su misión!

He contenido mi indignación y les he pedido que se explicasen. Ante lo cual una un poco más razonable que el resto ha dado un paso adelante.

—Disculpadnos, caballero. Llevamos demasiados días vagando bajo estos cielos y al ver que veníais a lomos de vuestro caballo directamente hacia nosotras, no hemos podido sino haceros escuchar nuestros lamentos.

—Señora —le he dicho—, puedo parecer mermado por los años, pero sigo siendo un caballero del gran Arturo. Si me contáis vuestros problemas, estaré encantado de intentar ayudarlas en la medida en que me sea posible.

Para mi consternación, las mujeres, incluida la más razonable, han estallado todas en sarcásticas carcajadas y finalmente una voz ha dicho:

—Si hubierais llevado a cabo vuestra tarea hace tiempo y hubieseis liquidado a la hembra de dragón, no estaríamos errando afligidas de este modo.

Eso me ha hecho revolverme y les he gritado:

—¿Qué sabéis de eso? ¿Qué sabéis de Querig? —Pero me he percatado a tiempo de la necesidad de calmarme y, moderando el tono, he añadido—: Explicádmelo, señoras, ¿qué os impulsa a vagar por los caminos de este modo?

A lo que una voz seca a mis espaldas ha respondido:

—Si me preguntáis por qué camino errante, caballero, estaré encantada de explicároslo. Cuando el barquero me lanzó su pregunta, mientras mi amado ya estaba en la barca y tendía la mano para ayudarme a subir, me encontré con que mis recuerdos más queridos me habían sido sustraídos. No sabía entonces, pero sé ahora, que el aliento de Querig era el ladrón que me los robaba, el aliento de la criatura que vos deberíais haber aniquilado hace muchísimo tiempo.

—¿Cómo podéis saber eso, señora? —he preguntado, ya incapaz de ocultar por más tiempo mi consternación. Porque ¿cómo era posible que estas mujeres errantes conociesen un secreto tan bien guardado? Y ante mi pregunta, la más razonable sonríe de un modo extraño y dice:

—Somos viudas, caballero. Ahora hay pocas cosas que no sepamos.

Sólo entonces noto que a Horace le sacude un temblor y me oigo a mí mismo preguntar:

–¿Qué sois, señoras? ¿Estáis vivas o muertas? –Ante lo cual las mujeres vuelven a reírse a carcajadas, un sonido burlón que provoca que Horace, inquieto, golpee en el suelo con la pezuña. Le palmoteo cariñosamente mientras digo–: Señoras, ¿de qué os reís? ¿Era una pregunta tan absurda?

Y la voz áspera a mis espaldas exclama:

–¡Mirad qué miedoso es! ¡Ahora nos tiene tanto miedo como al dragón hembra!

–¿Qué disparate estáis diciendo, señora? –he gritado más enérgicamente, mientras Horace retrocede un paso contra mis deseos, y tengo que tirar de las riendas para controlarlo–. No temo a ningún dragón, y por fiera que sea Querig, me he enfrentado a cosas peores en mis tiempos. Si no he podido matarla hasta ahora es sólo porque se esconde con mucha astucia en esas altas montañas. Me regañáis, señora, pero ¿qué se oye ahora de Querig? Hubo un tiempo en que podía asolar una aldea o dos al mes, pero ahora los niños se han convertido en hombres desde la última vez que oímos algo así. Ella sabe que estoy cerca, de modo que no se atreve a asomarse más allá de esas colinas.

Mientras hablo, una de las mujeres se ha abierto la raída capa y un pedazo de barro ha impactado en el cuello de Horace. Es intolerable, le he dicho a Horace, tenemos que marcharnos. ¿Qué pueden saber estas viejas arpías de mi misión? Le he dado un golpecito con los pies para que avanzase, pero se ha quedado extrañamente inmóvil, y he tenido que clavarle las espuelas para hacerlo avanzar. Por suerte las oscuras figuras se han apartado para dejarnos pasar y yo he vuelto a mirar hacia las lejanas cimas. El corazón se me ha encogido al pensar en esos desolados territorios elevados. He pensado que incluso la compañía de estas impías arpías debía ser preferible a esos inhóspitos vientos. Pero como para quitarme de la cabeza estos pensamientos, las mujeres han iniciado su salmodia a mis espaldas, y he notado que volaba más barro en nuestra dirección. ¿Pero qué canturrean? ¿Osan gritar «cobarde»? Se me ha pasado por la cabeza volverme y mostrar mi ira, pero he logrado contenerme a tiempo. Cobarde, cobarde. ¿Qué sabrán ellas? ¿Estuvieron allí? ¿Estuvieron allí ese día, hace ya mucho tiempo, en que fuimos a enfrentarnos cara a cara con Querig? ¿Me hubieran llamado entonces cobarde, a mí o a cualquiera de los cinco? E incluso después de esa gran misión –de la que sólo tres regresamos–, ¿no me dirigí a toda prisa, señoras, sin apenas descanso, al límite del valle para cumplir la promesa que le había hecho a la joven doncella?

Edra, tal como después me dijo que se llamaba. No era una belleza y vestía ropas sencillas, pero igual que esa otra con la que a veces sueño, era una doncella que me arrebataba el corazón. La vi en la cuneta de un camino llevando una azada con ambas manos. Hacía muy poco que se había convertido en mujer, era pequeña y delgada, y la visión de tanta inocencia caminando sin protección tan cerca de los horrores de los que yo regresaba me hizo imposible pasar de largo, aunque tuviese una misión que cumplir.

–Vuélvete, doncella –le dije desde mi garañón, un caballo anterior a Horace, de cuando incluso yo era joven–. ¿Qué enorme locura te hace andar por aquí de este modo? ¿No sabes que en este valle se está desarrollando una batalla?

–Lo sé perfectamente, señor –dijo, y no temió mirarme a los ojos–. He hecho un largo camino para llegar hasta aquí, y pronto bajaré al valle y tomaré parte en la batalla.

–¿Algún espíritu te ha embrujado, doncella? Vengo ahora del valle, donde curtidos guerreros han vomitado de puro terror. No quisiera que oyeses ni tan siquiera un lejano eco de todo eso. ¿Y por qué acarreas una azada tan grande para ti?

–Sé que ahora está en el valle un lord sajón al que conozco, y ruego con todo mi corazón que no haya caído en la batalla y que Dios lo proteja. Porque quiero matarlo con mis propias manos, después de lo que les hizo a mi madre y a mis hermanas, y cargo con esta azada para llevar a cabo mi propósito. Sirve para cavar en el suelo una mañana de invierno, de modo que servirá también para quebrar los huesos de ese sajón.

Me vi entonces obligado a desmontar y agarrarla del brazo, aunque ella intentó escabullirse. Si hoy sigue todavía viva –Edra, me dijo después que se llamaba–, ahora tendría más o menos vuestra edad, señoras. Incluso sería posible que estuviese entre vosotras, ¿cómo podría yo saberlo? No era una gran belleza, pero como la de aquella otra, su inocencia me llegó al corazón.

–¡Dejadme marchar, señor! –me grita, a lo que yo le respondo:

–No vas a bajar a ese valle. Ya sólo lo que vislumbraras desde lejos te provocaría un desmayo.

–No soy una debilucha, señor –grita–. ¡Dejadme marchar!

Y ahí permanecemos, al borde del camino, como dos niños peleándose, y sólo logro calmarla diciéndole:

–Doncella, no veo modo de disuadirte. Pero piensa en lo remotas que son las posibilidades de que puedas llevar a cabo tú sola la venganza que maquinas. Sin embargo, con mi ayuda tus posibilidades se incrementarán notablemente. De modo que sé paciente y siéntate un rato bajo este sol. Mira, ahí, siéntate bajo ese viejo árbol y espera mi regreso. Voy camino de unirme a cuatro camaradas para llevar a cabo una misión que, aunque muy peligrosa, no me entretendrá mucho. Si perezco, me verás regresar por este mismo camino, cargado boca abajo sobre la silla de montar de mi caballo y sabrás entonces que no podré cumplir mi promesa. De no ser así, te prometo que regresaré y bajaremos juntos al valle para hacer realidad tus sueños de venganza. Ten paciencia, doncella, y si tu causa es justa, como creo que lo es, Dios se encargará de que ese lord no perezca en la batalla antes de que lo encontremos.

¿Eran éstas las palabras de un cobarde, señoras, pronunciadas el mismo día en que me encaminaba a enfrentarme con Querig? Y en cuanto concluimos nuestra misión y pude ver que seguía con vida –aunque dos de los cinco no lo habían logrado–, me apresuré a regresar, pese a lo agotado que estaba, a ese límite del valle y al viejo árbol bajo el que la doncella seguía esperándome, con la azada entre los brazos. Se puso en pie de un salto y al verla mi corazón de nuevo sintió un arrebato. Pero cuando volví a intentar disuadirla de sus intenciones, porque temía verla adentrarse en ese valle, me espetó enojada:

—¿Sois un mentiroso, señor? ¿No vais a mantener la promesa que me habéis hecho?

De modo que la subí a mi silla de montar —agarró las riendas de inmediato, mientras sujetaba la azada apoyándola contra su pecho— y guié a pie el caballo y a la doncella durante el descenso por las laderas del valle. ¿Empalideció en cuanto oímos el estrépito? ¿O cuando en los márgenes de la batalla nos topamos con sajones desesperados, con sus perseguidores pisándoles los talones? ¿Languideció cuando nos cruzamos con guerreros exhaustos que avanzaban tambaleantes y llenos de heridas? Aparecieron en sus ojos diminutas lágrimas y vi que la azada le temblaba, pero no apartó la mirada. Porque sus ojos tenían una misión, rastreando ese sangriento campo de batalla a izquierda y derecha, lo lejano y lo próximo. Entonces también yo me monté en el caballo y, llevándola delante de mí como si fuese un manso corderito, avanzamos juntos hacia el centro de la batalla. ¿Parecía yo entonces timorato, golpeando con mi espada, protegiéndola con mi escudo, haciendo girar al caballo a un lado y a otro hasta que el combate nos derribó a ambos sobre el barro? Pero ella se puso en pie rápidamente y, recuperando la azada, empezó a abrirse camino entre los montones de caídos aplastados y descuartizados. Hasta nuestros oídos llegaban extraños gritos, pero ella parecía no oírlos, del mismo modo que una buena doncella cristiana ignora los piropos lascivos de los hombres groseros junto a los que pasa. Yo en aquel entonces era joven y me movía con agilidad, de modo que avancé a su lado empuñando la espada, aniquilando a cualquiera que pudiese hacerle daño, protegiéndola con mi escudo de las flechas que regularmente caían cerca de nosotros. Hasta que finalmente vio a aquel al que perseguía, aunque era como si fuéramos a la deriva entre agitadas olas y aunque una isla pareciera cercana resultaba inalcanzable a causa de las mareas. Así fue para nosotros ese día. Luché y golpeé y la mantuve a salvo, pero pareció pasar una eternidad antes de que lográsemos plantarnos ante él, y aun entonces nos topamos con tres hombres que formaban su guardia personal. Le di el escudo a la doncella y le dije:

–Protégete bien, porque tienes tu premio casi al alcance de la mano.

Y me enfrenté a los tres, que pude comprobar que eran guerreros bien entrenados, y los derroté uno por uno, hasta que me encontré cara a cara con el lord sajón al que ella tanto odiaba. Tenía las rodillas empapadas de la sangre entre la que se movía, pero enseguida pude comprobar que no era un guerrero y lo derribé hasta dejarlo boca arriba sobre la tierra, todavía respirando, con las piernas ya inútiles, mirando con odio hacia el cielo. Y entonces ella se acercó y se plantó encima de él, con el escudo a un lado, y la mirada de esa doncella me heló la sangre mucho más que todo lo demás que vi en ese espantoso campo de batalla. Y entonces hizo descender la azada, no con un balanceo, sino con un leve movimiento del codo, y después otro, como si escarbase en busca de algo cultivado en el suelo, hasta que me vi impelido a gritarle:

–¡Acaba ya, doncella, o lo haré yo mismo!

A lo que ella me respondió:

–Dejadme en paz, señor. Os agradezco vuestra ayuda, pero ahora ya habéis cumplido con lo prometido.

–Sólo a medias, doncella –le grité–, hasta que te vea a salvo lejos de este valle.

Pero ella ya no me escucha y continúa con su nauseabunda tarea. Yo podría haber seguido discutiendo con ella, pero entonces apareció él entre la multitud. Me refiero al honorable Axl, que en aquellos días era mucho más joven, claro está, aunque ya entonces poseía un semblante de hombre sabio, y cuando lo vi fue como si el estruendo de la batalla se redujese a un murmullo a nuestro alrededor.

–¿Por qué permanecéis aquí en pie tan expuesto, señor? –le pregunto–. ¿Y todavía no habéis desenvainado la espada? Coged al menos el escudo de alguno de los caídos para protegeros.

Pero él mantiene su mirada ausente, como si estuviera en medio de un prado de margaritas una plácida mañana.

–Si Dios decide dirigir una flecha hacia aquí –me dice–, no la desviaré. Sir Gawain, me alegra comprobar que estáis bien. ¿Acabáis de llegar o habéis estado aquí desde el principio?

Todo esto me lo dice como si nos hubiésemos encontrado en alguna feria de verano y me siento obligado a gritarle:

–¡Poneos a cubierto, señor! El campo de batalla sigue repleto de enemigos.

Y cuando él sigue contemplando la escena, le digo, recordando lo que me ha preguntado:

–Estaba aquí al iniciarse la batalla, pero Arturo decidió elegirme como uno de los cinco a los que encomendó una misión de gran importancia. Ahora acabo de regresar de ella.

Por fin había logrado captar su atención.

–¿Una misión de gran importancia? ¿Y ha ido bien?

–Por desgracia, hemos perdido a dos camaradas, pero la hemos llevado a cabo a entera satisfacción del honorable Merlín.

–El honorable Merlín –dice–. Puede que sea un sabio, pero ese hombre me da escalofríos. –Y vuelve a echar un vistazo a su alrededor y añade–: Me apena oír lo de vuestros camaradas caídos. Perderemos a muchos más antes de que este día llegue a su fin.

–Sin embargo la victoria es sin duda nuestra –digo–. Estos malditos sajones. ¿Por qué siguen luchando de ese modo cuando sólo la Muerte se lo va a agradecer?

–Creo que lo hacen por pura rabia y odio hacia nosotros –me dice–. Porque a estas alturas tiene que haber llegado a sus oídos la noticia de lo que les han hecho a los inocentes que han dejado en sus aldeas. Yo mismo acabo de enterarme, de modo que ¿por qué no van a haber llegado esas noticias a las filas sajonas?

–¿De qué noticias habláis, honorable Axl?

–Noticias sobre sus mujeres, niños y ancianos, a los que han dejado sin protección con nuestra solemne promesa de no hacerles daño y que han sido masacrados por los nuestros, incluso los bebés. Si nos hubiesen hecho eso a nosotros, ¿habría tenido fin nuestro odio? ¿No hubiéramos luchado nosotros hasta el último hombre como están haciendo ellos, y considerado cada nueva herida infligida como un bálsamo?

–¿Por qué empeñarse en hablar de este asunto, honorable Axl? Nuestra victoria hoy está garantizada y será célebre.

–¿Por qué me empeño en hablar de eso? Señor, éstas son las mismas aldeas a las que llevé nuestros deseos de amistad en nombre de Arturo. En una de ellas me llamaron el Caballero de la Paz, y hoy he visto a una docena de nuestros hombres lanzarse sobre ella sin atisbo de piedad, ante la sola oposición de niños que no nos llegan al hombro.

–Me entristece oírlo. Pero vuelvo a insistiros, señor, coged al menos un escudo.

–He pasado por una aldea tras otra y en todas he visto lo mismo, y nuestros hombres se jactan de lo que han hecho.

–No os culpéis, señor, ni culpéis a mi tío. La gran ley que vos negociasteis fue algo verdaderamente maravilloso mientras se mantuvo vigente. ¿Cuántas vidas inocentes, de britanos y de sajones, se salvaron durante años gracias a ella? Que no se haya podido mantener de modo perpetuo no es culpa vuestra.

–Sin embargo, ellos han creído en nuestra oferta hasta hoy. Yo logré ganarme su confianza cuando sólo había miedo y odio. Hoy nuestras acciones me hacen parecer un mentiroso y un carnicero, y no siento alegría alguna por la victoria de Arturo.

–¿Adónde pretendéis llegar con estas palabras desaforadas, señor? Si es la traición lo que estáis contemplando, ¡entonces luchemos sin más dilación!

–Vuestro tío está a salvo de mí, señor. Sin embargo, Sir Gawain, ¿cómo podéis deleitaros con una victoria conseguida a este precio?

–Honorable Axl, lo que ha acontecido hoy en las aldeas sajonas, mi tío sólo lo habrá ordenado con gran pesar, convencido de que no había otro modo de mantener la paz. Pensadlo, señor. Esos niños sajones por cuya suerte os lamentáis se habrían convertido en guerreros deseosos de vengar a sus padres caídos hoy. Esas niñas no tardarían en engendrar más en sus entrañas y este círculo de matanzas jamás se detendría. ¡Mirad lo profunda que es la sed de venganza! Mirad aquí mismo a esta buena doncella, a la que yo mismo he escoltado hasta aquí, ¡miradla ahí, todavía enfrascada en su misión! Sin embargo, con la gran victoria de hoy aparece una inusitada oportunidad. Podemos de una vez por todas romper este círculo vicioso, y un gran rey debe actuar con audacia para conseguirlo. Éste puede convertirse en un día célebre, honorable Axl, a partir del cual nuestra patria podrá vivir en paz durante los largos años venideros.

–No logro entenderos, señor. Aunque hoy aniquilemos a una inmensidad de sajones, sean guerreros o niños, quedan otros muchos por estas tierras. Vienen desde el este, llegan en barco a nuestras costas, construyen nuevas aldeas a diario. Este círculo de odio difícilmente se habrá roto, señor, sino que más bien habrá quedado forjado en hierro con lo sucedido hoy. Voy ahora a ver a vuestro tío para informarle de lo que he visto. Veré por la expresión de su rostro si cree que Dios va a acoger con una sonrisa tales actos.

Un asesino de niños. ¿Eso fuimos aquel día? ¿Y qué pasa con aquella a la que escolté, qué ha sido de ella? ¿Estaba entre vosotras, señoras? ¿Por qué me rodeáis de este modo mientras cabalgo para cumplir mi misión? Dejad a este anciano seguir en paz su camino. Un asesino de niños. Pero yo no estuve allí, y aunque hubiera estado, ¿cómo hubiera podido contradecir a un gran rey, que además era mi tío? Yo entonces no era más que un joven caballero, y además, ¿cada año que pasa no nos da la razón? ¿No os habéis hecho viejas todas vosotras en unos tiempos de paz? De modo que dejadnos seguir nuestro camino sin insultarnos a nuestras espaldas. La Ley de los Inocentes, una ley poderosa, sin duda, para acercar a los hombres a Dios; eso dijo siempre el propio Arturo, ¿o fue el honorable Axl quien lo dijo? Entonces le llamábamos Axelum o Axelus, pero hoy se hace llamar Axl y tiene una buena esposa. ¿Por qué os mofáis de mí, señoras? ¿Es culpa mía que llevéis luto? Mi momento no tardará en llegar y entonces ya no volveré a deambular por esta tierra como hacéis vosotras. Saludaré al barquero con satisfacción, subiré a su oscilante barca, envuelta por las aguas, y tal vez dormiré un rato, con el sonido de su remo en mis oídos. Y pasaré del sueño a un estado de semivigilia, y veré el sol hundirse por detrás del agua y la costa cada vez más lejos, y con un gesto de asentimiento volveré a conciliar el sueño hasta que la voz del barquero de nuevo me despierte suavemente. Y si me lanza preguntas, como algunos dicen que hace, le responderé con honestidad, porque ¿qué me queda por ocultar a estas alturas? No he tenido esposa, aunque a veces he suspirado por una. Sin embargo, he sido un buen caballero que ha cumplido con su deber hasta el final. Diré esto y él verá que no miento. No le temeré. El plácido anochecer, su sombra cayendo sobre mí mientras se desplaza de un lado a otro de su bote. Pero esto tendrá que esperar. Hoy Horace y yo debemos ascender por esta ladera yerma bajo el cielo plomizo hacia la siguiente cima, porque no hemos terminado nuestro trabajo y Querig nos espera.

CAPÍTULO DIEZ

Jamás había pretendido engañar al guerrero. Era como si el propio engaño hubiese descendido calladamente sobre los prados para envolverlos a ambos.

La choza del tonelero parecía construida en el interior de una profunda zanja y su techo de paja estaba tan pegado al suelo que Edwin, bajando la cabeza para pasar por debajo, tuvo la sensación de estar metiéndose en un agujero. De modo que estaba preparado para enfrentarse a la penumbra, pero el calor sofocante –y el denso humo de la leña– le hicieron retroceder, y anunció su llegada con un ataque de tos.

–Me alegra comprobar que estás sano y salvo, joven camarada.

La voz de Wistan le llegó desde la oscuridad, más allá del fuego que ardía lentamente, y Edwin distinguió la silueta del guerrero sobre un lecho de hierba.

–¿Estás herido de gravedad, guerrero?

Mientras Wistan se incorporaba, moviéndose lentamente hacia el resplandor, Edwin vio que tenía la cara, el cuello y los hombros empapados de sudor. Sin embargo, las manos que acercó al fuego le temblaban como si tuviese frío.

–Las heridas son superficiales, pero con ellas me ha venido esta fiebre. Hace un rato estaba peor, y apenas recuerdo cómo he llegado hasta aquí. Los buenos monjes dicen que me sujetaron con cuerdas a lomos de mi yegua, y sospecho que fui murmurando todo el camino, como cuando interpretaba al tonto de boca entreabierta en el bosque. ¿Y qué me dices de ti, camarada? Espero que no hayas sufrido heridas, más allá de la que ya tenías.

–Estoy perfectamente bien, guerrero, pero me siento avergonzado ahora que estoy ante ti. He sido un mal camarada, durmiendo mientras tú luchabas. Maldíceme y apártame de tu vista, porque lo tengo merecido.

–No te precipites, joven Edwin. Si me fallaste la noche pasada, pronto te explicaré un modo de saldar tu deuda conmigo.

El guerrero puso cuidadosamente ambos pies en el suelo de tierra, se inclinó hacia delante y añadió un tronco al fuego. Edwin vio entonces que llevaba el brazo izquierdo vendado con arpillera y que en un lado de la cara tenía un enorme moratón que le mantenía un ojo entrecerrado.

–Es cierto –dijo Wistan– que cuando miré hacia abajo desde lo alto de la torre en llamas y vi que el carro que habíamos preparado con tanto cuidado no estaba allí, tuve ganas de maldecirte. Era una caída desde muy alto sobre un duro suelo de piedra, y el ardiente humo ya me envolvía. Al escuchar los gritos agónicos de mis enemigos que llegaban desde abajo, me pregunté: ¿me uno a ellos mientras nos convertimos todos en cenizas? ¿O mejor me aplasto solo contra el suelo bajo el cielo nocturno? Pero antes de que pudiese decidir la respuesta, apareció por fin el carro, tirado por mi yegua, a la que un monje agarraba por la brida. Apenas pensé en si el monje era amigo o enemigo, simplemente salté de la boca de esa chimenea, y lo cierto es que hicimos un buen trabajo, camarada, porque aunque me hundí entre el heno como si fuese agua, no me topé con nada que se me clavase. Me desperté sobre una mesa, amables monjes leales al padre Jonus me atendían alrededor de ella como si yo fuese su cena. En ese momento la fiebre ya debió de subirme, bien por las heridas o bien por el intenso calor, porque me dicen que tuvieron que acallar mis desvaríos tapándome la boca hasta que me bajaron aquí, lejos del peligro. Pero si los dioses nos son favorables, la fiebre desaparecerá pronto y podremos partir para finalizar nuestra misión.

—Guerrero, pese a todo sigo avergonzado. Incluso después de despertarme y ver que los soldados rodeaban la torre, permití que algún espíritu me poseyera y hui del monasterio siguiendo a esos ancianos britanos. Te rogaría que me maldijeses o que me abofeteases, pero te he oído decir que tal vez haya un modo de que te resarza por la deshonra de la pasada noche. Dime de qué se trata y asumiré de inmediato cualquier tarea que me encomiendes.

Mientras hablaba, la voz de su madre le había llamado, resonando en la pequeña choza, de modo que Edwin apenas estaba seguro de haber dicho esas palabras en voz alta. Pero debió de pronunciarlas, porque oyó que Wistan le decía:

—¿Crees que te he elegido sólo por tu valentía, joven camarada? Posees un ímpetu remarcable, y si sobrevivimos a esta misión, te enseñaré las técnicas para convertirte en un verdadero guerrero. Pero ahora eres todavía un diamante en bruto, no un luchador experimentado. Te he elegido a ti en lugar de a otros, joven Edwin, porque descubrí en ti el don del cazador que puede sumarse al ímpetu del guerrero. Y es muy poco habitual poseer ambas cosas.

—¿Cómo puede ser, guerrero? Yo no sé nada de caza.

—Un cachorro de lobo, mientras mama la leche de su madre, puede distinguir el olor de una presa en los alrededores. Creo que es un don natural. Cuando esta fiebre desaparezca, nos adentraremos en esas colinas y apuesto a que percibirás que el propio cielo te susurra el camino que debemos tomar hasta dar con la mismísima guarida de la hembra de dragón.

—Guerrero, me temo que pones tu fe en algo que no cumplirá tus expectativas. Ninguno de los de mi estirpe se ha vanagloriado jamás de poseer estas habilidades, y nadie ha sospechado nunca que yo las poseyera. Ni siquiera Steffa, que descubrió mi alma de guerrero, mencionó jamás este tipo de habilidades.

—Entonces permite que únicamente yo crea en ellas, joven camarada. Nunca diré que alardeases de eso. En cuanto la fiebre baje, partiremos hacia las colinas del este, donde todo el mundo asegura que Querig tiene su guarida, y yo seguiré tus pasos en cada bifurcación del camino.

Fue entonces cuando dio comienzo el engaño. No lo tenía planeado, ni recibió la idea con entusiasmo cuando, como un duendecillo que asoma de su oscuro rincón, se instaló entre ellos. Su madre seguía con sus llamadas: «Encuentra la fuerza por mí, Edwin, ahora ya casi eres un adulto. Encuentra la fuerza y ven a rescatarme.» Y fue tanto el deseo de tranquilizarla como las ganas de redimirse a ojos del guerrero lo que le impulsó a decir:

—Es curioso, guerrero. Ahora que la mencionas, ya percibo el tirón de esa hembra de dragón. Es más una fragancia en el aire que un rastro. Deberíamos partir sin dilación, porque quién sabe por cuánto tiempo lo percibiré.

Incluso mientras decía eso, las escenas se sucedían rápidamente en su cabeza: cómo se introduciría en su campamento, sorprendiéndolos mientras estaban sentados en silencio en semicírculo contemplando cómo su madre intentaba liberarse. Ahora ya serían hombres hechos y derechos, probablemente barbudos y con panza, ya no serían aquellos muchachos que habían aparecido fanfarroneando en la aldea aquel día. Ahora serían hombres fornidos y hoscos, y mientras agarraban sus hachas, verían aparecer detrás de Edwin al guerrero y el miedo se apoderaría de sus miradas.

¿Pero cómo podía engañar al guerrero, su maestro y el hombre al que más admiraba en este mundo? Sin embargo, aquí estaba Wistan asintiendo satisfecho y diciendo:

—Lo supe en cuanto te vi, joven Edwin. En el mismo momento en que te estaba liberando de los ogros junto al río.

Se adentraría en su campamento. Liberaría a su madre. Los hombres fornidos serían exterminados, o quizá les permitiese huir y perderse en la niebla de la montaña. ¿Y después qué? Edwin tendría que explicar por qué, pese a que debían cumplir una misión urgente, había decidido engañar al guerrero.

En parte para olvidar estos pensamientos —porque ahora tenía la sensación de que ya era demasiado tarde para echarse atrás—, dijo:

—Guerrero, hay una pregunta que me gustaría hacerte. Aunque tal vez te parezca impertinente.

Wistan estaba echándose hacia atrás en la penumbra para tumbarse de nuevo en la cama. La única parte de su cuerpo que Edwin podía ver ahora era una rodilla desnuda, que se mecía de un lado a otro.

—Hazme la pregunta, joven camarada.

—Me preguntaba, guerrero, si hay algún tipo de enemistad especial entre tú y Lord Brennus que te impulsa a seguir aquí combatiendo a sus soldados cuando podríamos habernos marchado mucho antes del monasterio y estar media jornada más cerca de Querig. Tiene que haber alguna razón poderosa para que dejes de lado incluso la misión que te ha sido encomendada.

El silencio que se produjo a continuación fue tan prolongado que Edwin llegó a pensar que el guerrero se había desmayado en aquella atmósfera asfixiante. Pero su rodilla seguía moviéndose lentamente, y cuando por fin asomó entre las sombras, el ligero temblor de la fiebre parecía haberse evaporado.

—No tengo excusa, joven camarada. No puedo hacer otra cosa que confesar mi locura, ¡y eso después de que el buen padre me hubiera advertido que no olvidara mi tarea! Observa lo débil que es la voluntad de tu maestro. Pero soy ante todo un guerrero y no es fácil eludir una batalla que sé que puedo ganar. Tienes razón, ahora mismo podríamos incluso estar ante la guarida del dragón hembra, llamándola para que se asomase a saludarnos. Pero sabía que se trataba de los hombres de Brennus e incluso tenía la esperanza de que apareciese él en persona, y no he podido resistirme a quedarme aquí para darles la bienvenida.

—Entonces estoy en lo cierto, guerrero. Hay algún tipo de enemistad entre tú y Lord Brennus.

—No es una enemistad digna de ese nombre. Nos conocimos siendo niños, de la edad que tú tienes ahora. Eso sucedió en una región muy al oeste de aquí, en una inexpugnable fortaleza en la que los chicos recibíamos entrenamiento desde la mañana a la noche para convertirnos en guerreros en las filas de los britanos. Llegué a sentir un enorme afecto por mis compañeros de aquella época, porque eran muchachos excelentes y vivíamos como hermanos. Todos excepto Brennus, que al ser el hijo del lord detestaba mezclarse con los demás. Sin embargo, a menudo se entrenaba con nosotros y, pese a que sus habilidades eran escasas, cada vez que uno de nosotros se enfrentaba a él con una espada de madera o luchando sin armas en el foso de arena, estábamos obligados a dejarle ganar. Cualquier cosa que no fuese una gloriosa victoria para el hijo del lord acababa en castigos que recibíamos todos los demás. ¿Puedes imaginártelo, joven camarada? ¿Ser chicos orgullosos como éramos y tener que dejar que un oponente tan inferior nos arrebatase la victoria día tras día? Y, lo que es peor, Brennus disfrutaba sometiendo a sus oponentes a todo un repertorio de humillaciones, pese a que nosotros tan sólo fingíamos ser derrotados. Disfrutaba aplastándonos el cuello o pateándonos mientras permanecíamos en el suelo. ¡Imagínate cómo nos sentíamos, camarada!

—Lo entiendo perfectamente, guerrero.

—Pero hoy tengo un motivo para estarle agradecido a Lord Brennus, porque me salvó de un destino deplorable. Ya te he contado, joven Edwin, que en esa fortaleza había empezado a querer a mis compañeros como si fueran mis propios hermanos, pese a que ellos eran britanos y yo sajón.

—¿Pero resulta eso tan vergonzoso, guerrero, si creciste con ellos y os enfrentasteis juntos a duras tareas?

—Por supuesto que es vergonzoso, muchacho. Siento vergüenza incluso ahora al recordar el afecto que sentía por ellos. Pero fue Brennus quien me hizo ver mi error. Tal vez porque incluso entonces ya eran evidentes mis dotes, a él le encantaba elegirme como su oponente en los entrenamientos y se reservaba las mayores humillaciones para mí. No tardó en descubrir que yo era un muchacho sajón, y al poco tiempo ya había puesto contra mí a cada uno de mis compañeros utilizando esta información. Incluso aquellos que habían sido mis amigos más queridos se volvieron contra mí, escupían en mi comida, me escondían la ropa cuando debíamos vestirnos rápidamente para acudir al entrenamiento una fría mañana de invierno, temerosos de la ira de nuestros profesores. Fue una gran lección la que Brennus me enseñó entonces, y cuando comprendí lo bochornoso que era haber querido a los britanos como a mis hermanos, decidí marcharme de la fortaleza, pese a no tener ningún amigo o pariente más allá de aquellos muros.

Wistan dejó de hablar un momento mientras respiraba hondo desde detrás del fuego.

—Y entonces, guerrero, ¿te vengaste de Lord Brennus antes de dejar aquel lugar?

—Juzga tú si lo hice o no, camarada, porque no tengo clara la respuesta. La costumbre en aquella fortaleza era que a los aprendices, tras una jornada de entrenamiento, se nos dejaba una hora después de la cena para pasar un rato de ocio juntos. Encendíamos una fogata en el patio, nos sentábamos alrededor y hablábamos y bromeábamos como hacen los muchachos. Evidentemente, Brennus jamás se unía a nosotros, porque él disponía de sus privilegiados aposentos, pero esa tarde, por el motivo que fuese, lo vi pasar caminando. Me aparté del resto de mis compañeros, que no sospecharon nada. Resulta que aquella fortaleza, más que ninguna, estaba repleta de pasadizos secretos, todos los cuales yo conocía a la perfección, de modo que al poco rato yo ya estaba en una discreta esquina sobre la que las almenas proyectaban sus sombras. Brennus se acercó hacia mí paseando, solo, y cuando emergí de la penumbra, se detuvo y me miró aterrorizado. Porque se dio cuenta de inmediato de que no podía tratarse de un encuentro fortuito, y lo que era peor, que sus habituales privilegios allí no tenían vigencia. Resultó curioso, joven Edwin, ver a aquel jactancioso lord transformarse rápidamente en un niño a punto de mearse encima de miedo. Estuve muy tentado de decirle: «Noble caballero, veo que lleváis la espada en la cintura. Sabiendo que la manejáis mucho mejor que yo, supongo que no temeréis desenvainarla para enfrentaros con la mía.» Pero no dije tal cosa, porque si lo hubiera herido en aquella sombría esquina, ¿qué hubiera sido de mis sueños de emprender una nueva vida más allá de aquellos muros? No dije nada, simplemente me mantuve ante él en silencio, dejando que el momento se prolongase, porque deseaba que no lo olvidase nunca. Y aunque él se encogió de miedo y hubiera gritado pidiendo ayuda de no ser porque un rescoldo de orgullo le recordó que si lo hacía se aseguraría una perdurable humillación, ninguno de los dos le dirigió la palabra al otro. Pasado un rato, me marché, de modo que como ves, joven Edwin, nada y sin embargo todo ha sucedido entre nosotros. Tuve claro entonces que haría bien en marcharme esa misma noche, y dado que ya no estábamos en guerra, la guardia no era muy estricta. Me deslicé sigilosamente entre los centinelas, sin despedirme de nadie, y al poco era sólo un muchacho bajo el resplandor de la luna; había dejado atrás a mis queridos compañeros, mis familiares hacía mucho que habían sido masacrados, y no poseía otra cosa que mi coraje y unas habilidades aprendidas recientemente para continuar mi viaje.

—Guerrero, ¿te sigue persiguiendo Brennus temeroso todavía de que te tomes tu venganza por lo sucedido aquellos días?

—¿Quién sabe qué clase de demonios le susurran al oído a ese idiota? Ahora es un importante lord en esta región y en la que hace frontera con ella, y sin embargo vive atemorizado ante cualquier viajero sajón procedente del este que pase por sus tierras. ¿Ha ido alimentando el miedo de esa noche tenazmente, hasta convertirlo en un enorme gusano que mora en su estómago? ¿O el aliento del dragón hembra le hace olvidar cualquiera que fuese el motivo que tuviera para temerme en el pasado, pero el miedo en sí crece hasta hacerse monstruoso al carecer de nombre? El año pasado un guerrero sajón procedente de las marismas, uno al que conozco muy bien, fue asesinado mientras viajaba tranquilamente por esta región. Sin embargo, sigo en deuda con Lord Brennus por la lección que me enseñó, porque sin ella todavía hoy podría considerar a los britanos mis hermanos de armas. ¿Qué te inquieta, joven camarada? Te agitas como si mi fiebre también te afectara.

De modo que había sido incapaz de disimular su inquietud, pero Wistan no podía sospechar su engaño. ¿Era posible que también el guerrero pudiese oír la voz de su madre? Ella le había estado llamando todo el rato mientras el guerrero hablaba. «¿No vas a encontrar la fuerza para mí, Edwin? ¿Eres todavía demasiado joven? ¿No vas a venir a buscarme, Edwin? ¿No me prometiste aquel día que lo harías?»

—Lo siento, guerrero. Es mi instinto de cazador que me hace sentir impaciente, porque temo perder el rastro, y el sol de la mañana ya está brillando fuera.

—Partiremos en cuanto me vea capaz de montar a lomos de esa yegua. Pero déjame descansar un poco más, camarada, porque ¿cómo vamos a poder enfrentarnos a un oponente tan temible como ese dragón hembra si la fiebre me impide levantar la espada?

CAPÍTULO ONCE

Suspiraba por un poco de sol para poder hacer entrar en calor a Beatrice. Pero aunque el otro margen del río estaba a menudo bañado por la luz de la mañana, el margen por el que caminaban ellos seguía dominado por la sombra y el frío. Axl notaba cómo ella se apoyaba en él mientras avanzaban, y cada vez tiritaba con más fuerza. Él estaba a punto de sugerir que volviesen a descansar cuando por fin divisaron un tejado detrás de unos sauces, que sobresalía sobre el agua.

Les llevó un rato bajar por la embarrada ladera hasta el cobertizo para la barca, y cuando pasaron por debajo del bajo arco de la entrada, la semipenumbra y la proximidad del chapoteo del agua pareció provocar que Beatrice tiritase más. Se adentraron en el cobertizo, caminando sobre húmedos tablones de madera, y vieron más allá del saliente del tejado hierba alta, juncos y el río que se ensanchaba. Entonces la silueta de un hombre se alzó entre las sombras a su izquierda y preguntó:

—¿Quiénes sois, amigos?

—Dios sea con vos, señor —dijo Axl—. Sentimos haberos despertado. Sólo somos dos viajeros fatigados que deseamos ir río abajo hasta la aldea de nuestro hijo.

Un hombre fornido y barbudo de mediana edad, envuelto en varias capas de pieles de animales, avanzó hacia la luz y los escudriñó. Finalmente les preguntó, no sin cierta amabilidad:

—¿La señora se encuentra mal?

—Sólo está cansada, señor, pero no puede recorrer a pie lo que nos queda de trayecto. Esperábamos que pudierais prestarnos una barcaza o un pequeño bote. Dependemos de vuestra bondad, porque debido a una reciente desgracia hemos perdido los fardos que llevábamos y con ellos el estaño para pagaros. Veo, señor, que ahora mismo sólo tenéis una barca en el agua. Puedo al menos prometeros llevar cualquier carga que nos confiéis si nos permitís utilizarla.

El barquero observó la barca que se mecía suavemente bajo el tejado y volvió a mirar a Axl.

—Amigo, esta barca todavía va a tardar un poco en ir río abajo, porque estoy esperando a que mi socio regrese con cebada para llenarla. Pero veo que estáis agotados y que habéis sufrido alguna desgracia. De modo que permitid que os haga una sugerencia. Mirad ahí, amigos. ¿Veis esos cestos?

—¿Cestos, señor?

—Pueden parecer endebles, pero flotan bien y soportarán vuestro peso, aunque tendréis que ir cada uno en uno. Solemos cargarlos con sacos de grano e incluso a veces con un cerdo sacrificado, y atados a una barca descienden sin riesgo alguno aun cuando la corriente sea fuerte. Y hoy, como podéis ver, el río baja muy tranquilo, de modo que viajaréis sin peligro.

—Sois muy amable, señor. ¿Pero no tenéis un cesto lo suficientemente grande para los dos?

—Debéis ir cada uno en un cesto, amigos, porque si no corréis peligro de hundiros. Pero puedo ataros dos juntos, de modo que será prácticamente como si fuese uno. Cuando veáis el cobertizo para los botes de la parte baja del río en la misma orilla, vuestro viaje habrá terminado, y os ruego que dejéis los cestos allí bien atados.

—Axl —susurró Beatrice—, no nos separemos. Vayamos juntos a pie, aunque sea más lento.

—Ya no podemos caminar más, princesa. Los dos necesitamos

calentarnos y comer, y este río nos conducirá rápidamente hacia la bienvenida de nuestro hijo.

–Por favor, Axl, no quiero que nos separemos.

–Pero este buen hombre dice que atará los cestos, de modo que será como si fuéramos cogidos del brazo. –Y volviéndose hacia el barquero, añadió–: Os estoy muy agradecido, señor. Haremos lo que nos sugerís. Por favor, atad los cestos bien fuerte para que no haya posibilidad de que un tirón de la rápida corriente los separe.

–El peligro, amigo, no está en la rapidez de la corriente sino en su lentitud. Es fácil quedar atrapado entre las plantas acuáticas que crecen cerca de la orilla y no poder moverse de allí. Por eso os voy a dejar un palo bien sólido para que podáis empujar con él, de modo que tenéis poco que temer.

Cuando el barquero se dirigió al borde del muelle y se puso a preparar la cuerda, Beatrice susurró:

–Axl, por favor, no nos separemos.

–No vamos a separarnos, princesa. Mira cómo está haciendo los nudos para mantenernos juntos.

–La corriente nos puede separar, Axl, por mucho que diga este hombre.

–Nos irá bien, princesa, y pronto estaremos en la aldea de nuestro hijo.

Entonces el barquero los llamó y ellos saltaron con cuidado por las pequeñas piedras hasta donde estaba él, sujetando con una larga pértiga dos cestos que se mecían sobre el agua.

–Están muy bien forrados con cuero –les dijo–. Apenas notaréis el frío del río.

Pese a que le dolía al agacharse, Axl mantuvo a Beatrice cogida con las dos manos hasta que estuvo bien sentada en el primer cesto.

–No intentes levantarte, princesa, o harás que el cesto se tambalee peligrosamente.

–¿Tú no subes, Axl?

–Me voy a subir en el que está justo a tu lado. Mira, este hombre los ha atado muy juntos.

–No me dejes aquí sola, Axl.

Pero incluso mientras decía eso, parecía muy tranquila y permanecía echada en el cesto como un niño a punto de dormirse.

–Buen hombre –dijo Axl–, mirad cómo tiembla mi esposa por el frío. ¿Podéis dejarnos algo para taparla?

El barquero también miraba a Beatrice, que ahora se había acurrucado de lado y había cerrado los ojos. De pronto se quitó una de las pieles que llevaba encima e, inclinándose, cubrió con ella a Beatrice. Ella no pareció darse cuenta –sus ojos siguieron cerrados–, de modo que fue Axl quien le dio las gracias.

–De nada, amigo. Dejádmelo todo en el cobertizo para los botes de abajo. –El hombre los empujó hacia la corriente con la pértiga–. Manteneos tumbados y tened el palo a mano por si aparecen plantas acuáticas.

En el río el frío era intenso. Aquí y allá flotaban bloques de hielo, pero sus cestos se movían entre ellos con facilidad, en ocasiones golpeándose levemente uno contra el otro. Los cestos tenían casi la forma de barcas, con proa y popa, pero tendían a rotar sobre sí mismos, de modo que al poco rato Axl se encontró mirando río arriba, hacia el cobertizo para barcas, todavía visible en el margen del río.

El amanecer que despuntaba desparramaba su luz entre la hierba mecida por el viento que crecía en ambas orillas y, tal como les había prometido el barquero, la corriente era suave. Aun así, Axl no dejaba de controlar el cesto de Beatrice, que parecía completamente cubierto por la piel del animal, y sólo unos mechones de cabello que asomaban revelaban su presencia. Pasado un rato, Axl le dijo:

–Llegaremos enseguida, princesa. –Y al no recibir respuesta, estiró el brazo para acercar el cesto de ella–. Princesa, ¿estás dormida?

–Axl, ¿sigues ahí?

—Claro que sigo aquí.

—Axl, pensaba que quizá me habías vuelto a abandonar.

—¿Por qué iba a hacerlo, princesa? Y ese hombre ha atado muy bien los cestos.

—No sé si es algo soñado o recordado. Pero me he visto a mí misma entonces, en nuestra estancia en plena noche. Era hace mucho tiempo y yo iba envuelta en esa capa de pieles de tejón que cosiste como un cariñoso regalo para mí. Estaba de pie, y en nuestra antigua estancia, no la que tenemos ahora, porque en la pared había ramas de haya que la cruzaban de lado a lado y yo observaba a una oruga que reptaba lentamente por ellas, y me preguntaba por qué esa oruga no estaba dormida tan entrada la noche.

—Olvídate de las orugas, ¿qué hacías tú despierta y contemplando la pared en plena noche?

—Creo, Axl, que estaba allí plantada porque tú te habías ido y me habías abandonado. Tal vez la piel con la que ese hombre me ha tapado me recuerda a aquella otra, porque la mantenía agarrada mientras permanecía ahí de pie, era la que tú me habías cosido con pieles de tejón y que después perdimos en aquel incendio. Estaba mirando a la oruga y preguntándome por qué no dormía y si una criatura como ésa distinguía la noche del día. Pero creo que el motivo era que tú te habías marchado, Axl.

—Un sueño extraño, princesa, tal vez te esté subiendo la fiebre. Pero pronto estaremos junto a una fogata bien cálida.

—¿Sigues ahí, Axl?

—Claro que sigo aquí, y hace ya rato que hemos perdido de vista el cobertizo de las barcas.

—Aquella noche me dejaste, Axl. Y nuestro amado hijo también. Él había partido uno o dos días antes, diciendo que no quería seguir en casa cuando tú volvieras. De modo que yo estaba sola, en nuestra antigua estancia, en mitad de la noche. Pero en aquel entonces teníamos una vela y podía ver a la oruga.

—Es muy raro este sueño que me cuentas, princesa, sin duda

producido por la fiebre y por este frío. Ojalá el sol ascendiese con menos parsimonia.

–Tienes razón, Axl. Aquí hace mucho frío, incluso bajo esta manta.

–Te haría entrar en calor abrazándote, pero el río no me lo permite.

–Axl, ¿es posible que nuestro hijo se marchase lleno de ira un día y nosotros le cerrásemos la puerta y le dijésemos que no volviera nunca?

–Princesa, veo algo en el agua delante de nosotros, tal vez sea una barca encallada entre los juncos.

–Te estás alejando, Axl. Apenas te oigo.

–Estoy aquí a tu lado, princesa.

Había permanecido prácticamente echado en el cesto, con las piernas extendidas, pero ahora se movió con cuidado hasta quedar arrodillado, agarrando el borde de cada uno de los lados.

–Ahora lo veo mejor. Es un pequeño bote de remos, encallado entre los juncos, en un meandro del río. Está en nuestro camino y debemos tener cuidado de no acabar encallados del mismo modo.

–Axl, no te alejes de mí.

–Estoy aquí, a tu lado, princesa. Pero deja que coja el palo para mantenernos alejados de los juncos.

Los cestos ahora se movían todavía más lentos, desplazándose hacia una zona en el meandro del río en la que el agua parecía convertirse en fango. Axl metió el palo en el agua y descubrió que tocaba el fondo fácilmente, pero cuando trató de empujar para volver a la corriente, el palo se hundió en el lecho del río, dejándolo sin un punto de apoyo. Vio también, con la luz de la mañana que ya despuntaba por encima de los prados de hierba alta, que ambos cestos estaban rodeados de una densa capa de plantas acuáticas, como si pretendiesen retenerlos y atraerlos hacia el punto donde la corriente se estancaba. Tenían el bote casi encima, y mientras se desplazaban poco a poco hacia él, Axl levantó el palo para apoyarlo contra la popa y logró detener la deriva de los cestos.

—¿Hemos llegado ya al otro cobertizo para barcas, esposo?

—Todavía no. —Axl miró hacia la parte del río en la que la corriente seguía descendiendo—. Lo siento, princesa. Estamos atrapados entre los juncos. Pero tenemos justo delante un bote de remos y, si está en buen estado, lo utilizaremos para continuar el viaje.

Axl volvió a hundir el palo en el agua y maniobró lentamente para situar los cestos junto a la barca.

Desde su perspectiva casi a ras del agua, el bote se alzaba, enorme, sobre ellos, y Axl pudo observar con detalle la madera dañada y deteriorada, y la parte inferior de la borda, de donde colgaba una hilera de carámbanos como restos de cera resecos. Axl clavó el palo en el fondo del río y se incorporó con cuidado hasta ponerse completamente de pie en su cesto y echó un vistazo al interior del bote.

La proa estaba bañada por una luz anaranjada y tardó un poco en descubrir que el montón de harapos amontonados sobre los tablones era en realidad una anciana. Lo inusual de su vestimenta —infinidad de retales de tela oscura zurcidos— y la mugre negruzca que le cubría la cara le habían despistado momentáneamente. Además, estaba recostada en una postura peculiar, con la cabeza echada hacia un lado, de modo que casi le tocaba el suelo de la barca. Algo en la ropa de la anciana avivó algún recuerdo en Axl, pero en ese momento la mujer abrió los ojos y se quedó mirándolo.

—Ayudadme, desconocido —le dijo en voz baja, sin alterar su postura.

—¿Estáis enferma, señora?

—El brazo no me obedece, de otro modo ya me habría incorporado y cogido el remo. Ayudadme, desconocido.

—¿Con quién hablas, Axl? —Oyó la voz de Beatrice a sus espaldas—. Cuidado no sea algún demonio.

—No es más que una pobre mujer de nuestra edad o incluso más anciana, que está herida en el bote.

—No te olvides de mí, Axl.

—¿Olvidarme de ti? ¿Por qué iba a olvidarme de ti, princesa?

—La niebla hace que nos olvidemos de muchas cosas. ¿Por qué no iba a poder hacer que nos olvidásemos el uno del otro?

—Una cosa así no podría suceder jamás, princesa. Ahora debo ayudar a esta pobre mujer, y tal vez, con suerte, los tres podremos utilizar esta barca para seguir descendiendo por el río.

—Desconocido, he oído lo que acabáis de decir. Sois bienvenidos a compartir mi barca. Pero ahora ayudadme, porque me he caído y estoy herida.

—Axl, no me dejes aquí. No te olvides de mí.

—Sólo subo a la barca que tenemos al lado, princesa. Debo ayudar a esta pobre desconocida.

El frío le había anquilosado las extremidades y estuvo a punto de perder el equilibrio al subir a la embarcación más grande. Pero logró mantenerse en pie y echó un vistazo a su alrededor.

La barca parecía sencilla y recia, no había señales de que se filtrase agua. Había algún tipo de carga apilada cerca de la popa, pero Axl apenas le prestó atención, porque la mujer estaba de nuevo diciendo algo. El sol de la mañana seguía iluminándola y Axl vio que tenía la mirada clavada en sus pies, con tal intensidad que no pudo evitar mirárselos también él. Como no vio nada remarcable, se acercó a ella, avanzando con cuidado sobre el oscilante bote.

—Desconocido, veo que no sois joven, pero todavía os quedan fuerzas. Mostradles un rostro feroz. Un rostro feroz para hacer que se marchen.

—Venid, señora. ¿Podéis incorporaros? —Le dijo eso porque le inquietaba la extraña postura de la mujer; su cabello gris colgaba y tocaba los listones húmedos—. Vamos. Os ayudaré. Intentad sentaros.

Cuando Axl se inclinó hacia delante y la tocó, un cuchillo

oxidado que ella tenía agarrado cayó sobre los listones. En ese mismo momento, un pequeño animal salió disparado de entre sus harapos y se ocultó entre las sombras.

–¿Las ratas os importunan, señora?

–Están ahí, desconocido. Mostradles un rostro feroz, hacedme caso.

Axl cayó ahora en la cuenta de que la mujer no había estado mirando sus pies, sino detrás de él, algo que había en el fondo de la barca. Axl se volvió, pero el sol bajo le deslumbró y no pudo ver claramente lo que fuese que se movía allí.

–¿Son ratas, señora?

–Os temen, desconocido. A mí también me temieron durante algún tiempo, pero después me han ido chupando poco a poco la sangre. De no ser por vuestra llegada, ahora mismo los tendría encima.

–Un momento, señora.

Axl se acercó a la popa, protegiéndose del sol bajo con una mano, y echó un vistazo a los objetos amontonados entre las sombras. Distinguió redes enmarañadas, una manta empapada y amontonada de cualquier manera y una herramienta de mango largo, semejante a una azada, colocada encima. Y había también una caja de madera sin tapa, del tipo de las que los pescadores utilizan para mantener frescos los peces agonizantes que han pescado. Pero cuando miró dentro, no vio pescados, sino conejos despellejados, un buen número de ellos, tan aplastados unos contra otros que sus miembros parecían pegados. Entonces, mientras los miraba, toda la masa de tendones, codos y tobillos empezó a moverse. Axl dio un paso hacia atrás al ver que se abría un ojo, y después otro. Un ruido le hizo volverse y vio, en la otra punta de la barca, todavía bañada por la luz anaranjada, a la anciana desplomada sobre la proa con un enjambre de duendes –demasiados para contarlos– sobre ella. A primera vista, la mujer parecía feliz, asfixiada de tanto afecto, mientras las pequeñas y escuálidas criaturas correteaban entre sus harapos y por su cara y sus hombros. Y ahora estaban apareciendo más y más que salían del río y subían por la borda de la barca.

Axl se inclinó para coger la herramienta de mango largo que tenía delante, pero también él se sentía ahora envuelto en una sensación de sosiego, y se encontró sacando el mango de entre la red enmarañada de un modo extrañamente pausado. Sabía que más y más criaturas estaban emergiendo del agua –¿cuántas habrían ya subido a bordo? ¿Treinta? ¿Sesenta?– y su vocerío le pareció similar al barullo de niños jugando a lo lejos. Tuvo la presencia de ánimo suficiente para levantar la larga herramienta –una azada, sin duda, porque ¿no era eso de la punta una hoja oxidada que se elevaba hacia el cielo, o era otra criatura aferrada al palo?– y aplastar con ella los minúsculos nudillos y rodillas que subían por la borda de la barca. Después una segunda pasada, esta vez dirigida hacia la caja con los conejos despellejados de la cual estaban saliendo más duendes. Pero él nunca había sido un gran espadachín; estaba dotado para la diplomacia y, cuando era necesario, para las intrigas, ¿pero quién podía decir que hubiera traicionado alguna vez la confianza que con sus habilidades se había ganado? Al contrario, era él quien había sido traicionado, pero todavía era capaz de empuñar un arma con cierta habilidad, y ahora golpearía con ella hacia un lado y hacia el otro, porque ¿acaso no tenía que defender a Beatrice de este enjambre de criaturas? Pero aparecían más y más, ¿todavía salían de esa caja, o de esas aguas poco profundas? ¿Estaban ahora envolviendo a Beatrice dormida en su cesto? El último golpe con la azada había surtido cierto efecto, porque varias criaturas habían caído al agua, y después con otro golpe había lanzado a dos, incluso a tres, volando por los aires, y sin embargo la anciana era una desconocida, ¿qué le obligaba a protegerla estando allí su propia esposa? Pero ahí estaba, la desconocida, ahora apenas visible bajo un enjambre de criaturas incansables, y Axl cruzó toda la longitud de la barca con la azada en alto y trazó otro arco en el aire para barrer al máximo número posible sin herir a la desconocida. ¡Pero cómo se agarraban! Y ahora incluso se atrevían a hablarle, ¿o era la anciana quién lo hacía bajo el enjambre?

–Dejadla, desconocido. Dejádnosla a nosotros. Dejadla, desconocido.

Axl volvió a pasar la azada y se movió como si el aire tuviese la densidad del agua, pero dio en la diana y dispersó a un montón de criaturas, aunque seguían apareciendo más.

–Dejádnosla a nosotros, desconocido –volvió a oírse desde donde estaba la anciana, y sólo ahora a Axl se le ocurrió pensar, con una punzada de terror que parecía no tener fin, que aquella voz no se refería a la agonizante desconocida que tenía ante sí, sino a Beatrice. Y volviéndose hacia el cesto de su esposa, atrapado entre las plantas, vio que el agua a su alrededor estaba viva, rebosante de extremidades y hombros. Su propio cesto estaba a punto de volcar por los tirones de las criaturas que intentaban subirse a él, y sólo se mantenía a flote gracias al lastre de los que ya estaban encima. Pero si se subían a su cesto era sólo para tener mejor acceso al otro. Vio a más criaturas acumulándose sobre la piel que cubría a Beatrice y, lanzando un grito, se subió a la borda del bote y se tiró al agua. Era más profundo de lo que pensaba y le cubría hasta la cintura, pero la sorpresa le dejó sin aliento sólo un instante, antes de emitir un bramido de guerrero que emergió desde lo más profundo de su memoria, y moviéndose con dificultad se dirigió hacia los cestos, con la azada en alto. Sintió que algo tiraba de sus ropas y la textura del agua era como de miel, pero cuando hizo descender la azada sobre su propio cesto, pese a que el arma se movía con una frustrante lentitud por el aire, en cuanto golpeó su objetivo más criaturas de las que hubiera imaginado cayeron al agua. La siguiente pasada fue incluso más destructiva; esta vez debió de golpear con la hoja hacia fuera, porque ¿no era carne sanguinolenta lo que vio salir volando hacia la luz del sol? Y sin embargo Beatrice seguía del todo ausente, flotando plácidamente echada mientras las criaturas le correteaban por encima, y ahora también llegaban desde la orilla, saliendo en masa de entre la hierba. Había incluso criaturas colgadas de la azada y Axl la dejó caer al agua, deseando de pronto únicamente estar junto a Beatrice.

Avanzó por el agua entre las plantas acuáticas y los juncos quebrados, con los pies hundiéndosele en el barro, pero Beatrice seguía más ausente que nunca. Entonces oyó de nuevo la voz de la desconocida, y aunque ahora, con medio cuerpo sumergido, ya no podía verla, Axl pudo vislumbrarla con inesperada claridad en el ojo de su mente, echada en el suelo del bote bajo el sol de la mañana, los duendes moviéndose libremente sobre su cuerpo mientras pronunciaba las palabras que él oía:

—Dejadla, desconocido. Dejádnosla a nosotros.

—Malditos seáis —murmuró Axl mientras se movía con gran esfuerzo—. Jamás, jamás la abandonaré.

—Un hombre sabio como vos, desconocido. Sabéis desde hace mucho que no existe ninguna cura para salvarla. ¿Cómo soportaréis lo que le aguarda? ¿Anheláis la llegada del día en que veréis a vuestro gran amor retorcerse de dolor, sin poder ofrecerle nada salvo palabras amables susurradas al oído? Dejádnosla a nosotros y aliviaremos su sufrimiento, como hemos hecho con todos los demás que la han precedido.

—¡Malditos seáis! ¡No os la voy a entregar!

—Dejádnosla y nos aseguraremos de que no padezca ningún dolor. La asearemos en las aguas del río, el peso de los años la abandonará y se sentirá como en un plácido sueño. ¿Por qué seguir con ella, desconocido? ¿Qué podéis ofrecerle salvo la agonía de un animal sacrificado?

—Me voy a librar de vosotros. ¡Apartaos! ¡Apartaos de ella!

Uniendo las manos para forjar un mazo, las balanceó hacia un lado y después hacia el otro, despejando un camino en el agua mientras avanzaba con medio cuerpo sumergido, hasta llegar por fin junto a Beatrice, todavía profundamente dormida en su cesto. Los duendes se movían como un enjambre por la piel de animal que la cubría, y Axl empezó a apartarlos uno a uno, echándolos al agua.

–¿Por qué no nos la entregáis? No mostráis ninguna bondad hacia ella.

Axl empujó el cesto por el agua hasta que el lecho del río se elevó y el cesto quedó sobre el barro, entre la hierba y los juncos. Entonces él se inclinó y cogió a su esposa en brazos para levantarla. Por suerte ella recuperó suficientemente la consciencia y pudo agarrarse del cuello de Axl. Dieron juntos pasos tambaleantes, primero en la orilla y después ya en los prados. Sólo cuando notó que la tierra era firme y seca bajo sus pies, Axl la dejó en el suelo y se sentaron juntos sobre la hierba, él recuperando el aliento, ella recobrando poco a poco la conciencia.

–Axl, ¿qué es este lugar al que hemos llegado?

–Princesa, ¿cómo te encuentras? Debemos alejarnos de aquí. Te cargaré a mi espalda.

–¡Axl, estás empapado! ¿Te has caído al río?

–Éste es un lugar endiablado, princesa, y debemos marcharnos cuanto antes. Te llevaré gustosamente a mi espalda, como solíamos hacer cuando éramos más jóvenes y alocados y disfrutábamos de la calidez de un día de primavera.

–¿Debemos dejar el río atrás? Seguro que Sir Gawain tenía razón al decir que nos llevaría más rápido allí adonde vamos. Esta tierra parece estar entre montañas como las que hemos dejado atrás.

–No tenemos elección, princesa. Debemos alejarnos de aquí. Ven. Te cargaré a mi espalda. Ven, princesa, agárrate a mis hombros.

CAPÍTULO DOCE

Oía la voz del guerrero abajo, aconsejándole ascender más lentamente, pero Edwin no le hizo caso. Wistan era demasiado lento y no parecía darse cuenta de la urgencia de la situación. Cuando todavía no habían recorrido ni la mitad del camino hacia la cima, le había preguntado a Edwin:

–¿Puede ser un halcón eso que nos ha sobrevolado, joven camarada?

¿Qué importaba lo que fuese? La fiebre había ablandado al guerrero, tanto su mente como su cuerpo.

Sólo tenía que subir un poco más y entonces al menos él ya habría alcanzado la cima y pisaría suelo firme. Entonces podría huir –¡cuánto deseaba huir!–, ¿pero adónde? Su destino, hasta el momento, resultaba difuso en su cabeza. Y lo que era peor, había algo importante que debía confesarle al guerrero: había engañado a Wistan y ahora estaba llegando el momento de confesar. Al iniciar el ascenso, tras dejar a la exhausta yegua atada a un arbusto junto al camino de la montaña, había decidido confesárselo abiertamente cuando llegaran a la cima. Pero ahora que estaban a punto de alcanzarla, su cabeza era una madeja de confusión.

Trepó por las últimas rocas y dejó atrás el precipicio. La extensión de tierra que tenía ante él era yerma y barrida por el viento, y se elevaba gradualmente hacia los difusos picos que emergían en el horizonte. A su alrededor crecían matas de brezo y hierbas de montaña, pero nada que se alzase por encima del tobillo de una persona. A cierta distancia, vio con extrañeza lo que parecía un bosquecillo, con sus exuberantes árboles erguidos plácidamente contra el batiente viento. ¿Había tenido un dios el capricho de coger con sus dedos un pedazo de un frondoso bosque y recolocarlo en este inhóspito terreno?

Aunque sin aliento después del ascenso, Edwin se obligó a correr hacia allí. Porque sin duda esos árboles eran su meta y una vez allí lo recordaría todo. La voz de Wistan volvía a gritarle desde algún punto a sus espaldas –el guerrero debía de haber llegado por fin a la cima–, pero Edwin, sin mirar atrás, corrió todo lo rápido que pudo. Su confesión podía esperar hasta que llegase a esos árboles. Refugiado en ellos, sería capaz de recordar con más claridad, y podrían hablar sin oír el silbido del viento.

De pronto se dio de bruces con el suelo, sin aliento. Sucedió de un modo tan inesperado que se vio obligado a permanecer un momento allí tumbado, bastante aturdido, y cuando intentó ponerse de nuevo en pie algo liviano pero con mucha fuerza le obligó a seguir en el suelo. Se dio cuenta entonces de que era la rodilla de Wistan lo que le presionaba la espalda, y de que le estaba atando las manos a la espalda.

–Antes me has preguntado por qué debíamos llevar una cuerda –le dijo Wistan–. Ahora puedes comprobar lo útil que resulta.

Edwin empezó a recordar la conversación que habían mantenido en el sendero de abajo. Impaciente por empezar a escalar, le fastidió la lentitud con la que el guerrero cogía diversas cosas de su silla de montar y las iba metiendo en dos zurrones con los que cargarían.

–¡Debemos darnos prisa, guerrero! ¿Para qué necesitamos todas estas cosas?

–Toma, lleva esto, camarada. El dragón hembra ya es un

enemigo lo bastante temible sin que le demos la ventaja de llegar hasta ella debilitados por el frío y el hambre.

—¡Pero voy a perder el rastro! ¿Y para qué necesitamos una cuerda?

—Todavía podemos necesitarla, joven camarada, y no vamos a encontrarla creciendo de las ramas ahí arriba.

Ahora con esa cuerda le había atado la cintura además de las muñecas, de modo que cuando finalmente se puso en pie sólo podía avanzar si el guerrero no lo retenía tirando de él.

—Guerrero, ¿ya no eres mi maestro y amigo?

—Todavía lo soy, y también tu protector. A partir de aquí tienes que avanzar con menos prisas.

Descubrió que la cuerda no le importaba. Le obligaba a adoptar unos andares de mula y eso le recordó un día, no hacía mucho, en que tuvo que imitar justamente a ese animal, dando vueltas y vueltas alrededor de un carro. ¿Era ahora la misma mula, tirando con terquedad pendiente arriba pese a que la cuerda lo retenía?

Tiró y tiró, y de vez en cuando lograba dar unos cuantos pasos antes de que la cuerda le obligase a detenerse. Tenía en sus oídos una voz —una voz familiar—, medio cantando, medio recitando una cancioncilla infantil, una que conocía bien de cuando era más pequeño. Resultaba reconfortante e inquietante en igual medida y descubrió que si también él canturreaba mientras tiraba de la cuerda, la voz perdía parte de su carga perturbadora. De modo que se puso a cantar, al principio en voz baja y después con menos timidez, contra el viento.

—«¿Quién ha tirado la jarra de cerveza? ¿Quién le ha cortado la cola al dragón? ¿Quién ha dejado la serpiente dentro del cubo? Ha sido tu primo Adny.» —Había más versos que no recordaba, pero le sorprendió descubrir que no tenía más que cantar al ritmo de la voz y le brotaban las palabras correctas.

Ahora los árboles ya estaban cerca y el guerrero volvió a retenerlo tirando de la cuerda.

272

—Poco a poco, joven camarada. Necesitamos algo más que valor para adentrarnos en esta extraña arboleda. Mira allí. Que haya pinos a esta altura no es ningún misterio, ¿pero esos robles y olmos que hay junto a ellos?

—¡Da igual qué árboles crezcan aquí, guerrero, o qué pájaros vuelen por estos cielos! ¡Nos queda poco tiempo y debemos darnos prisa!

Entraron en el bosquecillo y el terreno cambió bajo sus pies: había musgo mullido, ortigas, incluso helechos. El follaje que tenían encima era tan denso que formaba una suerte de techo, de modo que durante un rato caminaron bajo una grisácea semipenumbra. Pero no era un bosque, porque enseguida vieron ante ellos un claro con el cielo abierto encima. A Edwin le vino a la cabeza que si realmente aquello era obra de un dios, su intención debía de ser ocultar con esos árboles lo que fuese que hubiera detrás. Tiró enojado de la cuerda y dijo:

—¿Por qué tanta dilación, guerrero? ¿No será que tienes miedo?

—Observa este lugar, joven camarada. Tu instinto de cazador nos ha hecho un buen servicio. Lo que tenemos ante nosotros debe ser la guarida del dragón hembra.

—Guerrero, de los dos, yo soy el cazador, y te aseguro que en ese claro no hay ningún dragón. ¡Debemos apresurarnos, porque todavía nos queda camino por recorrer!

—Tu herida, joven camarada. Déjame comprobar si sigue limpia.

—¡Olvídate de mi herida! ¡Te digo que voy a perder el rastro! Suelta la cuerda, guerrero. ¡Voy a correr aunque no quieras!

Esta vez Wistan lo soltó y Edwin avanzó rápidamente entre cardos y enmarañadas raíces. Perdió el equilibrio numerosas veces, porque como iba maniatado no podía mover los brazos para equilibrarse. Pero llegó al claro sin magullarse y se detuvo al borde para contemplar lo que tenía delante.

En el centro del claro había una charca. La superficie estaba congelada, de modo que un hombre –si era lo bastante valiente o atolondrado– podía cruzarla en unos veinte pasos. La lisura de la superficie helada sólo se interrumpía cerca del otro lado, donde emergía el tronco hueco de un árbol muerto. En esa orilla, no lejos del árbol caído, había un ogro enorme arrodillado y apoyado sobre los codos justo al borde del agua, con la cabeza completamente sumergida. Tal vez la criatura había estado bebiendo –o buscando algo bajo el agua– y se había visto sorprendido por una repentina congelación. Un observador despistado podría haber pensado que se trataba de un cadáver sin cabeza, decapitado mientras gateaba para saciar su sed.

El cielo encima de la charca proyectaba una extraña luz sobre el ogro, y Edwin se quedó un rato mirándolo, casi como esperando que reviviese, alzando de pronto un rostro horripilante y enrojecido. Y entonces, con un sobresalto, se dio cuenta de que había una segunda criatura en idéntica postura en la parte más alejada del margen derecho de la charca. ¡Y allí!..., una tercera, no lejos de él, en la orilla en la que estaba, semioculto entre los helechos.

Los ogros normalmente no le generaban otra cosa que repugnancia, pero esas criaturas, con la fantasmagórica melancolía de sus posturas, le provocaron a Edwin una punzada de lástima. ¿Qué las había conducido a semejante destino? Empezó a acercarse a ellas, pero la cuerda estaba de nuevo tensada y oyó a Wistan muy cerca, detrás de él:

–¿Todavía sigues negando que ésta es la guarida de un dragón, camarada?

–Aquí no es, guerrero. Debemos continuar adelante.

–Sin embargo, este lugar me susurra cosas. Aunque no sea su guarida, ¿no es donde acude a beber y a bañarse?

–Guerrero, yo digo que es un lugar maldito, y que no es el sitio adecuado para enfrentarse a ella. Aquí sólo nos acompañará la mala suerte. Mira a estos pobres ogros. Y ellos son casi tan grandes como los demonios a los que mataste la otra noche.

–¿De qué hablas, muchacho?

–¿No los ves? ¡Mira ahí! ¡Y ahí!

–Joven Edwin, estás, como me temía, exhausto. Descansemos un poco. Aunque éste sea un lugar tenebroso, al menos nos da un respiro del viento.

–¿Cómo puedes hablar de descansar, guerrero? ¿No es así como estas pobres criaturas encontraron su destino, holgazaneando demasiado rato en este paraje embrujado? ¡Presta atención a su advertencia, guerrero!

–La única advertencia a la que voy a hacer caso me dice que te obligue a descansar antes de que te reviente el corazón.

Edwin sintió que tiraban de él y que su espalda golpeaba contra la corteza de un árbol. Después el guerrero se puso a dar vueltas a su alrededor, atándole al tronco el pecho y los hombros hasta que apenas podía moverse.

–Este buen árbol no te va a hacer ningún daño, joven camarada. –El guerrero le puso con suavidad la mano sobre el hombro–. ¿Por qué malgastar fuerzas para intentar arrancarlo? Hazme caso, tranquilízate y descansa, mientras yo inspecciono más minuciosamente este lugar.

Edwin observó a Wistan caminar entre las ortigas hasta la charca. Al llegar al borde del agua, el guerrero se pasó un buen rato paseándose de un lado a otro, observando atentamente el suelo, acuclillándose de vez en cuando para examinar lo que fuese que le llamase la atención. Después se irguió y durante un buen rato pareció dejarse arrastrar por una ensoñación, mirando hacia los árboles de la orilla más alejada de la charca. Para Edwin el guerrero era ahora casi una silueta recortada contra el agua helada. ¿Por qué ni siquiera echaba un vistazo a los ogros?

Wistan hizo un movimiento y de pronto tenía la espada en la mano y el brazo preparado e inmóvil en el aire. Después volvió a envainar el arma y, dando la espalda al agua, regresó caminando hacia él.

–No somos los primeros visitantes que pasan por aquí

—dijo—. Hace apenas unas horas alguien ha estado aquí, y no ha sido el dragón hembra. Joven Edwin, me alegra ver que te has tranquilizado.

—Guerrero, tengo algo que confesarte. Algo que puede que te impulse a matarme incluso mientras sigo atado a este árbol.

—Habla, muchacho, y no me tengas miedo.

—Guerrero, dijiste que poseía el don del cazador, y mientras hablabas sentí el irrefrenable impulso de hacerte creer que podía olfatear el rastro de Querig. Pero te he estado engañando.

Wistan se le acercó hasta colocarse justo delante de él.

—Continúa, camarada.

—No puedo seguir, guerrero.

—Tienes más que temer de tu silencio que de mi ira. Habla.

—No puedo, guerrero. Cuando empezamos a escalar, sabía exactamente lo que debía decirte. Pero ahora... no tengo claro qué es lo que te he estado ocultando.

—Es por el aliento del dragón hembra, está claro. Hasta ahora ha tenido muy poca influencia sobre ti, pero en este momento te domina. Una señal evidente de que estamos cerca de ella.

—Me temo que esta charca maldita me ha hechizado, guerrero, y tal vez también te ha hechizado a ti, haciendo que estés dispuesto a perder el tiempo de este modo y apenas mires a esos ogros ahogados. Pero, aun así, sé que tengo algo que confesarte y ojalá fuera capaz de recordarlo.

—Muéstrame el camino hacia la guarida del dragón hembra y te perdonaré cualquier pequeña mentira que me hayas contado.

—Pero éste es el problema, guerrero. Hemos cabalgado a lomos de la yegua hasta que su corazón casi revienta y después hemos escalado esta escarpada ladera de la montaña, pero no te estoy conduciendo hacia el dragón hembra.

Wistan se le había acercado tanto que Edwin percibía el aliento del guerrero.

—Entonces, joven Edwin, ¿hacia dónde me has estado llevando?

—Se trata de mi madre, guerrero. Ahora lo recuerdo. Mi tía no es mi madre. A mi verdadera madre la raptaron, y aunque yo en aquel entonces era un niño pequeño, lo vi todo. Y le prometí que un día la traería de vuelta. Ahora que ya soy casi un adulto y te tengo a ti a mi lado, incluso esos hombres que se la llevaron temblarían al vernos. Te he engañado, guerrero, tienes que entender mis motivos y ayudarme ahora que estamos tan cerca de ella.

—Tu madre. ¿Dices que está cerca de nosotros?

—Sí, guerrero. Pero no aquí. No en este lugar maldito.

—¿Qué recuerdas de los hombres que se la llevaron?

—Parecían fieros, guerrero, y habituados a matar. Ni un solo hombre de la aldea se atrevió a salir y plantarles cara ese día.

—¿Eran sajones o britanos?

—Eran britanos, guerrero. Tres hombres, y Steffa dijo que hacía no mucho habían sido soldados, porque reconoció sus actitudes de soldados. Yo no había cumplido los cinco años, de otro modo hubiera luchado para defenderla.

—A mi madre también la raptaron, joven camarada, de modo que entiendo perfectamente tus sentimientos. Y también yo era un niño demasiado débil cuando se la llevaron. Eran tiempos de guerra, y en mi ingenuidad, viendo cómo los hombres acuchillaban y colgaban a tanta gente, me alegró ver el modo en que sonreían al verla, creyendo que eso significaba que la iban a tratar con amabilidad y delicadeza. Tal vez también tú pensaste lo mismo, joven Edwin, siendo un niño que todavía no conocía el modo de actuar de los hombres.

—A mi madre se la llevaron en tiempos de paz, guerrero, de modo que no ha sufrido mucho. Ha estado viajando de una región a otra, y tal vez no sea una vida tan mala. Pero anhela regresar conmigo y lo cierto es que los hombres que viajan con ella son a veces crueles. Guerrero, acepta esta confesión y castígame después, pero ahora ayúdame a liberarla de sus captores, porque hace largos años que ella espera mi llegada.

Wistan le miró de un modo extraño. Parecía a punto de decir algo, pero luego negó con la cabeza y se apartó varios pasos del árbol, casi como si se sintiese avergonzado. Edwin nunca había visto al guerrero con esta actitud y lo miró sorprendido.

–Estoy dispuesto a perdonarte de inmediato el engaño, joven Edwin –le dijo Wistan finalmente, volviéndose para encararse con él–. Y cualquier otra pequeña mentira que me puedas haber contado. Y pronto te desataré de este árbol e iremos a enfrentarnos con cualquier enemigo ante el que nos conduzcas. Pero a cambio te pido que me prometas una cosa.

–Dime qué, guerrero.

–Si yo muero en combate y tú sobrevives, prométeme esto. Que llevarás en tu corazón el odio a los britanos.

–¿Qué quieres decir, guerrero? ¿A qué britanos?

–A todos los britanos, joven camarada. Incluso a aquellos que se muestren amables contigo.

–No te entiendo, guerrero. ¿Debo odiar a un britano que comparte su pan conmigo? ¿O que me salva de un enemigo, como hace poco hizo Sir Gawain?

–Hay britanos que hacen que nos sintamos tentados a expresar respeto, incluso amor, lo sé muy bien. Pero hay cosas más importantes que debemos valorar más allá que lo que cada uno pueda sentir por alguna persona concreta. Fueron britanos bajo el mando de Arturo los que masacraron a nuestro pueblo. Fueron britanos los que raptaron a tu madre y a la mía. Nuestro deber es odiar a cada hombre, mujer y niño que lleve su sangre. De modo que prométeme esto. Si muero en combate antes de transmitirte mis conocimientos, prométeme que darás cabida a este odio en tu corazón. Y si alguna vez flaquea o amenaza con desaparecer, protégelo cuidadosamente hasta que la llama reviva. ¿Me prometes que lo harás, joven Edwin?

–De acuerdo, guerrero, te lo prometo. Pero ahora oigo a mi madre llamándome y ya hemos pasado demasiado tiempo en este lugar tenebroso.

—Vamos entonces a buscarla. Pero estate preparado por si llegamos demasiado tarde para rescatarla.

—¿Qué quieres decir, guerrero? ¿Cómo podría suceder eso si ahora mismo estoy oyendo su llamada?

—Entonces apresurémonos a atenderla. Pero ten clara una cosa, joven camarada. Cuando ya es demasiado tarde para el rescate, todavía hay tiempo para la venganza. De modo que permíteme escuchar de nuevo tu promesa. Prométeme que odiarás a los britanos hasta el día en que mueras a causa de las heridas o del peso de los años.

—Estaré encantado de volver a prometértelo, guerrero. Pero desátame ya de este árbol, porque percibo claramente hacia dónde debemos dirigirnos.

CAPÍTULO TRECE

La cabra, tal como pudo comprobar Axl, estaba como en su casa en este terreno montañoso. Comía plácidamente hierba baja y brezo, sin preocuparse por el viento o por que sus patas del costado izquierdo estuviesen mucho más bajas que las del costado derecho. El animal tenía mucha fuerza –como Axl había descubierto sobradamente mientras ascendían– y no había sido fácil dar con un modo seguro de atarlo mientras él y Beatrice descansaban. Pero Axl había visto la raíz de un árbol muerto que asomaba por la pendiente y había anudado allí la cuerda, asegurándola bien.

Veían a la cabra con claridad desde donde ahora estaban sentados. Las dos grandes piedras, apoyadas una contra la otra como un matrimonio de ancianos, eran ya visibles desde más abajo, pero Axl tenía la esperanza de encontrar algún refugio contra el viento antes de llegar a ellas. Sin embargo, la desnuda pendiente de la colina no les había ofrecido nada y habían tenido que perseverar en su ascenso por el estrecho sendero, con la cabra tirando con tanto ímpetu como las intensas ráfagas de viento. Pero cuando por fin llegaron a las rocas gemelas, fue como si Dios hubiese construido para ellos ese refugio, porque aunque seguían oyendo las ráfagas a su alrededor, sólo notaban leves remolinos en el aire. Aun así, se sentaron muy juntos, como imitando la posición de las piedras que tenían encima.

—Todavía veo la misma región ahí abajo. ¿Al descender por el río no hemos avanzado nada?

—Nos hemos detenido antes de llegar muy lejos, princesa.

—Y ahora volvemos a subir colina arriba.

—Así es, princesa. Me temo que esa muchacha nos ha ocultado la verdadera dureza de la ascensión.

—De eso no hay duda, Axl, por lo que ha dicho parecía un paseo. ¿Pero cómo le vamos a echar la culpa? No era más que una niña y ya tenía muchas más preocupaciones de las que alguien de su edad debería soportar. Axl, mira allí. Abajo, en ese valle, ¿los ves?

Utilizando una mano a modo de visera, Axl intentó distinguir lo que le indicaba su esposa, pero finalmente negó con la cabeza.

—Mi vista no es tan buena como la tuya, princesa. Veo un valle tras otro donde las montañas descienden, pero nada remarcable.

—Allí, Axl, sigue mi dedo. ¿No son soldados caminando en fila?

—Ahora los veo, sí lo son. Pero no se mueven.

—Sí se mueven, Axl, y deben de ser soldados, por el modo en que avanzan en esa larga fila.

—Por lo que mi escasa vista me permite vislumbrar, no parecen moverse en absoluto. Y aunque fueran soldados, están demasiado lejos para molestarnos. Son esas nubes de tormenta que hay al oeste las que me preocupan más, porque van a importunarnos mucho más deprisa que cualquier soldado de la lejanía.

—Tienes razón, esposo, y me pregunto cuánto trecho más vamos a poder avanzar. Esa niña no nos ha dicho la verdad, insistiéndonos en que no era más que un paseo. ¿Pero podemos culparla? Con sus padres ausentes y a cargo de sus hermanos más pequeños, debía estar desesperada por que hiciéramos lo que nos pedía.

—Ahora que asoma el sol detrás de las nubes, los veo más claramente, princesa. No son soldados, ni siquiera hombres, sino una hilera de pájaros.

–Qué tontería, Axl. Si fueran pájaros, ¿cómo íbamos a verlos desde tan lejos?

–Están más cerca de lo que crees, princesa. Son pájaros negros descansando en fila, como hacen en las montañas.

–¿Entonces por qué ninguno alza el vuelo mientras los contemplamos?

–Todavía puede que alguno lo haga, princesa. Y la verdad es que no culpo a esa muchachita, porque ¿acaso no está en un buen apuro? ¿Y qué hubiera sido de nosotros sin su ayuda, empapados y temblando como estábamos cuando la vimos? Además, princesa, tal como yo lo recuerdo, no fue sólo la niña la que se empeñó en que subiéramos a esta cabra hasta el túmulo del gigante. ¿Hace apenas una hora no estabas también tú empeñada?

–Y sigo estándolo, Axl. Porque ¿no sería estupendo que Querig fuera aniquilada y ya no volviéramos a sufrir esta niebla? Pero cuando veo a esa cabra masticando la hierba de este modo, me resulta difícil creer que una criatura tan boba pueda acabar con un enorme dragón hembra.

La cabra comía con idéntico apetito unas horas antes esa mañana, cuando ellos habían llegado a la pequeña casa de piedra. La casa pasaba muy desapercibida, oculta en una umbría hondonada a los pies de un amenazante acantilado, e incluso cuando Beatrice se la había señalado a Axl, él la había confundido con la entrada de un asentamiento no muy diferente al de ellos, horadado profundamente en la ladera de la montaña. Sólo al acercarse más vio que se trataba de una edificación aislada, con las paredes y el tejado construidos con fragmentos de roca de un gris oscuro. El agua caía desde muy alto en un hilillo justo frente al acantilado y se acumulaba en una charca no lejos de la casa y desde allí goteaba y se desparramaba por donde el terreno descendía hasta perderse de vista. Un poco antes de llegar a la casa, y en ese momento intensamente iluminado por la luz de la mañana, había un pequeño prado vallado, cuyo único ocupante era la cabra. Como de costumbre, el animal estaba muy ocupado comiendo, pero interrumpió la tarea para contemplar perplejo a Axl y Beatrice.

Los niños, en cambio, ni se habían enterado de que se acercaban. La niña y sus dos hermanos pequeños estaban de pie al borde de una zanja, de espaldas a los visitantes, concentrados en algo que tenían a sus pies. Uno de los niños se acuclilló para tirar algo al agujero, lo que provocó la reacción de la niña, que lo agarró del brazo y tiró de él para levantarlo.

–¿Qué deben de estar haciendo, Axl? –preguntó Beatrice–. Alguna travesura me parece, y el menor es tan pequeño que en un descuido podría caer en el agujero.

Cuando dejaron atrás a la cabra y vieron que los niños seguían sin percatarse de su presencia, Axl los llamó con el tono más afable que fue capaz de articular: «Dios sea con vosotros», y provocó que los tres se volviesen asustados.

Sus semblantes de culpabilidad abalaban la intuición de Beatrice de que estaban haciendo alguna diablura, pero la niña –que les sacaba una cabeza a los dos chicos– se recompuso rápidamente y sonrió.

–¡Ancianos! ¡Sois bienvenidos! ¡Anoche rezamos a Dios para que os enviase y aquí estáis! ¡Bienvenidos, bienvenidos!

La niña se les acercó salpicando agua al avanzar por la hierba empapada, con sus hermanos pegados a ella.

–Nos confundes con otros, niña –le dijo Axl–. No somos más que dos viajeros perdidos, helados y agotados, con la ropa empapada por el agua del río, donde nos han atacado hace un rato unos duendes salvajes. ¿Puedes llamar a tu madre o a tu padre para pedirles que nos dejen calentarnos y secar nuestra ropa junto al fuego?

–¡No nos confundimos, señor! ¡Rezamos al Dios Jesús la noche pasada y ahora habéis venido! Por favor, ancianos, entrad en nuestra casa, donde el fuego todavía está encendido.

–¿Pero dónde están tus padres, niña? –le preguntó Beatrice–.

Aunque estamos agotados, no queremos importunar, de modo que esperaremos a que la señora o el señor de la casa nos inviten a pasar.

–¡Estamos los tres solos, anciana, de manera que podéis considerarme la señora de la casa! Por favor, entrad y calentaos. Encontraréis comida en el saco que cuelga de la viga, y hay leña junto al fuego para avivarlo. Entrad, ancianos, y nosotros no os molestaremos durante un buen rato mientras descansáis, porque tenemos que hacer una visita a la cabra.

–Te agradecemos la hospitalidad, muchacha –dijo Axl–. Pero dinos si la aldea más cercana está lejos de aquí.

Una sombra cruzó el rostro de la niña, e intercambió una mirada con sus hermanos, ahora alineados junto a ella. Después volvió a sonreír y dijo:

–Aquí estamos muy arriba de las montañas, señor. Esto está muy lejos de cualquier aldea, por eso os pedimos que os quedéis con nosotros, con el cálido fuego y la comida que os ofrecemos. Debéis de estar muy cansados, y veo cómo este viento os hace temblar a ambos. Así que, por favor, no habléis más de marcharos. Entrad y descansad, ancianos, ¡porque hace tanto tiempo que os esperábamos!

–¿Qué es lo que os interesa tanto en esta zanja? –preguntó Beatrice de repente.

–¡Oh, no es nada, señora! ¡Nada de nada! ¡Pero seguís aquí plantados en medio del viento con toda la ropa mojada! ¿No vais a aceptar nuestra hospitalidad y descansar junto al fuego? ¡Mirad cómo sale el humo por el tejado!

–¡Allí! –Axl se levantó de la piedra y señaló–. Un pájaro ha levantado el vuelo. ¿No te lo decía, princesa, que eran pájaros descansando en fila? ¿Ves cómo asciende por el cielo?

Beatrice, que se había puesto en pie un momento antes, dio un paso fuera del refugio de las piedras y Axl vio cómo de inmediato el viento sacudía su ropa.

—Un pájaro, es verdad —dijo ella—. Pero no ha alzado el vuelo desde allí donde están esas siluetas. Puede que todavía no hayas visto lo que te señalaba, Axl. Es allí, en la cresta más alejada, esas siluetas oscuras casi recortadas contra el cielo.

—Las veo perfectamente, princesa. Pero protégete del viento.

—Soldados o no, se mueven lentamente. El pájaro nunca ha estado allí.

—Protégete del viento y siéntate. Tenemos que recuperar todas las fuerzas que podamos. ¡Quién sabe hasta dónde vamos a tener que tirar de esta cabra!

Beatrice volvió al refugio, agarrando contra sí la capa que los niños le habían prestado.

—Axl —le dijo, mientras volvía a sentarse a su lado—, ¿de verdad lo crees? ¿Qué en lugar de los grandes caballeros y guerreros, va a ser una pareja de ancianos agotados como nosotros, a la que no le dejan tener una vela en su propia aldea, la que va a matar al dragón hembra? ¿Y con esta cabra malcarada como única ayuda?

—Quién sabe si será así, princesa. Tal vez no sea más que la ensoñación de una niña. Pero le estábamos agradecidos por su hospitalidad y por tanto no nos ha importado hacer lo que nos pedía. Y quién sabe si no tiene razón y éste es el modo de matar a Querig.

—Dime, Axl. Si realmente el dragón hembra muere y la niebla empieza a disiparse, ¿tienes miedo de lo que podamos recordar?

—¿No lo dijiste tú misma, princesa? Nuestra vida juntos es como un cuento con un final feliz, no importa las vueltas que haya dado por el camino.

—Eso decía antes, Axl. Pero ahora que puede que incluso matemos a Querig con nuestras propias manos, una parte de mí teme la disipación de la niebla. ¿A ti te sucede lo mismo, Axl?

—Tal vez sí, princesa. Tal vez siempre ha sido así. Pero temo mucho más eso de lo que has hablado antes. Me refiero a cuando descansábamos junto al fuego.

—¿Qué es lo que he dicho entonces, Axl?

—¿No te acuerdas, princesa?

—¿Hemos tenido algún tipo de absurda disputa? Ahora mismo no recuerdo nada, excepto que estaba muerta de frío y necesitaba descansar.

—Si no lo recuerdas, princesa, entonces olvidémoslo.

—Pero, Axl, noto algo desde que dejamos a esos niños. Es como si te mantuvieses alejado de mí mientras caminamos, y no sólo porque esta cabra tire de la cuerda. ¿Puede ser que antes nos peleásemos, aunque yo no lo recuerdo para nada?

—No tengo ninguna intención de mantenerme alejado de ti, princesa. Perdóname. Si no es porque la cabra tira hacia un lado o hacia el otro, entonces debe ser que sigo pensando en alguna tontería que nos hemos dicho. Créeme, es mejor olvidarlo.

Axl había avivado el fuego en el centro de la sala y el resto de la pequeña casa había quedado en penumbra. Se había dedicado a secar su ropa, acercando las piezas una a una a las llamas, mientras Beatrice dormía plácidamente cerca de él, entre un montón de mantas. Pero de repente se incorporó hasta quedar sentada y miró a su alrededor.

—¿Te da demasiado calor el fuego, princesa?

Durante un momento ella siguió mirando desconcertada, hasta que, agotada, volvió a echarse sobre las mantas. Pero mantuvo los ojos abiertos, y Axl estaba a punto de repetirle la pregunta cuando ella dijo en voz baja:

—Estaba pensando en una noche de hace mucho tiempo, esposo. Tú te habías marchado y yo estaba echada en un solitario lecho, preguntándome si alguna vez regresarías a mi lado.

—Princesa, aunque logramos escapar de esos duendes del río, temo que todavía estás bajo el influjo de algún hechizo que te provoca estos sueños.

—No es un sueño, esposo. Son uno o dos recuerdos que vuelven. Era una noche oscura como todas y allí estaba yo, sola en nuestra cama, consciente todo el tiempo de que te habías ido con otra más joven y guapa.

–¿No me crees, princesa? Esto es obra de esos duendes, que siguen jugando con nosotros.

–Puede que tengas razón, Axl. Y aunque fuesen recuerdos verdaderos, son de hace mucho tiempo. Aun así... –Se calló y Axl pensó que se había vuelto a dormir. Pero entonces añadió–: Aun así, esposo, son recuerdos que hacen que me distancie de ti. Una vez que hayamos descansado, cuando reemprendamos el camino, déjame caminar un poco adelantada y tú me sigues detrás. Continuaremos de este modo, esposo, porque ya no eres bienvenido a mi lado.

En un primer momento él no dijo nada. Después apartó del fuego la prenda que estaba secando y se volvió para mirarla. Beatrice había vuelto a cerrar los ojos, aunque él estaba seguro de que no estaba dormida. Cuando Axl fue por fin capaz de recuperar su voz, le brotó apenas como un susurro.

–Me va a resultar desolador, princesa. Caminar separado de ti, cuando el terreno nos permite hacerlo como siempre lo hemos hecho.

Beatrice no dio muestra alguna de haber oído lo que le decía y al poco rato su respiración se hizo profunda y acompasada. Axl se volvió a vestir con la ropa ya seca y se echó sobre una manta no muy lejos de su esposa, pero sin tocarla. Sintió que le invadía un cansancio abrumador, pero aun así volvió a visualizar a los duendes moviéndose como un enjambre en el agua delante de él, y la azada que había balanceado en el aire cayendo sobre ellos, y recordó el ruido como de niños jugando a lo lejos, y cómo él había luchado, casi como un guerrero, lanzando gritos de furia. Y ahora ella había dicho lo que había dicho. Le vino a la cabeza una imagen, clara y vívida, de él y Beatrice en un sendero de montaña, con un cielo plomizo sobre ellos, ella varios pasos por delante de él, y él dominado por una enorme tristeza. Así caminaban, una pareja de ancianos, con las cabezas gachas, separados por cinco o seis pasos.

Al despertarse se encontró con que el fuego ardía con viveza y Beatrice estaba de pie, mirando por una de las pequeñas aberturas en la piedra que hacían de ventanas en este tipo de casas. Le volvieron a rondar por la cabeza pensamientos sobre la conversación de hacía un rato, pero Beatrice se volvió y, con el rostro iluminado por un triángulo de luz solar, le dijo de buen humor:

–Al principio he pensado en despertarte, al ver que el sol ya estaba alto. Pero después he recordado lo empapado que quedaste en el río y he creído que necesitabas algo más que dar una cabezada. –Como él no dijo nada, ella le preguntó–: ¿Qué te pasa, Axl? ¿Por qué me miras así?

–Sólo te estaba mirando aliviado y feliz, princesa.

–Ahora me encuentro mucho mejor, Axl. Lo único que necesitaba era descansar.

–Ya lo veo. Entonces pongámonos en marcha cuanto antes, porque, como dices, mientras dormíamos la mañana ya ha ido avanzando.

–Axl, he estado observando a esos niños. Siguen plantados delante de la misma zanja igual que cuando llegamos. Hay algo ahí que atrae su atención y seguro que es parte de alguna travesura. Estoy convencida, porque de vez en cuando miran a sus espaldas como si temiesen que algún adulto pueda pillarles y les regañe. ¿Dónde pueden estar sus padres, Axl?

–No es asunto nuestro, y además parecen bien alimentados y vestidos. Despidámonos de ellos y marchémonos.

–Axl, ¿puede ser que tú y yo hayamos tenido una pelea? Tengo la sensación de que algo ha sucedido entre nosotros.

–Nada que no podamos dejar a un lado, princesa. Aunque tal vez deberíamos hablar de ello antes de que acabe el día, ¿quién sabe? Pero pongámonos en camino antes de que el hambre y el frío vuelvan a apoderarse de nosotros.

Cuando salieron al frío y soleado exterior, Axl vio escarcha en la hierba, un cielo inmenso y las montañas que se difuminaban en la lejanía. La cabra comía dentro de su cercado, con un cubo manchado de barro cerca de las patas.

Los tres niños seguían junto a la zanja, mirando dentro de ella, de espaldas a la casa, y parecían estar peleándose. La niña fue la primera en darse cuenta de que Axl y Beatrice se acercaban, y mientras se daba la vuelta apareció en su cara una resplandeciente sonrisa.

—¡Queridos ancianos! —Empezó a apartarse rápidamente de la zanja, empujando a sus hermanos para que la siguieran—. ¡Espero que nuestra casa, aunque humilde, os haya parecido confortable!

—Desde luego que sí, chiquilla, y os estamos muy agradecidos. Ahora que ya hemos podido descansar, estamos listos para seguir nuestro camino. ¿Pero qué ha pasado con vuestros padres que os han dejado solos?

La niña intercambió una mirada con sus hermanos, que se habían colocado cada uno a un lado de ella. Y finalmente, un poco dubitativa, dijo:

—Nos las apañamos bien solos, señor. —Y rodeó con un brazo a cada uno de sus hermanos.

—¿Y qué hay en esa zanja que os llama tanto la atención? —le preguntó Beatrice.

—Nuestra cabra, señora. Era nuestra mejor cabra, pero murió.

—¿Cómo murió la cabra, chiquilla? —le preguntó amablemente Axl—. La otra que tenéis ahí parece muy sana.

Los niños volvieron a mirarse y parecieron tomar una decisión.

—Podéis echar un vistazo si queréis, señor —dijo la niña, y, soltando a sus hermanos, se hizo a un lado.

Beatrice lo siguió cuando él decidió acercarse a la zanja. Antes de haber recorrido la mitad del camino, Axl se detuvo y le dijo en voz baja:

—Deja que vaya primero yo solo, princesa.

—¿Crees que no he visto nunca una cabra muerta, Axl?

–Aun así, princesa. Espera aquí un momento.

La zanja tenía la profundidad de la altura de un hombre. El sol, que ahora daba directamente sobre ella, debería haberle facilitado descubrir qué tenía ante él, pero en lugar de eso creaba un confuso juego de sombras y, donde había agua encharcada y hielo, una miríada de superficies reflectantes. La cabra parecía de un tamaño monstruoso y estaba desmembrada en varios pedazos. Por un lado una pata trasera; en la otra punta el cuello y la cabeza, esta última con una expresión serena. Le llevó un poco más de tiempo identificar el blando vientre en el tronco del animal panza arriba, porque, aplastada en su interior, había una enorme mano que asomaba entre el oscuro barro. Sólo entonces se percató de que buena parte de lo que había creído que eran pedazos de la cabra muerta pertenecía en realidad a una segunda criatura enmarañada con ella. Ese bulto de ahí era un hombro, ese otro una rodilla rígida. Entonces vio que algo se movía y se dio cuenta de que lo que había en la zanja estaba todavía vivo.

–¿Qué ves, Axl?

–No te acerques, princesa. No es una visión agradable. Creo que es un pobre ogro, supongo que agonizando, y quizá estos niños han hecho la tontería de echarle una cabra, pensando que tal vez se recuperaría con un poco de comida.

Mientras hablaba, una enorme cabeza calva se giró lentamente entre el barro, y un ojo muy abierto se movió con ella. Pero entonces el barro la succionó con voracidad y la cabeza desapareció.

–Nosotros no hemos alimentado al ogro, señor –explicó la voz de la niña a sus espaldas–. Sabemos que jamás tenemos que alimentar a un ogro, sino encerrarnos en casa cuando vienen. Y así lo hicimos cuando apareció éste, señor, y estuvimos mirando desde la ventana mientras él derribaba nuestro cercado y cogía a nuestra mejor cabra. Entonces se sentó justo ahí, señor, donde estáis vos ahora, con las piernas colgando como si fuese un niño, mientras se comía encantado la cabra cruda, tal como hacen los ogros. Sabíamos que no debíamos abrir la puerta, y mientras el sol iba bajando y el ogro seguía comiéndose nuestra cabra, pero vimos que estaba cada vez más débil, señor. Entonces, por fin se pone de pie, agarrando lo que queda de la cabra, y se desploma, primero sobre las rodillas y después hacia un lado. Y lo siguiente que sucede es que cae rodando a la zanja, con la cabra, y lleva dos días ahí abajo, pero todavía no se ha muerto.

—Apartaos de ahí, chiquilla —le dijo Axl—. No es algo que debáis mirar, ni tú ni tus hermanos. ¿Pero qué ha hecho enfermar de tal modo a este ogro? ¿Puede ser que vuestra cabra estuviese enferma?

—¡Enferma, no, señor, envenenada! Llevábamos más de una semana alimentándola tal como Bronwen nos enseñó. Seis veces al día con las hojas.

—¿Y por qué hicisteis eso, chiquilla?

—¿Por qué, señor? Pues para conseguir que la cabra fuese venenosa para el dragón hembra. Ese pobre ogro no lo sabía y se envenenó. ¡Pero no es culpa nuestra, señor, porque no tendría que haber estado saqueando como lo hizo!

—Un momento, chiquilla —dijo Axl—. ¿Me estás diciendo que alimentasteis a esa cabra deliberadamente para llenarla de veneno?

—Veneno para el dragón hembra, señor, pero Bronwen nos dijo que a nosotros no nos haría ningún daño. Así que ¿cómo íbamos a saber que el veneno podía hacerle efecto a un ogro? ¡No es culpa nuestra, señor, no pretendíamos hacer ninguna maldad!

—Nadie os va a echar la culpa, chiquilla. Pero dime, ¿por qué estabais preparando veneno para Querig, porque supongo que es el dragón hembra del que habláis?

—¡Oh, señor! Rezamos nuestras oraciones por la mañana y por la noche, y a menudo también durante el día. Y cuando habéis llegado esta mañana, sabíamos que os había enviado Dios. ¡Así que, por favor, decidnos que nos ayudaréis, porque no somos más que unos pobres niños olvidados por nuestros padres! ¿Os llevaréis esa cabra de allí, la única que nos queda, y subiréis con ella por el sendero hasta el túmulo del gigante? Es un camino fácil, señor, lleva menos de medio día subir hasta allí y regresar, lo haría yo misma, pero no puedo dejar a estos pequeños solos. Hemos alimentado a esta cabra igual que a la que se comió el ogro, y ésta lleva tres días más comiendo las hojas. Sólo tenéis que subirla hasta el túmulo del gigante y dejarla allí atada para el dragón hembra, señor, y el recorrido es un paseo. Por favor, ancianos, decidnos que lo haréis, porque creemos que es el único modo de que nuestros queridos padres vuelvan con nosotros.

–Por fin hablas de ellos –dijo Beatrice–. ¿Qué es lo que hay que hacer para que vuestros padres regresen?

–¿No os lo acabamos de explicar, señora? Sólo tenéis que subir a la cabra hasta el túmulo del gigante, donde es bien sabido que se deja regularmente comida para el dragón hembra. Y entonces quién sabe, con suerte morirá del mismo modo que este pobre ogro, ¡y este ogro parecía muy fuerte antes de empezar a comer! Bronwen siempre nos había dado miedo por sus hechicerías, pero cuando vio que estábamos aquí solos, olvidados por nuestros propios padres, sintió pena por nosotros. Así que por favor, ancianos, ayudadnos, porque quién sabe cuándo va a pasar alguna otra persona por aquí. Nos da miedo dejarnos ver ante soldados o desconocidos que pasan por aquí, pero hemos rezado al Dios Jesús para que aparecierais vosotros.

–¿Pero qué podéis saber del mundo unos niños pequeños como vosotros –preguntó Axl– para creer que una cabra envenenada os devolverá a vuestros padres?

–Es lo que Bronwen nos dijo, señor, y aunque es una anciana horrible, nunca miente. Nos contó que es el dragón hembra que vive ahí encima de nosotros el causante de que nuestros padres nos hayan olvidado. Y aunque a menudo hacíamos enfadar a nuestra madre con nuestras travesuras, Bronwen nos ha asegurado que el día que vuelva a recordarnos correrá a buscarnos y nos abrazará uno a uno así. –La chiquilla de pronto abrazó contra su pecho a un niño invisible, cerró los ojos y lo acunó dulcemente durante un momento. Después volvió a abrir los ojos y continuó–: Pero de momento el dragón hembra ha lanzado algún maleficio para hacer que nuestros padres nos olviden, así que no volverán a casa. Bronwen dice que la maldición del dragón hembra no es sólo contra nosotros, sino contra todo el mundo, y que cuanto antes muera, mejor. Así que hemos trabajado duro, señor, alimentando a las dos cabras exactamente como ella nos dijo, seis veces al día. Por favor, haced lo que os pedimos o no volveremos a ver nunca a nuestra madre y a nuestro padre. Lo único que os pedimos es que atéis a la cabra junto al túmulo del gigante y os marchéis.

Beatrice empezó a hablar, pero Axl dijo rápidamente por encima de ella:

–Lo siento, chiquilla. Ojalá pudiéramos ayudaros, pero subir más arriba por estas montañas ahora mismo nos es imposible. Somos viejos, como puedes ver, y estamos agotados después de días de duro camino. No podemos hacer otra cosa que seguir nuestra ruta, antes de que suframos más desgracias.

–¡Pero, señor, ha sido el mismísimo Dios quien os ha enviado! Y no es más que un corto paseo, y ni siquiera es un camino empinado si se parte de aquí.

–Querida niña –dijo Axl–, nuestros corazones están con vosotros, y pediremos que os ayuden en cuanto lleguemos a la próxima aldea. Pero estamos demasiado débiles para hacer lo que nos pides, y seguro que no tarda en pasar por aquí alguna otra persona, que estará encantada de llevar ahí arriba a esa cabra. Esto está por encima de nuestras posibilidades, porque somos ancianos, pero rezaremos por el regreso de vuestros padres y por que Dios os proteja.

–¡No os marchéis, ancianos! ¡No ha sido culpa nuestra que el ogro se haya envenenado!

Tomando a su esposa del brazo, Axl la alejó de los niños. Él no volvió la cabeza hasta que dejaron atrás el cercado de la cabra, y cuando lo hizo vio que los niños seguían allí plantados, los tres muy juntos, mirando en silencio, con los altos riscos a sus espaldas. Axl los saludó con la mano para darles ánimos, pero algo parecido a la vergüenza –y tal vez el rastro de algún recuerdo lejano, del recuerdo de otra partida– le hizo acelerar el paso.

Pero antes de que hubiesen llegado muy lejos –el suelo empapado había empezado a descender y los valles habían aparecido ante ellos–, Beatrice le tiró del brazo para ralentizar la marcha.

–Esposo, no quería llevarte la contraria delante de esos niños –le dijo–. ¿Pero realmente no podemos hacer lo que nos piden?

–No corren un peligro inminente, princesa, y nosotros tenemos nuestras propias preocupaciones. ¿Cómo va ese dolor tuyo?

–Mi dolor no ha empeorado. Axl, mira a esos niños allí de pie mientras nos marchamos, contemplando cómo nos hacemos cada vez más pequeños. ¿No podemos al menos detenernos junto a esta piedra y hablarlo un poco más? No nos precipitemos.

–No te vuelvas a mirarlos, princesa, porque sólo les vas a dar falsas esperanzas. No vamos a volver a buscar su cabra, sino que vamos a bajar a este valle, en busca de un fuego y de cualquier comida que nos puedan ofrecer unos amables desconocidos.

–Pero piensa en lo que nos piden esos niños, Axl. –Beatrice había conseguido que se detuviesen–. ¿Volveremos a tener alguna vez una oportunidad así? ¡Piensa en ello! Hemos llegado hasta ese lugar tan cerca de la guarida de Querig. ¡Y esos niños nos ofrecen una cabra venenosa que incluso nosotros dos, por ancianos y débiles que seamos, podemos llevar hasta el dragón hembra! ¡Piensa en ello, Axl! Si Querig se desploma, la niebla empezará a disiparse rápidamente. ¿Quién nos dice que esos niños no tienen razón y que no ha sido el propio Dios quien nos ha traído hasta aquí?

Axl se mantuvo un rato en silencio, conteniendo el deseo de volver la cabeza y mirar hacia la casa de piedra.

–Nada nos asegura que esa cabra vaya a hacer algún daño a Querig –dijo finalmente–. Un desventurado ogro es una cosa. Ese dragón hembra es una criatura capaz de dispersar a un ejército. ¿Y es sensato que un par de ancianos como nosotros se paseen tan cerca de su guarida?

–No tenemos que enfrentarnos a ella, Axl. Sólo atar a la cabra y marcharnos. Querig puede tardar días en aparecer por ese lugar, y para entonces nosotros ya estaremos a salvo en la aldea de nuestro hijo. Axl, ¿no queremos recuperar nuestros recuerdos de esta larga vida que hemos pasado juntos? ¿O nos vamos a convertir en dos desconocidos que una noche se encontraron en un refugio? Por favor, esposo, di que vamos a regresar y hacer lo que nos piden los niños.

De modo que ahí estaban, dispuestos a seguir subiendo, con el viento soplando cada vez más fuerte. De momento, las rocas gemelas les proporcionaban un buen refugio, pero no podían quedarse allí para siempre. Axl volvió a preguntarse si había hecho un disparate cediendo.

–Princesa –dijo finalmente–. Supón que al final lo hacemos. Supón que Dios nos permite conseguirlo y logramos eliminar al dragón hembra. En ese caso quiero que me prometas una cosa.

Beatrice estaba sentada muy pegada a él, aunque sus ojos seguían fijos en la lejanía y en la fila de minúsculas siluetas.

–¿Qué quieres pedirme, Axl?

–Simplemente esto, princesa. Si Querig muere de verdad y la niebla empieza a disiparse. Si vuelven los recuerdos y entre ellos los de las ocasiones en que te decepcioné. O los de actos turbios que yo haya podido cometer y que hayan provocado que al mirarme ya no vieses al hombre que ves ahora. Prométeme al menos esto. Prométeme, princesa, que no olvidarás lo que en este momento sientes por mí en tu corazón. Porque ¿qué sentido tiene que vuelvan los recuerdos hurtados por la niebla si es sólo para alejarnos al uno del otro? ¿Me lo prometes, princesa? Prométeme guardar para siempre en tu corazón lo que sientes por mí en este momento, sea lo que sea lo que recuerdes cuando la niebla se disipe.

—Te lo prometo, Axl, y no me cuesta hacerlo.

—Las palabras no pueden expresar lo reconfortado que me siento al oírte decir esto, princesa.

—Te comportas de un modo raro, Axl. ¿Pero quién sabe cuánto nos queda hasta llegar al túmulo del gigante? No perdamos más tiempo sentados entre estas dos enormes piedras. Esos niños estaban inquietos cuando nos marchamos, y estarán esperando nuestro regreso.

LA SEGUNDA ENSOÑACIÓN DE GAWAIN

Este maldito viento. ¿Es una tormenta lo que tenemos delante? A Horace no le importa ni el viento ni la lluvia, sólo que una desconocida va sentada a horcajadas encima de él en lugar de su viejo amo.

–Es sólo una mujer agotada –le digo–, que necesita mucho más que yo la montura. De modo que llévala de buena gana.

¿Pero qué hace ella aquí? ¿No se da cuenta el honorable Axl de lo débil que está? ¿Ha perdido la cabeza como para traerla hasta estas alturas despiadadas? Pero ella persevera con la misma determinación que él, y nada de lo que yo les diga les hará retroceder. De modo que aquí estoy, avanzando a pie tambaleándome, agarrando con una mano las bridas de Horace y soportando el peso de esta oxidada armadura.

–¿No tratamos a las damas siempre con cortesía? –le murmuro a Horace–. ¿Íbamos a continuar como si nada, dejando a esta buena pareja tirando de su cabra?

Los he atisbado a lo lejos, como pequeñas siluetas, y al principio los he tomado por esos otros.

–Mira ahí abajo, Horace –le he dicho–. Ya se han encontrado. Y ya vienen hacia aquí, como si ese tipo no hubiera sufrido ni un rasguño de Brennus.

Y Horace me ha mirado pensativamente, como preguntándome: «¿Entonces, Gawain, ésta será la última vez que vamos a subir juntos por esta inhóspita ladera?» Y yo no le he respondido, me he limitado a darle una cariñosa palmada en el cuello, aunque he pensado: «Ese guerrero es joven y temible. Aunque puede que yo le venza, ¿quién sabe? Descubrí algo mientras derribaba a ese soldado de Brennus. Otro no se hubiera percatado, pero yo sí. Una pequeña brecha por el flanco izquierdo que un enemigo astuto puede aprovechar para atacarle.»

¿Pero qué querría Arturo que hiciese yo ahora? Su sombra todavía se proyecta sobre estas tierras y me envuelve. ¿Querría que me agazapase como una bestia esperando a su presa? ¿Pero dónde podría esconderse uno en estas laderas yermas? ¿Puede el viento sin más ocultar a un hombre? ¿O debería encaramarme a un risco y lanzarles desde allí una roca? No parece un método muy propio de un caballero de Arturo. Debería mejor mostrarme abiertamente, saludarlos e intentar una vez más hacerlos entrar en razón con un poco de diplomacia. «Dad la vuelta, señor. No sólo os ponéis en peligro a vos y a vuestro inocente compañero, sino a toda la buena gente de esta región. Dejadme a Querig a mí, que conozco sus costumbres. Ahora mismo iba de camino para matarla.» Pero estos ruegos han sido ignorados anteriormente. ¿Por qué iba a hacerme caso ahora que está tan cerca y tiene al muchacho mordido para guiarle hasta la mismísima puerta? ¿He cometido una imprudencia al salvar a ese chico? Sin embargo, el abad me horroriza y sé que Dios me agradecerá lo que hice.

–Avanzan decididos como si tuviesen un mapa –le he dicho a Horace–. De modo que ¿dónde deberíamos esperarlos? ¿Dónde deberíamos enfrentarnos a ellos?

El bosquecillo. En ese momento lo he recordado. Es extraño que los árboles crezcan tan frondosos allí, en un lugar en que el viento sopla con tanta furia. El bosquecillo permitirá a un caballero y su caballo ocultarse. No les atacaré a traición como un bandido, pero ¿por qué dejar que me descubran una hora antes de nuestro encuentro?

De modo que le he clavado un poco las espuelas a Horace, aunque a estas alturas ya no surte mucho efecto, y hemos atravesado el margen superior de este terreno, sin subir más ni bajar, golpeados permanentemente por el viento. Los dos hemos sentido alivio cuando hemos llegado hasta esos árboles, pese a que es tan raro que crezcan aquí que uno se pregunta si no será que el propio Merlín hizo aquí un hechizo. ¡Vaya un personaje, el honorable Merlín! Una vez llegué a pensar que le había lanzado un hechizo a la mismísima Muerte, aunque incluso Merlín ha tomado ya esa senda. ¿Será ahora su morada el cielo o el infierno? El honorable Axl seguramente piense que Merlín era un lacayo del demonio, pero utilizó sus poderes muchas veces con intenciones que placerían a Dios. Y no se puede decir que no fuese valiente. En muchas ocasiones se expuso a las flechas que caían y a las violentas hachas junto a nosotros. Este bosque puede ser perfectamente obra de Merlín, creado con el propósito de que algún día yo me ocultase en él y esperase ahí al que podría destrozar la gran tarea de ese día. Dos de los cinco que formábamos el grupo cayeron ante el dragón hembra, pero el honorable Merlín se mantuvo a nuestro lado, moviéndose sin más entre las sacudidas de la cola de Querig, ¿porque de qué otro modo hubiera podido llevar a cabo su misión?

El bosquecillo estaba silencioso y tranquilo cuando Horace y yo nos hemos adentrado en él. ¡Se oían incluso uno o dos pájaros trinando en los árboles, y si bien las ramas se agitaban con violencia a causa del viento, debajo se desarrollaba un tranquilo día de primavera en el que por fin los pensamientos de un anciano podían mecerse plácidamente sin sufrir las sacudidas de una tempestad! Deben de haber pasado años desde que Horace y yo estuvimos por última vez en esta arboleda. Las malas hierbas han crecido de forma monstruosa, una ortiga que antes era del tamaño de la palma de la mano de un niño ahora es tan grande que podría envolver con dos vueltas la mano de un hombre. He dejado a Horace en un lugar agradable para que comiese la hierba que fuese capaz de encontrar y me he paseado un rato entre las protectoras hojas. ¿Por qué no descansar un poco apoyado en este sólido roble? Y cuando por fin lleguen hasta aquí, cosa que seguro harán, él y yo nos veremos las caras como guerreros.

He caminado entre las enormes ortigas –¿es por eso por lo que llevo esta chirriante vestimenta metálica? ¿Para proteger mi piel de estas ligeras punzadas?– hasta que he llegado al claro de la charca, cubierta por un cielo plomizo que se refleja en ella. Alrededor de la orilla, tres grandes árboles, todos partidos por la mitad y con la parte superior caída sobre el agua. Sin duda estaban orgullosamente erguidos la última vez que estuvimos aquí. ¿Los derribó un rayo? ¿O ansiaban en su fatigada vejez el auxilio de la charca, siempre tan cerca de donde crecían, pero fuera de su alcance? Ahora pueden beber cuanto quieran, y los pájaros de las montañas construyen nidos en sus troncos quebrados. ¿Será aquí donde me enfrente al sajón? Si me vence, puede quedarme un hálito de vida suficiente para arrastrarme hasta el agua. No me sumergiría en ella, aunque el hielo me lo permitiese, porque no sería nada grato acabar entumecido bajo esta armadura, ¿y qué posibilidad habría de que Horace, habiendo perdido de vista a su amo, se acercase caminando con cuidado entre las retorcidas raíces y sacase de ahí mis restos? Y sin embargo he visto a camaradas en plena batalla anhelar un poco de agua mientras yacen cubiertos de heridas, y he visto a otros arrastrarse hasta la orilla de un río o de un lago, pese a que ese recorrido aumenta su dolor. ¿Hay algún gran secreto que sólo conocen los moribundos? Mi antiguo camarada, el honorable Buel, ansiaba agua aquel día, mientras yacía sobre el barro rojizo de aquella montaña. Le dije que todavía quedaba agua en mi calabaza, pero no, él quería un lago o un río. Pero estamos lejos de ambos, le digo. «Maldito seas, Gawain», grita. «Es mi último deseo, ¿no me lo vas a conceder, después de haber sido camaradas en tantas gloriosas batallas?» «Pero este dragón hembra prácticamente te ha partido en dos», le digo. «Si te llevo hasta el agua, tendré que moverme bajo este

300

sol de verano, con una parte de tu cuerpo debajo de cada brazo, antes de llegar a donde me pides.» Pero él me responde: «Mi corazón sólo dará la bienvenida a la muerte cuando yazga junto al agua, Gawain, donde pueda oír el plácido chapoteo mientras se me cierran los ojos.» Pide eso, y no le importa si hemos logrado cumplir nuestra misión, o si ha merecido la pena dar su vida por ella. Sólo cuando me inclino para levantarlo, me pregunta: «¿Quién más ha sobrevivido?» Y yo le cuento que el honorable Millus ha caído, pero tres de nosotros seguimos con vida, y también el honorable Merlín. Pero aun así no me pregunta si hemos completado la misión, sino que se pone a hablar de lagos y ríos, y ahora incluso también del mar, y yo poco más puedo hacer para seguir teniendo presente que éste es mi viejo camarada, un valiente, elegido como yo por Arturo para esta gran tarea, mientras la batalla sigue en su apogeo en el valle. ¿Ha olvidado su deber? Lo levanto y él lanza gritos desgarrados, y sólo entonces comprende lo que supone simplemente dar unos pocos pasos cortos, y ahí estamos, en la cima de una montaña rojiza, bajo el calor del verano, a una hora de camino, incluso a lomos de un caballo, del río. Y mientras lo vuelvo a dejar en el suelo, ya sólo habla del mar. Con sus ojos ahora ciegos, cuando le rocío la cara con agua de mi calabaza, me da las gracias porque supongo que en el ojo de su mente cree estar en la orilla del mar. «¿Ha sido una espada o un hacha lo que ha acabado conmigo?», me pregunta, y yo le respondo: «¿De qué hablas, camarada? Ha sido la cola del dragón hembra. Pero has cumplido tu misión y partes con orgullo y honor.» «El dragón hembra», dice él. «¿Qué ha sido del dragón hembra?» «Todas las lanzas excepto una siguen clavadas en su costado», le digo, «y ahora duerme.» Pero vuelve a olvidarse de la misión y se pone a hablar del mar, y de una barca de cuando era niño y su padre lo llevó lejos de la costa un plácido atardecer.

Cuando me llegue a mí el momento, ¿también anhelaré el mar? Creo que me bastará con la tierra. Y no voy a pedir un lugar concreto, será suficiente con que esté en esta región por la que

Horace y yo hemos deambulado satisfechos durante años. Esas viudas vestidas de negro de antes se reirían a carcajadas si me oyeran, y se apresurarían a recordarme con quién podría compartir mi pedazo de tierra.

–¡Caballero chiflado! ¡Vos más que nadie debéis elegir bien vuestro lugar de reposo, u os encontraréis compartiéndolo con aquellos a los que masacrasteis!

¿No hicieron ya esa broma mientras lanzaban barro a la grupa de Horace? ¡Cómo se atreven! ¿Estuvieron ellas allí? ¿Es posible que esta mujer que ahora va montada en mi caballo dijera lo mismo si pudiese escuchar mis pensamientos? Hablaba de niños masacrados en ese túnel de atmósfera nauseabunda incluso mientras la salvaba de los pérfidos planes de los monjes. ¿Cómo se atreve? Y ahora va sobre mi silla de montar, a horcajadas sobre mi caballo de batalla, ¿y quién sabe cuántas expediciones más nos quedan a Horace y a mí?

Por un momento creímos que ésta podía ser la última, pero había confundido a esta bondadosa pareja con esos otros dos, y ahora viajamos en paz un rato más. Pero incluso mientras tiro de las bridas de Horace debo ir mirando hacia atrás, porque seguro que esos dos están viniendo hacia aquí, aunque nosotros les llevemos la delantera. El honorable Axl camina a mi lado y su cabra le impide avanzar recto. ¿Sospecha por qué voy mirando hacia atrás tan a menudo? «Sir Gawain, ¿no fuimos camaradas en el pasado?», he oído que me preguntaba esta mañana temprano, cuando salíamos del túnel, y yo le he sugerido que buscase una barca para descender por el río. Pero aquí está, todavía en las montañas, acompañado de su querida esposa. No voy a cruzar una mirada con él. La edad nos recubre a ambos, del mismo modo que el pasto y las malas hierbas cubren los campos en los que combatimos y masacramos en el pasado. ¿Qué es lo que buscáis, señor? ¿Qué es esta cabra que lleváis?

–Dad la vuelta, amigos –les he dicho cuando se han acercado a mí en el bosquecillo–. Ésta no es una caminata para viajeros ancianos como vosotros. Y mirad cómo la anciana dama se presiona el costado. De aquí hasta el túmulo del gigante queda todavía una milla o más, y el único refugio son pequeñas rocas detrás de las cuales uno se puede acurrucar con la cabeza gacha. Dad la vuelta ahora que todavía os quedan fuerzas, y yo me encargaré de llevar a esta cabra hasta el túmulo y dejarla allí bien atada.

Pero ambos me han mirado con reticencia y el honorable Axl no estaba dispuesto a dejarme la cabra. Las ramas crujían por encima de nosotros y su esposa estaba sentada sobre las raíces de un roble, mirando la charca y los árboles partidos y caídos sobre el agua, y entonces le he dicho a él con tono afable:

−Éste no es un viaje para vuestra buena esposa, señor. ¿Por qué no hacéis lo que os sugerí y bajáis por el río para alejaros de estas montañas?

−Debemos llevar esta cabra a donde prometimos −me dice el honorable Axl−. Es una promesa hecha a una niña.

¿Y me mira de un modo extraño mientras me lo cuenta, o son imaginaciones mías?

−Horace y yo nos haremos cargo de la cabra −le aseguro−. ¿No confiáis en que cumplamos la misión? No acabo de creerme que esta cabra pueda crearle grandes problemas a Querig aunque se la coma entera, si bien puede que entorpezca un poco sus reflejos y me proporcione cierta ventaja. Así que entregadme el animal y bajad de esta montaña antes de que cualquiera de los dos tropecéis con vuestros propios pies.

Ellos se han retirado entre los árboles, alejados de mí, y yo oía cómo hablaban en voz baja, pero no lo que decían. Un momento después el honorable Axl se acerca a mí y me dice:

−Dejaré que mi esposa descanse un poco más y después, señor, continuaremos hasta el túmulo del gigante.

Me doy cuenta de que es inútil seguir discutiendo, y yo también estoy impaciente por seguir nuestro camino, porque ¿quién sabe lo cerca que pueden estar el guerrero Wistan y su muchacho mordido?

Cuarta parte

CAPÍTULO QUINCE

Algunos de vosotros tendréis hermosos monumentos por los que los vivos podrán recordar la maldad que padecisteis. Algunos de vosotros tendréis sólo austeras cruces de madera o piedras pintadas, mientras que otros deberéis seguir ocultos entre las sombras de la historia. Formáis en cualquier caso parte de un antiguo cortejo, de modo que siempre es posible que el túmulo del gigante fuese erigido para marcar el lugar de alguna tragedia ocurrida hace mucho tiempo, cuando niños inocentes fueron masacrados en la guerra. Pero más allá de eso, no es fácil pensar en las razones por las que se erigió. Uno puede entender por qué en terrenos más bajos nuestros ancestros pudieron querer conmemorar una victoria o a un rey. ¿Pero por qué apilar pesadas piedras hasta superar la altura de un hombre en un lugar tan elevado y remoto como éste?

Era una pregunta, estoy convencido, que también debió de hacerse con perplejidad Axl mientras ascendía fatigosamente por la ladera de la montaña. Cuando la niña mencionó por primera vez el túmulo del gigante, él se había imaginado algo encima de un enorme montículo. Pero este túmulo había aparecido ante ellos sin más en la cuesta, sin nada a su alrededor que explicase su presencia. La cabra, sin embargo, pareció percibir de inmediato su significado, y se retorció frenéticamente en cuanto el túmulo se hizo visible como un oscuro dedo recortado contra el cielo.

—Sabe cuál es su destino —había sentenciado Sir Gawain mientras guiaba a su caballo montaña arriba con Beatrice montada en la silla.

Pero ahora la cabra había olvidado su miedo de hacía un rato y masticaba tranquilamente la hierba de la montaña.

—¿Es posible que la niebla de Querig ejerza su influjo en las cabras igual que en los hombres?

Fue Beatrice quien hizo la pregunta, sosteniendo la cuerda del animal con ambas manos. Axl le había cedido la vigilancia de la cabra mientras, golpeando con una piedra, clavaba en el suelo la estaca de madera a la que iban a atarla.

—Quién sabe, princesa. Pero si a Dios le importan algo las cabras, hará que el dragón hembra aparezca pronto por aquí, porque va a ser una espera muy solitaria para este pobre animal.

—Si la cabra muere antes, ¿crees que se comerá su carne aunque no esté viva ni sea fresca?

—¿Quién sabe cómo le gusta la carne a un dragón hembra? Pero aquí hay hierba suficiente para mantener a la cabra viva bastante tiempo, princesa, aunque sea de un modo precario.

—Mira allí, Axl. Pensaba que el caballero nos ayudaría, agotados como estamos los dos, pero ha olvidado sus modales habituales.

En efecto, Gawain se comportaba de un modo extrañamente reservado desde que habían llegado al túmulo.

—Éste es el lugar que buscáis —dijo, con un tono de voz casi malhumorado, antes de alejarse de ellos. Y ahora les daba la espalda mientras contemplaba las nubes.

—Sir Gawain —le llamó Axl, haciendo una pausa en su tarea—. ¿No nos vais a ayudar a sostener la cuerda de la cabra? Mi pobre esposa está ya agotada de hacerlo.

El anciano caballero no reaccionó y Axl, dando por hecho que no le había oído, estaba a punto de repetirle la petición, cuando Gawain se volvió de pronto, con una expresión tan solemne en su rostro que ambos se quedaron mirándolo.

—Los veo ahí abajo —dijo el anciano caballero—. Y ahora nada les hará dar media vuelta.

—¿A quién veis, señor? —preguntó Axl. Y como el caballero siguió en silencio, añadió—: ¿Son soldados? Antes hemos visto una larga columna en el horizonte, pero nos ha parecido que se alejaban de nosotros.

—Hablo de vuestros recientes compañeros, señor. Esos con los que viajabais ayer cuando nos encontramos. Están saliendo del bosquecillo de ahí abajo, ¿y quién va a poder detenerlos ahora? Por un momento he tenido la esperanza de que no fuesen más que dos de esas viudas vestidas de negro que se hubieran apartado de su infernal procesión. Pero ha sido cosa de este cielo nuboso que me ha despistado, y resulta que son ellos, no hay duda.

—Así que después de todo el guerrero Wistan ha logrado escapar del monasterio —dijo Axl.

—Así es, señor. Y ahora viene hacia aquí, y no lleva atada con una cuerda a una cabra, sino al muchacho sajón para que lo guíe.

Por fin Sir Gawain pareció darse cuenta de que Beatrice aguantaba como podía al animal y se acercó corriendo desde el borde del risco para agarrar la cuerda. Pero Beatrice no la soltó y por un momento fue como si ella y el caballero estuviesen forcejeando por el control de la cabra, hasta que pasado un rato los dos estaban de pie, sosteniendo la cuerda, el anciano caballero uno o dos pasos por delante de Beatrice.

—¿Y nuestros amigos han visto que estamos aquí, Sir Gawain? —preguntó Axl mientras volvía a ocuparse de su tarea.

—¡Apuesto a que ese guerrero tiene buena vista y nos está viendo ahora mismo recortados contra el cielo, siluetas enfrascadas en un torneo de fuerza con cuerda, y la cabra es nuestro oponente! —Se rió para sus adentros, pero seguía habiendo un punto de melancolía en su voz—. Sí —dijo finalmente—. Imagino que nos está viendo claramente.

—Entonces unirá fuerzas con nosotros —dijo Beatrice— para sacar de su guarida a esa hembra de dragón.

Sir Gawain los miró de uno en uno con inquietud. Y depués dijo:

—Honorable Axl, ¿seguís empeñado en creéroslo?

—¿Creerme qué, Sir Gawain?

—¿Que nos vamos a reunir en este lugar perdido como camaradas?

—Aclaradme de qué estáis hablando, caballero.

Gawain condujo a la cabra hasta donde Axl estaba arrodillado, sin darse cuenta de que Beatrice iba detrás de él, agarrando todavía su trozo de cuerda.

—Honorable Axl, ¿nuestros caminos no se cruzaron hace años? Yo continué con Arturo, mientras que vos... —Ahora pareció percatarse de la presencia de Beatrice detrás de él y se volvió e hizo una educada reverencia—. Estimada señora, os ruego que soltéis la cuerda y descanséis. No voy a dejar que el animal se escape. Sentaos debajo del túmulo. Os protegerá al menos parcialmente del viento.

—Gracias, Sir Gawain —dijo Beatrice—. Entonces os confío a esta criatura, que para mí es muy importante.

Se dirigió hacia el túmulo y algo en el modo en que lo hizo, con los hombros encorvados contra el viento, provocó que un recuerdo fragmentario revoloteara por los bordes de la memoria de Axl. La emoción que le provocó, incluso antes de poder atraparlo, le sorprendió y le impactó, porque entremezcladas con el abrumador deseo de correr hacia ella y protegerla, aparecieron unas perceptibles sombras de rabia y amargura. Ella le había hablado de una larga noche pasada a solas, atormentada por la ausencia de él, ¿pero podía ser que también él hubiera pasado una noche así, o incluso varias, con una angustia similar? Y mientras Beatrice se detenía frente al túmulo y bajaba la cabeza ante las piedras como pidiendo perdón, él sintió que tanto el recuerdo como la ira se afianzaban, y el miedo que le invadió le hizo alejarse de ella. Sólo entonces se dio cuenta de que también Sir Gawain estaba contemplando a Beatrice con cierta ternura en la mirada y aparentemente abstraído en sus pensamientos. Pero el caballero enseguida recuperó la compostura y, acercándose a Axl, se inclinó hacia delante como para evitar cualquier posibilidad de que Beatrice pudiera oírle.

–¿Quién sabe si el camino que tomasteis vos no era el más afín a los deseos de Dios? –dijo–. Dejar atrás todas las grandes palabras sobre la guerra y la paz. Dejar atrás aquella benévola ley para acercar a los hombres a Dios. Dejar para siempre a Arturo y consagrar vuestra vida a... –Volvió a mirar a Beatrice, que seguía de pie, con la frente casi rozando las piedras en su esfuerzo por escapar del viento–. A una buena esposa, señor. He observado cómo os sigue como una cariñosa sombra. ¿Debería haber hecho yo lo mismo? Pero Dios nos llevó por caminos diferentes. Yo tenía una misión. ¡Ajá! ¿Y ahora le tengo miedo? Jamás, señor, jamás. No os acuso de nada. ¡Aquella gran ley que negociasteis se ahogó en sangre! Aunque funcionó bien durante un tiempo. ¡Se ahogó en sangre! ¿Quién nos culpa por eso ahora? ¿Temo a la juventud? ¿Sólo los jóvenes puedes derrotar a un oponente? Dejad que se acerque, dejad que se acerque. ¡Recordadlo, señor! Nos vimos aquel día y vos hablasteis de alaridos de niños y bebés en vuestros oídos. Yo oí lo mismo, señor, ¿pero no eran similares a los alaridos procedentes de la tienda del cirujano cuando se está salvando la vida a un hombre, aunque la cura suponga enormes dolores? Sin embargo, lo admito. Hay días en que anhelo una cariñosa sombra que me siga. Incluso ahora me vuelvo con la esperanza de encontrarme con una. ¿No ansía todo animal, todo pájaro que vuela en el cielo, una tierna compañera? Hubo una o dos a las que de buena gana les hubiese entregado mis años. ¿Por qué debería temerlo ahora? ¡He combatido contra escandinavos de afilados colmillos y hocicos de reno que no ocultan sus rostros! Tomad, señor, atad a vuestra cabra. ¿Hasta qué profundidad vais a cavar la estaca? ¿Vais a atar una cabra o un león?

Gawain le dio la cuerda, se alejó dando zancadas, y no se detuvo hasta llegar al punto en el que el borde de la tierra parecía fundirse con el cielo. Axl, con una rodilla hincada en la hierba, ató fuerte la cuerda alrededor de la muesca en el poste de madera, y volvió a echar un vistazo a su esposa. Seguía de pie ante el túmulo, prácticamente en la misma postura que hacía un rato, y aunque de nuevo algo en la actitud de ella tiraba de él, se sintió aliviado al no sentir en su interior ni rastro de la amargura de antes. En lugar de eso, se sintió casi desbordado por una necesidad de defenderla, no sólo del molesto viento, sino de algo más, enorme y sombrío, que los estaba envolviendo. Se puso en pie y corrió hacia ella.

–La cabra está bien asegurada, princesa –le dijo–. En cuanto estés lista, bajaremos por esta ladera. Porque ¿no hemos cumplido ya con lo que prometimos a esos niños y a nosotros mismos?

–Oh, Axl, no quiero volver a ese bosquecillo.

–¿Qué estás diciendo, princesa?

–Axl, cuando hemos estado allí no te has acercado a la orilla de la charca, estabas demasiado ocupado hablando con el caballero. No has mirado esas aguas congeladas.

–Este viento te ha dejado agotada, princesa.

–He visto sus caras mirando hacia arriba, como si estuviesen descansando en sus lechos.

–¿Las caras de quién, princesa?

–De los niños, justo debajo de la superficie del agua. En un primer momento he pensado que sonreían, y que algunos saludaban, pero cuando me he acercado más, me he dado cuenta de que yacían inmóviles.

–No es más que otro sueño que has tenido mientras descansabas apoyada en ese árbol. Recuerdo haberte visto allí dormida, recuperándote, mientras yo hablaba con el anciano caballero.

–De verdad que los he visto, Axl. Entre las algas verdes. No volvamos a esa arboleda, porque estoy segura de que algo maligno merodea por allí.

Sir Gawain, que seguía mirando hacia abajo, había levantado los brazos y, sin volverse, gritó a través del viento:

—¡Pronto habrán llegado hasta aquí! ¡Están subiendo por la ladera muy decididos!

—Vamos con él, princesa, pero mantente bien envuelta en la capa. He sido un insensato por traerte hasta aquí, pero pronto volveremos a encontrar refugio. Veamos qué inquieta al buen caballero.

La cabra tiraba de la cuerda cuando pasaron junto a ella, pero la estaca seguía firmemente clavada. Axl estaba impaciente por ver lo cerca que estaban las personas que se aproximaban, pero el caballero fue caminando hacia ellos y los tres se detuvieron no lejos de donde el animal permanecía atado.

—Sir Gawain —dijo Axl—, mi esposa está cada vez más débil y debemos bajar en busca de refugio y alimentos. ¿Podemos llevarla a lomos de vuestro caballo como hemos hecho durante el ascenso?

—¿Qué es lo que me pedís? ¡Esto es demasiado, señor! ¡No os he dicho cuando nos hemos encontrado en el bosque de Merlín que no siguierais subiendo? Habéis sido vosotros dos los que habéis insistido en llegar hasta aquí.

—Tal vez hemos sido unos insensatos, señor, pero teníamos un objetivo, y si debemos regresar sin vos, tenéis que prometernos que no liberaréis a esta cabra que tanto nos ha costado subir hasta aquí.

—¿Liberar a la cabra? ¿Qué me importa a mí vuestra cabra, señor? El guerrero sajón no tardará en llegar hasta nosotros, ¡y vaya un tipo de cuidado! ¡Adelante, quedaos vigilando si no os fiáis! ¿Qué me importa a mí vuestra cabra? Honorable Axl, os veo ahora frente a mí y me acuerdo de aquella noche. Soplaba un viento tan fuerte como éste. ¡Y vos maldecíais a Arturo en la cara mientras el resto de nosotros permanecíamos en pie cabizbajos! Porque ¿quién quería asumir la tarea de haceros callar? Todos evitábamos los ojos del rey, por miedo a que nos ordenase con una mirada que os atravesásemos con la espada, pese a que ibais desarmado. ¡Pero ya veis que Arturo era un gran rey, y aquí está la prueba de ello! Lo maldijisteis delante de sus mejores caballeros, y sin embargo os replicó con amabilidad. ¿Os acordáis, señor?

—No me acuerdo de nada, Sir Gawain. El aliento de vuestro dragón hembra me impide recordar.

—¡Bajé la mirada como los demás, dando por hecho que vuestra cabeza pasaría rodando junto a mis pies mientras tenía los ojos clavados en ellos! Sin embargo, Arturo se dirigió a vos con amabilidad. ¿No recordáis ni siquiera esta parte? El viento esa noche era casi tan fuerte como el de hoy, nuestra tienda estaba a punto de salir volando hacia el oscuro cielo. Pero Arturo responde a las maldiciones con palabras amables. Os agradeció los servicios prestados. Vuestra amistad. Y nos invitó a todos a sentirnos orgullosos de vos. Yo mismo me despedí de vos con un susurro, señor, mientras salíais con vuestra ira a la tormenta. No me oísteis, porque lo dije en voz muy baja, pero de todas formas fue un adiós sincero, y no fui el único que lo hizo. Todos compartíamos parte de vuestra rabia, señor, aunque hicieseis mal en maldecir a Arturo, ¡y además en el mismísimo día de su gran victoria! Ahora decís que el aliento de Querig os impide recordar todo eso, ¿o son simplemente los años que han pasado, o incluso este viento, capaz de volver loco al monje más sabio?

—Esos recuerdos me dan completamente igual, Sir Gawain. Hoy los que busco son otros de otra noche turbulenta de la que me habla mi esposa.

—Os ofrecí una sincera despedida, señor, y permitidme que os lo confiese, cuando maldijisteis a Arturo, una pequeña parte de mí hablaba por vuestra boca. Porque lo que vos negociasteis era un gran tratado, que funcionó muy bien durante años. ¿No dormían todos los hombres, cristianos y paganos, más tranquilos gracias a él, incluso la víspera de la batalla? ¿No combatíamos sabiendo que nuestros seres queridos estaban a salvo en nuestras aldeas? Y sin embargo, señor, las guerras no terminaron. Si antes habíamos combatido por la tierra y por Dios, ahora combatíamos para vengar a los camaradas caídos, también ellos masacrados por venganza. ¿Cuándo iba a acabar aquello? Niños que se hacían hombres habiendo conocido sólo días de guerra. Y vuestra gran ley siendo ya sistemáticamente violada...

–La ley la cumplieron escrupulosamente ambas partes hasta aquel día, Sir Gawain –dijo Axl–. Fue un sacrilegio romperla.

–¡Ah, ahora lo recordáis!

–Lo que recuerdo es que el propio Dios fue traicionado, señor. Y no lamento que la niebla me haya hecho olvidar buena parte de todo aquello.

–Durante un tiempo deseé lo mismo de la niebla, honorable Axl. Pero pronto comprendí la jugada de un rey verdaderamente grande. Porque las guerras por fin se terminaron, ¿no es así, señor? ¿No ha sido la paz nuestra compañera desde entonces?

–No me recordéis más cosas, Sir Gawain. No voy a agradecéroslo. Dejadme en cambio recuperar la vida que he llevado con mi amada esposa, que se estremece a mi lado. ¿No vais a dejarnos vuestro caballo, señor? Al menos para bajar hasta el bosquecillo en el que nos encontramos. Lo dejaremos allí atado para que os espere.

–¡Oh, Axl, no voy a volver a ese bosquecillo! ¿Por qué te empeñas en que dejemos este lugar y bajemos allí? ¿Puede ser, esposo, que todavía temas que la niebla se disipe, pese a la promesa que te he hecho?

–¿Mi caballo, señor? ¿Creéis que ya no voy a necesitar más a mi Horace? ¡Vais demasiado lejos, señor! ¡No le temo, aunque él sea todavía joven!

–No doy nada por hecho, Sir Gawain, simplemente os pido la ayuda de vuestro excelente caballo para bajar a mi esposa hasta un refugio...

–¿Mi caballo, señor? ¿Insistís en que o se le tapan los ojos o verá morir a su amo? ¡Es un caballo de batalla, señor! ¡No un pony que brinca entre ranúnculos! ¡Un caballo de batalla, señor, y absolutamente preparado para verme morir o vencer según sean los designios del Señor!

—Si debo cargar a mi esposa sobre mis propias espaldas, señor caballero, así lo haré. Pero pensaba que podríais prescindir de vuestro caballo al menos durante el descenso hasta el bosquecillo...

—Voy a quedarme aquí, Axl, me da igual este viento feroz, y si el guerrero Wistan está a punto de reunirse con nosotros, permaneceremos aquí para ver si es él o el dragón hembra quien sobrevive a este día. ¿O acaso prefieres no ver cómo se disipa la niebla, esposo?

—¡Lo he visto ya muchas veces, señor! Un impetuoso joven derrotado por un anciano sabio. ¡Muchas veces!

—Señor, permitidme imploraros una vez más que recordéis vuestra caballerosidad. Este viento deja a mi esposa sin fuerzas.

—¿No basta, esposo, con que esta misma mañana te haya hecho un juramento, que no olvidaré lo que mi corazón siente por ti hoy, sea lo que sea lo que la disipación de la niebla revele?

—¿No sois capaces de entender los actos de un gran rey, señor? Lo único que podemos hacer es mirar y maravillarnos. ¡Un gran rey, como el propio Dios, debe llevar a cabo acciones que hacen estremecerse a los mortales! ¿Creéis que no hubo ninguna por la que me sintiese atraído? ¿Qué no se cruzaron conmigo una o dos tiernas florecillas que no anhelase abrazar contra mi pecho? ¿Va a ser esta armadura mi única compañera de cama? ¿Quién me llama cobarde, señor? ¿O asesino de niños? ¿Dónde estabais vos aquel día? ¿Estabais con nosotros? ¡Mi casco! ¡Me lo he dejado en la arboleda! ¡Pero para qué voy a necesitarlo ahora? ¡También me desprendería de esta armadura, pero temo vuestras risas al ver el zorro despellejado que hay debajo!

Durante un rato los tres se gritaron unos a otros, con el aullido del viento convertido en una cuarta voz que rivalizaba con las suyas, pero de pronto Axl se percató de que tanto Sir Gawain como su esposa se habían callado y tenían la mirada clavada en algo detrás de su hombro. Se volvió y vio al guerrero y al joven sajón de pie sobre el risco, casi en el mismo punto en que hacía poco Sir Gawain había estado oteando el horizonte con aire taciturno. El cielo era ahora tormentoso, de modo que para Axl fue como si a los recién llegados les hubieran traído hasta aquí las nubes. Ahora ambos, apenas unas siluetas, parecían petrificados: el guerrero sosteniendo la rienda con ambas manos como un auriga; el muchacho inclinado hacia delante, con ambos brazos extendidos como para mantener el equilibrio. Se oía un nuevo sonido en el viento, y súbitamente Axl oyó a Sir Gawain que decía:

–¡Ah! ¡El muchacho vuelve a cantar! ¿No podéis hacerle callar, señor?

Wistan soltó una carcajada y las dos figuras perdieron su rigidez y se acercaron a ellos, el muchacho tirando delante.

–Mis disculpas –dijo el guerrero–. Pero es todo lo que puedo hacer para evitar que salte de roca en roca hasta que se parta la crisma.

–¿Qué le puede pasar a este muchacho, Axl? –preguntó Beatrice, acercando los labios a la oreja de él–. Hizo exactamente lo mismo justo antes de que apareciese aquel perro.

–¿Tiene que cantar desafinando tanto? –dijo Sir Gawain dirigiéndose de nuevo a Wistan–. ¡Le arrearía una bofetada, pero me temo que ni se enteraría!

El guerrero, que seguía acercándose, volvió a reírse y después miró con alegría a Axl y Beatrice.

–Amigos míos, vaya sorpresa. A estas alturas os imaginaba ya en la aldea de vuestro hijo. ¿Qué os trae a este solitario paraje?

–Lo mismo que a vos, honorable Wistan. Ansiamos la muerte de este dragón hembra que nos roba nuestros preciosos recuerdos. Mirad, señor, hemos subido aquí a esta cabra venenosa para llevar a cabo la tarea.

Wistan miró al animal y negó con la cabeza.

–Amigos, la criatura a la que nos enfrentamos es sin duda fuerte y astuta. Me temo que vuestra cabra no le va a producir más que uno o dos eructos.

–Nos ha costado mucho traerla hasta aquí, honorable Wistan

—dijo Beatrice—, aunque hemos contado con la ayuda de este noble caballero al que nos hemos vuelto a encontrar durante el ascenso. Pero me alegra veros aquí, porque ahora ya no tendremos que depositar todas nuestras esperanzas sólo en nuestro animal.

Pero los cánticos de Edwin ya les dificultaban poder oírse unos a otros, y el muchacho tiraba de la cuerda con más fuerza que nunca, y el objeto de su atención era sin duda un lugar en la cima de la siguiente ladera. Wistan tiró de la cuerda violentamente y dijo:

—El joven Edwin parece ansioso por llegar hasta esas rocas de ahí arriba. Sir Gawain, ¿qué hay allí? Veo piedras amontonadas una encima de otra, como para ocultar un pozo o una guarida.

—¿Por qué me lo preguntáis a mí, señor? —dijo Sir Gawain—. ¡Preguntádselo a vuestro joven compañero, y tal vez así incluso deje de cantar!

—Lo llevo atado con una cuerda, pero ya no puedo controlarlo más que a un trasgo enloquecido.

—Honorable Wistan —dijo Axl—, compartimos el deber de mantener al muchacho a salvo de los peligros. Debemos vigilarlo atentamente en este lugar tan elevado.

—Bien dicho, señor. Lo voy a atar, si me lo permitís, a la misma estaca que vuestra cabra.

El guerrero condujo a Edwin hasta donde Axl había clavado en el suelo la estaca, se acuclilló y empezó a atar a ella la cuerda del muchacho. De hecho, a Axl le pareció que Wistan ponía un cuidado inusual en esta tarea, probando sistemáticamente cada nudo que hacía, además de la solidez del trabajo de Axl. Mientras tanto, el joven permanecía ausente. Se había tranquilizado un poco, pero mantenía la mirada clavada en las rocas de la cima de la ladera, y seguía tirando de la cuerda con circunspecta insistencia. Su canturreo, aunque menos estridente, había adquirido una obstinación que a Axl le recordó a los soldados exhaustos que cantan para animarse a continuar marchando. Por su parte, la cabra se había alejado todo lo que la cuerda le permitía, pero contemplaba embelesada la escena.

En cuanto a Sir Gawain, había estado observando atentamente cada movimiento de Wistan, y –o al menos eso le pareció a Axl– en sus ojos había aparecido una suerte de mirada taimada. Mientras el guerrero sajón estaba absorto en su tarea, el caballero se le había acercado con sigilo, había desenfundado la espada, la había clavado en el suelo y se había apoyado en ella, con los antebrazos reposando sobre la ancha empuñadura. En esta postura, Gawain observaba a Wistan y Axl pensó que podía estar memorizando detalles del guerrero: su peso, el alcance de sus brazos, la fuerza de sus pantorrillas, el brazo izquierdo vendado.

Una vez completado el trabajo a su entera satisfacción, Wistan se levantó y se volvió para mirar de frente a Sir Gawain. Durante un breve momento, se produjo una extraña tensión en las miradas que cruzaron, y finalmente Wistan sonrió con calidez.

–He aquí una costumbre que diferencia a los britanos de los sajones –dijo, señalando el arma–. Mirad, señor. Habéis clavado la espada en el suelo y la utilizáis para apoyaros en ella, como si fuese algo parecido a una silla o un taburete. Para cualquier guerrero sajón, incluso para uno educado entre britanos como yo, resulta una costumbre extraña.

–¡Cuando alcancéis mi decrépita edad, señor, ya veréis si os parece tan extraña! En días de paz como éstos, creo que una buena espada sigue siendo útil, aunque sólo sea para proporcionar descanso a los huesos de su propietario. ¿Qué tiene eso de raro, señor?

–Pero, Sir Gawain, observad cómo se hunde en la tierra. Para un guerrero sajón la hoja de una espada es objeto de constante preocupación. No nos gusta desenvainarla por temor a que incluso el aire pueda desafilarla.

–¿Es eso cierto? Una hoja bien afilada es importante, honorable Wistan, eso no os lo voy a discutir. ¿Pero no se sobredimensiona su relevancia? Un buen juego de pies, una estrategia sólida, un coraje sereno, y ese toque de salvajismo que convierte a un guerrero en impredecible. Todo esto es lo que va a determinar el resultado de un combate, señor. Y el saber que Dios desea la victoria de uno. De modo que dejad que un anciano descanse sus hombros. Además, ¿no hay ocasiones en que si se lleva la espada enfundada será ya demasiado tarde cuando se desenvaine? He utilizado esta posición en muchos campos de batalla para recuperar el aliento, arropado por mi espada ya desenvainada y lista, que de este modo no va a estar todavía frotándose los ojos y preguntándome si es por la tarde o por la mañana mientras yo intento despabilarla.

—Entonces debe ser que nosotros los sajones desenvainamos nuestras espadas sin tantos miramientos. Porque les exigimos que no se duerman, ni siquiera cuando reposan en la oscuridad de sus fundas. Tomad como ejemplo la mía, señor. Conoce bien mi modo de actuar. No espera sentir sobre ella el aire sin que rápidamente toque carne y hueso.

—Entonces son costumbres diferentes, señor. Me trae a la memoria a un sajón al que conocí una vez, un buen tipo, con el que una fría noche estaba reuniendo troncos. Yo utilizaba mi espada para cortar a golpes las ramas de un árbol muerto, pero ahí estaba él a mi lado, utilizando sus manos y de vez en cuando una piedra roma. «¿Has olvidado tu espada, amigo?», le pregunté. «¿Por qué lo haces como si fueses un oso utilizando sus zarpas?» Pero no me hizo ni caso. En aquel momento pensé que estaba chiflado, pero ahora gracias a vos lo entiendo. ¡Aun con mis años, todavía me quedan lecciones por aprender!

Ambos se rieron brevemente y después Wistan dijo:

—En mi caso creo que se trata de algo más que de una costumbre, Sir Gawain. Siempre me enseñaron que incluso mientras mi espada atraviesa el cuerpo de un oponente, debo preparar en mi cabeza el tajo que vendrá a continuación. Y si la hoja no está bien afilada, señor, y el paso de la espada se ralentiza aunque sea un brevísimo instante, obstaculizado por un hueso o entretenido entre la maraña de entrañas del oponente, sin duda llegaré tarde para hacer el siguiente tajo, y de ése puede depender la victoria o la derrota.

–Tenéis razón, señor. Supongo que son la edad y los largos años de paz los que me hacen ser descuidado. A partir de ahora seguiré vuestro ejemplo, aunque en este momento me fallan las rodillas después del ascenso, de modo que os ruego que me permitáis este pequeño descanso.

–Por supuesto, señor, tomaos un respiro. Simplemente ha sido una idea que se me ha pasado por la cabeza al veros reposar de este modo.

De pronto Edwin dejó de cantar y se puso a gritar. Repetía una y otra vez lo mismo y Axl, volviéndose hacia Beatrice, que estaba a su lado, le preguntó en voz baja:

–¿Qué dice, princesa?

–Habla del campamento de unos bandidos ahí arriba. Nos pide que le sigamos todos hasta allí.

Wistan y Gawain miraban al muchacho con cierta incomodidad. Edwin continuó gritando y tirando de la cuerda unos instantes más y después se calló, se desplomó en el suelo y parecía al borde de las lágrimas. Nadie pronunció una palabra durante lo que pareció un rato muy largo, mientras el viento aullaba entre ellos.

–Sir Gawain –dijo por fin Axl–. Es vuestro turno. No más disfraces entre nosotros. Sois el protector del dragón hembra, ¿no es así?

–Lo soy, señor. –Gawain los miró uno a uno, incluido Edwin, con aire desafiante–. Su protector y últimamente su único amigo. Los monjes la habían alimentado durante años, dejando aquí animales atados, como habéis hecho vosotros. Pero ahora se pelean entre ellos y Querig es consciente de su traición. Aunque sabe que yo le sigo siendo leal.

–Entonces, Sir Gawain –intervino Wistan–, ¿os importaría decirnos si ahora mismo estamos cerca del dragón hembra?

–Ella está cerca, señor. Habéis hecho un buen trabajo llegando hasta aquí, aunque hayáis tenido la buena fortuna de contar con este muchacho como guía.

Edwin, que se había vuelto a poner de pie, empezó a cantar otra vez, aunque ahora parecía murmurar una salmodia.

—El joven Edwin aquí presente puede ser todavía mucho más útil —dijo el guerrero—. Porque tengo la corazonada de que es un alumno que pronto superará a su pobre maestro y en el futuro hará grandes cosas por los suyos. Tal vez incluso como las que vuestro Arturo hizo por vosotros.

—¿Qué decís, señor? ¿Este muchacho que canturrea y tira de la cuerda como un idiota?

—Sir Gawain —le interrumpió Beatrice—, por favor, explicadle eso a una anciana agotada. ¿Cómo es posible que un noble caballero como vos, además sobrino del gran Arturo, resulte ser el protector de este dragón hembra?

—Tal vez el honorable Wistan aquí presente quiera explicároslo, señora.

—Al contrario, estoy tan impaciente como la señora Beatrice por escuchar vuestra historia. Pero cada cosa a su debido tiempo. Primero debemos decidir algo. ¿Libero al joven Edwin para ver hacia dónde sale corriendo? ¿O seréis vos, Sir Gawain, quien nos guíe hasta la guarida de Querig?

Sir Gawain miró con aire ausente al muchacho que luchaba con la cuerda y suspiró.

—Dejadlo como está —dijo resoplando—. Yo os guiaré. —Se irguió cuan largo era, arrancó la espada del suelo y la volvió a guardar cuidadosamente en su funda.

—Os lo agradezco, señor —dijo Wistan—. Me alegra poder ahorrarle el peligro al muchacho. Pero creo que soy capaz de adivinar el camino sin un guía. Debemos dirigirnos hacia esas rocas en la cima de la próxima pendiente, ¿no es así?

Sir Gawain volvió a suspirar, miró a Axl, como en busca de ayuda, y negó con la cabeza desolado.

—Así es, señor —dijo—. Esas piedras rodean un hoyo, y no precisamente pequeño. Un hoyo profundo como una cantera, y allí encontraréis a Querig dormida. Si realmente pensáis enfrentaros a ella, honorable Wistan, tendréis que introduciros en él. Y ahora os haré una pregunta, señor, ¿realmente pensáis llevar a cabo esta insensatez?

—He recorrido todo este largo camino para hacerlo, señor.

—Honorable Wistan —intervino Beatrice—, permitid la intromisión de una anciana. Acabáis de mofaros de nuestra cabra, pero os enfrentáis a una dura batalla. Si este caballero no va a ayudaros, al menos dejad que subamos por esa última ladera a nuestra cabra y la lancemos al hoyo. Si vais a tener que enfrentaros al dragón hembra solo, al menos que esté aturdida por el veneno.

—Gracias, señora, os agradezco vuestro interés. Pero si puedo aprovechar que está dormida, el veneno es un arma que no necesitaré utilizar. Además, carezco de la paciencia para esperar medio día más para comprobar si al dragón hembra se le indigesta la comida.

—En ese caso, vamos allá —dijo Sir Gawain—. Venid, señor, yo os guiaré. —Y dirigiéndose a Axl y Beatrice, añadió—: Esperad aquí, amigos, y protegeos del viento detrás del túmulo. No tendréis que esperar mucho.

—Pero Sir Gawain —dijo Beatrice—, mi esposo y yo hemos hecho acopio de fuerzas para llegar hasta aquí. Subiremos con vos esta última ladera si hay un modo de hacerlo sin peligro.

De nuevo Sir Gawain volvió a negar con la cabeza con impotencia.

—Entonces subamos todos, amigos. Me atrevo a aventurar que no os sucederá nada, y yo agradeceré vuestra presencia. Adelante, amigos, vamos a la guarida de Querig, hablad en voz baja a menos que queráis despertarla de su sueño.

Mientras ascendían el siguiente tramo, el viento amainó un poco, aunque se sentían más que nunca tocando el cielo. El caballero y el guerrero avanzaban a buen ritmo delante de ellos, como si fuesen dos amigos dando un paseo, y no tardó en crearse una considerable distancia entre ellos y la pareja de ancianos.

—Esto es una locura, princesa —dijo Axl mientras caminaban—. ¿Qué hacemos siguiendo a estos hombres? ¿Y quién sabe qué peligros nos esperan ahí arriba? Demos media vuelta y esperemos junto al muchacho.

Pero Beatrice siguió avanzando con determinación.

—Tenemos que seguir adelante —dijo ella—. Vamos, Axl, dame la mano y ayúdame a mantener el coraje. Porque creo que ahora soy yo, y no tú, quien más teme que la niebla se disipe. Mientras permanecía hace un momento junto a esas piedras me ha venido a la cabeza que una vez te hice cosas horribles, esposo. ¡Siente cómo tiembla mi mano en la tuya al pensar que todo eso pueda regresar a nosotros! ¿Qué me dirás entonces? ¿Te darás la vuelta y me abandonarás en esta colina yerma? Hay una parte de mí que incluso ahora, mientras él camina delante de nosotros, desearía ver cómo fracasa este valiente guerrero, pero no estoy dispuesta a que sigamos escondiéndonos. No, no voy a hacerlo, Axl, ¿y no opinas tú lo mismo? Veamos sin tapujos el camino que hemos recorrido juntos, sea entre sombras o bajo un agradable sol. Y si el guerrero realmente tiene que enfrentarse al dragón hembra en su propio hoyo, hagamos lo posible por mantener alta su moral. Un grito de advertencia en el momento oportuno, o alguien que lo ayude a levantarse después de sufrir un golpe brutal marcará la diferencia.

Axl la dejó hablar, escuchándola sólo a medias mientras caminaba, porque de nuevo había descubierto algo en la zona más remota de su memoria: una noche tormentosa, un dolor amargo, una sensación de sumergirse en la soledad como en aguas insondables. ¿Había sido realmente él, y no Beatrice, quien permaneció solo en la estancia, incapaz de dormir, con una pequeña vela ante él?

—¿Qué ha sido de nuestro hijo, princesa? —preguntó repentinamente, y sintió que la mano de ella le apretaba la suya—. ¿De verdad nos espera en su aldea? ¿O lo buscaremos por esta región durante un año sin encontrarlo?

—También yo lo he pensado, aunque temía decirlo en voz alta. Pero baja la voz, Axl, o nos oirán.

De hecho Sir Gawain y Wistan se habían detenido para esperarlos, y parecían estar enfrascados en una amena conversación. Cuando llegó hasta ellos, Axl oyó a Sir Gawain decir riéndose entre dientes:

—Os confesaré, honorable Wistan, que todavía ahora albergo la esperanza de que el aliento de Querig os arrebate el recuerdo de por qué estáis caminando junto a mí. ¡Espero con impaciencia que me preguntéis adónde os estoy llevando! Pero veo tanto por vuestra mirada como por vuestros pasos que apenas habéis olvidado nada.

Wistan sonrió.

—Creo, señor, que es precisamente mi don para resistir extraños hechizos lo que hizo que el rey me encomendara a mí esta misión. Porque en las marismas jamás hemos conocido una criatura como esta Querig, pero nos hemos enfrentado a otras con poderes extraordinarios, y pronto quedó claro el poco efecto que causaban en mí, incluso mientras mis camaradas quedaban embelesados y deambulaban atrapados en sueños. Sospecho que ésa fue la única razón por la que mi rey me eligió a mí, porque casi todos mis camaradas son mejores guerreros que este que ahora camina a vuestro lado.

—¡Me resulta imposible de creer, honorable Wistan! Tanto lo que me han contado como lo que he podido observar directamente deja bien claras vuestras extraordinarias cualidades.

—Me sobrestimáis, señor. Ayer, cuando tuve que matar a aquel soldado bajo vuestra mirada, era muy consciente de cómo valoraría un hombre con vuestro talento mis modestas aptitudes. Suficientes para derrotar a un centinela asustado, pero me temo que escasas para merecer vuestra aprobación.

—¡Vaya tontería, señor! ¡Sois un combatiente espléndido, y no se hable más! Amigos —Gawain desvió la mirada para incluir a Axl y Beatrice—, ahora ya no estamos lejos. Continuemos avanzando mientras sigue dormida.

Continuaron en silencio. Esta vez Axl y Beatrice no se quedaron atrás, porque una actitud de solemnidad pareció apoderarse de Gawain y Wistan, haciendo que abriesen la marcha con un paso casi ceremonial. En cualquier caso, el terreno era ahora menos exigente, y se hacía llano en algo parecido a una meseta. Las piedras de las que habían estado hablando desde abajo ahora aparecían amenazantes ante ellos, y Axl vio, al acercarse más, que estaban dispuestas en un semicírculo alrededor de la cima de un montículo a un lado del camino que estaban siguiendo. Vio también una hilera de piedras más pequeñas que ascendían formando una suerte de escalera por la pendiente del montículo y conducían directamente al borde de lo que no podía ser otra cosa que un hoyo de una considerable profundidad. La hierba que rodeaba el lugar al que habían llegado parecía tiznada o quemada, y sumía los alrededores –ya sin ningún árbol ni arbusto– en una atmósfera de desolación. Gawain ordenó al grupo que se detuviese cerca de donde partía la tosca escalera y se volvió hacia Wistan con cierta cautela.

–¿No vais a tomar en consideración por última vez el abandonar este peligroso plan? ¿Por qué no regresáis con vuestro huérfano atado a esa estaca? El viento nos sigue trayendo su voz.

El guerrero contempló el camino que habían seguido y volvió a mirar a Sir Gawain.

–Lo sabéis perfectamente, señor. No puedo volverme atrás. Mostradme a ese dragón.

El anciano caballero asintió meditabundo, como si Wistan acabase de hacer una observación frívola pero fascinante.

–Muy bien, amigos –dijo–. Entonces, no levantéis la voz, porque ¿para qué vamos a despertarla?

Sir Gawain encabezó el ascenso por la pendiente del montículo y al llegar a las piedras del borde les indicó que esperasen. Asomó la cabeza con cuidado y un momento después les hizo señas para que se acercasen y les dijo en voz baja:

–Subid aquí conmigo, amigos, y podréis verla.

Axl ayudó a su esposa a subir con él y se asomó al hoyo desde una de las piedras. Era más ancho y menos profundo de lo que había imaginado, más parecido a una charca seca que a algo realmente horadado en el suelo. La mayor parte estaba ahora iluminada por la tenue luz del sol y parecía consistir enteramente en piedras grises y gravilla –la hierba ennegrecida acababa abruptamente en el borde–, de modo que el único signo de vida visible, además del propio dragón hembra, era un solitario espino que brotaba de manera incongruente entre las piedras del centro del hoyo.

En cuanto a la hembra de dragón, al principio no parecía muy claro si estaba viva. Su postura –postrada boca abajo, con la cabeza vuelta hacia un lado y los miembros extendidos– podría ser muy bien la de un cadáver lanzado al hoyo desde lo alto. De hecho, era necesario observarla un rato para confirmar que realmente se trataba de un dragón. Estaba tan consumida que parecía más algún tipo de reptil con forma de gusano que vivía en el agua y por error se había adentrado en la tierra y estaba deshidratándose. Su piel, que debería haber tenido un aspecto lubricado y un color semejante al bronce, tenía en cambio una tonalidad blancuzca, ligeramente amarillenta, que recordaba a la de la panza de ciertos peces. De sus alas colgaban pliegos de piel que una mirada poco atenta podría haber tomado por hojas secas acumuladas a ambos lados de su cuerpo. Como la cabeza reposaba sobre las piedrecillas grises, Axl sólo veía un ojo, que tenía un grueso párpado, como el de una tortuga, y que se abría y cerraba aletargadamente siguiendo algún ritmo interno. Este movimiento, y la levísima oscilación de la espina dorsal de la criatura eran los únicos indicadores de que Querig seguía con vida.

–¿Realmente es ella, Axl? –preguntó Beatrice en voz baja–. Esta pobre criatura no es más que una maraña de carne.

–Pero mirad ahí, señora –indicó la voz de Gawain detrás de ellos–. Mientras le quede aliento, produce su efecto.

–¿Está enferma o alguien la ha envenenado ya? –preguntó Axl.

—Simplemente se hace vieja, señor, como la mayoría de nosotros. Pero sigue respirando y así el hechizo de Merlín continúa funcionando.

—Ahora recuerdo algo de eso –dijo Axl–. Recuerdo lo que hizo aquí Merlín, su tenebroso hechizo.

—¿Tenebroso, señor? –protestó Gawain–. ¿Por qué tenebroso? Era la única alternativa. Antes de que aquella batalla acabase con una clara victoria, partí con cuatro nobles camaradas para domar a esta criatura, que en aquel entonces era poderosa y llena de furia, para que Merlín pudiese lanzar su gran hechizo sobre su aliento. Puede que él fuese un hombre tenebroso, pero con este hechizo llevó a cabo la voluntad de Dios, no sólo la de Arturo. Sin el aliento de este dragón hembra, ¿hubiese llegado alguna vez la paz? ¡Mirad cómo vivimos ahora, señor! Los antiguos enemigos son como hermanos, en una aldea tras otra. Honorable Wistan, no habéis abierto la boca desde que la habéis visto. Os lo vuelvo a preguntar. ¿No vais a permitir que esta pobre criatura siga con vida? Su aliento ya no es lo que era, pero sigue manteniendo la magia. Pensadlo, señor, cuando este aliento cese, ¡qué despertará a lo largo de estas tierras aunque hayan pasado tantos años! Sí, matamos a muchos, lo admito, sin preocuparnos de si eran fuertes o débiles. Puede que Dios no nos contemplase con una sonrisa, pero erradicamos la guerra de estas tierras. Marchaos de aquí, señor, os lo ruego. Puede que recemos a dioses diferentes, pero sin duda el vuestro bendeciría a este dragón como lo hace el mío.

Wistan se apartó del hoyo y miró al anciano caballero.

—¿Qué clase de dios es ese, señor, que desea que el mal causado permanezca olvidado y sin castigo?

—Buena pregunta, honorable Wistan, y sé que nuestro dios se siente incómodo con nuestras hazañas de ese día. Pero eso sucedió hace mucho tiempo y los huesos reposan cubiertos por una agradable alfombra verde. Los jóvenes no saben nada de ellos. Os ruego que os marchéis de aquí y permitáis que Querig continúe haciendo su trabajo algún tiempo más. Una o dos estaciones más, eso es lo máximo que va a seguir con vida. Pero incluso este tiempo puede ser suficiente para que las viejas heridas se cierren para siempre, y vivamos en una paz eterna. ¡Mirad cómo se aferra a la vida, señor! Tened piedad y marchaos de aquí. Marchaos de esta región y dejad que siga viviendo pacíficamente con el olvido.

—Es descabellado, señor. ¿Cómo pueden cerrarse las viejas heridas mientras los gusanos siguen moviéndose con impunidad por ahí? ¿O es que va a durar para siempre una paz construida sobre una matanza y los engaños de un mago? Ya veo con qué devoción lo deseáis, para que entretanto vuestros horrores del pasado se transformen en polvo. Pero esperan bajo tierra convertidos en blancos huesos, aguardando a que los hombres los desentierren. Sir Gawain, mi respuesta sigue siendo la misma. Debo bajar al hoyo.

Sir Gawain asintió con gesto grave.

—Lo entiendo, señor.

—Entonces debo preguntaros algo, caballero. ¿Vais a marcharos de aquí y regresar con vuestro viejo y querido semental que os espera abajo?

—Sabéis que no puedo hacerlo, honorable Wistan.

—Ya me lo imaginaba. De acuerdo.

Wistan pasó por delante de Axl y Beatrice y bajó por los toscos escalones. Cuando llegó al pie del montículo, miró a su alrededor y dijo, con un tono de voz muy diferente:

—Sir Gawain, la tierra tiene aquí un aspecto extraño. ¿Es posible que el dragón hembra, en sus más vigorosos días del pasado, la arrasase de este modo? ¿O es que los rayos impactan en estas cimas con tanta frecuencia que queman el suelo antes de que pueda crecer hierba nueva?

Gawain, que lo había seguido en el descenso del montículo también llegó abajo, y por un momento los dos se pasearon por allí sin rumbo fijo, como dos camaradas buscando el mejor sitio para plantar su tienda.

—Es algo que a mí también me ha desconcertado siempre,

honorable Wistan –le iba contando Gawain–. Porque incluso cuando era más joven, siempre se quedó ahí arriba, y no creo que Querig haya calcinado todo este terreno. Quizá ya estuviese así, incluso cuando la trajimos aquí por primera vez y la bajamos a su guarida. –Gawain golpeó con el talón en el suelo–. Sin embargo, es un buen terreno.

–Desde luego que sí. –Wistan, de espaldas a Gawain, también se puso a tantear la tierra con el pie.

–¿Aunque tal vez un poco estrecho? –observó el caballero–. Mirad lo cerca que está el acantilado. Un hombre que muriese aquí descansaría sin duda sobre una tierra acogedora, pero su sangre se deslizaría rápidamente entre esa hierba quemada hacia el acantilado. No sé lo que pensaréis vos, señor, ¡pero a mí no me gustaría que mis entrañas goteasen por el acantilado como las cagadas blancuzcas de una gaviota!

Ambos se rieron, y Wistan dijo:

–Una preocupación innecesaria, señor. Mirad cómo el terreno se eleva ligeramente antes de llegar al acantilado. Y en cuanto al lado contrario, queda demasiado lejos y antes de llegar a él hay un buen trecho de tierra sedienta.

–Bien observado. ¡Bueno, entonces no es un mal sitio! –Sir Gawain alzó la vista para mirar a Axl y Beatrice, que seguían en el borde superior del montículo, aunque ahora estaban de espaldas al hoyo–. Honorable Axl –le llamó con un tono animoso–, siempre fuisteis el más dotado para la diplomacia. ¿Os importa utilizar vuestra refinada elocuencia para que podamos abandonar este lugar como amigos?

–Lo siento, Sir Gawain. Habéis sido muy bondadoso con nosotros y os estamos muy agradecidos. Pero hemos subido hasta aquí para ser testigos del final de Querig, y si vais a defenderla, no hay nada que ni yo ni mi esposa podamos decir a vuestro favor. En este asunto estamos del lado del honorable Wistan.

–Ya veo, señor. Entonces permitidme al menos que os haga una petición. No temo a este individuo que tengo ante mí. Pero si soy yo el que cae, ¿bajaréis de esta montaña a mi buen Horace? Estará encantado de llevar a un par de buenos britanos sobre su lomo. Tal vez os parezca que se queja, pero no sois una carga demasiado pesada para él. Llevaos a mi buen Horace lejos de aquí y, cuando ya no os sea útil, encontradle un prado bien verde donde pueda comer cuanto le plazca y recordar los viejos tiempos. ¿Haréis eso por mí, amigos?

—Lo haremos de buena gana, señor, y vuestro caballo nos será de gran ayuda, porque tenemos por delante un duro camino para descender de estas montañas.

—Con respecto a eso, señor —Gawain se había acercado ahora al pie del montículo—, ya os insistí en su momento en que utilizarais el río, y os lo repito ahora. Dejad que Horace os baje por estas laderas, pero en cuanto lleguéis al río, buscad una barca que os lleve hacia el este. Hay estaño y monedas en las alforjas de mi silla para pagaros el pasaje.

—Os damos las gracias, señor. Vuestra generosidad nos conmueve.

—Pero, Sir Gawain —intervino Beatrice—, si vuestro caballo nos baja a nosotros dos, ¿quién bajará de esta montaña vuestro cuerpo caído en combate? Vuestra bondad os hace desentenderos de vuestro propio cadáver. Y nos apenaría que os enterrasen en un paraje tan solitario.

Por un momento el rostro del anciano caballero adquirió un aire solemne, casi apesadumbrado, después sus labios dibujaron una sonrisa y dijo:

—Por favor, señora. ¡No discutamos planes de entierro cuando todavía espero salir victorioso! En cualquier caso, para mí esta montaña no es un lugar más solitario que cualquier otro, y me asusta más lo que pueda ver mi espíritu en terrenos más bajos si este combate acaba de otro modo. ¡Así que dejemos de hablar de cadáveres, señora! Honorable Wistan, ¿tenéis alguna petición que hacerles a estos amigos en caso de que la fortuna no os sea propicia?

—Al igual que vos, señor, prefiero no pensar en la derrota. Aunque sólo un completo insensato no os consideraría un oponente formidable pese a vuestra edad. De modo que también yo voy a cargar a esta pareja con una petición. Si caigo en el combate, por favor, aseguraos de que el joven Edwin llega a una aldea donde sea bien recibido, y hacedle saber que lo consideraba el más sobresaliente de los discípulos.

—Así lo haremos, señor —le aseguró Axl—. Buscaremos lo mejor para él, aunque la herida que lleva ensombrece su futuro.

—Tenéis razón. Esto me recuerda que debo hacer todo lo posible por sobrevivir a este enfrentamiento. Bueno, Sir Gawain, ¿empezamos?

—Antes una última petición —dijo el anciano caballero—, y ésta os la hago a vos, honorable Wistan. Sacar a colación el tema me incomoda, porque lo hemos discutido amigablemente hace un momento. Me refiero, señor, al asunto de desenvainar la espada. Dada mi avanzada edad, tardo una eternidad en sacar esta vieja arma de su funda. Si iniciamos el combate con las espadas envainadas, me temo que os proporcionaré un pobre entretenimiento, sabiendo lo rápido que desenvaináis. ¡Porque, señor, yo puedo estar todavía renqueando, murmurando maldiciones y tirando de este hierro insistentemente, mientras vos ya segáis el aire con vuestra espada, decidiendo si cortarme la cabeza o cantar una oda mientras esperáis! Sin embargo, si acordásemos desenvainar cada cual a su ritmo... ¡Pero esto me incomoda enormemente, señor!

—No se hable más, Sir Gawain. Jamás me han gustado los guerreros que se aprovechan de su velocidad desenvainando la espada para aventajar a su oponente. De modo que enfrentémonos con las espadas ya desenvainadas, tal como sugerís.

—Os lo agradezco, señor. Y en contrapartida, aunque veo que lleváis un brazo vendado, no me aprovecharé de ello.

—Muchas gracias, señor, aunque es una herida superficial.

—Adelante pues, señor. Con vuestro permiso.

El anciano caballero desenvainó la espada –de hecho, pareció tomarse su tiempo– y clavó la punta en el suelo, igual que había hecho hacía un rato junto al túmulo del gigante. Pero en lugar de apoyarse en ella, se mantuvo erguido, mirando su arma de arriba abajo con una mezcla de hastío y afecto. Después asió la espada con ambas manos y la alzó, y en ese momento la postura de Gawain adquirió una indiscutible majestuosidad.

–Me voy a dar la vuelta, Axl –le dijo Beatrice–. Avísame cuando haya terminado, y esperemos que no sea largo o atroz.

Al principio ambos contendientes sostuvieron las espadas con la punta hacia abajo, como para no fatigarse los brazos. Desde su atalaya, Axl veía sus posiciones claramente: separados como mucho por cinco pasos, el cuerpo de Wistan ligeramente girado hacia la izquierda con respecto al de su oponente. Mantuvieron esas posiciones durante un rato, después Wistan dio tres lentos pasos hacia la derecha, de modo que parecía muy evidente que el hombre más próximo a su contrincante ya no quedaba protegido por su espada. Pero para aprovechar la ventaja, Gawain debería haber cerrado el espacio con rapidez, y Axl apenas se sorprendió cuando el caballero, mirando acusadoramente al guerrero, también se movió hacia la derecha con pasos firmes. Wistan, entretanto, cambió la posición de sus manos en la empuñadura de la espada, y Axl no estaba seguro de si Gawain se había percatado de ese cambio, porque era posible que el cuerpo del guerrero le tapara la visión al caballero. Pero ahora también Gawain estaba modificando la posición de sus manos, dejando que el peso de la espada pasase del brazo derecho al izquierdo. Los dos hombres permanecieron inmóviles en sus nuevas posiciones, y a un espectador poco atento habría podido parecerle que, en la posición del uno respecto del otro, casi no había cambiado nada. Pero Axl percibía que estas nuevas posiciones introducían una novedad. Hacía mucho que no estudiaba un combate con tanto detalle, y tenía la frustrante sensación de que se le escapaba la mitad de lo que se estaba desarrollando ante él. Pero sabía que de algún modo la confrontación había alcanzado un momento crítico, que no podía continuar así mucho tiempo sin que uno u otro de los contendientes se viese forzado a comprometer su posición.

Aun así, se quedó pasmado por el modo tan repentino en que Gawain y Wistan iniciaron el combate. Fue como si ambos respondiesen a una señal: el espacio que los separaba se desvaneció y de pronto los dos estaban enganchados en un tenso abrazo. Sucedió tan rápido que a Axl le pareció que los dos contrincantes habían dejado las espadas y estaban inmovilizándose el uno al otro con una complicada y mutua llave utilizando los brazos. Mientras lo hacían, rotaron un poco, como bailarines, y Axl vio entonces que sus dos espadas, tal vez debido al enorme impacto producido al entrechocar, se habían fundido en una. Ambos hombres, mortificados por lo sucedido, estaban haciendo todo lo posible por separar las armas. Pero no era una tarea fácil, y el rostro del anciano caballero se retorcía en una mueca por el esfuerzo. En ese momento la cara de Wistan quedaba oculta, pero Axl veía cómo el cuello y los hombros del guerrero temblaban mientras también él se esforzaba al máximo para resolver la calamidad. Pero los esfuerzos fueron en vano: cada segundo que pasaba las dos espadas parecían unirse con más fuerza, y estaba claro que no quedaba otra opción que abandonar las armas y comenzar de nuevo el combate. Sin embargo, ninguno de los dos contendientes parecía dispuesto a rendirse, pese a que el empeño amenazaba con agotarlos. Finalmente algo cedió y las espadas se separaron. Al hacerlo, una sustancia oscura –tal vez la que había provocado que las espadas se enganchasen– salió volando entre ellos. Gawain, con una mueca de atónito alivio, se tambaleó dando media vuelta y clavó una rodilla en el suelo. A Wistan, por su parte, el impulso le había hecho dar una vuelta casi completa y se detuvo señalando con su espada ahora liberada hacia las nubes por encima del acantilado, dándole completamente la espalda al caballero.

–Que Dios lo proteja –dijo Beatrice a su lado, y Axl se dio cuenta de que había estado observando todo el rato. Cuando volvió a mirar hacia abajo, Gawain tenía su otra rodilla también en el suelo. Y entonces, la alta silueta del caballero se desplomó lentamente, retorciéndose, sobre la hierba negruzca. Se agitó unos instantes en el suelo, como un hombre dormido que trata de encontrar una postura más cómoda, y cuando su rostro miró hacia el cielo, pese a que las piernas seguían plegadas desordenadamente bajo su cuerpo, Gawain parecía feliz. Mientras Wistan se le acercaba con gesto preocupado, pareció que el anciano caballero le decía algo, pero Axl estaba demasiado lejos para oírlo. El guerrero permaneció erguido sobre su oponente durante un rato, sosteniendo inconscientemente la espada a su lado, y Axl vio que de la punta de la hoja caían gotas oscuras al suelo.

Beatrice se pegó a él.

–Era el defensor del dragón hembra –dijo–, pero fue muy amable con nosotros. Quién sabe dónde estaríamos de no ser por él, Axl, y lamento verlo exánime.

Axl abrazó con fuerza a Beatrice. Después la soltó y bajó un poco para poder ver mejor el cadáver de Gawain extendido sobre la tierra. Wistan había acertado: la sangre se había deslizado sólo hasta donde el terreno se alzaba formando una suerte de labio al borde del acantilado, y se quedaba allí estancada, sin peligro de que acabase goteando. La visión le provocó tristeza, pero también –aunque era un sentimiento lejano y vago– la sensación de que una gran rabia que se acumulaba en su interior había por fin recibido respuesta.

–Bravo, señor –gritó Axl–. Ahora ya nada se interpone entre vos y el dragón hembra.

Wistan, que durante todo este rato había estado contemplando al caballero caído, ahora se acercó lentamente, como mareado, a los pies del montículo, y cuando alzó la mirada parecía estar como en medio de un sueño.

–Aprendí hace mucho tiempo –dijo– a no temer a la Muerte cuando combato. Pero he creído oír sus sigilosas pisadas a mis espaldas durante el enfrentamiento con este caballero. Tenía el peso de los años encima, pero ha estado a punto de llevárseme por delante.

El guerrero pareció percatarse entonces de que la espada seguía en su mano e hizo un gesto como para clavarla en la blanda tierra a los pies del montículo. Pero en el último momento se detuvo, con la hoja ya casi tocando al suelo, e irguiéndose dijo:

—¿Por qué limpiar ahora la espada? ¿Por qué no dejar que la sangre del caballero se mezcle con la del dragón hembra?

Ascendió por la ladera del montículo, caminando todavía con los andares de alguien ebrio. Pasó rozándolos, se agachó sobre una piedra y asomó la cabeza para otear el hoyo, moviendo los hombros cada vez que respiraba.

—Honorable Wistan —le dijo Beatrice con tono afable—. Estamos impacientes por ver cómo matáis a Querig. ¿Pero después podréis enterrar al pobre caballero? Mi esposo está agotado y debe guardar sus fuerzas para lo que nos resta de viaje.

—Era de la estirpe del odioso Arturo —dijo Wistan, volviéndose hacia ella—, pero no se lo voy a dejar a los cuervos. Tened por seguro, señora, que me encargaré de él y quizá incluso lo baje a este hoyo, junto a la criatura que defendió durante tanto tiempo.

—Entonces daos prisa, señor —dijo Beatrice— y acabad la tarea. Porque aunque está debilitada, no estaremos tranquilos hasta que la veamos muerta.

Pero Wistan parecía haber dejado de escucharla y ahora miraba a Axl con expresión ausente.

—¿Os encontráis bien, señor? —le preguntó finalmente Axl.

—Honorable Axl —dijo el guerrero—, probablemente no volveremos a vernos. De modo que permitidme que os lo pregunte por última vez. ¿Es posible que seáis ese amable britano de mi infancia, que una vez se paseó por nuestra aldea moviéndose como un príncipe, haciendo que los hombres soñasen con la manera de mantener a los inocentes fuera del alcance de la guerra? Si recordáis algo de eso, os pido que me lo digáis antes de que nos separemos.

—Si yo fui ese hombre, señor, ahora lo veo a través de la neblina del aliento de esta criatura, y me parece un loco y un soñador, aunque también alguien que tenía buenas intenciones y sufrió al ver que solemnes juramentos se deshacían en una cruel matanza. Hubo otros que también difundieron el tratado por las aldeas sajonas, pero si mi rostro os despierta algún recuerdo, ¿por qué suponer que fue otro?

—Lo pensé la primera vez que nos vimos, señor, pero no estaba seguro. Os agradezco vuestra franqueza.

—Entonces habladme también vos con franqueza, porque hay algo que me reconcome desde nuestro encuentro ayer, y tal vez, si os soy sincero, desde mucho antes. El hombre al que recordáis, honorable Wistan, ¿es alguien de quien querríais vengaros?

—¿Qué estás diciendo, esposo? —Beatrice se abrió paso y se colocó entre Axl y el guerrero—. ¿Qué disputa puede haber entre tú y este guerrero? Si la hay, tendrá que golpearme a mí primero.

—El honorable Wistan habla de un pellejo que hice trizas antes de que nosotros dos nos conociéramos, princesa. Uno que tenía la esperanza de que se hubiera descompuesto hace mucho en un olvidado sendero. —Y, dirigiéndose a Wistan, añadió—: ¿Qué me decís, señor? Vuestra espada todavía gotea. Si es venganza lo que ansiáis, es fácil de obtener, aunque os ruego que protejáis a mi querida esposa que tiembla por mí.

—Durante mucho tiempo adoré a este hombre, y es cierto que vino después una época en la que deseé que fuese cruelmente castigado por su papel en la traición. Aunque hoy me doy cuenta de que es posible que actuase sin perfidia, deseando el bien tanto para los suyos como para nosotros. Si me lo vuelvo a cruzar, le permitiré irse en paz, aunque sé que ahora la paz no va a durar mucho. Pero disculpadme, amigos, y permitidme bajar ahí y cumplir mi misión.

En el interior del hoyo, ni la postura ni la actitud del dragón hembra habían cambiado: si sus sentidos la avisaban de la proximidad de extraños –y de la de uno en particular, que estaba bajando al hoyo por la pronunciada pendiente– Querig no dio ninguna muestra de ello. ¿O tal vez las oscilaciones arriba y abajo de su espina dorsal se habían hecho un poco más pronunciadas? ¿Y el párpado se abría y cerraba ahora con mayor rapidez? Axl no estaba seguro. Pero mientras seguía con la mirada clavada en la criatura, le vino a la cabeza la idea de que el espino –la única otra presencia viva en el hoyo– se había convertido para ella en una fuente de gran consuelo, y que incluso ahora, en el ojo de su mente, el dragón hembra recurría a él. Axl se dio cuenta de que la idea era descabellada, pero cuanto más miraba, más creíble le parecía. Porque ¿cómo era posible que creciese un arbusto solitario en un lugar como ése? ¿No podía ser que el propio Merlín hubiera permitido que creciese allí para que el dragón hembra tuviese compañía?

Wistan seguía bajando con la espada todavía desenvainada. Apenas apartaba la vista de donde yacía la criatura, como si medio temiese que se pusiera en pie repentinamente, transformada en un gigantesco demonio. En cierto momento el guerrero resbaló y hundió la espada en el suelo para evitar caerse de espaldas. Eso provocó que varias piedras y cierta cantidad de gravilla cayesen rodando por la pendiente, pero Querig siguió sin moverse.

Finalmente Wistan llegó sano y salvo al fondo del hoyo. Se secó el sudor de la frente, alzó la cabeza para mirar a Axl y Beatrice, y después se acercó a la hembra de dragón hasta detenerse a varios pasos de ella. Alzó entonces la espada y se puso a observar detenidamente la hoja, en apariencia paralizado al descubrir que estaba manchada de sangre. Permaneció un buen rato así, inmóvil, hasta el punto de que Axl se preguntó si el extraño estado de ánimo que se había apoderado del guerrero después de su victoria le había hecho olvidar el motivo por el que había descendido al hoyo.

Pero entonces, del mismo modo inesperado en que se había

desarrollado el combate con el anciano caballero, Wistan de pronto volvió a avanzar. No corrió, pero sí caminó con rapidez, se subió al cuerpo del dragón hembra sin aminorar el paso, y siguió adelante como si tuviese prisa por llegar al otro lado del hoyo. Pero su espada había trazado un arco bajo en el aire al pasar, y Axl vio cómo la cabeza del dragón hembra salía volando y después rodaba un poco por el suelo hasta detenerse entre las piedras. Sin embargo, no permaneció allí mucho tiempo, porque fue rápidamente engullida por la marea que primero la envolvió y después la hizo flotar y moverse a la deriva por el hoyo. Se detuvo junto al espino, al que quedó enganchada, con la garganta hacia el cielo. La visión le trajo a Axl el recuerdo del perro monstruoso al que Gawain había decapitado en el túnel, y de nuevo una sensación de tristeza amenazó con envolverlo por completo. Apartó la mirada del dragón hembra y fijó su atención en Wistan, que no había dejado de caminar. El guerrero estaba ahora dando la vuelta al hoyo, evitando el creciente charco, y después, con la espada todavía desenvainada, empezó a subir para salir de allí.

–Ya está hecho, Axl –dijo Beatrice.

–Así es, princesa. Pero todavía me queda una pregunta que hacerle al guerrero.

Wistan se tomó un tiempo sorprendentemente largo para salir del hoyo. Cuando por fin apareció ante ellos, parecía abrumado y para nada triunfante. Sin decir palabra, se sentó en el suelo ennegrecido al borde del hoyo y clavó profundamente la espada en la tierra. Permaneció allí con la mirada perdida, no dirigida al hoyo, sino más allá, a las nubes y a las pálidas colinas que se veían a lo lejos.

Transcurrido un momento, Beatrice se acercó a él y le tocó el brazo con suavidad.

–Honorable Wistan, os agradecemos la hazaña –le dijo–. Y

muchos otros en esta región os lo agradecerían si estuvieran aquí. ¿Por qué se os ve tan abatido?

–¿Abatido? No os preocupéis, enseguida me recuperaré, señora. Pero ahora mismo... –Wistan le dio la espalda a Beatrice y volvió a contemplar las nubes. Después añadió–: Tal vez llevo demasiado tiempo entre britanos. He despreciado a los cobardes, he admirado y querido a los mejores de vosotros, y todo eso desde temprana edad. Y ahora estoy aquí sentado, temblando, no por agotamiento, sino simplemente al pensar en lo que mis propias manos acaban de hacer. Debo endurecer mi corazón o seré un guerrero débil para mi rey en lo que todavía está por llegar.

–¿De qué estáis hablando, señor? –le preguntó Beatrice–. ¿Qué más tareas os esperan?

–Es justicia y venganza lo que me aguarda, señora. Y no tardarán en llegar hasta aquí, porque hace mucho que esperan. Pero ahora que ya casi ha llegado el momento, descubro que se me estremece el corazón, como si fuese el de una doncella. Tan sólo puede deberse a que llevo demasiado tiempo entre vosotros.

–Señor, no me ha pasado desapercibido –dijo Axl– el comentario que me habéis hecho antes. Me habéis dicho que desearíais dejarme ir en paz, aunque la paz no iba a durar mucho. Me he preguntado entonces, mientras descendíais al hoyo, qué queríais decir. ¿Nos lo podéis explicar ahora?

–Veo que empezáis a entenderlo, honorable Axl. Mi rey me ha enviado a destruir a este dragón hembra no simplemente para rendir tributo a nuestros hermanos masacrados hace años. Ahora, señor, empezáis a comprender que este dragón ha muerto para preparar el camino de la conquista venidera.

–¿Conquista, señor? –Axl se acercó a él–. ¿Cómo puede suceder eso, honorable Wistan? ¿Han aumentado tanto vuestros ejércitos sumando a vuestros primos del otro lado del mar? ¿O es que vuestros guerreros son tan fieros que habláis de conquistar tierras que se mantienen en paz?

—Es cierto que nuestros ejércitos siguen siendo más reducidos en número de efectivos, incluso en las marismas. Pero contemplad esta tierra. En cada valle, junto a cada río, encontraréis ahora comunidades sajonas, y en cada una de ellas hombres fuertes y muchachos que crecen. Con ellos nutriremos nuestras filas mientras avanzamos hacia el oeste.

—Sin duda estáis hablando todavía aturdido por vuestra victoria, honorable Wistan —le dijo Beatrice—. ¿Cómo va a suceder eso que decís? Vos mismo habéis visto que en estas tierras vuestra gente y mi gente conviven en una aldea tras otra. ¿Quién de ellos se va a volver contra unos vecinos a los que ha querido desde la infancia?

—Sin embargo, señora, mirad la cara de vuestro esposo. Él está empezando a entender por qué estoy aquí sentado como ante una luz demasiado intensa para que la soporten mis ojos.

—Así es, princesa, las palabras del guerrero me hacen temblar. Tú y yo deseábamos la muerte de Querig, pensando sólo en nuestros queridos recuerdos. ¿Pero quién sabe qué viejos odios aflorarán ahora por estas tierras? Sólo nos queda esperar que Dios encuentre un modo de preservar los lazos entre nuestra gente, aunque las costumbres y las suspicacias siempre nos han dividido. ¿Quién sabe qué sucederá cuando hombres con facilidad de palabra relacionen antiguos agravios con un nuevo deseo de tierras y conquista?

—Hacéis bien en sentir miedo, señor —dijo Wistan—. El gigante, en un tiempo bien enterrado, ahora se revuelve. Cuando en breve se alce, como sin duda hará, los lazos de amistad entre nosotros resultarán ser nudos como los que hacen las niñas con los tallos de las florecillas. Los hombres quemarán las casas de sus vecinos por la noche. Colgarán a niños de los árboles al alba. Los ríos apestarán por los cadáveres tumefactos después de días a la deriva. Y a medida que avancen, nuestros ejércitos crecerán, hinchados por la ira y la sed de venganza. Para vosotros los britanos, será como una bola de fuego rodando hacia vosotros.

Deberéis salir corriendo o morir. Y, región tras región, esto se convertirá en una nueva tierra, una tierra sajona, y no quedará más huella de vuestro paso por estas tierras que uno o dos rebaños de ovejas vagando desatendidos por las colinas.

–¿Es cierto lo que dice, Axl? ¿No son sus palabras fruto de un delirio causado por la fiebre?

–Puede que se equivoque, princesa, pero lo que dice no es fruto de la fiebre. La hembra de dragón ha muerto y la sombra de Arturo se disipará con ella. –Y dirigiéndose a Wistan, añadió–: Señor, me reconforta al menos comprobar que no os deleitáis con estos horrores que describís.

–Me deleitaría si pudiese, honorable Axl, porque será una venganza justa. Pero me debilitan los años pasados entre vosotros, y por mucho que lo intente, una parte de mí da la espalda a las llamas del odio. Es una debilidad que me avergüenza, aunque pronto podré ofrecer en mi lugar a alguien entrenado con mis propias manos, alguien con una voluntad mucho más firme que la mía.

–¿Habláis del joven Edwin, señor?

–Así es, y aventuro que debe de estar tranquilizándose rápidamente ahora que el dragón hembra ha muerto y la atracción que ejercía sobre él ha desaparecido. El muchacho posee un verdadero espíritu de guerrero que se encuentra en muy pocas personas. Lo demás lo aprenderá rápido, y prepararé a fondo su corazón para que no admita el sentimentalismo que ha invadido al mío. No mostrará piedad en la tarea que tenemos por delante.

–Honorable Wistan –le dijo Beatrice–, sigo sin tener claro si lo que decís es fruto de un delirio febril. Pero mi esposo y yo estamos cansados y debemos bajar en busca de refugio. ¿Recordaréis vuestra promesa de enterrar adecuadamente a este noble caballero?

–Prometo hacerlo, señora, aunque me temo que los pájaros ya lo han localizado. Buenos amigos, advertidos como estáis, disponéis de tiempo suficiente para escapar. Tomad el caballo del caballero y alejaos cabalgando rápido de estas tierras. Buscad la aldea de vuestro hijo si debéis hacerlo, pero no os demoréis allí más de uno o dos días, porque quién sabe lo rápido que se encenderán las llamas antes de la llegada de nuestros ejércitos. Si vuestro hijo no escucha vuestras advertencias, dejadlo allí y dirigíos a toda velocidad lo más lejos que podáis hacia el oeste. Podéis escapar a tiempo de la matanza. Marchaos ahora y buscad el caballo del caballero. Y si encontráis al joven Edwin mucho más calmado, ya superada su extraña fiebre, liberadlo de sus ataduras y decidle que suba aquí para reunirse conmigo. Ahora se abre ante él un futuro feroz y quiero que vea este lugar, al caballero caído y al dragón hembra decapitado antes de dar sus siguientes pasos. ¡Además, recuerdo lo bien que cava una tumba con una piedra o dos! Ahora daos prisa, nobles amigos, adiós.

CAPÍTULO DIECISÉIS

Desde hacía un rato la cabra había estado pisoteando la hierba muy cerca de la cabeza de Edwin. ¿Por qué se le había tenido que acercar tanto el animal? Estaban atados al mismo poste, pero sin duda había terreno suficiente para cada uno de ellos.

Podría haberse levantado y echado de allí a la cabra, pero Edwin se sentía demasiado cansado. El agotamiento se había apoderado de él hacía un rato, y con tal intensidad que se había desplomado y su mejilla aplastaba la hierba de la montaña. Había estado a punto de caer en un profundo sueño, pero se había despertado sobresaltado al sentir la repentina certeza de que su madre había muerto. No se había movido y había seguido con los ojos cerrados, pero había murmurado en voz alta hacia el suelo:

—Madre. Ya llegamos. Ya falta muy poco.

No había habido respuesta y había sentido un gran vacío abriéndose paso en su interior. A partir de ese momento, a la deriva entre el sueño y la vigilia, la había llamado un montón de veces más, recibiendo como única respuesta el silencio. Y ahora la cabra masticaba hierba junto a su oreja.

—Perdóname, madre —dijo en voz baja hablando hacia la tierra—. Me han atado. No he podido liberarme.

Oyó voces encima de él. Sólo entonces cayó en la cuenta de que las pisadas a su alrededor no eran de la cabra. Alguien le estaba desatando las muñecas y la cuerda alrededor de su cuerpo se destensaba. Una mano amable le levantó la cabeza y cuando abrió los ojos vio a la anciana –la señora Beatrice– mirándolo desde arriba. Comprendió que ya no estaba atado y se puso en pie.

Sentía un dolor horrible en una de las rodillas, pero cuando un golpe de viento le hizo balancearse, logró mantener el equilibrio. Miró a su alrededor: vio el cielo plomizo, la ladera, las piedras en la cima de la siguiente colina. No hacía mucho, esas rocas lo habían sido todo para él, pero ahora ella ya no estaba, de eso no había duda. Y recordó algo que le había dicho el guerrero: que cuando era demasiado tarde para el rescate, todavía había tiempo para la venganza. Si eso fuese cierto, aquellos que se habían llevado a su madre pagarían un precio terrible.

No había ni rastro de Wistan. Allí sólo estaba la pareja de ancianos, pero Edwin se sintió reconfortado por su presencia. Estaban ambos ante él, mirándolo con preocupación, y la visión de la amable señora Beatrice le puso de pronto al borde de las lágrimas. Pero Edwin se percató de que estaba diciendo algo –algo acerca de Wistan– e hizo un esfuerzo por escuchar.

El sajón de ella era difícil de entender, y el viento parecía llevarse sus palabras. Finalmente él la interrumpió para preguntarle:

–¿Ha caído en combate el honorable Wistan?

Ella guardó silencio y no le respondió. Sólo cuando él repitió la pregunta con una voz que se elevó por encima del viento, la señora Beatrice negó con la cabeza enfáticamente y dijo:

–¿No me oyes, joven Edwin? Te digo que el honorable Wistan está bien y te espera en la cima de ese sendero.

La noticia le llenó de alivio, y salió corriendo, pero enseguida le sobrevino un mareo que le obligó a detenerse incluso antes de haber llegado al sendero. Recuperó la estabilidad y, volviendo la vista atrás, vio que la pareja de ancianos habían avanzado varios pasos hacia él. Edwin se percató entonces de lo frágiles que parecían. Ahí estaban ellos, juntos frente al viento, apoyándose el uno en el otro, y parecían mucho más viejos que la primera vez que los vio. ¿Tendrían todavía fuerzas para bajar por la ladera? Pero ahora lo miraban con una expresión rara y, detrás de ellos, la cabra también había abandonado su incansable actividad para observarlo. A Edwin se le pasó por la cabeza una extraña idea: que en ese momento estaba cubierto de sangre de pies a cabeza, y que ése era el motivo por el que era objeto de tal escrutinio. Pero cuando se miró el cuerpo, aunque su ropa estaba llena de barro y hierba, no vio nada inusual.

De pronto el anciano le gritó algo. Lo dijo en la lengua de los britanos y Edwin no lo entendió. ¿Era una advertencia? ¿Una petición? Entonces llegó a través del viento la voz de la señora Beatrice:

–¡Joven Edwin! Los dos te hacemos un ruego. En los días que vendrán, acuérdate de nosotros. Acuérdate de nosotros y de esta amistad cuando todavía eras un muchacho.

Al oír eso, Edwin recordó otra cosa: la promesa que le había hecho al guerrero; el deber de odiar a todos los britanos. Pero seguro que Wistan no pretendía que incluyese también a esta amable pareja. Y ahora el honorable Axl levantaba inseguro la mano en el aire. ¿Era una despedida o un intento de retenerlo?

Edwin se dio la vuelta y esta vez, cuando echó a correr, pese a que el viento le golpeaba en un costado, el cuerpo no le falló. Su madre había desaparecido, probablemente era del todo imposible rescatarla, pero el guerrero estaba vivo y le esperaba. Siguió corriendo, pese a que el ascenso era cada vez más empinado y el dolor de su rodilla se intensificaba.

CAPÍTULO DIECISIETE

Aparecieron cabalgando bajo la tormenta mientras yo estaba refugiado bajo los pinos. No es el mejor tiempo para una pareja de tan avanzada edad y ese encorvado caballo no menos agotado. ¿Teme el anciano por el corazón del animal si da un paso más? ¿Por qué si no se detiene en medio del barro, a veinte pasos todavía del árbol más cercano? Sin embargo, el caballo espera pacientemente bajo el aguacero mientras el anciano ayuda a desmontar a la mujer. ¿Podrían moverse con más lentitud si fueran figuras de una pintura?

–Venid, amigos –los llamo–. Daos prisa y poneos a cubierto.

Ninguno me oye. ¿Es tal vez por el siseo de la lluvia, o es la edad lo que les sella los oídos? Vuelvo a llamarlos y ahora el anciano mira a su alrededor y por fin me ve. Finalmente ella se desliza en los brazos de él, y aunque esa mujer no es más que un minúsculo gorrión, veo que a él apenas le quedan fuerzas para sostenerla. De modo que abandono mi refugio y el anciano se vuelve alarmado y me ve avanzar a través de la hierba salpicando. Pero acepta mi ayuda, porque ¿acaso no está a punto de hundirse en el barro, con los brazos de su buena esposa todavía alrededor del cuello? Libero al anciano del peso de la mujer y corro de vuelta hacia los árboles, cargando con ella, que apenas me pesa. Oigo cómo él me pisa los talones jadeando. Tal vez teme por su esposa en brazos de un desconocido. De modo que la dejo en el suelo con cuidado, para demostrarles que sólo pretendo ayudarles. Coloco la cabeza de ella sobre una corteza blanda, totalmente resguardada de la lluvia, aunque a su alrededor todavía caigan una o dos gotas.

El anciano se echa a su lado y le susurra palabras de aliento, y yo me aparto, porque no quiero entrometerme en su intimidad. Vuelvo a donde estaba antes, el lugar en el que los árboles dan paso al campo abierto, y contemplo cómo la lluvia barre el páramo. ¿Quién va a echarme en cara que me proteja así de la lluvia? Recuperaré fácilmente el tiempo perdido en mi viaje, y estaré más descansado para las semanas de trabajo ininterrumpido que me esperan. Los oigo hablar a mis espaldas, ¿pero qué puedo hacer? ¿Alejarme quedándome bajo la lluvia para no escuchar sus murmullos?

–Es cosa de la fiebre, princesa.

–No, no, Axl –dice ella–. Lo recuerdo, me vienen más imágenes. ¿Cómo hemos podido olvidarlo? Nuestro hijo vive en una isla. Una isla que se ve desde una cala resguardada, de la que debemos estar cerca.

–¿Cómo puede ser, princesa?

–¿No lo oyes, Axl? Yo lo oigo incluso ahora. ¿No es eso el mar, que está cerca?

–No es más que la lluvia, princesa. O tal vez un río.

–Lo olvidamos, Axl. A causa de la niebla, pero ahora empiezo a verlo claro. Hay una isla por aquí cerca, y nuestro hijo nos espera allí. Axl, ¿no oyes el mar?

–Es la fiebre, princesa. Pronto encontraremos algún refugio y te pondrás bien.

–Pregúntale a este desconocido, Axl. Él conoce esta región mejor que nosotros. Pregúntale si hay una cala por aquí cerca.

–No es más que un buen hombre que se ha acercado a ayudarnos. ¿Por qué debería tener un conocimiento especial sobre estas cosas?

–Pregúntaselo, Axl. ¿Qué mal puede hacer?

¿Sigo callado? ¿Qué debo hacer? Me vuelvo y digo:

–La dama tiene razón, señor.

El anciano se sobresalta y hay miedo en su mirada. Una parte de mí se inclina por volver a guardar silencio; por darme la vuelta y contemplar al viejo caballo que sigue inalterable bajo la lluvia. Pero ahora que ya he hablado, debo continuar. Señalo más allá del lugar en el que descansan muy juntos.

–Allí hay un camino, entre los árboles, que lleva hasta una cala como la que dice la señora. Está casi enteramente cubierta de guijarros, aunque cuando la marea está baja, como debe suceder ahora, los guijarros dan paso a la arena. Y como decís, querida señora, adentrándose un poco en el mar, hay una isla.

Me miran en silencio, ella con extenuada felicidad, él con creciente miedo. ¿No van a decir nada? ¿Están esperando a que les dé más detalles?

–He observado el cielo –les digo–. Pronto dejará de llover y el atardecer será agradable. Así que si deseáis que os lleve remando hasta la isla, estaré encantado de hacerlo.

–¿No te lo he dicho, Axl?

–¿Entonces sois barquero, señor? –me pregunta el anciano con aire grave–. ¿Y es posible que nos hayamos visto anteriormente?

–Soy barquero, en efecto –le digo–. Si nos hemos visto antes, la verdad es que no lo recuerdo, porque cruzo a mucha gente y durante muchas horas cada día.

El anciano parece más asustando que nunca y abraza con fuerza a su esposa mientras se acuclilla a su lado. Convencido de que es mejor cambiar de tema, le digo:

–Vuestro caballo sigue bajo la lluvia. Pese a que no está atado y nada le impide ponerse a cubierto bajo los árboles.

–Es un viejo caballo de batalla, señor. –El anciano, encantado de dejar de hablar de la cala, se apresura de buena gana a darme detalles–: Mantiene su disciplina, pese a que su amo ya no está con él. Debemos cuidar de él durante algún tiempo, tal como le prometimos a su valiente propietario. Pero ahora quien me preocupa es mi amada esposa. ¿Sabéis dónde podemos encontrar refugio, señor, y un fuego para que mi mujer entre en calor?

No puedo mentirle y tengo una obligación que cumplir.

–Resulta –le respondo– que hay un pequeño refugio en la misma cala. Yo mismo lo construí, no es más que un simple tejado hecho de harapos y paños. Hace una hora dejé el fuego encendido y no será difícil avivarlo.

Duda, escrutando meticulosamente la expresión de mi rostro. La anciana ha cerrado los ojos y su cabeza reposa en el hombro de él.

–Barquero –me dice–, las palabras de mi esposa son fruto de la fiebre. No necesitamos ninguna isla. Mejor nos protegemos bajo estos acogedores árboles hasta que escampe la lluvia y después continuaremos nuestro camino.

–Axl, ¿qué dices? –interviene la mujer, abriendo los ojos–. ¿No ha esperado ya suficiente nuestro hijo? Dejemos que este amable barquero nos guíe hasta la cala.

El anciano sigue dudando, pero nota cómo tiembla su esposa entre sus brazos, y me mira con una súplica desesperada en los ojos.

–Si lo deseáis –le digo–, yo cargaré con la señora y así el camino hasta la cala será más fácil.

–Yo la llevaré, señor –me responde él, como alguien derrotado que todavía se muestra desafiante–. Si no puede ir por su propio pie, entonces yo la llevaré en mis brazos.

¿Qué decir ante eso cuando el marido está casi tan débil como la mujer?

–La cala no está lejos –le informo amablemente–. Pero el camino de bajada hace mucha pendiente, tiene socavones y raíces levantadas. Por favor, permitidme que la lleve yo, señor. Es lo más seguro. Vos podéis caminar justo al lado en las partes en que el camino lo permita. Vamos, en cuanto cese la lluvia iremos allí rápidamente, porque mirad cómo tiembla vuestra pobre esposa por el frío.

La lluvia no tardó en escampar y cargué a la mujer colina abajo, con el anciano dando traspiés detrás de nosotros, y cuando llegamos a la playa, los nubarrones habían sido barridos a un lado del cielo, como si les hubieran propinado un impaciente manotazo. Las tonalidades rojizas del atardecer cubrían toda la costa y un sol tenue descendía hacia el mar, mientras las olas mecían mi barca. Dando una nueva muestra de caballerosidad, deposité a la anciana bajo un tosco tejado de pieles secas y ramas, y le coloqué la cabeza sobre un almohadón de roca cubierta de musgo. Él se acerca raudo antes de que me dé tiempo a apartarme.

–Mirad allí –digo, y me acuclillo junto al mortecino fuego–. Allí está la isla.

Un leve giro de la cabeza le permite a la mujer contemplar el mar, y deja escapar un grito apagado. Él tiene que darse la vuelta sobre los duros guijarros y gira la cabeza a un lado y a otro, mirando apabullado las olas.

–Allí, amigo –le digo–. Mirad ahí. A medio camino entre la orilla y el horizonte.

–Ya no veo muy bien –dice–. Pero sí, creo que ahora la veo. ¿Son eso las copas de unos árboles? ¿O rocas puntiagudas?

–Son árboles, amigo, porque es un lugar agradable. –Se lo digo mientras rompo ramitas y alimento el fuego. Ambos miran hacia la isla y yo me arrodillo, sintiendo la dureza de los guijarros contra mis huesos, para avivar las brasas soplando. Este hombre y esta mujer, ¿no han venido hasta aquí por propia voluntad? Deja que decidan lo que quieren hacer, me digo.

–¿Notas ya el calor, princesa? –grita él–. Enseguida volverás a ser tú misma.

–Veo la isla, Axl –dice ella, ¿y cómo voy yo a entrometerme en esta intimidad?–. Allí es donde nos espera nuestro hijo. Es muy raro que nos olvidásemos de algo tan importante.

351

Él murmura una respuesta y observo cómo vuelve a sentirse inquieto.

–De todas formas, princesa –le dice–, todavía no está decidido. ¿Realmente queremos cruzar a ese lugar? Además, no podemos pagar el pasaje, porque hemos dejado el estaño y las monedas con el caballo.

¿Debo permanecer en silencio?

–Eso no importa, amigos –les digo–. Yo mismo me cobraré lo que me debéis de las alforjas de la silla de montar. Ese corcel no va a ir muy lejos. –Algunos considerarán esto artero por mi parte, pero lo he hecho por pura bondad, porque sé muy bien que no voy a volver a encontrar a ese caballo. Ellos han intercambiado opiniones en voz baja y yo les he dado la espalda, mientras avivaba el fuego. Porque ¿acaso quiero entrometerme en sus vidas? Ella alza la voz, y ahora es más firme que antes.

–Barquero –me llama–. Hay una historia que escuché en una ocasión, tal vez siendo niña. Sobre una isla con bonitos bosques y arroyos, que también era un lugar con extrañas particularidades. Son muchos los que cruzan hasta ella, pero para cada uno de los que allí vive es como si caminase solo, sin que sus vecinos lo vean ni lo oigan. ¿Puede esta descripción corresponder a la isla que tenemos delante, señor?

Yo sigo partiendo ramitas y colocándolas cuidadosamente entre las llamas.

–Buena mujer, conozco muchas islas que encajan con esa descripción. ¿Quién sabe si ésta es una de ellas?

Una respuesta evasiva, que a ella le da fuerzas.

–Barquero –insiste–, también he oído hablar de que hay ocasiones en que estas extrañas condiciones no rigen. De exoneraciones especiales para ciertos viajeros. ¿He oído bien, señor?

–Querida señora –le digo–, no soy más que un humilde barquero. No soy quién para hablar de estos temas. Pero dado que aquí no hay nadie más, permitidme ofreceros esto. He oído decir que en ocasiones determinadas, por ejemplo durante una tormenta como la que acabamos de ver, o durante una noche de verano con luna llena, un habitante de la isla puede llegar a percibir la presencia de otros moviéndose a su alrededor entre el viento. Tal vez sea eso lo que habéis oído, buena mujer.

–No, barquero –dice ella–, había algo más. He oído decir que un hombre y una mujer con toda una vida compartida a sus espaldas, y con un vínculo de amor inusualmente fuerte, pueden viajar a la isla sin necesidad de hacerlo por separado. He oído que pueden disfrutar de los placeres de la mutua compañía tal como hicieron todos esos años anteriores. ¿Podría ser cierto eso que he oído, barquero?

–Os lo repito, buena señora. No soy más que un barquero, encargado de trasladar a los que quieren cruzar el agua. Sólo puedo hablar de lo que veo en mi dura jornada de trabajo diario.

–Pero ahora no hay nadie aquí excepto vos, barquero, para respondernos. Así que os lo pregunto a vos, señor. Si nos lleváis a mi esposo y a mí, ¿será posible no tener que separarnos y poder caminar por la isla cogidos del brazo, tal como lo hacemos ahora?

–De acuerdo, buena señora. Os hablaré con franqueza. Vos y vuestro esposo sois un tipo de pareja que los barqueros vemos muy raramente. He podido ya observar la inusual devoción que sentís el uno por el otro mientras veníais cabalgando bajo la lluvia. De modo que indiscutiblemente se os permitirá morar juntos en la isla. Dadlo por hecho.

–Lo que me decís, barquero, me llena de felicidad –asegura ella, y parece relajarse aliviada. Y después añade–: ¿Y quién sabe? Durante una tormenta, o en una noche de verano con luna llena, tal vez Axl y yo podamos entrever a nuestro hijo por allí cerca. Incluso intercambiar una o dos palabras con él.

Ya avivado el fuego, me pongo en pie.

–Mirad allí –les digo, señalando hacia el mar–. La barca está en esas aguas poco profundas. Pero guardo el remo escondido en una cueva cercana, sumergido en una charca rodeada de rocas por la que nadan pequeños peces. Amigos, voy a buscarlo, y mientras tanto podéis hablar entre vosotros, sin que os incomode mi presencia. Acabad de decidir de una vez por todas si éste es un viaje que deseáis emprender. Ahora os dejaré a solas un momento.

Pero ella no me va a permitir marcharme tan fácilmente.

–Una pregunta más antes de que os vayáis, barquero –me dice–. Decidnos si cuando regreséis, antes de aceptar llevarnos, tenéis intención de interrogarnos por turnos. Porque he oído decir que éste es el método que utilizan los barqueros para descubrir a los pocos que merecen caminar por la isla sin separarse.

Ambos me miran, con la luz del atardecer sobre sus rostros, y veo que la expresión de él está llena de suspicacia. Cruzo una mirada con ella, no con él.

–Buena mujer –le digo–, os agradezco que me lo recordéis. Con las prisas olvido fácilmente lo que la tradición me obliga a hacer. Es tal como decís. Aunque en este caso lo haré sólo por cumplir con esa tradición. Porque, como ya os he dicho, he visto desde el primer momento que sois una pareja unida por una extraordinaria devoción. Y ahora disculpadme, amigos, porque el tiempo apremia. Tened una decisión tomada cuando regrese.

De modo que los dejé y caminé por la orilla bañada por la luz del atardecer hasta que las olas se hicieron ruidosas y los guijarros se convirtieron bajo mis pies en arena húmeda. Cada vez que volvía la cabeza y los miraba veía la misma imagen, aunque en cada ocasión un poco más pequeña: el anciano de cabello cano acuclillado en solemne coloquio junto a su esposa. A ella apenas la veía, porque la piedra en la que se apoyaba me la tapaba, con la excepción de su mano que subía y bajaba mientras hablaba. Una pareja muy unida, pero yo tenía mis obligaciones y continué hasta la cueva para recoger el remo.

Cuando volví hasta ellos, con el remo cargado al hombro, vi la decisión en los ojos de ambos ya antes de que él dijera:

–Os pedimos que nos llevéis a la isla, barquero.

–Entonces apresurémonos a subir a la barca, porque ya llevo

mucho retraso –digo, y me encamino hacia las olas. Pero entonces me vuelvo y les digo–: Ah, pero esperad. Debemos cumplir primero con ese absurdo ritual. Entonces, amigos permitidme que os proponga lo siguiente. Buen hombre, por favor, levantaos y alejaos un poco. Cuando ya no podáis oírnos, mantendré una breve conversación con vuestra amable esposa. No será necesario que se mueva de donde está. Pasado un rato, vendré hasta donde estéis esperando vos en esta playa. Enseguida habremos acabado y volveremos a recoger a la señora para ir a la barca.

El anciano me mira fijamente y una parte de él desea confiar en mí. Por fin dice:

–Muy bien, barquero, daré un paseo por la orilla. –Y dirigiéndose a su esposa, añade–: Sólo nos vamos a separar un momento, princesa.

–No te preocupes, Axl –le dice ella–. Ya estoy muy recuperada y muy tranquila bajo la protección de este buen hombre.

Él se aleja, caminado lentamente hacia la parte este de la cala y la enorme sombra del acantilado. Los pájaros alzan el vuelo cuando él se acerca, pero regresan rápidamente para seguir picoteando las algas marinas y las piedras. Cojea un poco y la espalda se le encorva como la de alguien al borde de la derrota, aunque todavía percibo una pequeña llama en su interior.

La mujer está sentada frente a mí y me mira con una débil sonrisa. ¿Qué le voy a preguntar?

–No temáis mis preguntas, buena mujer –le digo. Ojalá hubiera por aquí cerca un largo muro hacia el que pudiese volver la cara mientras hablo con ella, pero sólo dispongo de la brisa del atardecer y del sol bajo que me da en el rostro. Me acuclillo ante ella, como le he visto hacer a su marido, subiéndome la túnica hasta las rodillas.

–No temo vuestras preguntas, barquero –me dice en voz baja–. Porque sé lo que mi corazón siente por él. Preguntadme lo que queráis. Mis respuestas serán sinceras, pero sólo demostrarán una cosa.

Le hago una o dos preguntas, las preguntas habituales, porque ¿no he repetido esto un montón de veces? De vez en cuando, para darle ánimos y demostrarle que la escucho, le hago otra. Pero apenas es necesario, porque ella habla sin reservas. Responde a todo, de vez en cuando cierra los ojos y su voz es siempre clara y firme. Y yo la escucho atentamente, como es mi obligación, aunque pasee la mirada por la cala hasta la silueta del anciano fatigado que se pasea inquieto entre las pequeñas piedras.

De pronto recuerdo que me espera trabajo en otra parte y la interrumpo diciendo:

—Gracias, buena mujer. Permitidme que ahora vaya a hablar con vuestro noble esposo.

Sin duda ahora él ya se fía de mí, porque ¿se hubiera alejado tanto de su esposa de no ser así? Oye mis pasos y se vuelve como despertando de un sueño. Lo baña el resplandor del crepúsculo y ya no atisbo suspicacia en su mirada, sino un profundo pesar, y lágrimas incipientes en sus ojos.

—¿Qué tal va, señor? —me pregunta en voz baja.

—Ha sido un placer escuchar a vuestra encantadora esposa —le respondo, acoplando mi voz a su tono quedo, aunque el viento es cada vez más fuerte—. Pero ahora, amigo, seamos breves para poder ponernos en marcha.

—Preguntad lo que queráis, señor.

—No tengo ninguna pregunta inquisitiva, amigo. Pero vuestra amada esposa acaba de recordar un día en que los dos llevabais huevos a casa desde el mercado. Me ha contado que los cargaba ella en un cesto y vos caminabais a su lado, vigilando todo el rato el cesto por miedo a que se rompiesen. Recordaba ese momento con felicidad.

—Creo que yo también, barquero —me dice, y me mira con una sonrisa—. Temía por los huevos, porque en una ocasión anterior se había tropezado y se habían roto uno o dos. Fue un corto paseo, pero ese día nos sentíamos felices.

—Es tal como lo recuerda ella —le digo—. Bueno, pues no

perdamos más tiempo, porque esta charla era un puro trámite. Vamos a buscar a la señora y la llevaremos a la barca.

Y me encamino hacia el refugio y su esposa, pero él se mueve con lentitud, obligándome a ralentizar la marcha.

–No tengáis miedo de estas olas, amigo –le digo, creyendo que es eso lo que le preocupa–. Este estuario queda muy protegido y no nos puede suceder nada durante el trayecto de aquí a la isla.

–Tengo plena confianza en vuestro criterio, barquero.

–Amigo, la verdad –le digo, ya que ¿por qué no aprovechar este corto paseo para charlar un poco más?– es que hay una pregunta que debería haberos formulado si hubiéramos dispuesto de más tiempo. Ya que vamos caminando juntos hacia allí, ¿os importa que os diga cuál era?

–En absoluto, barquero.

–Simplemente os iba a preguntar si había algún recuerdo de todos estos años juntos que todavía os resulta particularmente doloroso. No era más que eso.

–¿Esto todavía forma parte del interrogatorio, señor?

–Ah, no –le aseguro–. Eso ya ha terminado. Le he preguntado lo mismo a vuestra esposa hace un rato, de modo que es sencillamente curiosidad. Podéis guardar silencio, amigo, no me voy a ofender. Mirad ahí. –Señalo una roca junto a la que pasamos–. Esto no son simples bálanos. Si dispusiésemos de más tiempo os enseñaría a arrancarlos de la roca haciendo palanca para preparar una cena bien fácil. Los he tostado al fuego muchas veces.

–Barquero –me dice con tono grave, y aminora todavía más el paso–, responderé a vuestra pregunta si lo deseáis. No puedo saber lo que ha respondido ella, porque hay muchas vicisitudes que se guardan en silencio incluso entre una pareja como nosotros. Es más, hasta hoy el aliento de un dragón hembra envenenaba el aire, borrando los recuerdos, tanto los felices como los sombríos. Pero ahora por fin han matado al dragón hembra y en mi cabeza ya han empezado a aclararse muchas cosas. Me preguntáis por un recuerdo que resulte especialmente doloroso. Qué otra cosa puedo decir, barquero, sino que es el de nuestro hijo, ya casi un hombre la última vez que lo vimos, pero que se marchó antes de que en su cara apareciese la barba. Fue después de una pelea y sólo se marchó a una aldea cercana y creí que era cuestión de días que volviese.

–Vuestra esposa me ha hablado de lo mismo, amigo –le digo–. Y me ha dicho que la culpa de que se marchase fue de ella.

–Si ella se culpabiliza por la primera parte de lo sucedido, yo soy el principal culpable de lo que pasó después. Sí es cierto que hubo un breve periodo en que ella me fue infiel. Aunque podría ser, barquero, que yo hiciese algo para echarla en los brazos de otro. ¿O el problema fue lo que no fui capaz de decir o hacer? Ahora todo se ve muy lejano, como un pájaro que ha salido volando hasta convertirse en una manchita en el cielo. Pero nuestro hijo fue testigo de toda aquella amargura, y a una edad en la que ya no se le podía engañar con palabrería, pero en la que todavía era demasiado joven para entender los múltiples y extraños modos de actuar de nuestros corazones. Se marchó jurando no volver jamás, y todavía estaba lejos de nosotros cuando ella y yo nos reconciliamos.

–Esta parte me la ha relatado vuestra esposa. Y que poco después llegaron noticias de que a vuestro hijo se lo había llevado una plaga que asoló la región. Mis propios padres murieron durante esa plaga, amigo, y lo recuerdo perfectamente. ¿Pero por qué culpabilizaros por lo sucedido? Fue una plaga enviada por Dios o por el diablo, ¿pero qué culpa tenéis vos de eso?

–Barquero, le prohibí a mi esposa ir a visitar la tumba de nuestro hijo. Fue una crueldad. Ella quería que fuésemos juntos a donde reposaban sus restos, pero yo me negué. Ahora ya han pasado muchos años y hace sólo unos días partimos en su búsqueda, pero entonces la niebla del dragón hembra nos había sustraído cualquier idea clara de lo que buscábamos.

358

—Ah, se trata de eso —le digo—. Esta parte vuestra esposa era reticente a contármela. De modo que fuisteis vos quien le impedisteis visitar la tumba de vuestro hijo.

—Fue una crueldad, señor. Y una traición más sombría que la pequeña infidelidad que sufrí durante uno o dos meses.

—Señor, ¿qué esperabais ganar impidiendo que no sólo vuestra esposa sino también vos lloraseis a vuestro hijo en su lugar de reposo?

—¿Ganar? No había nada que ganar, barquero. No era más que desatino y orgullo. Y lo que sea que aceche en las profundidades del corazón de un hombre. Yo ansiaba castigarla, señor. Hablé y actué como si la hubiese perdonado, pero mantuve cerrado bajo llave durante años un pequeño rincón en mi corazón que anhelaba venganza. Actué de un modo mezquino y vil con mi esposa, y también con mi hijo.

—Os agradezco que os hayáis sincerado conmigo —le digo—. Y tal vez haya sido lo mejor. Porque aunque esta charla no tiene nada que ver con mis obligaciones, y ahora estamos hablando simplemente como dos camaradas que pasan el rato, os confieso que hasta ahora sentía una pequeña inquietud, la sensación de que todavía no había escuchado la historia completa. Ahora podré llevaros en la barca con total tranquilidad. Pero decidme, amigo, ¿qué fue lo que os hizo romper vuestra decisión mantenida durante tantos años y partir finalmente en este viaje? ¿Fue algo que se dijo? ¿O un cambio en vuestro corazón tan inescrutable como la marea o el cielo que tenemos encima?

—Yo mismo me lo he estado preguntando, barquero. Y ahora creo que no fue nada en concreto que cambiase de pronto en mi corazón, sino que se fue reconduciendo gradualmente durante los años compartidos. Debió de ser así, barquero. Una herida que se va curando poco a poco pero que por fin un día desaparece. Sucedió una mañana no hace mucho, el alba trajo consigo las primeras señales de esta primavera, y contemplé a mi esposa todavía dormida aunque el sol ya iluminaba la estancia. Y entonces supe que el último resto de rencor me había abandonado. De modo, señor, que emprendimos este viaje, y ahora mi esposa recuerda que nuestro hijo cruzó antes que nosotros a esta isla, de modo que su tumba debe estar en sus bosques o tal vez en sus plácidas orillas. Barquero, he sido sincero contigo y espero que eso no haya puesto en duda vuestra primera impresión de nosotros. Porque supongo que habría quien al escuchar mis palabras pensaría que nuestro amor se agrietó y se quebró. Pero Dios sabrá valorar el lento discurrir del amor que una pareja de ancianos siente el uno por el otro, y comprender que las negras sombras forman parte de su totalidad.

–No os preocupéis, amigo. Lo que acabáis de contarme simplemente refleja lo que he visto cuando vos y vuestra esposa habéis aparecido bajo la lluvia a lomos de ese agotado corcel. Bueno, señor, no más charla, porque quién sabe si se puede estar formando una nueva tormenta. Vayamos rápido a recogerla y llevémosla a la barca.

La anciana dormita sentada sobre la piedra con aire plácido, mientras el fuego humea junto a ella.

–Esta vez la llevaré yo mismo –me dice el anciano–. Siento que he recuperado las fuerzas.

¿Puedo permitirlo? No me va a facilitar la tarea.

–Estos guijarros hacen difícil mantener bien el equilibrio, amigo. ¿Qué pasará si tropezáis llevándola a ella en brazos? Yo estoy muy habituado a este trabajo, porque no es la primera persona a la que tengo que subir a la barca. Podéis caminar a nuestro lado, hablando con ella si queréis. Hagamos como cuando ella llevaba aquellos huevos y vos caminabais muy atento a su lado.

El miedo regresa a su rostro. Pero responde en voz baja:

–De acuerdo, barquero. Hagámoslo a vuestra manera.

El anciano camina a mi lado, murmurándole a ella palabras de ánimo. ¿Voy demasiado rápido? Porque él se queda rezagado y cuando entro en el mar con ella noto que su mano me agarra por detrás con desesperación. Pero éste no es lugar para demorarse, porque debo tantear con los pies la superficie del embarcadero ahora cubierto por las frías aguas. Me subo a las piedras, el oleaje chapotea ligeramente, y me subo a la barca, que apenas se ladea, pese a que cargo con la anciana. Las mantas que llevo cerca de la popa están húmedas por la lluvia. Aparto de un puntapié las de encima y la deposito sobre las restantes suavemente. Dejo que se incorpore para sentarse, su cabeza justo debajo de la borda, y busco en el baúl mantas secas para que se proteja del viento de mar.

Noto que él sube a la barca mientras yo la envuelvo a ella con las mantas, y el suelo oscila bajo su peso.

–Amigo –le digo–, ya veis que el mar está empezando a agitarse. Y esto no es más que una pequeña embarcación. No me atrevo a llevar a más de un pasajero cada vez.

Veo con claridad el fuego que arde en su interior, porque resplandece en sus ojos.

–Barquero, pensaba que había quedado muy claro –me dice– que mi esposa y yo íbamos a cruzar a la isla juntos. ¿No lo habéis dicho insistentemente y éste era además el propósito de vuestras preguntas?

–Por favor, amigo, no me malinterpretéis –le respondo–. Sólo estoy hablando del asunto práctico de cruzar el mar. Está fuera de toda duda que los dos estaréis juntos en la isla, paseando cogidos del brazo como habéis hecho siempre. Y si la tumba de vuestro hijo está en algún lugar umbrío, podréis depositar flores silvestres, que crecen por toda la isla. Encontraréis brezo e incluso caléndulas en los bosques. Pero para esta travesía de hoy os pido que esperéis un poco más en la orilla. Me aseguraré de dejar a la señora confortablemente instalada en la otra orilla, porque conozco un lugar cerca del punto de desembarco en el que hay tres rocas que se miran unas a otras como viejas amigas. La dejaré allí bien protegida del viento, pero con una buena vista de las olas, y regresaré a toda prisa para recogeros. Pero ahora permitidnos zarpar y esperad vuestro turno en esta orilla.

Lo baña el resplandor rojizo del crepúsculo, ¿o sigue siendo el fuego interior que emerge por sus ojos?

—Señor, no pienso bajarme de la barca mientras mi esposa esté en ella. Llevadnos juntos tal como habéis prometido. ¿O voy a tener que remar yo mismo?

—Yo me encargo del remo, señor, y parte de mi trabajo consiste en decidir cuánta gente puede viajar en la barca. ¿Es posible que, pese a nuestra reciente amistad, sospechéis que pretendo engañaros? ¿Teméis que no regrese a buscaros?

—No os acuso de nada, señor. Pero circulan muchos rumores sobre los barqueros y su modo de actuar. No quiero ofenderos, pero os ruego que nos llevéis a los dos a la vez y no nos retrasemos más.

—Barquero —llega la voz de ella, y me vuelvo a tiempo de ver que estira la mano en el vacío como para tocarme, aunque mantiene los ojos cerrados—. Barquero. Dejadnos un momento. Permitid que mi esposo y yo hablemos un momento a solas.

¿Debo dejarlos a solas en la barca? Sin embargo, me siento obligado a concederle lo que me pide. Con el remo firmemente agarrado, bajo por la borda y me meto en el agua. El mar me llega hasta las rodillas y me empapa el dobladillo de la túnica. La embarcación está bien atada y dejo el remo. ¿Qué mala pasada me podrían jugar? Aun así, no me atrevo a alejarme mucho, y aunque miro hacia la orilla y permanezco inmóvil como una piedra, de nuevo me siento como un intruso en su intimidad. Los oigo por encima del suave chapoteo de las olas.

—¿Se ha marchado, Axl?

—Está esperando en el agua, princesa. Se ha mostrado reacio a bajar de su barca y diría que no nos va a conceder mucho tiempo.

—Axl, éste no es momento para pelearse con el barquero. Hemos tenido mucha suerte al encontrarlo. Un barquero que parece mirarnos con muy buenos ojos.

—Sin embargo, hemos oído hablar muchas veces de los taimados trucos que utilizan, ¿no es así, princesa?

—Me fío de él. Mantendrá su palabra.

—¿Cómo puedes estar tan segura, princesa?

—Lo sé, Axl. Es un buen hombre y no nos va a engañar. Haz lo que te dice y espera aquí a que regrese a esta orilla. Vendrá a recogerte enseguida. Hagámoslo a su manera, Axl, porque si no temo que perdamos el gran privilegio que nos ha ofrecido. Nos ha prometido que estaremos juntos en la isla, algo que se concede a muy pocos, incluso entre los que han pasado juntos toda una vida. ¿Por qué poner en riesgo un premio como éste por unos momentos de espera? No te pelees con él, porque quién sabe si la próxima vez nos las tendremos que ver con algún bruto. Axl, por favor, haz las paces con él. Incluso ahora me da miedo que se enfade y cambie de opinión. Axl, ¿sigues ahí?

—Sigo delante de ti, princesa. ¿Cómo es posible que estemos hablando de ir por separado?

—Será sólo un momento, esposo. ¿Qué está haciendo ahora el barquero?

—Sigue ahí inmóvil, mostrándonos sólo la espalda y el resplandeciente cogote. Princesa, ¿de verdad crees que podemos fiarnos de este hombre?

—Lo creo, Axl.

—Tu conversación con él de hace un momento. ¿Ha ido bien?

—Ha ido bien, esposo. ¿No ha sucedido lo mismo en tu caso?

—Supongo que sí, princesa.

El crepúsculo en la cala. Silencio a mis espaldas. ¿Puedo volverme ya?

—Dime, princesa —le oigo decir a él—. ¿Te alegras de que se haya disipado la niebla?

—Puede que traiga horrores a estas tierras. Pero para nosotros se ha disipado justo a tiempo.

—Me preguntaba, princesa, ¿es posible que nuestro amor no se hubiese hecho tan fuerte a lo largo de estos años si la niebla no nos hubiese saqueado como lo hizo? Tal vez permitió que viejas heridas sanasen.

–¿Qué importa ya, Axl? Haz las paces con el barquero y permite que nos lleve a la isla. Si primero lleva a uno y después al otro, ¿por qué pelearse con él? Axl, ¿qué me dices?

–Muy bien, princesa. Haré lo que me dices.

–Entonces déjame aquí y vuelve a la orilla.

–Así lo haré, princesa.

–¿Y por qué todavía sigues aquí, esposo? ¿Crees que los barqueros nunca se impacientan?

–De acuerdo, princesa. Pero permite que te abrace una vez más.

¿Se están abrazando, pese a que a ella la he dejado envuelta como a un bebé? ¿Aun así él se va a arrodillar y van a componer una extraña figura sobre el duro suelo de la barca? Supongo que lo hacen y mientras perdura el silencio no me atrevo a darme la vuelta. El remo que sostengo, ¿proyecta una sombra sobre estas aguas oscilantes? ¿Por cuánto tiempo? Por fin vuelvo a oír sus voces.

–Seguiremos hablando en la isla, princesa –dice él.

–Lo haremos, Axl. Y ahora que se ha disipado la niebla, tendremos un montón de cosas de que hablar. ¿Sigue el barquero en el agua?

–Ahí sigue, princesa. Voy a hacer las paces con él.

–Entonces adiós, Axl.

–Adiós, mi único y verdadero amor.

Oigo al anciano andando por el agua. ¿Quiere conversar conmigo? Ha hablado de hacer las paces. Pero cuando me vuelvo no dirige su mirada hacia mí, sino hacia la tierra y el sol crepuscular sobre la cala. Tampoco yo busco sus ojos. Avanza por el agua y pasa de largo, sin volver la vista atrás. Espérame en la orilla, amigo, digo en voz baja, pero él no me oye y sigue su camino.

ÍNDICE

Primera parte.   9

Segunda parte   147

Tercera parte   231

Cuarta parte   305